Stephan Puchner

Nebelheim

Roman

| Hoffmann und Campe |

In Erinnerung an meinen Vater

1. Auflage 2008

www.hoca.de
Initiale: Hans Holbein der Jüngere,
»Alphabet des Todes« (1538), Holzschnitt
Satz: Pinkuin Satz und Datentechnik, Berlin
Gesetzt aus der Adobe Jenson Pro
Druck und Bindung:
GGP Media GmbH, Pößneck
Printed in Germany
ISBN 978-3-455-05960-1

HOFFMANN
UND CAMPE

Ein Unternehmen der
GANSKE VERLAGSGRUPPE

Fürchtet euch nicht, so spricht der Herr,
auch wenn ich die Erde an nichts aufgehängt habe.

Atlas Catalan, 1375

Vorrede

Die Welt schreibt das Jahr
der Fleischwerdung des Herrn 1438.
Dieses Buch gibt Zeugnis
von der wundersamen Meerfahrt
des Kartenzeichners Nicolaus Claussøn Swart,
der sich auf Geheiß Erichs XIII., des Königs
der Dänen, Schweden, Goten und Wenden,
mit einem Schiff in die Fluten
des Meeres der Finsternis stürzte,
um jenseits des fürchterlichen Eises
das irdische Paradies daselbst zu finden.

Lange Jahre vor besagter Reise floh vorgenannter Herr übler Nachstellungen wegen das Reich der Nordischen Union und kehrte erst nach einem Jahrzehnt, dem Ruf des Königs folgend, aus dem fernen Florenz zurück in seine Heimat, mit der Segnung und dem Fluch einer magischen, wunderbaren, schrecklichen und bis dahin ganz und gar ungekannten Kunst belegt. Er brachte seinem Herrn ein Buch, in dem die gesamte Welt enthalten war, ein längst vergessenes Werk, das Gelehrte von Konstantinopel nach Florenz gebracht und durch Übersetzung von der griechischen in die lateinische Zunge aus seinem mehr als tausend Jahre währenden Schlaf erweckt hatten: die *Geographia universalis* des Mathematikers und Astronomen Klaudios Ptolemaios von Alexandria. Jenes Buch verlieh dem, der es besaß, die zauberische Kraft, jeden Ort auf Erden unfehlbar aufzufinden.

Man mag denken, wer solches behauptet, der sei ein Windmüller, da so etwas unmöglich scheint und ein von Menschenhand geschriebenes Buch niemals solche Kräfte schenken könnte. Und doch ist es wahr und wie ein Wunder.

Klaudios Ptolemaios hatte mit kühnem Wurf um die gesamte Welt ein Netz gelegt. Ein Netz aus Longituden, die sich in den Polen schnitten, bei der Isla del Meridiano vor den Ufern Afrikas beginnend, in Graden des Kreises um den gesamten Erdball zählend, und aus Latituden, nach der Höhe des Nordsternes über dem Horizont gemessen, vom Äquator bis hinauf zum Pol. So schrieb jenes Buch alle achttausend Orte der Welt auf immer fest, durch nichts als die Magie der Zahlen, und tauchte die unbefahrenen Meere und die fernsten Fernen unserer düsteren Welt in gleißend helles Licht.

Ein letzter Teil der Erde jedoch blieb auch dem Ptolemaios finster. Jener Teil, wo Herrn Nicolaus Swarts verehrter Vater eineinhalb Jahrzehnte zuvor verschwunden war, im fernsten Norden gegen Mittnacht, im Meer der Dunkelheit, dort, wo das Ende der Erde ist, wo Meer, Wind und Wasser eines werden, dort, wo der Herr schrecklichen Ungeheuern den zu verschlingen gebietet, der mit seinem Ruder verbotene Meere verletzt, um jenseits des ewigen Eises das irdische Paradies zu schauen.

Und so führte Nicolaus Claussøn Swart auf königliche Weisung ein Kronschiff in diese schreckensreichen Ozeane und durchforschte mit seinem Senkblei ungelotete Meerestiefen, Grad um Grad nach Norden steuernd, sein Astrolabium in das Firmament gerichtet, im steten Ringen mit der Finsternis der Ferne Ort um Ort entreißend, um das Werk des Ptolemaios zu vollenden: *Imago Mundi.* Das Bild der Welt.

Am 28. Februar des Jahres 1438 kehrte vorgenannter Kartenzeichner von seiner verhängnisvollen Reise zurück an den Hof des Königs Erich und veränderte die Welt. Und damit soll nicht gesagt sein, dass er die Welt zum Besseren oder Schlechteren lenkte durch selbstloses Handeln oder dass er etwa die Mühsal von den Schultern eines Niedergedrückten nahm oder Brotkrumen an Arme verteilte oder durch Kriegslist die Grenzen des Reiches verschob. Nein.

Die Gefahr gewärtigend, dass selbst der geneigte Leser in seinem Gesicht Falten aufwerfen könnte, sei es geradeheraus gesagt: Der königliche Hofkartograph Nicolaus Claussøn Swart sah, dass es nicht gut war, und stürzte den Schöpfer, den er *der Betagte* zu nennen pflegte, von seinem Wolkenthron und schuf die Erde neu.

Das mag nach Wahngestammel klingen, ist aber die ungetrübte Wahrheit, die – das sei zugegeben – nach ein wenig Ausführung verlangt; denn, so brüsk hingeworfen, mag man sich fragen: Wie soll das gehen? Wie soll ein Mensch, noch dazu von so kleiner Statur, wie der Zeichner sie besaß, wie soll so ein Filigran denn die Welt in ihrer unermesslichen Größe ändern? Wie könnte *der* Wasserschläuche am Himmel ausschütten, um die Bösen zu vertilgen? Wie soll *der* – wie es einst der Herr mit den Städten Sodom und Gomorrha tat, der ins Erdreich langte und sie wegwarf, so wie man einen Zweig wegwirft – etwas wegwerfen, das größer ist als ein Kiesel? Noch dazu mit für gröbere Geschäfte wie eine Schöpfung derart unpassender Kleidung, wie der Kartenzeichner sie zu tragen pflegte, nach neuester florentinischer Mode, mit seinem ausladenden, beinahe zwei Ellen umspannenden Fellhut, seinen Schnabelschuhen aus Brügge mit ihren beinahe bis zu den Knien aufragenden Spitzen, über denen er zum Schutz vor Staub und menschlichem Auswurf, der in Strömen durch die Straßen unserer finsteren Zeiten fließt, Stelzsandalen trug, mit seinem hermelinbesetzten Umhang aus feinstem Tuch mit einer steinbesetzten Spange und seinem engen Surcot mit Stehkragen und goldziselierten Knöpfen – wie soll *der* ins Erdreich langen und einen neuen Gebirgsgrat auftürmen? Dessen dünne Finger gemacht waren, um Buchseiten umzuwenden und eine Feder zu halten? Wie soll *der* Samen in Wüsten streuen und einem Fluss aus dem Erdreich zu brechen befehlen? Wie soll *der* trägen Strömen befehlen, sich durch neue Täler zu wälzen und sich mit mächtigen Fällen in Ebenen zu ergießen und sie bis zum Rand anzufüllen, dass sich Fische an den Ästen der Bäume stoßen? Wie soll *der* mit donnernder Stimme neuen Inseln sich aus den Fluten zu heben gebieten – er, der eine sanfte, oft kaum hörbare Stimme hatte? Wie könnte dieser zartgliedrige, blasse Herr neue Schluchten in den Globus hauen, mit seinem den feineren Erscheinungen des Daseins zugetanen Gemüt?

Der Leser sei unserer ehrlichen Bestürzung gewiss, wenn wir ihm nun ebenjene Qualen ungestillter Wissbegier aufbürden müssen, die schon den König Erich so peinlich quälten, als der Kartenzeichner nach seiner Rückkehr an den Hof, ausgezehrt von den Entbehrungen seiner Reise auf den Meeren, lang, zu lang, in tiefer Besinnungslosigkeit verharrte, bevor er Zeugnis geben konnte von seinen unerhörten Taten. Trotz unserer aufrichtigen Sorge, der geneigte Leser möchte sich gerade wie der König in jenen Tagen auf seiner Bettstatt winden, vor Neugier aufbrüllen und gar Dinge, die ihm lieb und teuer sind, zerwerfen – es geht nicht anders: Der Herr hat die Welt so geschaffen, dass der Anfang vor dem Ende steht und eines auf das andere folgt.

Gehen wir also zum Anfang dieser seltsamen Denkwürdigkeiten, als alles begann, was zu so unheilvollem Los sich fügte.

König Erich lag auf einer Totenbahre in der Kapelle der schwedischen Zwingburg Nyköping, sein wächsernes Antlitz beschienen vom fahlen Licht des Februar, das durch ein schmales Fenster hereinfiel.

Kein Hauch erschütterte die Kerzenflammen, die den sonst in Dunkelheit liegenden Raum nur mühsam erhellten. Nach andächtiger Stille nahm der Hofmaler behutsam eine erkaltete Wachsmaske wie eine zweite Haut vom Antlitz des Königs ab, das er zuvor gesalbt, mit feinem Tuch belegt und mit erhitzten Wachslagen bestrichen hatte. Desgleichen löste er von den Händen wächserne Abdrücke. Gesicht und Hände lagen neben dem Herrscher, als wäre er ein eingeschlafener Gast eines Maskenballs, der sich als er selbst verkleidet hatte und der Maskerade überdrüssig geworden war.

Sorgsam reinigte der Hofmaler das bleiche Gesicht Erichs und brachte die Abdrücke zu einem wuchtigen Paradebett, das auf einer prächtigen sechsstufigen Empore stand, die auf Pilastern mit reich verzierten Kapitellen ruhte und mit schwarzem Samt bezogen war, bestickt mit goldenen Tressen, umsäumt von einhundert mit Kerzen besteckten Kandelabern, die dem Toten in der Finsternis leuchten sollten.

Mit der Würde eines Priesters bei der Wandlung setzte der Hofmaler das wächserne Angesicht auf das Haupt einer dort vorbereitet liegenden *Effigies*, die an des Königs statt auf dem Prachtbett lag – einer aus Stroh und gesottenem Schweinsleder gebundenen Schaupuppe in der täuschenden Gestalt des Herrschers –, die seinen Leichnam bei den mehrwöchigen Grablegezeremonien vertreten würde. Die *Effigies* war mit dem kostbaren Krönungsmantel gekleidet, der dem König im Alter von sieben Jahren um die Schultern gelegt worden war, und auf prächtige Kissen gebettet, die edle Gestalt von golddurchwirktem Samt umspielt. Die Füße waren mit den Lieblingsstiefeln des Königs beschuht, Stiefeletten aus Brügge.

Der Barbier zog der Puppe eine fein geknüpfte Perücke mit langem, ergrautem Haar über, und der Glasbläser reichte die kunstvoll gefertigten Augen des Königs aus schneeweißem Marmor, eisblauem Aquamarin und schwarzem Turmalin, die der Hofmaler sorgsam in die leeren Höhlen der Wachsmaske setzte. Der Hofkaplan bettete das Haupt auf das goldene Krönungsevangeliar. Der Zeremonienmeister brachte den Krönungsornat und die Insignien. Der Hofmaler schnallte die goldenen Herrschersporen um die Stiefel, drückte die Krone auf das wächserne Haupt, ließ die Hände auf der harnischbewehrten Brust Szepter und Reichsapfel umklammern und begutachtete dann zufrieden sein Werk.

»Ich bin fertig«, sagte er.

König Erich XIII., Mehrer der einst stolzen Reiche Schweden, Dänemark und Norwegen, die nun nach Jahren des Krieges in Scherben lagen, erhob sich von seiner Bahre, auf der er Modell gelegen hatte und darüber eingeschlafen war. Er erklomm, gestützt von seinem Schreiber Rikmann, schwach, zitternd, schwer atmend die Stufen der Estrade, auf der das von den Großen des Reiches umstellte Sterbebett stand. Als der König die gespenstische Täuschung sah, die dort hingestreckt lag, erstarrte er. Der tote alte Mann dort klammerte sich an das Szepter, umgriff mit knochigen Fingern den Reichsapfel, als wollte ihm jemand seine Kleinodien entreißen, als könnte er seine irdischen Güter mit ins Jenseits nehmen.

»Sieht dieser Greis nicht habsüchtig aus? Geizig? Ratlos?«, fragte er.

Die umstehenden Großen des Reiches, mit ausladenden Hüten auf den Köpfen und glänzenden bunten Stoffen bekleidet, besahen die Replik des Königs.

»Es ist Euer Gesicht, Herr Erich«, sagte der Ritter Bengt vom Geschlechte Natt och Dag mit unverhohlener Herabwürdigung in der Stimme. »Ein vollkommener Abdruck.«

Der Hofmaler hatte mit der Maske die kleinsten Unregelmäßigkeiten der Lippen nachvollzogen, die unmerkliche Schieflage der Augen, die eingefallenen Wangen, die hohe Stirn, die Hände, um die sich große Adern wie Efeuranken wanden, aber etwas stimmte nicht. Die Züge des Königs waren aus den unterschiedlichen Perspektiven wechselhaft. Ein Schritt beiseite, dann sah man das Gesicht eines Asketen, änderte sich das Licht durch die sinkende Sonne oder das Flackern der Kerzen, glaubte man, in die milden Züge eines lebenszugewandten Völlers zu blicken, eines Kindes, eines Wüterichs. Die Lippen waren einerseits in Härte aufeinandergepresst, dann plötzlich sah man den Hauch eines zynischen Lächelns, oder war es doch eine tiefe Verbitterung? Die Maske war ohne Zweifel bis in die letzten Einzelheiten dem Antlitz des Königs nachgebildet, sie war ein vollkommener Abdruck. Dennoch zeigte sie nicht sein wahres Gesicht. Sie war nur die Maske einer Maske. Seit Erichs Thronbesteigung als Knabe waren seine Züge verstellt von zahllosen Posen: dem Gesicht des Herrschers, dem Gesicht des Despoten, wenn er Blutsentenzen unterschrieb, dem Gesicht des milden Mehrers des Reiches, des Magiers, Zweiflers, Zauderers, des Angstzitternden.

»Bitte macht«, bat der König seinen Hofmaler, »dass der tote König lächelt. Ich möchte nicht, dass man ihn bei Hofe … dass die Menschen, die von uns, von diesem Ding Abschied nehmen, den König so in Erinnerung behalten.«

Verstört sah Erich, wie der Hofmaler sich an dem wächsernen Gesicht zu schaffen machte, wie er die Züge veränderte, wie aus dem ernsten Antlitz des im Schmerz hingeschiedenen Gescheiterten ein friedlich entschlafener Mann wurde. Der Hofmaler blies über das Gesicht des Scheinleibes, um ein Haar zu entfernen, und in diesem Moment war den Umstehenden, als wäre etwas geschehen, das vielleicht auch nur in ihrem Blick lag und nicht den Verfeinerungen an der Maske zuzurechnen war, etwas, das der bloße Wachsabdruck nicht abzunehmen vermocht hatte: Die Schaupuppe stellte nicht mehr den toten König dar. Sie *war* der tote König. Erhaben. Edel. Unantastbar.

»Der König ist tot«, flüsterte der König.

Erst jetzt wurde der Schreiber Rikmann gewahr, dass er und die Höflinge unwillkürlich vor dem Scheinleib niedergekniet waren. »Was für ein schrecklicher Zauber«, sagte er.

Diese Puppe, diese Maske würde das Letzte sein, was die Menschen von ihrem Herrn zu sehen bekämen. Sie würden sich von Gram gebeugt vor dem Leichnam ihres Königs wähnen, ihres geliebten, ihres gehassten Königs. Und seine sterbliche Hülle befände sich längst im Verfall. Sein Leichnam wäre nicht mehr der tote König, sondern nur noch der tote Erich, irgendein toter Mensch – und eine Schaupuppe aus Stroh, ein Popanz mit dem Namen Erich würde an die Stelle des toten Herrschers treten, für ihn würden die Bombarden in den Himmel abgefeuert werden, vor ihm würden, gesäumt von Paraden, hohe Fürsten in gespieltem Gram ihr Knie beugen und für die Galerie eine Träne verdrücken. Erich, der Mensch, würde vergessen in einem muffigen Gewölbe erkalten. Sein Brustkorb würde einsinken, die Hände sich verklammern, sein Leichnam würde sich zum Höhepunkt der Festlichkeiten aufblähen und die Fäulnis hungriges Gewimmel in ihm zeugen. Ein Fest für die Meister des Verfalls – eines Königs unwürdig. Ein Herrscher verfällt nicht.

Wahrscheinlich waren die Gräber der königlichen Ahnen

leer, die Königsgrüfte voller Stroh, regelrechte Heuschober, wenn auch mit Gold und Marmor getäfelt, und ihre Leichen vom wütenden Volk zerrissen und in alle Himmelsrichtungen verteilt worden.

Würde man dem König das Fenster öffnen, damit seine Seele entweichen konnte, oder würde man diesen Brauch seiner *Effigies* vorbehalten? Würde auch dem König jemand ein Lied in seine Finsternis schicken, einen Trost spendenden Psalm, oder würden nur für seinen Scheinleib Totengesänge angestimmt?

Erich hatte in diesem Moment die süße Illusion, dort auf dem Sterbebett läge jener hingestreckt, der vor dem Schöpfer Rechenschaft ablegen musste für seine Taten, und er selbst wäre frei von Sünde und rein. Sein Leben zog vor seinen Augen vorbei, als wäre es nicht sein eigenes, sondern das des toten Königs vor ihm. Ihm war, als stünde seine eigene Biographie in dieser Stunde an einem zweiten Beginn. Eine neue Biographie, die nicht mit dem Säugling begann, sondern mit dem Greis.

»Es ist furchtbar, in die Hände des lebendigen Gottes zu fallen«, flüsterte Erich ergriffen vom Schicksal des Entschlafenen, der vor ihm lag, des Unglücklichen, der das Reich, das ihm blühend in die Hand gegeben worden war, hatte verdorren lassen, der sein Volk durch zwei Jahrzehnte fortwährender nutzloser Kriege so sehr zu Boden gedrückt hatte. Starrsinnig hatte der Tote die Hansestädte mit der Erhebung des Sundzolles gegen das Reich aufgeregt, der Fisch im ganzen Land war verdorben, da kein Salz mehr aus Lübeck kam. Mit den Herzögen von Holstein hatte er vergeblich um Schleswig und Jütland gekämpft. Seine deutschen Vögte hatten schändlich am Volk gehandelt, um den Bauern die Kriegszehnten abzuzwingen. Die schwedischen Untertanen waren, dem erhobenen Schwert des Knappen Karl Knutsson Bonde folgend, aufgestanden gegen diesen Mann. In Dänemark herrschte Aufruhr, Seeland brannte. Der dänische Rat hatte gar Christopher von Bayern als Gubernator Dänemarks ins Reich geladen, einen Bauerntrottel aus der Oberpfalz, dem mächtigen Herrscher in die Zügel zu greifen, ihm, vor dem die Fürsten der Welt angstzitternd ihr Knie beugten, der ein prächtiges *dominium maris Baltici* hatte errichten wollen, von den Südufern des Baltischen Meeres bis hinauf zum Pol, stolz obenauf thronend über allen Fürsten der Erde! Und nun lag er hingestreckt. Wie vergeblich doch alles Hoffen und Streben war!

Erich strich über die Hände des Gescheiterten, des Unglücklichen, der sich so sehr überhoben hatte, dem sein Werk entglitten war und der ihm dennoch Ehrfurcht einflößte. »Herr, aus der Tiefe richte ich meine Stimme zu Dir«, so betete er innig für den Verblichenen, »und rede in der Betrübnis meiner Seele: Verdamme ihn nicht!« Seine Stimme zitterte, zärtlich strich er über die Brust des toten Königs. »Jeden Morgen suchtest Du ihn heim und prüftest ihn alle Stunden. Warum blicktest Du nicht einmal von ihm weg und ließest ihm keinen Atemzug Ruhe? Warum machtest Du ihn zum Ziel deiner Anläufe, dass er sich selbst eine Last war? Und warum vergibst Du ihm seine Sünde nicht oder lässest seine Schuld hingehen? Denn nun wird er sich in die Erde legen, und wenn Du ihn suchst, wird er nicht mehr da sein.«

Schwer atmend, um Fassung ringend, erhob sich Erich, wandte sich zu den Höflingen um und tätschelte dem Hofmaler anerkennend die Wange. »Ich bin zufrieden mit meiner Leich', ist recht schön geworden«, sagte er, seine Aufgewühltheit überspielend. »Macht groß was her, mit mächtig Putz! Jetzt kann krepiert werden!«

Doch bei Nacht, verlassen von den Höflingen, irrte der König durch die toten Gänge seiner Zwingburg wie ein Wiedergänger, der keine Ruhe finden durfte, bis er das Böse gesühnt hatte, was er zu Lebzeiten getan.

Es zog ihn zurück zum königlichen Leichnam, immer und immer wieder, bis die letzte Kerze in der Kapelle erlosch.

Finsternis umschloss ihn. Die Illusion, nicht er müsse vor den Schöpfer treten, sondern der vor ihm liegende Leichnam bedürfe der Fürbitten, die Illusion, dass ja dort der tote König lag, dass er sich vom König gehäutet hatte wie ein Insekt, das die zu eng gewordene Haut abwirft, dass er den König gleichsam in die Ecke gepfeffert hatte wie ein der Wirtsgestalt überdrüssig gewordener Irrwicht, die Illusion, dass die Sünden des Königs nicht seine eigenen waren – diese kurze, erleichternde, süße Illusion verflog.

Ein Schrei der Angst hallte spät in der Nacht durch die Gänge. Der Herrscher wusste, dass sein Tod nahe war und dass ihm keine Zeit blieb, seine Schuld zu sühnen. Ein schreckliches Gericht würde auf ihn warten.

Bei Morgengrauen wurde der königliche Chronist und Schreiber Rikmann aus dem Schlaf gerissen. Er fuhr jäh von seinem Strohlager auf, denn in der engen, dunklen, kaum mehr als mannshohen Schreibstube stand eine weiße, zitternde, knochige Gestalt, die ihm aus üblen Träumen ins Reich des Wachens entstiegen zu sein schien. Dann wurde Herr Rikmann gewahr, dass es der König selbst war, der dort stand, mit nichts bekleidet als einem Nachthemd, das in der kalten Zugluft der Zwingburg Nyköping wehte. Der einst furchteinflößende, stattliche Herrscher, der langes blondes Haar und einen vollen, langen Bart gehabt hatte, der Unbeugsame, er stand nun grau, krumm, von den Bürden des Alters und seines gottgegebenen Amtes niedergedrückt, blass leuchtend im Mondlicht.

»Steht auf, Rikmann«, sagte er mit fiebrigen Augen und brüchiger Stimme, gehetzt trotz seiner Starre. »Wir müssen fort. Noch in dieser Stunde.«

Der Schreiber Rikmann, ein bescheidener Mann in den mittleren Jahren, der weder besonders groß noch klein war, weder besonders schöngliedrig noch ungestalt, der außer seiner Duldsamkeit keine besonderen Eigenschaften aufwies und der nichts minder schätzte, als dass die Dinge einen ungewohnten Gang nahmen, versuchte schlaftrunken, sich die Vorgänge zu erklären, die den König an die Bettstatt seines Knechtes getrieben haben mochten. Er hatte bis in die frühen Morgenstunden für seinen Herrn geschrieben, denn es galt, auf einen Brief des schwedischen Reichsrates zu antworten, der Erich bittere Versäumnisse vorwarf, ihm gar mit der Kündigung drohte, wenn er nicht das Reich befriedete, und der zuletzt den Knappen Karl Knutsson Bonde in Abwesenheit Erichs zum Reichsverweser bestallt hatte, einen Mann, der dem König zutiefst verhasst war. Denn der Bonde hatte als Führer der schwedischen Aufständischen seit Jahren wieder und wieder Heerzüge gegen die königlichen Burgen unternommen und drohte nun, Schweden aus der Nordischen Union zu lösen.

»Ganz, wie Ihr wünscht«, antwortete Herr Rikmann, ohne darüber nachzudenken, was der König wirklich verlangte. Draußen tobte ein Sturm, und eisiger Regen peitschte gegen die Fenster. Die Welt war fürs Reisen widerlich. Dort hinaus wollte der König? Der Schreiber sah den Fieberschweiß auf Stirn und Wangen seines Herrn. Jetzt dort hinauszureiten mochte seinen Tod bedeuten, so dachte er. »Es ist unverzeihlich, dass Ihr in Euren eigenen Mauern umherirren musstet!«, sagte er. »Ich lasse sogleich Euren Leibdiener rufen, damit er Euer Gepäck schnürt und die Pferde sattelt. Wir werden bis zum Mittag reisefertig sein.«

»Mein Leibdiener liegt tot in meinen Gemächern. Er hat auf meine Weisung von einer für mich bestimmten Speise gekostet«, erwiderte der König, reichte seinem Schreiber eine Kapuzinerkutte und streifte sich selbst ein Mönchshabit über. »Es ist Zeit.«

Eilends schlüpfte Herr Rikmann in die Kutte, band den Strick um seine Hüften und packte unter dem drängenden Mahnen Erichs seine Notizen von den Taten des Königs in eine Reisekiste. Dann schlichen Herr und Knecht, sich stets in Nischen verbergend, wenn sie Geräusche hörten, in die Gemächer der verstorbenen Königin. Dort raffte der König den Schmuck der lieben Phillippa zusammen und nahm anschließend in der Kapelle dem königlichen Scheinleib Krone, Szepter, Herrschersporen und den Krönungsmantel ab. Wie gemeine Diebe stahlen sie sich mit ihrer reichen Beute durch die Gänge der Burg und gelangten unentdeckt hinaus auf den Burghof.

Erst als der König im Marstall mit eigener Hand zwei Rosse schirrte, einem der Pferde die Reisekiste mit den Notizen des Chronisten aufschnürte und ihm, der ein lausiger Reiter war, auf den Sattel half, begriff Rikmann, dass sein Herr wirklich und wahrhaftig ohne Gefolgschaft, bei Sturm und schweren Wettern Nyköping zu verlassen wünschte. Durch eine kleine Liebespforte in der Burgmauer verließen sie auf einem Eselsweg das Königsschloss, umpeitscht von eisigen Winden.

Als wären Feinde hinter ihnen her, trieb der König mit fiebrigen Augen sein Pferd erbarmungslos an. Rikmann fürchtete, sein Herr werde diese Anstrengungen nicht lange durchhalten können, auch wenn der Sturm sich bald legte. Der alte Mann brauchte eine heiße Suppe. Der König zitterte am ganzen Leib, doch er musste weiter, immer weiter, gehetzt von den Rachegeistern, die er selbst geweckt hatte, verfolgt von den Seelen derer, denen er Unrecht getan, als könnte er zu Pferde davonjagen vor seinen Taten und seiner Schuld und seinem Leben. Doch wohin der Herrscher auch blickte – die am Horizont unter düster geballten Wolken sich hebende Morgensonne zeigte ihm Bilder seiner schlimmsten Träume vom Jüngsten Gericht: Die weiten, milden Landstriche waren verheert. Wüstungen starrten den König an mit Fenstern wie schwarze Augen und dahinter das Nichts. An den Ulmenästen wippten die Hausherren gehenkt in der klammen Winterluft. Da waren niedergebrannte Vorwerke, erschlagenes Vieh, die Frucht faulte auf dem Felde, die Wiesen waren versengt, die Mühlsteine zerbrochen.

Aus dem Dunst des Morgens, den die Sonne rasch aufzehrte, hob sich bald der mächtige Friedhof von Stjaernholm. Das von Peitschenhieben erbarmungslos getriebene Pferd des Königs bäumte sich jäh auf, und er drohte herabzustürzen. Atemlos bändigte Erich das Tier und besah sich die Verheerung.

Auf dieser letzten Schlafstatt der furchtlosesten Ritter war nach und nach ein Berg gewachsen, der die Friedhofsmauern überragte; ein Herrschaftshügel des Todes. Denn in diesen Zeiten hatte es mehr Tote gegeben, als man ins Erdreich hinunterlassen konnte. Als sie Schulter an Schulter in der Heimaterde begraben worden waren, hatte man die Leichen ohne Ansehen von Stand und Würde nackt auf den Boden gelegt, Erde aufgeworfen und darüber neue Tote gebettet, Schicht für Schicht. Doch die Verblichenen fanden keine Ruhe, denn Sturm und Regen hatten aus dem geborstenen Friedhofstor das Fleisch zutage gespült, das von hartem Kampf ermattet ewigen Frieden finden sollte. Wie aus einem Tor zur Hölle war durch das nächtliche Unwetter der zähe Schlamm aus der mächtigen Pforte des Friedhofes hervorgebrochen. Eine erstarrte Sintflut mit zergliederten Sündern als Treibgut.

In der Augenhöhle eines aus dem Erdreich ragenden Schädels eines Unersetzlichen drehte sich ein Schmetterling, der von seiner Transformation nichts wusste, und entfaltete in einem frühen Sonnenstrahl erstmals seine prachtvollen Flügel.

Über dem Friedhofstor stand in Stein gemeißelt: *Quod fuimus, estis; quod sumus, vos eritis.* Was wir waren, seid ihr; was wir sind, werdet ihr sein.

Der König stieß seinem Ross die Sporen in die Flanken, dass es vor Schmerz wiehernd aufstieg und davonstob. Rikmann vermochte mit ihm kaum Schritt zu halten. Erich drohte die Pferde zu Tode zu hetzen, sie strauchelten, waren nass vom kalten Schweiß, spien Schaum, mit weit aufgerissenen Augen.

Rikmann wollte seinem König, der im Fieber irr redete, dem die Zunge wie ein altes Fleisch am Gaumen klebte, ein wenig Labung verschaffen. Doch erst nach Stunden beschwerlichen Rittes und beharrlichem Drängen des Schreibers machten die

Fliehenden halt am Krongut Ravendal. Als der Herrscher mit pfeifenden Lungen, mit der Besinnungslosigkeit ringend, aus dem Brunnen Wasser zu schöpfen wünschte, da roch es nach Tod. Er sah im Schein der blassen Sonne, dass man die Bäuerin in den Schacht gestürzt hatte, um das Wasser mit ihrer Leiche zu vergiften, die sich bereits wie ein überpralles Kuheuter blähte.

Der König erbrach sich.

Das war sein Werk.

Das war das Reich, das er hinterließ.

Und dann hob ein dumpfes Grollen am Horizont an. Wie ein alles von der Erdoberfläche fortreißender Sturm donnerte ein Heer heran, mächtig, als habe Gott ein Gericht gesandt, den zu strafen, der vermeinte, er könne sich feige davonstehlen aus seinem Reich und seinem Leben.

Der König erbleichte und zog die weite Kapuze des Mönchshabits über sein Angesicht, denn er sah, dass es Aufständische waren.

Ein Reiter mit einem prächtigen Harnisch, einer golddurchwirkten Satteldecke, einem reich bemalten mandelförmigen Schild und einem Furcht einflößenden Schnabelvisier ritt dem Heer auf einem mächtigen Schlachtross voran. Vögel flatterten von den Bäumen auf und flohen mit gellenden Schreien. Die Erde bebte. Irrgehendes Wild sprengte aus den Wäldern.

Als Rikmann schon fürchtete, die Heerscharen würden sie überrollen wie eine Sintflut aus Pferden, Lanzen, Streitäxten und Helmen, da gebot ein mächtiger Hornstoß dem Heer, zu halten. Schwedische Bauern hatten sich dem Aufstand angeschlossen, so sah Rikmann den minder Bewaffneten an. Unter den Reitern entdeckte er dem König einst treu Ergebene, die Erich groß gemacht, denen er Land und Würden verliehen hatte. Neben dem Heerführer saß der Ritter Bengt vom Geschlechte Natt och Dag zu Ross, der am vorigen Tag noch in der Trauerkapelle zugegen gewesen war, den königlichen Scheinleib zu besehen. Der hagere, hohlwangige Mann grüßte die vermeintlichen Mönche und musterte sie aus tiefliegenden, fahrigen Augen. Er fragte, ob sie König Erich gesehen hätten, der vor einigen Stunden von Schloss Nyköping geflohen sei, um der Gefangennahme durch das anrückende schwedische Heer zu entgehen.

»Was wünscht Ihr vom König?«, fragte der König.

Der Reichsverweser Karl Knutsson Bonde habe Erich vor nun verstrichener Wochenfrist geboten, das Reich zu verlassen, antwortete der Herr von Natt och Dag, und werde ihn mit eigener Hand erschlagen wie einen Hund, wenn er ihn auf schwedischem Boden ergreife.

Herr Rikmann entgegnete im ohrenbetäubenden Lärm Hunderter rasselnder Harnische und trommelnder Hufe mit wild schlagendem Herzen, er habe den König nicht gesehen und wünsche Glück bei der Suche nach dem Flüchtigen.

Dann stieg der glänzende Heerführer, gestützt von einem herbeigewinkten Knappen, einem Kind, das kaum zwölf Jahre zählte, von seinem Streitross und nahm den Helm mit seiner Schnabelfratze ab. Rikmann stockte der Atem. Der Heerführer war der Reichsverweser Bonde selbst. Der Mann war in seinem dreißigsten Jahr. Er strahlte Stärke aus. Prächtige volle Locken fielen auf die Schulterharnische der eng anliegenden Rüstung. Die noch vor kurzem jugendlichen Züge waren hart geworden, seit Rikmann den Bonde zuletzt gesehen hatte. Er hatte töten lassen, wer ihm auf seinem Weg zum Reichsverweser Schwedens in die Quere gekommen war. Und er würde auch vor dem König selbst nicht haltmachen, um sich die Krone aufzusetzen.

Der Reichsverweser näherte sich Erich Schritt um Schritt und forschte in der Finsternis der Kutte nach den Zügen des Verhüllten. Rikmann fürchtete schon, er werde nun das

Schwert gegen seinen Herrn richten. Doch dann blieb der Bonde stehen, beugte das Knie, legte sein Schwert neben sich, senkte das Haupt und erbat von dem Unerkannten, er möge ihm seinen Segen geben für den Kampf gegen den alten König, der zu schwach war, das brennende Reich zu befrieden, und der so Böses an seinem Volk getan.

Der Herrscher ging zu seinem demütig gebeugten Feind und blieb eine Armlänge vor ihm stehen. Rikmann meinte für einen Augenblick, Erich werde nach seiner Kapuze greifen, sie zurückschlagen, stolz das königliche Haupt zeigen und mit fester Stimme sagen: »Seht her, ich bin's, Erich, von Gottes Gnaden König der Dänen, Schweden, Goten und Wenden und Herzog von Stolp, dein Herr, dem du, der gewöhnliche Knappe Bonde, deinen Eid geschworen!« Der Bonde würde sich erheben, mit seinem mächtigen Beidhänder ausholen, und der König würde stolz die Klinge empfangen. Und dann wäre alles vorbei.

Die Stille stand wie eine Wand zwischen dem König und dem Bonde. Doch dann hörte der Schreiber, wie die Stimme Erichs brüchig murmelte: »Im Namen des Herrn und Seines fleischgewordenen Sohnes: Ich will dein Geschlecht segnen, und es möge sich mehren wie die Sterne am Himmel und wie der Sand am Ufer des Meeres, und deine Nachkommen sollen die Tore ihrer Feinde besitzen.« Und die knochige Hand des Königs zitterte den Segen über das Haupt seines ärgsten Feindes.

Der Schreiber war zu dieser Stunde gewiss, dass jener Segen das Los seines Herrn schrecklicher besiegelt hatte als ein abgeschlagenes Haupt.

Rikmann stand erschöpft am Bug eines Fischerbootes, das der König im Sund von Norrköping mit einer goldenen Nadel der Königin erworben hatte, nachdem sie glücklich dem Heer des Reichsverwesers Bonde entkommen waren, und sah auf den ungewissen Horizont. Dunst lag auf dem glatten, stillen Meer. Er fror. Ihm war, als würde auf diesen Winter kein Frühling folgen.

Sein Herr, der aus dem Stand auf Pferde hatte springen können, ohne den Steigbügel zu berühren, und damit den Frauen bei Hofe Sehnsuchtsseufzer entlockt hatte, er lag nun im Fieberwahn auf einem Haufen Taue und versuchte wie ein Fisch an Land mit offenem Mund der Luft etwas Atem abzuringen. Er schien mit jeder Meile, die er sich von seinem geliebten Reich entfernte, schwächer zu werden. Das Leben rann aus ihm wie der Wein aus einem lecken Fass, und der Schreiber fürchtete, sein Herr werde den Abend nicht erleben.

Vielleicht war es ein Omen für das, was in den folgenden Monaten geschah, dass der König zu jener Insel flüchtete, von der die Sage erzählte, sie hebe sich jeden Tag aufs Neue aus dem Meer. Und wirklich war Rikmann, als erstünde Gotland in dieser Stunde aus den Fluten wie ein rettendes Paradies, dem der Herr aus Erbarmen mit den zu Schiffe Flüchtenden sich aus den Wassern zu heben gebot. Eine neue Welt, sauber und rein. Hier waren die Schreie aus der Luft gewaschen, das Blut der Schlachtfelder aus den Wiesen. Vielleicht verlor, so dachte er, wer seinen Fuß auf dieses täglich neue Ufer setzte, seine Erinnerung an Vergangenes, verlor seine Schuld und begann, wie die Insel, täglich neu.

Aus dem schmalen Streif, der auch nur Dunst am Horizont hätte sein können, hob sich nach und nach die abweisende Küste Gotlands mit ihren schroffen, mehr als einhundert Fuß hohen Kalkklippen. Wie um Hilfe rufende Menschen reckten knorrige, verkrüppelte Kiefern ihre vom rauen Seewind verwundenen Arme in den Himmel. Wo sich Buchten auftaten oder Strände, da standen im Küstennebel mächtige Säulen, die nur von Riesenhand hatten aufgestellt werden können; zu Stein gewordene Wächter sahen seit Urzeiten aufs Meer hinaus, unaufhörlich berannt von der schweren Meeresbrandung, versteinerte Witwen, die auf ihre an die Fluten verlorenen Männer warteten, Gestrandete, die sehnend zum Horizont blickten, wann ein Schiff auftauchte, sie zu erlösen. Fels gewordene Wogen wälzten sich ans Ufer, denen steinerne Ungeheuer und Fabelwesen einer fernen Welt zu entsteigen schienen.

Gerade so, wie vor ihm Gotland aus dem Meer aufstieg, schien Rikmann, sei das Reich der Nordischen Union in seinem Rücken versunken und mit ihm all die schrecklichen Bilder der Verwüstung, die sich in seine Seele eingebrannt hatten.

Mächtig hob sich die Stadtmauer Visbys aus dem Nebel, mit ihren über fünf Dutzend Gefechtstürmen und karstigen Wallgräben, um Reiterei und Wurfkatzen abzuhalten. Über die Mauer ragte der längst vergangene Reichtum, den die Wachtürme noch immer beschützten: die zahllosen, mehr als sechs Stockwerke zählenden Speicherhäuser der Kaufleute mit ihren prächtigen Treppengiebeln und die beinahe zwei Dutzend Kirchtürme der Stadt, von denen die ersten bereits verfielen. Im südlichsten Teil Visbys, das Meer und die Stadt überblickend, lag Schloss Visborg, eine uneinnehmbar scheinende Zwingburg, bestehend aus vier mächtigen Wehrmauern und

Gefechtstürmen, die das Hauptgebäude mit Ritter- und Kronsaal, das Frauenhaus, ein großes Wirtschafts- und Gesindehaus, Salz- und Kornspeicher, die Stallungen und die prächtige Schlosskapelle umfriedeten. Aus der Mitte dieser Festung aber ragte der mächtige Turm Blackn empor, der durch eine weitere Steinwehr und Wallgräben geschützt war – ein uneinnehmbares Bollwerk, in dessen oberstem Stockwerk sich die königlichen Gemächer befanden.

Als das Schiff am Landungssteg des neuen Hafens festmachte, der am Fuß der Festung lag, ließ Erich einen Ausrufer losschicken, der durch die Straßen lief und schrie: »Der König ist da! Der König! Der König! Heil dem König!«

Der kranke Herrscher war so schwach, dass er von den Fischern, deren Schiff er gedungen hatte, auf einer Totenbahre in einer jämmerlichen Prozession über den Landungssteg durch die Strandpforte in die Stadt getragen wurde. Stumme Gesichter starrten den König an, aus den Buden des alten Marktes, aus den Lastenluken der Speicherhäuser, welche die prächtige, steingepflasterte Strandstraße säumten und den alten Marktplatz umstanden. Kein Fest wurde gegeben wie zu früheren Zeiten, als man bereits zwei Wochen vor seiner Ankunft begann, einen prunkvollen Empfang zu bereiten. Keine Trommeln und Pipen empfingen den Herrscher, keine Tücher tanzten an den Rändern der Straßen, die der einst prachtstrahlende Unionskönig bei seinen Ankünften hoch zu Ross aufsitzend zu durchreiten pflegte. Türen wurden zugezogen. Weiß in den dunklen Fenstern schwebende Gesichter verschwanden in der Finsternis der Häuser. Über einen in die Klippe geschlagenen Hohlweg trug man den Hinfälligen hinauf in die mächtige Feste. Als sich das Fallgitter, dessen Zacken wie mächtige Reißzähne in den Torbogen hineinragten, mit kreischenden Ketten und ohrenbetäubendem Donnern hinter dem Schreiber und seinem Herrn schloss wie ein Dämonenmaul, da schien Rikmann, als wäre die Feste mehr Gefängnis als Fluchtburg, als säße er nun in der Falle.

»Wir hatten ja keine Ahnung!«, klagte der Koch, der mit dem restlichen Hofstaat aus der Stadt herbeigeeilt war. Der Schenk, der alte Leibdiener des Königs, die Waschfrauen, Zofen und Knechte – niemand hatte während des Winters in der Burg gewohnt, die kaum zu beheizen war. Der schwere Schnee hatte das Dach des Rittersaales einstürzen lassen, und viele Fenster der Feste waren geborsten. Wo venezianisches Glas prächtige Lichtspiele geworfen hatte, wurden nun dürftig Ziegenhäute gespannt wie im Haus eines Tagelöhners. Zumindest der Kronsaal im Haupthaus und die königlichen Gemächer im obersten Stock des Turmes Blackn waren bewohnbar.

Nachdem Erich ihnen eine Spange der Königin gegeben hatte, gingen Koch und Schenk sogleich zum Großen Markt, um das Letzte einzuhandeln, was es noch an Viktualien gab in diesen mageren Zeiten, und der Hofmeister erwarb am Schinderbergplatz Brennholz und Kohle, um die Burg aus dem Winterschlaf zu erwecken.

Der König dirigierte, auf seiner Totenbahre liegend, von den Zinnen des Turmes Blackn aus wie ein verwundeter Heerführer auf dem Feldherrnhügel seine Streiter. Er wies einige Männer an, die Wehrtürme der Burg mit schweren Wurfkatzen und Pechkesseln auszurüsten. Er ließ alte Schiffe in der nördlichen und südlichen Fahrrinne des Hafens versenken, damit er nicht mehr befahrbar sei, für Freund wie Feind, und befahl dem Koch, den königlichen Speicher vor der Südpforte Visbys bis auf das letzte Pökelfischfass zu leeren und den Gewölbeboden der Schlosskapelle bis unter die Decke mit den Vorräten zu füllen.

»Reißt die Glocken aus den Kirchtürmen!«, gebot er seinem Waffenmeister.

Unter dem Toben der Prälaten und Dechanten wurden die

Glocken, die mit ihrem Geläut Christen zum Gebete rufen sollten, zu Bombarden umgegossen und von den zahllosen Türmen der Stadtmauer auf das Meer gerichtet.

Schnell hob sich im Burghof ein mächtiges *castrum doloris*, ein Trauergerüst für die Sterbefeierlichkeiten, um den Leichnam des Herrschers vor dem Volke auszustellen, und Erich gab die letzten wertvollen Stücke der Königin, damit man in den Kirchen Visbys auf ewig Bittmessen für sein Seelengerät lesen würde.

Längst hatte der Schreiber Rikmann verstanden, weshalb der König hierhergekommen war. Der König verkroch sich zum Sterben, so wie ein waidwundes Wild sich ins Unterholz schleppt, wenn es spürt, dass das Ende naht, um nicht bei lebendigem Leib von den Feinden zerrissen zu werden.

Als für alles gesorgt war, nickte der König, ließ sich in den Kronsaal tragen und auf sein dort bereitetes Sterbelager heben. Der Hofstaat verharrte in Stille, und Herr Rikmann wartete, in tiefer Trübsaal auf der Treppe vor der geschlossenen Saaltüre sitzend, darauf, dass sein Herr entschlief. Doch der König starb nicht.

Es wurde Nacht, und der Herrscher zitterte aus Angst vor Tod und Finsternis auf seiner Wühlstatt. Er befahl, in allen Gemächern der Burg, auf dem Hof, in allen Winkeln und toten Gängen, lodernde Feuer zu entzünden, dass man zu Visby schon meinte, die Burg brenne. Gerade so, als könne er, wenn er die Finsternis vertrieb und die ihr innewohnenden bösen Geister mit ihren schweren Klagen, auch dem Tod verwehren, an sein Sterbebett zu treten.

Denn ein letztes Geschäft blieb ihm, bevor er starb: Sein Leben brauchte ein würdiges Ende. Der König rief nach seinem Schreiber und sagte: »Und nun, Rikmann, holt Eure Feder!«

Als ich starb, am Nachmittag eines sonnigen Herbsttages, soll ich im Wissen, ein guter und gütiger König gewesen zu sein, meinen letzten Atemzug ausgehaucht haben und der Welt entrückt sein. Die Wellen sollen aufgehört haben zu wogen, die Wolken, sich zu ballen. Die Wanderer sollen im Gehen innegehalten und Kosmographen ratlos den Stillstand der Gestirne verzeichnet haben. Die Nacht soll für einen Moment aufgehört haben, das Licht des Tages zu überkommen. Die ganze Welt soll für einen Wimpernschlag den Atem angehalten und über die Felder sich ein Mantel aus Stille gelegt haben. Ich will, dass die Grillen aufgehört haben zu zirpen, die Flüsse zu fließen. Die Blüten sollen sich in die Knospe zurückgezogen und die Sonne sich verfinstert haben, als ich, der König, seinen Lebensatem an den zurückgab, der ihn geschenkt hatte. Selbst der Wind soll verstummt sein und kein Gras gerauscht und die bunten Blätter des Herbstes in ihrem flüchtigen Tanz innegehalten haben. Ich wünsche, dass, als der König entschlief, selbst der Himmel geweint hat und auf den kargen, vom Brand des Krieges versengten Feldern in den ersten Strahlen der nach dem Innehalten wie erstmals aufleuchtenden Sonne zahllose Mohnblumen sich öffneten und der milde Wind ihre verknitterten Seidenblätter glättete.«

Der Schreiber und Chronist Rikmann stand im Kronsaal mit ausdrucksloser Miene an einem eigens errichteten Schreibpult zu Füßen des königlichen Sterbelagers und starrte seinen sinnierend diktierenden Herrn ratlos an, dem eine Träne ob seines ergreifenden Endes entrann.

»So schreibt, um Himmels willen!«, fuhr ihn der König an. »Schreibt!«

Doch der Schreiber schrieb nicht.

Rikmann hatte seinen Herrn seit seiner Thronbesteigung auf Schritt und Tritt begleitet. Seit er denken konnte, war sein Leben an das des Königs gekettet wie das Leben der Zecke an den Ochsennacken. Die aufscheinendste Eigenschaft Rikmanns, außer seiner Duldsamkeit, war seine nicht zu überbietende Unauffälligkeit. Sein Gesicht war nicht einprägsam, man hatte Schwierigkeiten, ihn zu beschreiben, denn es war nichts Außergewöhnliches an ihm. Er lief allzeit hinter dem König einher, auf Schritt und Tritt. Rikmann hieß, wenn überhaupt jemand von ihm sprach, Rikmann *umbratilis* – der den Schatten Liebende –, denn er hatte den Schatten des Königs beinahe ersetzt. Immer einen halben Meter hinter ihm gehend oder stehend, schien es, als wäre seine ganze Gestalt eigens dafür gemacht, zu verschwinden. Er war genau um so viel kleiner, dass er sich zumeist bequem im Schatten des Königs aufhalten konnte, ohne sich ducken zu müssen, wenn es nicht gerade Mittag und Sommer gleichzeitig war. Er protokollierte, seit er denken konnte, jede Unterredung, die der König führte, die Argumente von Für und Wider, jeden Gemütszustand, ja, mit der Zeit notierte er immer mehr, sogar scheinbar Belangloses. Es verschaffte ihm große Befriedigung, sogar Glücksgefühle, mit größtmöglicher Genauigkeit das Schaffen seines Herrn festzuhalten. Er meinte jeden Tag, jede Minute des Königs zu kennen, und er war gewiss, dass ihm nichts entgangen war, was für seine Chronik von Bedeutung sein konnte.

Und nun stand der Schreiber zu Füßen des Königs, der ihm Dinge diktierte, die nicht geschehen waren, und den akkuraten Chronisten befiel darob eine Lähmung.

»Schreibt!«, rief der König. »Schreibt!«

Doch die Feder Rikmanns wollte sich nicht bewegen. »Verzeiht, der Kiel ist gebrochen.« Hastig brach er die Feder, um Zeit zu gewinnen. Doch Erich schickte rasch nach einem neuen Kiel.

»Schreibt!«, rief der König.

Aber die Feder des Chronisten verweigerte die Niederschrift von Dichtung. »Mit Verlaub, mein König«, sagte er mit zittriger Stimme, »Sonnenfinsternis und im Laufe innehaltende Gestirne … Es kann nur Tag sein oder Nacht.«

»Schreibt!«, herrschte ihn der König an. »Das Volk soll sich tagelang die Haare gerauft haben. Die Frauen sollen ihre Fäuste auf die Brust geschlagen und zwischendurch die Arme gen Himmel gereckt haben, um Hilfe von oben zu erflehen. Ich wünsche, dass Geschrei und Gejammer durch die Gassen wehten und gemeine Bürger noch nach Wochen ganz unvermittelt, während sie durch die bunten Straßen liefen, innehielten und sich schluchzend und wehklagend auf den Boden warfen ob ihres peinsamen Gedenkens an das Verbleichen des geliebten Königs.«

Der Schreiber bemerkte, dass er wohl seinen Kiel bewegte, aber nur Linien krakelte wie ein Kind, das Schreibenkönnen spielt. Ihm brach Schweiß aus, er musste sich mit zitternder Hand die Stirn tupfen. »Verzeiht«, das war alles, was er über die Lippen brachte. Hatte er zeit seines Lebens akkurat verzeichnet, was der König tat, um jetzt Phantasmen zu notieren?, so dachte er. Eine schwankhafte Facetie?

»Wir wünschen«, fuhr Erich fort, »dass das Volk sich weigerte, den neuen König anzuerkennen, die Frucht soll am Baum verfault sein, das Korn auf dem Feld. Das blühende Land soll nach dem Erschlaffen der Hand des besonnenen Lenkers in Unordnung versunken sein … Lest, was Ihr geschrieben habt. Ich will es hören.«

Herr Rikmann schwieg. Schwitzend, zitternd. Denn er hatte noch nichts geschrieben.

»Was ist?«, fragte der König ungeduldig.

»Verzeiht, doch die Sonne verfinsterte sich bereits beim Ableben des Königs João des Großen von Lusitanien«, brachte der Chronist verzweifelt vor.

»Was für den König Portugals recht ist – soll es für mich nicht billig sein?«

»Wenn sich bei jedem Großen eines Reiches, der hinsinkt – und das geschieht allwöchentlich irgendwo –, die Sonne verfinstert, was ist dann los am Himmelszelt? Die Gestirne nur damit befasst, zu sehen, wo jemand stirbt! Die *machina caelestis*, die unermessliche Himmelsmaschine, wäre völlig durcheinander! Wie soll man erklären, dass hernach alles wieder in Ordnung ist? Sollen die astronomischen Tafeln für Euch umgeschrieben werden?«

»Dann lasst die Erde beben«, sagte der König.

Die Feder des Chronisten setzte an, doch er schrieb nicht. »Die bebende Erde – sollte sie nicht dem Hinscheiden Jesu vorbehalten sein, des leibhaftigen, fleischgewordenen Sohnes?«

»Schreibt: Die Erde bebte, als Erich, Mehrer der Reiche Dänemark, Schweden und Norwegen zu allen Zeiten, im Jahre des Herrn 1438 – oder wann auch immer ich sterbe, lasst das frei – seinen Odem an den zurückgab, der ihn gegeben hatte.«

»Ich kann nicht«, stieß Rikmann leise hervor.

»Was heißt, Ihr könnt nicht?«

»Ich kann nicht.«

»Schreibt!«, zischte der König. »Schreibt, oder ich vergesse Eure Dienste um die Krone!«

»Am Ende wollt Ihr auch noch einen Tod zu Felde«, sagte Rikmann verzweifelt.

»Sehr gut! Schreibt«, sagte der König und deutete mit seinem knochigen, fahrigen Finger fordernd auf das Pergament des Schreibers: »Bei voller Kraft stieg der König ins Grab, wie man Garben einbringt zur Zeit.«

»Aber Ihr liegt im Bett!«, rief Rikmann außer sich.

»Ich werde ein würdiges Ende meines Lebens aus Dir herausquälen lassen, Schreiber!«, schrie der König nun mit aller ihm verbliebenen Kraft.

»Ihr könnt mir heute aufzwingen zu schreiben, was immer Ihr wünscht«, erwiderte Rikmann mit dem Mut des unbedachten Augenblicks, »doch schon morgen vermögt Ihr meine Feder nicht mehr zu führen.«

»Ich werde Euch nach der Beschreibung meiner Grablege die Hände abschlagen lassen!«

»Zahllose Augen haben Eure Untaten gesehen, und die Wahrheit wird ans Licht kommen. Die deutschen Kurfürsten zu Bingen haben Euch in einem Schreiben, das in die Geschichtsbücher eingehen wird, als *sator malorum* bezeichnet, als Sämann des Bösen!«

Der König wurde blass.

»Einen Bettlägerigen«, fuhr Rikmann fort, »der sein Reich in hellem Aufruhr verließ, übersät von Wegelagerern und Raubrittern, die Heimaterde getränkt vom Blut Unschuldiger, die Meere gespickt mit Piraterie betreibenden Adligen und sogar Priestern! Einen Bettlägerigen wild durch die feindlichen Heerhaufen sich hauend zu Felde fallen lassen, das kann ich nicht!«

Erst in der drückenden, minutenlangen Stille konnte Rikmann die Schwere seiner Worte ermessen. Das Unverständnis der letzten Jahre für die Taten seines geliebten Königs war hervorgebrochen. »Verzeiht mir«, sagte Rikmann leise. »Verzeiht, ich war außer mir.«

»Ich wusste nicht, dass Ihr mir feind seid«, entgegnete der König, der vom Ausbruch des allzeit stillen Mannes schwer getroffen war.

»Ich bin Euer Freund. Vielleicht der einzige, den Ihr noch bei Hofe habt.«

»Spricht so der Freund zum Freund? Was wollt Ihr? Mehr Geld? Will der Schreiber Herzog werden?«

Rikmann schüttelte den Kopf.

»Für das, was Ihr mir sagt, hätte ich selbst meinen Narren säcken lassen!«

»Den Ihr Euch hieltet, um von Zeit zu Zeit die Wahrheit zu hören.«

»Jeder Chronist lügt! Dafür werdet Ihr bezahlt, dafür seid Ihr ja alle Grafen, du und deinesgleichen!«

Rikmann schwieg.

»Ihr wollt kein Geld – was wollt Ihr dann?«, fragte Erich.

»Mein König, ich will keine Herzogtümer und will Euch nicht bedrücken. Es ist recht einfach«, antwortete Rikmann nun mit fester Stimme. »Ich bin kein Dichter, ich bin Chronist. Ich verzeichne Dinge, die geschehen sind, wirklich und wahrhaftig, so wie sich ein Fluss in das Flussbett einschreibt.«

»Wird es meinem Leben gerecht, wenn ich damit abgehe, dass ich kraftlos auf meiner Schlafstatt dahindämmere und vergessen, verachtet verende?«, fragte der König. »Rikmann? Wird das meinem Leben gerecht?«

Der Schreiber schwieg.

»Wird es meinem Leben gerecht, wenn mein eigenes Volk meinen Leichnam schreiend durch die Straßen schleift und zerreißt«, fuhr der König in höchster Erregung fort, »und meine Gliedmaßen von Hunden über die Stadt verteilt werden? Ist das die Wahrheit, wenn das geschieht? Ist es nicht eher fleischgewordene Lüge?«

»Wenn es so geschieht, dann ist es Gottes Wille«, antwortete Rikmann mit ruhiger Stimme. »Es ist nicht an mir, was der Herr fügt, zu tadeln und zu ändern.«

»Ich warne Euch, kleiner Mann! Verlasst nicht den Platz,

den ich Euch zugewiesen habe. Die Maus, die miauen lernt, ist noch längst nicht Katze!« Dann fasste sich der König und sagte mit einem scharfen Blick auf den Chronisten: »Tagaus, tagein mit den Händen einen Federkiel umklammernd, da ist sich's leicht gut sein. Die Sonne macht nicht nur Licht, sie macht auch Schatten, Rikmann, Schreiber. So auch der Glanz des Königs. Ich habe einen besseren Abgang verdient!«

Er blickte in Gedanken versunken seinen Schreiber an, als sähe er ihn zum ersten Mal. »In dieser Stunde, Rikmann, lasst Ihr mich erkennen, dass ich, der König, an den Fäden meines Knechtes zapple! Ohne Euch stirbt jede meiner Taten mit meinem Tod! Ihr seid der Herr meiner Erinnerung! Ihr könnt mich vernichten, blutiger als jede meiner verlorenen Schlachten, schlimmer als meine grausamsten Feinde!«

»Gott bewahre, lieber Herr!«

»Rikmann, liebt Ihr Euren Herrn?«, fragte der König nach langem Schweigen.

»Mehr als mein Leben.«

»So schenkt mir, ich bitte Euch, was mir mein Gott versagt: ein Ende, das meiner würdig ist.«

Rikmann dachte nach und sagte dann: »*Ihr* seid es, der die Geschicke in der Hand hat. *Ihr* könnt so handeln, dass das Volk nach Eurem Ableben nicht nur geweint haben soll, sondern wirklich weint.«

»Wie?«, flüsterte der König. »Ihr seid ja doch ein Phantast!«

»Dass das Volk sich wirklich die Haare rauft, weil es seinen gütigen König verloren hat.«

»Wie?«

»Bedenkt die Erleichterung Eurer Seele. Versündigt Euch nicht noch im Angesicht des Todes. Denkt an Euer Seelengerät! Ich kann nicht einen König, der seine Schlafstatt kaum mehr verlässt, der aus seinem Reich geflohen ist, als sein Volk befriedend beschreiben und ihn zu Felde hinsinken lassen!«

»Das klingt doch gut!«, rief der König, »das klingt doch gut!«

»Ich kann Euer Ableben erst dann schreiben, wenn es vollzogen ist«, sagte Rikmann. »Und genau so, wie es vonstattenging. Die Wahrheit.«

»Ihr spielt Euch zu meinem Richter auf, Schreiber! Ihr seid nicht mein Gewissen!«, schrie der König, nun wieder außer sich. »Ist denn der Chronist genauer als der Dichter? Macht es denn einen Unterschied, ob folgende Generationen das lesen, was wirklich geschah? Gehört nicht auch das, was nicht geschah, doch von dem ich wünschte, dass es geschehen wäre, zur Wahrheit wie die Nacht zum Tag? Mein Wollen und Streben? Wollt Ihr nur den Schatten schreiben, den ich warf, nicht auch die Sonne, die mir schien? Die Wahrheit ist nicht nur das, was geschieht!«

»Befriedet Euer Reich, solange Ihr noch lebt«, sagte Rikmann nun sicher und bestimmt.

»Ich habe keine Zeit«, erwiderte der König.

»*Mors certa, hora incerta.* Der Tod ist gewiss, die Stunde ungewiss.«

»Ich bräuchte Jahre, die ich nicht mehr habe. Jahre!«

»Ihr habt es in der Hand, ob Euer Leben eine Erzählung der Vergeblichkeit wird oder ein Heldengesang. Seid gütig. Dann beweint das Volk den Verlust des gütigen Herrschers. Seid ein Herrscher der Gnade, dann wird Gott die Sonne verfinstern, wenn Ihr entschlaft. Dann werden die Vögel im Flug innehalten. Dann wird der Wind seinen Atem anhalten und das Rauschen der Gräser verstummen. Und ich werde Euer Ende besingen, mit aller Schönheit, die Worte aufzubringen vermögen.«

»Man sieht mich als Tyrann! Ich muss mich als Bettelmönch verkleiden, mich in Nischen drücken, mich vor meinem Volk verstecken, muss aus meinem eigenen Dominium fliehen! Ich, der König! Wie soll ich in Wochenfrist mein Reich befrieden?«

»Was ist ergreifender als ein Gefallener, der zur Milde findet?«, antwortete Rikmann. »Wer ist mutiger als der Feige, der sich dem Kampfe stellt, was ist erhabener als der Geringe, der sich zu Hohem aufschwingt? Was wäre Paulus gewesen ohne sein Leben als Saulus? Was wäre das Paradies ohne diese finstere Erde? Ihr könnt noch nicht gehen, König, so könnt Ihr Euer Leben nicht schließen.«

»Ich habe keine Zeit!«, schrie der König. »Ich habe keine Zeit!«

Wenige Tage später lieferte ein Steinmetz aus Visby einen kunstvoll behauenen Sarkophag in die Schlosskapelle. Der König hatte nach einigen schrecklichen Nächten beschlossen, sich als Meister der *ars moriendi* zu zeigen, der Kunst des Sterbens, und sich den Schnitter als Freund zurechtzudenken. Er redete sich ein, er empfange den Tod freudig, mit offenen Armen, und bestand darauf, in seinem Grabmal Probe zu liegen.

Rikmann ging über den Hof zur Schlosskapelle, um sich den Sarkophag zu besehen, bevor der König kam. Als er die finstere Vorhalle durchquert hatte und durch die Wolfstüre – ein schweres, zweiflügeliges, aus Bronze gegossenes Portal – in das Gotteshaus trat, waren seine Augen geblendet.

Durch die hohen Fenster fiel die Morgensonne gleißend in den Raum, den der König von Baumeistern aus Ravenna nach dem Vorbild der prächtigen Pfalzkapelle Karls des Großen hatte errichten lassen. Acht kostbare Säulen trugen einen mit acht Fenstern durchbrochenen Tambour, über dem sich eine prächtige Kuppel spannte. Als Herrn Rikmanns Augen sich an die Helligkeit gewöhnt hatten, entdeckte er etwas Merkwürdiges.

Kaum ein Dutzend Schritte entfernt, geradewegs neben der königlichen Tumba im Zentrum jenes Rundes, lag in einem gleißenden Lichtschlag, der durch die Fenster unter der Kuppel hereinfiel, ein besinnungsloser Mann mit ausgebreiteten Armen. Er war in jämmerliche Lumpen gehüllt. Die schwere Grabplatte lag herabgestürzt, wie von Riesenhand zerworfen, gebrochen neben dem Sarkophag. Rikmann erinnerte diese Szenerie an Darstellungen der Auferstehung Christi. Der Mann schien dem Grabe entstiegen zu sein, der geborstene, mächtige Grabstein von göttlicher Kraft gehoben.

»Allmächtiger«, flüsterte der Schreiber, dem die seltsame Erscheinung unheimlich war, und schlug ein Kreuz. Er wagte kaum, sich weiter zu nähern, und umlief den Auferstandenen in weitem Bogen, ängstlich darum bemüht, kein Geräusch zu machen, als fürchte er, den seltsamen Mann zu wecken.

Dann ging er näher, langsam, Schritt für Schritt. Im Gesicht des Mannes wucherte ein Bart von Jahren. Der Gram hatte ganze Arbeit an seinen Zügen verrichtet. Er musste Schreckliches hinter sich gebracht haben. Seine Wangen waren hohl, und die geschlossenen Augen lagen tief in ihren Höhlen. Er war blass, wächsern wie eine Leiche. Das gleißende Licht durchschien ihn fast; man mochte meinen, es durchstrahle seinen Leib und nur das feine Geäst seiner Blutbahnen hemme das Licht. Er bestand kaum mehr, schien transparent wie ein mangels Glas vor das Fenster gespanntes Ziegenpergament. Kaum wie ein wirklicher Mensch wirkte er, sondern als wäre er verklärt, schon körperlos, nicht mehr zu dieser Welt gehörig. Sein Haupt schien glanzumflort; es war, als leuchtete er wie ein Heiliger.

Die prächtige Kuppel der Kapelle, die den Mann in der Höhe mächtig überwölbte wie ein zweiter Himmel, war mit einem kostbaren Mosaik ausgekleidet, das eine Vision des himmlischen Jerusalem darstellte. Und Rikmann schien nun, als hätten sich die zwölf Ältesten, die ehrfürchtig dem Weltenherrscher ihre Kronen darboten, für jenen Mann, der dort leblos neben dem Grab lag, von ihren Thronen erhoben, als wäre er es, dem sie sich unterwarfen, ein gestürzter Gottessohn, als wäre er der Weltenherrscher, dem sie alle Insignien ihrer Macht zu Füßen legten.

Rikmann schickte verstört nach den Wachen, um zu erfahren, wer dieser seltsame Herr war.

Der Hauptmann, ein grober Mensch, empfand nichts von der erhabenen Aura, die den seltamen Mann umgab, er stieß gar mit seinem schweren Stiefel gegen den leblosen Körper. Er war bestürzt über den Eindringling. »Vor einigen Tagen haben wir ihn am Zugtor abgewiesen«, versicherte er dem Schreiber. »Er war in schrecklicher Verfassung, völlig ausgezehrt, konnte sich kaum auf den Beinen halten. Stellt Euch vor, der Lump hat verlangt, zum König vorgelassen zu werden! Er hat behauptet, er wolle dem König neue Reiche zu Füßen legen!«

Der Hauptmann gebot seinen herbeigerufenen Wachen, den Siechen vor das Stadttor zu werfen, doch die Männer weigerten sich, die lichte Erscheinung zu berühren. Auch Rikmann schien es nicht recht, diesen Herrn zu versehren, der ihm Ehrfurcht und Angst zugleich einflößte. Er schien ihm unantastbar wie ein Heiliger nach einem schrecklichen Martyrium. Der eilends herbeigerufene Steinmetz beschwor, nichts von dem heimlichen Passagier des Sarkophags zu wissen. Er und seine Männer hätten das Grab am Morgen mit geschlossener Platte unversehrt geliefert.

»Was geht hier vor sich?«, flüsterte Rikmann, der sich nun fürchtete.

»Auf Eure alten Tage lernt Ihr noch, was mich amüsiert«, sagte König Erich zu seinem Schreiber, als er auf einem Tragethron in die Kapelle geschafft wurde, um den seltsamen Ankömmling in Augenschein zu nehmen. »So bringt mich näher!«, wies er seine Männer an und besah sich den Lumpen.

»Er muss sich mit Hilfe des Steinmetzen insgeheim in Eurem Sarkophag in die Burg haben liefern lassen«, schloss Rikmann aus dem Gesehenen.

»Um diese Grabplatte zu heben, braucht es vier Bären von Männern!«, verteidigte sich der Steinmetz. »Dieser schmächtige Herr kann den Stein unmöglich von innen aufgestoßen haben!«

»Man neigt dazu, die filigranen Herrschaften zu unterschätzen«, entgegnete der König.

»Es geht hier nicht mit rechten Dingen zu, wie mir scheint«, sagte der Steinmetz. »Vielleicht sollte der Hofkaplan ihn sich ansehen.«

Erich verzog sein Gesicht wegen des infernalischen Gestanks. »Der Herr dort seucht, als habe er sich nicht nur in die Burg tragen, sondern auch insgeheim in einem Heringsfass eingepökelt nach Gotland verschiffen lassen!«

»Benetzen wir ihn mit Weihwasser, um zu sehen, ob der Deubel in ihn eingefahren ist«, sagte der Steinmetz.

»Wir haben ihn nach Empfehlungsschreiben befragt, als er verlangt hat, zu Euch gelassen zu werden, verehrter Herr«, erklärte der Wachmann. »Er hat behauptet, er sei ein berühmter Meerfahrer, holte eine Handvoll gewöhnlichen Staub aus seiner Tasche hervor und sagte, dies sei der Sand unbetretener Ufer. Er habe ferne Länder geschaut, die kein Mensch je zuvor gesehen hat.«

»Und dann?«, fragte der König.

»Er zog zuletzt ein verbranntes, fischfleckiges Papier hervor und sagte, er wünsche, dem König neue Reiche zu Füßen zu legen. Und dann haben wir ihn vor das Tor geworfen«, schloss der Wachmann.

»So bringt mir seinen Zettel!«, sagte Erich neugierig zu seinem Schreiber. »Ein neues Reich käme mir zupass!«

Rikmann näherte sich voller Ehrfurcht dem heiligen Lumpen, der ihm immer ungeheurer wurde, und wagte nicht, ihn zu berühren.

»Nun ziert Euch nicht«, sagte der König, »es ist ja kein Frauenzimmer!«

Rikmann griff vorsichtig in die Wamstaschen des Mannes.

Außer ein wenig Sand und Krumen kam jedoch nichts zum Vorschein.

»Zieht ihm die Stiefel aus!«, wies ihn der König an.

Doch in den Schnabelstiefeln, deren einst hoch aufragende Spitzen traurig herabhingen wie welke Tulpen, fand sich nichts als zwei stinkende, mit kohlschwarzen Zehen besteckte Füße.

»Ich will diesen Zettel!«, sagte der König, dessen Neugier nun geweckt war, und so zog Rikmann dem Unbekannten das aus, was einmal ein Wams gewesen war. Doch auch in den Wamsärmeln war nichts zu finden.

»Wenn's auf Kalbspergament geschrieben war«, gab der König zu bedenken, »dann hat er's vielleicht vor Hunger aufgefressen?«

Der Schreiber sah selbst in den Mund und hob den Bart, hinter dem sich einiges verbergen ließ. Und dann bemerkte er, dass der Mann trotz seiner Besinnungslosigkeit etwas umklammerte, mit geballter Faust, deren Griff er kaum zu lösen vermochte. Es war jener Zettel, von dem der Wachmann gesprochen hatte, den Rikmann nun vor den König brachte, etwa handtellergroß, vergilbt, mit verbrannten Rändern, mit Fischresten verdreckt und voller Portweinflecken.

Der König entfaltete das Pergament würdevoll, als trüge es das kaiserliche Siegel. Einige Linien waren auf das Papier gezittert. Da wurde Erich gewahr, dass das, was der Mann umklammert hatte, eine Karte war. Eine Seekarte mit einer Insel.

Insula Hyperborea, genannt Nebelheim, stand in verzitterten Lettern neben den Umrissen des Eilandes auf dem Pergament. *Hier, jenseits des Nordwindes, wohnt ein glückliches Volk, das keinen Kummer kennt.*

Und nun wusste Erich, wen er vor sich hatte. Er erhob sich trotz aller Gebrechlichkeit von seinem Tragethron und kniete vor dem hingestreckt Liegenden nieder.

»Ist es möglich?«, sagte der König. »Hat mein Gott mich zuletzt doch nicht vergessen?« Er strich ehrfürchtig über die Brust des mehr tot als lebend Scheinenden. »Gelobt sei der Herr; denn er hat erhört die Stimme meines Flehens. Der Herr ist meine Stärke und mein Schild; auf ihn hofft mein Herz, und mir ist geholfen.«

Erich ließ den Besinnungslosen auf seiner Totenbahre vor den verwunderten Augen der Höflinge in den Kronsaal schaffen. Dort bettete er ihn wie einen Kaiser und wies die Wachen an, jedermann den Zutritt zu seinem Meeresreisenden zu verwehren.

Herr Rikmann stand ratlos vor den geschlossenen Türen des Saales und war höchlichst irritiert, dass der König ihn nicht mit hineingebeten hatte. Er, Rikmann, war es doch, der den Siechen aufgefunden hatte, so dachte er. Da war es doch nicht unbillig, Erklärungen zu wünschen. Ihm gefiel nicht, wie sich die Dinge entwickelten. Wer war es, der dem König so wertvoll schien, als wäre er ein verlorener Sohn, und für den der Herrscher auf die Knie sank und Gott dankte, als hätte der ihm die Hölle erlassen?

Bei Hofe flüsterte man schon, dieser Mann sei an verbotenen Orten gewesen, längst gestorben und aus dem Reiche der Toten, aus den finstersten Tiefen der Unterwelt, zurückgekehrt.

Der König ließ sogleich nach einem Schneider schicken, um den Meeresreisenden neu zu kleiden. Als der Schneider maßgenommen hatte und aus dem Kronsaal kam, stellte Rikmann ihn und fragte, ob er etwas über den Mann erfahren habe, ob er vielleicht gar ein Schwindler sei.

»Schwindler kleiden sich als etwas, was sie nicht sind«, antwortete der Schneider. »Ein Taugenichts kleidet sich wie ein Herr, oder ein Dieb wie ein ehrbarer Kaufmann. *Wenn* er ein Schwindler ist, und also nicht ist, was er zu sein scheint, verehrter Herr, dann muss er ein verkleideter König sein.«

Seit den frühen Morgenstunden saß Rikmann untätig, regungslos auf dem Schreibschemel in seiner Stube und wartete darauf, dass der König nach ihm schickte. Nichts geschah.

Es herrschte eine bedrückende Ruhe. Das Meer und die Winde waren still, als holte die Welt für etwas Atem.

Nach Stunden trieb es den Chronisten aus seiner Schreibkammer. Er begab sich über den Hof zum Kronsaal, stand ruhelos, vor Kälte zitternd, vor den schweren Türen und rang mit sich, ob er wirklich um Einlass ansuchen sollte, ohne dass ein Ruf des Königs an ihn ergangen war. In den Jahrzehnten seiner Geleitschaft hatte es keinen Tag gegeben, an dem Erich nicht spätestens bei Sonnenaufgang nach ihm hatte schicken lassen. Und nun war schon Mittag. Und das, wo es galt, die Herrscherchronik voranzubringen, für die eingedenk des königlichen Befindens nicht mehr viel Zeit blieb! Doch dann sagte sich Rikmann, ein König musste sich seinem Schreiber nicht erklären, wenn er ihn einmal nicht an seiner Seite wünschte. Was konnte ein einfacher Chronist schon von den Sorgen eines Herrschers verstehen? Vielleicht nahm ihm der König übel, dass er sich beim Diktat geziert hatte.

Er wagte es nicht, an die Türe zu pochen, und lief über den Burghof in das Wirtschaftshaus.

In der dampfenden Hofküche, in der es wenigstens warm war, konnte er den Koch kaum sehen in den Wolken der brodelnden Töpfe und dem Rauch sämtlicher Herde, in denen die

Flammen dröhnten, als würde ein Hoffest für den Kaiser ausgerichtet. Der König hatte den Koch beauftragt, Köstlichkeiten zuzubereiten, obgleich bei Hofe seit Tagen jedermann nur noch Pökelfisch aß. Der König hatte sich gar in eigener Person in die Küche tragen lassen, um zu besprechen, welche Speisen man dem Maroden vorhalten könne, denn er hoffte, ihn mit duftenden Schleckereien zur Rückkehr in die Welt der Lebenden zu verlocken. Der Koch war froh, dass man ihn wieder Köstlichkeiten zubereiten hieß, auch wenn er dazu kaum Ware hatte. Doch man wuchs mit seinen Aufgaben.

»Dieser Herr ist ein Schwindler, der sich am Troch des Königs gütlich zu tun wünscht«, sagte der Schreiber.

Der Koch zuckte mit den Schultern. »Mir ist das gleich.« So wie der Musikant dem Tauben und der Maler dem Blinden, so begegnete der Koch dem Chronisten stets zurückhaltend, denn Rikmann war ein überaus schlechter Esser. Zum Frühmahl nahm er nichts als ein trockenes Brot zu sich, das er in seinen ungesüßten Wein tunkte. Er verabscheute überhaupt den Verzehr von Köstlichkeiten, denn er glaubte, dem Herrn missfalle es, und verlangte immerzu nur nach Getreidegrütze, so dünn, dass sie sich wie das Waschwasser ausnahm, in dem Schüsseln gewaschen worden waren, aus denen man Getreidegrütze verzehrt hatte.

»Dieser Herr ist ein Ausschmierer wie die vielen vorgeblichen Boten des Priesterkönigs Johannes«, fuhr Rikmann fort, »die gefälschte Geleitschreiben bei sich führen und an den Fürstenhöfen nach köstlichen Speisen und Geschenken verlangen.« Denn die Christenheit erhoffte sich jenen sagenumwobenen Herrscher, von dem man glaubte, er sei irgendwo in Afrika und befehle über Hunderttausende von Waffenträgern, als siegbringenden Helfer gegen die erdrückende Übermacht der osmanischen Heerhaufen, denen Konstantinopel anheimzufallen drohte. »In der letzten Dekade speiste ein halbes Dutzend vorgebliche Gesandte des Presbyters Johannes gleichzeitig an unterschiedlichen Herrscherhöfen!«, empörte sich Rikmann, der selbst nicht glaubte, dass es jenen Presbyterkönig überhaupt gab.

Der Koch zog, des Chronisten ungeachtet, ein dampfendes Blech mit Honigkuchen aus dem Ofen und sog genussvoll aufstöhnend die köstlichen Aromen ein. »Ich bin begeistert von mir! Dem erschöpften Herrn wird trotz seiner Besinnungslosigkeit das Wasser im Maul zusammenlaufen!« Er hielt Rikmann den Kuchen unter die Nase. »Riecht einmal, Rikmann, dieser Duft! Da muss man doch einfach erwachen!«

»Einer jener Gesandten wurde am prächtigen Fürstenhof von Burgund vorstellig«, buhlte der Chronist weiter um die Aufmerksamkeit des Kochs. »Man wollte ihn sogleich mit den besten Empfehlungen zurückschicken und ein Heer gegen die Ungläubigen erbitten, um das Heilige Grab zu befreien und Konstantinopel zu halten. Doch er ließ sich bespeisen wie ein Fürst und wackelte erst nach drei Jahren, mit Gold behängt, fett wie eine Mastente davon!«

Der Koch biss von seinem mit Portwein getränkten Honigkuchen ab und stöhnte erneut vor Genuss auf. »Köstlich! Bin ich gut!«, sagte er und tadelte Rikmann kopfschüttelnd: »Es gefällt dem Herrn nicht, wenn man die Früchte der Natur so verachtet!«

Der Schreiber zuckte mit den Schultern.

»Stellt Euch vor, Rikmann«, sagte der Koch, während ihm der Chronist schweigend dabei zusah, wie er den Honigkuchen für den seltsamen Ankömmling mit Nüssen garnierte, »der Herzog Philipp von Burgund hätte den Boten davongejagt oder gar in seiner Angstkammer zwicken lassen und er wäre wirklich ein Gesandter des Presbyterkönigs gewesen! Wie schrecklich hätte er wegen ein paar Bissen Honigkuchen und ein wenig Klunker das Schicksal der Christenheit besiegelt!«

Als der König nach den bestellten Speisen rief, ging Rikmann dem schweißgebadet sein Blech balancierenden Koch eilfertig die Türen öffnend voran. Er wollte sich seinem Herrn nützlich zeigen und ihn glauben machen, dass er sich persönlich um die Ausführung der den vorgeblichen Meeresreisenden betreffenden Weisungen gesorgt hatte. Vor dem Kronsaal bedeutete er dem Koch mit der Hand, stehen zu bleiben, um sich zunächst zu vergewissern, dass sie dem König gelegen kämen. Rikmann lugte durch die angelehnte Flügeltüre und sah Erich am Lager des Meeresreisenden sitzen, wie einen Vater am Bett seines sterbenden Sohnes. Der Herrscher, der sich allzeit hart gegeben hatte, fasste die Hand des mit dem Tode Ringenden und flehte zu Gott, von dem er sich seit Jahren verlassen fühlte, dass der Heimgekehrte unter den Lebenden bleiben möge. Er ließ sich sogar dazu hinreißen, ihm über das Haar zu streichen.

Herr Rikmann trat einen Schritt zurück, räusperte sich, pochte an die Türe und bedeutete dem Koch durch ein Kopfnicken, mit dem dampfenden Blech einzutreten.

Der König griff selbst nach einem Stück des dargereichten Portweinkuchens und hielt ihn seinem seltsamen Meeresreisenden geradewegs vor die Nase, damit er etwas von den köstlichen Aromen einatmen und erwachen möge.

Doch nichts geschah.

Auch wenn es sich für einen Schreiber nicht schickte, einem König Fragen zu stellen, wagte Rikmann endlich, sich an seinen Herrn zu wenden. »Verzeiht, wenn ich Euch mit meiner Neugier bedränge, verehrter König. Wer ist dieser Mann?«

»Der vor uns liegende ehrwürdige Herr«, antwortete der König, »ist der hochberühmte Kartenzeichner und Astronom Nicolaus Claussøn Swart, dem ich vor vielen Jahren gebot, zu Schiff zu gehen, um jenseits des fürchterlichen Eises das Eiland Nebelheim zu finden, wo der Weizen wächst, ohne gepflanzt zu werden, und der Wein wild gedeiht und wo es weder Krankheit noch Tod gibt.«

War er nicht Jahr und Tag beim König gewesen? Konnte es sein, dass er von solch einer Meerfahrt nichts wusste?, so fragte sich Rikmann in dieser Stunde. Doch je länger er nachsann, desto mehr Beispiele fielen ihm ein, was ihm vom Leben des Königs alles entgangen war, auch wenn er allzeit dicht bei ihm gestanden hatte. Und das bei den wichtigsten Ereignissen für seine Chronik. Der Schreiber wusste nicht, ob es stimmte, wie der Koch einst behauptet hatte, dass die Königin sich zu einem Kesselflicker gelegt hatte, weil Erich ihr nicht Genüge leisten konnte oder wollte, obwohl die Räte ihn mehrfach streng ermahnt hatten, sich doch um der Reiche willen um einen leiblichen Kronfolger zu bemühen. Andere sagten, dass die Königin nur darum schwanger geworden sei, weil sie sich im Dunkel an den König geschmiegt und er sie für seine Kebse Caecilie gehalten habe, mit der er gern die Kurzweil pflegte.

Rikmann, der Chronist, wusste also nicht einmal, wer den seinerzeit noch im Mutterleibe verstorbenen Kronprinzen gemacht hatte. Da war es doch auch möglich, dass ihm eines der Schiffe entgangen war, von denen in guten Zeiten täglich Dutzende den Königssteg verlassen hatten.

Erichs Leibdiener führte nun einige Spielleute herein, nach denen der König geschickt hatte, derbe Herrschaften aus dem übelsten Hafenkrug, die nach Wein stanken; selbst ein hässlicher Zwerg gehörte zu den Lumpen. Sie spielten einen Saltarello, so krumm und schief, dass gar die Ratten Reißaus nahmen. »Lauter! Lauter!«, schrie der König, »singt Sauflieder!« Von Huren und vom Saufen grölten die Landstörzer, der Zwerg sprang gar auf das königliche Lager und hopste darauf herum, sie schlugen ihre Trommeln, dass die Haut eines Tambourins riss. Doch der Kartenzeichner und Astronom Nicolaus Claussøn Swart ließ sich nicht erwecken.

Da Erich nun keinen anderen Rat mehr wusste, ließ er den Koch einen seit Wochen verwesenden Fisch aus der Latrine holen und dem Kartenzeichner unter die Nase halten, damit er durch den Gestank endlich erwachen möge. Für einen Moment hob der Meeresreisende tatsächlich seine Lider, und der König fragte: »Habt Ihr Nebelheim gefunden? Hyperborea? Die Inseln der Seeligen? Indien? Wart Ihr in Indien?«

Der Kartenzeichner antwortete nicht.

»Sprecht! So sprecht!«

Der König erreichte den Hinfälligen nicht in seiner Finsternis. Swart dämmerte wieder in den Fieberschlaf hinein. Zurück in die Zeitlosigkeit. Zurück in die Ruhe.

»Was würde ich geben«, sagte Erich, »wenn ich so lange lebte, dass ich erfahren könnte, wo er war und was er gesehen hat. Ich würde ein Königreich geben, wenn ich sicher wäre, ich hätte noch eins.«

Der König kam in diesen Tagen wieder zu Kräften. Vielleicht, weil er die Köstlichkeiten, mit deren Geruch er den Meeresreisenden ins Diesseits zurückzulocken wünschte, und die kräftigen Fischsuppen, die der Hingestreckte nicht aufnehmen konnte, selbst auslöffelte. Erich entwickelte gleichsam einen stellvertretenden Appetit, als könne das den Siechen stärken. Zumindest dachte er beim Löffeln der Suppen an die Genesung des Kartenzeichners und versuchte, ihm gedanklich Kraft zu schicken. Herr Rikmann war glücklich, als er vom Leibdiener hörte, dass sein Herr gar wieder mit eigenen Kräften von seiner Wühlstatt im Turm Blackn aufzustehen vermochte und zum Fenster gegangen war, um auf den Horizont hinauszublicken.

König Erich betete nun bei Tage unermüdlich, der Schöpfer möge sich erweichen lassen, Nicolaus Swart noch ein wenig unter den Lebenden weilen zu lassen. In den endlos scheinenden Nächten wand sich der Herrscher vor Neugier auf seinem Lager und tyrannisierte die Dienerschaft. Über Stunden beobachtete er den Kartenzeichner, prüfte den Schlag seines geschundenen Herzens, versicherte sich mit der Wange, dass er ruhig atmete und gleichmäßig und vielleicht doch leben würde.

»Meine Hoffnung liegt nun im Meer«, sagte der König.

Am dritten Tag nach der Ankunft des Kartenzeichners schickte der König endlich wieder nach seinem Schreiber und rief ihn in seine Gemächer im Turm Blackn, wo der Herrscher seine Nachtruhe abhielt, seit der Meeresreisende aufgetaucht war. Herr Rikmann, der vor Neugier selbst kaum Schlaf gefunden hatte, war gewiss, Nicolaus Swart sei nun erholt und es werde endlich das Geheimnis gelüftet, das er barg.

Doch der Kartenzeichner war noch immer besinnungslos, und den König hatte mit den ersten Sonnenstrahlen die Muse geküsst.

»Ich weiß nun, wie meine Lebenschronik heißen wird«, verkündete Erich, versicherte sich des gespannten Blickes seines Chronisten, machte eine Pause, um Herrn Rikmanns Neugier ins Unerträgliche zu steigern, und breitete dann wie ein Magier die Lettern vor seinen Augen aus, die seine Lebenschronik überschreiben würden: *»Liber chronicarum Eirici – aequorei regis.«*

»Aequorei regis?«, fragte der Schreiber entsetzt. Sein Herr maßte sich den Namen des römischen Gottes Neptun an, des Königs der Meere, der über die Winde und Wellen und Meerungeheuer gebot! Der König war in seinem Leben kaum zehn Tage auf einem Schiff gewesen, noch hatte er sich jemals außer Sichtweite des Ufers gewagt! Er hatte allzeit gefürchtet, selbst im Waschzuber zu ertrinken! »Ihr habt die See zeit Eures Lebens gemieden«, stellte Rikmann mit aller gebotenen Vorsicht in Einrede.

»Das Meer und ich, wir hatten eine Liebe, die nicht aus den Lenden kam, das mag sein«, sagte der König. »Mehr Ehrfurcht als Leidenschaft, aber dennoch eine Liebe. Mein Neffe, der Infant Dom Heinrich von Portugal, ist auch nie in eigener Person zur See gefahren oder hat je selbst eine Insel entdeckt, und doch nennt man ihn *der Seefahrer*!«

»Der Infant Dom Heinrich hat Dutzende von Karavellen ausgeschickt, das afrikanische Kap Bojador zu umschiffen, den Ort ohne Wiederkehr, Schiffe, für die schon seine Urväter das Mastholz gepflanzt hatten.«

»Sehr gute Idee, Rikmann! Notiert das: Auf sein Lager hingestreckt, im Schmerz des Abschieds von seinen Meeren ...«

»*Seinen* Meeren?«

»*Seinen* Meeren«, bekräftigte der König. »Es geht so: Im Schmerz des Abschieds von seinen Meeren befahl der König, Fichtenschösslinge zu setzen, einen Wald, aus dem sein Volk dereinst die Schiffe von zahllosen Entdeckungsreisen hauen würde, benannt nach seinem edlen Namen: *Silva Eirici*.« Er nickte zufrieden. »Ich bin nun entkräftet«, fuhr er fort. »Bitte schont mich für einige Stunden, und schreibt das Gesagte inzwischen auf. Und werdet nicht zu spröde!«

Rikmann stand erstarrt vor seinem Herrn und machte keine Anstalten, zu gehen.

»Was wollt Ihr?«, fragte der König. »Hebt Euch!«

Der Schreiber blieb stehen. Er trat von einem Bein aufs andere und ließ seinen Hut zwischen den Händen kreisen. »Aber es gibt keinen Wald«, stieß er schließlich leise hervor.

Der König sah ihn ungläubig an. »Wie bitte?«

»Unsere Werften sind niedergebrannt. Es gibt keine Seefahrt.«

»Und wer liegt im Kronsaal?«, fragte der König brüsk. »Wer liegt dort?, frag ich Euch.«

»Verzeiht, doch wir haben bisher nichts als ein Pergament mit einer Insel, die vielleicht auch nur ein Fleck sein könnte. Und ich frage mich, wie es sein kann, dass mir diese Fahrt entgangen ist, wo ich doch allzeit an Eurer Seite war.«

»Denkt Ihr, ich schlage an die Kirchenpforten an, wohin ich meine Untertanen auf geheime Fahrt ausschicke?«, fuhr der König auf. »Streck dich nicht länger, als deine Decke reicht, Schreiber!«

»Verzeiht, wenn ich um des Seelenheiles des Chronisten willen, der ich bin, darum bitten muss, seinen Bericht abzuwarten, lieber Herr König. Und, seht mir die Frage nach, weshalb solltet Ihr diesen Wald gepflanzt haben? Wir haben Wald auf Gotland!«

»Wer weiß das schon! Ich will diesen Wald lesen, und wenn ich ihn Euch auf der Streckbank abzwinge!«

»Verzeiht, lieber Herr, ein Chronist schreibt über Dinge, die es wirklich und wahrhaftig gibt!«

»Ich ernenne Euch hiermit zu meinem Hofdichter«, sagte der König.

»Aber … ich *bin* kein Dichter. Ich bin für Derartiges nicht geschaffen. Ihr könnt eine Maus Katze nennen – sie bleibt doch eine Maus.«

»Ihr verspottet mich.«

»Gott bewahre, lieber Herr! Ihr wisst, wie sehr ich Euch liebe!«, sagte der Schreiber. »Ich *kann* das nicht. Ich bitte Euch um die Entlassung aus Eurem Dienst.«

»Ihr wollt mich im Stich lassen?«, fragte der König traurig. »Wer soll dann meine Chronik schreiben, Rikmann? Wisst Ihr weit und breit jemanden unter diesen grob geschnitzten Personen, der auch nur ein Wort zu Papier bringt?«

Dem Schreiber fiel niemand ein.

»Fordert mich nicht heraus, Rikmann«, drohte der König nun. »Ihr wisst am besten, wozu ich an meinen Feinden fähig bin. Seht zu, dass Ihr keiner werdet. Schreibt Ihr nun den Wald mit Schiffsholz, oder schreibt Ihr ihn nicht?«, fragte er lauernd und ließ keinen Zweifel daran, dass er den Schreiber nicht wählen ließ.

Rikmann sah, verzweifelt nach einem Ausweg sinnend, aus dem Fenster und deutete auf die weite Grasfläche, auf die man vom Lager des Königs aus blickte. »Dort. Der Boden ist gut. Dort gedeihen Fichten prächtig. Das gäbe bestes Schiffsholz ab!«, schlug er mit banger Stimme vor, da er sehr wohl wusste, wessen Erich am Leib seiner Feinde fähig war. »Und Ihr könntet Eurem Volk gestatten, wie es einst der portugiesische König Diniz tat, im königlichen Forst das Holz für den Bau von Schiffen frei zu hauen! Ich bitte Euch, befehlt, diesen Wald zu pflanzen, und ich besinge ihn mit Freuden.«

Der König sah Rikmann mit solch durchdringendem Blick an, dass der Schreiber schon fürchtete, sein Herr werde ihn in der Angstkammer behandeln lassen. Nach quälend langer Stille fragte Erich endlich: »Was mag ein Schössling kosten?«

Rikmann hob die Schultern. Er wusste es nicht.

»Wie viele Bäume hat für Euch ein Wald?«

Rikmann wusste nichts zu antworten.

»Fünf?«

»Fünf sind noch nicht mal ein Hain.«

»Ein Dutzend?«

»Ein Dutzend Bäume sind ein Hain, wenn auch ein kleiner.«

»Und ein Wald?«, fragte der König weiter. »Zwei Dutzend?«

»Zwei Dutzend Bäume geben höchstens eine kleine Barke ab«, gab Rikmann zu bedenken. »Schon für eine kleine Karavelle braucht man das Holz von über fünf Dutzend Bäumen. Und Ihr habt von den zahllosen Entdeckungsreisen künftiger Generationen gesprochen. Vergesst das nicht.«

»Was schlagt Ihr vor? Wie viele Bäume soll ich gepflanzt haben?«

»Eintausend Bäume«, sagte Rikmann. »Eintausend Bäume würden sich am besten lesen.«

Der König war überrascht. »Eintausend?« Er lächelte, als müsste er für die Güte seines Schreibers dankbar sein. »Ihr wollt mich eintausend Bäume gepflanzt haben lassen? Das klingt gut!«

»Der König pflanzte tausend Schiffe«, sagte Rikmann.

Der Herrscher nickte ergriffen. »Das ist wunderschön! Doch woher die Bäume nehmen, lieber Rikmann, so gern ich täte, was Ihr mich getan haben lassen wollt? Unser Hofstaat isst seit Tagen Zwieback!«

Der Schreiber wusste wohl, dass der König kein Geld mehr hatte.

»König Erich, Mehrer der Dänen, Schweden, Goten und Wenden zu allen Zeiten«, sprach er suchend, »gab auf dem Sterbebett sein goldenes Szepter hin zum Wohle seines Volkes, denn fortan sollten die stolz geschwellten Segel die entfesselten Insignien seiner Macht auf allen Meeren sein, vor denen die Herrscher aller Länder, wenn sie die Masten an fernen Horizonten sahen, demütig ihre Häupter neigten.«

Der König sah den Schreiber fassungslos an. »Ihr wollt mein Szepter?«

»Denn was frommte«, fuhr Rikmann eilends fort, »dem edlen Herrscher des Goldes gleißnerischer Glanz, einem Diener Gottes in Demut, dem Vergänglichen allzeit abhold, der seinem Volk die Pforten aufzustoßen wünschte zu fremden Meeren und zu den duftenden Gestaden des fernen Cathay?«

Der König schüttelte ungläubig den Kopf. »Was für schöne Worte aus Euch kommen, Rikmann! Seid Ihr etwa verliebt?«

Rikmann antwortete nicht. Der König wusste um seine Abneigung gegen das Fleischliche.

Dann nickte Erich. »Das ist gut. Es gefällt mir, dass ich trotz meiner Macht demütig gewesen sein soll.«

Der König reichte seinem Schreiber, ihn fest ins Auge fassend, sein goldenes Szepter.

Erst jetzt, da Erich ihm wirklich und wahrhaftig hinstreckte, was ihm vor drei Jahrzehnten in die Hand gegeben worden war, begriff Rikmann die Tragweite dessen, was er in der gedanklichen Hast seiner Not eingefordert hatte.

Ängstlich fasste er nach dem goldenen Signum der königlichen Gewalt, und dem König war, als übergäbe er dem Chronisten mit dem Szepter seine Macht, gäbe sich ihm in die Hand und hoffte auf ein gnädiges Schicksal, nicht von Gott, sondern von ihm, dem kleinen Schreiber.

Mit wehendem Umhang huschte Rikmann durch die menschenleeren, steinernen Gassen Visbys und verbarg das Szepter wie ein Dieb die Beute. Schwere Wetter zogen auf, es herrschte Totenstille wie vor einem schweren Sturm, und es war so finster, als wäre schon Nacht. Nur die Kirchenfenster der Gotteshäuser, an denen Rikmann auf dem Weg zur Schmiedegasse vorbeieilte, waren hell erleuchtet. Inbrünstige Fürbitten hallten in den schwarz bewölkten Himmel, die auf Erichs Weisung nicht mehr um Gnade für die Seele des sterbenden Königs, sondern für die Genesung des Kartenzeichners flehten. »Heiliger Ansgar, bitte für ihn, heiliger Eskil, bitte für ihn«, so schallte es in vielstimmigem Ruf aus Sankt Lars, und die Fürbitten mischten sich mit denen aus Sankt Clemens, als Rikmann in die Speckschneiderstraße bog. In der Schmiedegasse schlug er beim königlichen Goldschmied an, für den es nicht viel zu tun gab in diesen Zeiten, reichte ihm das Szepter und gebot ihm, die Esse anzuheizen. Er konnte ihm nur mit Mühe begreiflich machen, dass der König es so wollte.

Der Schreiber zitterte, vor Kälte wie vor Angst, als er das

Signum von Erichs Macht auf sein Betreiben schmelzen sah, und ihm war für einen Augenblick, als büßte der König sein von Gottes Gnaden gegebenes Amt in dieser Stunde ein, als verlöre Erich damit die Gewalt über ihn und er wäre frei.

Rikmann wollte diese Freiheit nicht. Sie machte ihm Angst.

»Heiliger Islav, bitte für ihn, heiliger Arild, bitte für ihn«, hallte es vielstimmig aus Sankt Clemens herüber, »heiliger Tore, bitte für ihn.«

Beim Abendsang in Sankt Nicolai, wo die Fischer sich täglich zum Gebet trafen, drückte Rikmann einem Schiffsherrn ein Säckel mit noch warmen Goldstücken in die Hand. Er gebot ihm, im Namen des Königs mit seiner Holk nach Greifswald zu fahren und aus den dortigen Forsten Schösslinge von hochwachsenden Fichten, die gutes Mastholz abgaben, nach Gotland verschiffen zu lassen.

Der Schreiber fragte sich in dieser Stunde, ob er, da er zugegeben hatte, den Wald in die Chronik zu schreiben, nicht bereits in die Falle des Königs getappt war. Ob er nicht bereits zu seinem Verbündeten geworden war, den Historien einen Streich zu spielen. Denn den Wald zuzugestehen hieß, ihm den Titel *Aequoreus Rex* zuzugestehen, seine Meere, seine fernen Ufer, die der König sich ersehnte und die der vorgebliche Meeresreisende unmöglich gefunden haben konnte. Würde man Erichs Vetter Heinrich *der Seefahrer* nennen, wenn er das Kap Bojador nur zu umschiffen gewünscht, es aber nicht hätte vollbringen lassen? Man würde ihn nicht *der Seefahrer* nennen. Heinrich *der Schiffbrüchige* vielleicht. Heinrich *der Gestrandete*, Heinrich *der Träumer*.

»Heiliger Hemming, bitte für ihn, heilige Helena, bitte für ihn, heiliger Thorlak, bitte für ihn …«, riefen die Stimmen der Betenden in den Himmel, und dann hob ein strahlendes Lied an. Die sonst totenstille Stadt war mit Gesang für den Kartenzeichner Swart erfüllt, als wäre er es, der den Menschen Heil und Erlösung bringen könnte.

Und dann dröhnte ein Donner aus dem zürnenden Himmel, und Regen brach auf die Bittenden hernieder.

Als es mit dem Befinden des Kartenzeichners Nicolaus Swart bergab ging, wies der König den Bartscherer an, dem Sterbenden sogleich die Ader zu schlagen. Doch der Mann entgegnete hilflos: »Ich kann ihm nicht noch einmal die Ader schlagen, sonst schächte ich ihn wie ein Vieh!« Den schwer gekränkten Koch, der ihm Tran einzuflößen versuchte, fuhr Erich verzweifelt an: »Ihr vergiftet mit Eurem Fraß meinen Kartenzeichner!«

Der König trug Herrn Rikmann auf, sogleich zum Klosterkonvent Sonnenberg zu eilen. »Lauft!«, herrschte er ihn an. »Lauft, als ginge es um Euer Leben!« Er müsse sogleich eine Schwester namens Asta herbeischaffen, so lautete der Befehl. Vielleicht könne sie dem Kartenzeichner helfen.

Rikmann nahm an, dass die verlangte Schwester in der Heilkunst bewandert war, denn viele der Nonnen taten im Heilig-Geist-Spital Dienst am Nächsten. Und das Kloster war berühmt für seinen Kräutergarten, in dem sogar Gewürze gediehen, die man nur in Sizilien kannte. Er griff in seiner Schreibstube nach einem kopierten Text, um die Schwestern, die eine berühmte Bibliothek besaßen, dem König dienstbar zu machen, und lief von der Feste in die Stadt.

Auch wenn der König ja nun keinen richtigen Hofstaat mehr hatte, fühlte Rikmann sich durch diesen Gang zum gewöhnlichen Laufburschen herabgesetzt. Überhaupt war er der Hinwendung des Königs zu diesem Landstreicher wegen insgeheim mehr als brüskiert. Nicht dass er sich wünschte, der König möge auch ihm durchs Haar fahren wie dem Zeichner. Das fehlte ihm noch. Nicht dass er wünschte, man möge auch ihm eigens Köstlichkeiten zubereiten, während der restliche Hof nichts als Grütze und Pökelfisch aß. Nein. Aber dass ein besinnungsloser Landstörzer nun Vorrang vor ihm hatte, der seit zwei Jahrzehnten niemals von der Seite des Königs gewichen war, das erschien ihm unbillig. Das nagte.

Der Schreiber lief über die Sankt-Hans-Straße mit ihren geduckten Häusern zum prächtigen Hauptmarkt, auf dem trotz der hansischen Seeblockade und des Krieges der Betrieb weiterging. Wenn auch kaum Nahrung, so bot man doch allerlei Handwerksgut feil. An diesem ersten milderen Tag, der auf den Frühling hoffen ließ, zeigten sich die Menschen seit langem wieder in Putz auf den Straßen, und Rikmann schien, als seien gerade wegen all des Elends und des Hungers die Kleider noch bunter geworden, um mit der Fröhlichkeit die Dämonen zu vertreiben, die von dem Land Besitz ergriffen hatten. Die jungen Männer trugen zweifarbige Beinlinge, die Wämser der Junker waren so kurz, dass sie kaum mehr das Gesäß verdeckten. Die Hüte der Herren schienen Rikmann immer ausladender zu werden, die Frauen trugen Hörnerhauben zur Schau. Die Ärmel der Kleider hingen bis zum Boden herab, die Schuhspitzen ragten immer höher auf. Gekeuche hörte er aus der Ladeluke eines Speicherhauses. Schlechte Zeiten fördern die Unzucht, so dachte er. So wie Pflanzen Notblüten bilden, damit sich ihr Same verbreite, bevor sie absterben, so fühlt der Mann im Elend den Drang, sich zu einem Weib zu legen.

Rikmann liebte die prächtige Katharinenkirche, die zu seiner Linken hoch aufragte, mit ihren zahllosen Gnomen, Männchen, Schnabeltieren und Dämonen des Bösen, die in versteckten Nischen in den Stein eingearbeitet waren und wütende Fratzen rissen, da sie, gebannt von den strahlenden Worten des Herrn, den betenden Christen in dem Gotteshaus nichts anzuhaben vermochten. Die Erweiterung des Langhauses und des zweiten Seitenschiffes, die man vor Dekaden begonnen hatte, stand wegen der schlechten Lage des Landes und der Stadt seit Jahren still. Man sah von außen in den mit reichen Steinmetzarbeiten ausgeschmückten Innenraum hinein, mit seinen hohen, schlanken Säulen und den eleganten schmalen Fenstern, die durch die mächtige Lücke in der Außenwand bunte Lichtspiele auf den Boden des Marktplatzes warfen.

Vom Hauptmarkt zweigte geradewegs die Nonnengasse ab. Dort verrichteten die Schwestern von Kloster Sonnenberg ihren Betdienst. Sie benannten sich noch immer nach ihrem Konvent vor der Ostmauer der Stadt, obwohl sie das Kloster nach einigen groben Überfällen der Bauern vor einem Jahrhundert hatten verlassen müssen. Für ihre Messen war ihnen seitdem gestattet, Sankt Jakob zu nutzen – eine kleine Kirche von seltener Schönheit, geradewegs neben einem zweistöckigen Gebäude, in dem sie lebten.

Nachdem Rikmann verlangt hatte, auf Geheiß des Königs zu jener Schwester Asta geführt zu werden, geleitete ihn die Priorin unwillig durch die kahlen, schmucklosen, in Kalkstein gehauenen Klostergänge, deren Fenster Schießscharten glichen, als hätten sich die Schwestern hier vor der Welt draußen verschanzt. Eindringlinge waren hier jedenfalls nicht gerne gesehen.

»Lässt man der Frau denn keine Ruhe?«, murrte die Priorin mit einem Gesicht wie ein Kettenhund vor sich hin. Mit ihr, so dachte Rikmann, legte man sich besser nicht an.

In der Bibliothek schrieben an einigen mit Kerzen beleuchteten Studiertischen etwa ein Dutzend Schwestern über Pergamentbögen gebeugt oder lasen in prachtvollen Handschriften. Rikmann war beeindruckt von den zahllosen Reihen der Regale, an denen ihn die Priorin vorbeiführte, die bis unter die Decke mit kostbaren Folianten gefüllt waren. Der Raum schien aus allen Nähten zu brechen; die Wände aus Büchern bildeten ein Labyrinth, in dem man sich verlieren konnte. Immer wieder tat sich ein scheinbar belangloser kleiner Seitenraum auf, der jedoch die vorhergehenden Räume an Größe noch übertraf. Die Bibliothek schien weitaus bedeutendere Ausmaße zu besitzen als das Gebäude, in dem sie sich befand.

Hoch oben zwischen den Regalen sah Rikmann einen Knaben von zwölf Jahren auf der letzten Sprosse einer gewiss zwanzig Fuß hohen Leiter sitzen. Er war über ein Buch gebeugt und strahlte die Magie aus, die nur Lesende umgibt, regungslos, als gehörte er einer anderen Welt und einer anderen Zeit an. Blass leuchtete sein Gesicht aus der Finsternis der Höhe wie ein Mond herab. Dann schaute er auf, von den Blicken Rikmanns in diese Welt zurückgerufen. Er sah den freundlichen Mann an, der dort unten stand, und lächelte, unmerklich beinahe.

Gewiss las er von fernen Ländern, dachte Rikmann, von gefährlichen Meeren und seltsamen Ungeheuern.

»Nun kommt schon«, knurrte die Priorin und führte den Schreiber in einen entlegeneren Winkel, vorbei an weiteren Nonnen, die ihn mit verstohlenen Blicken verfolgten. Sie wies auf eine etwas abseits sitzende Schwester, die in ihre Schreibarbeit versenkt war, und überließ Rikmann grußlos sich selbst.

Die Frau, die wenig älter als dreißig Jahre sein mochte, trug eine enge, bis zum Hals geschlossene Tunika und eine prächtig gefältelte, schulterbreit ausragende weiße Haube, die Rikmann darauf schließen ließ, dass sie als Donatin dem weltlichen Leben entflohen war und mit den Ordensschwestern lebte, ohne die Profess abgelegt zu haben. Sie hatte feine Hände und einen schmalen Hals. Ihr Schleier war für die Schreibarbeiten über den Kopf geschlagen. Rikmann dachte, dass sie sehr schön sein musste, obwohl er ihr Gesicht nicht sehen konnte. Ohne zu wagen, sich an die Schreibende zu wenden, kam er unschlüssig näher und beobachtete, wie sie mit ihren feinen Händen in prächtiger Handschrift einen Text kopierte.

»Seid Ihr Schwester Asta?«, fragte er flüsternd. Sie schlug den Schleier vor ihr Angesicht und wandte sich zu Rikmann um. Er wies auf ihr Pergament. »Wie ebenmäßig Eure Schrift ist!«

»Was wünscht Ihr?«, entgegnete sie.

Rikmann war erstaunt über ihre warme, tiefe Stimme. »Der König schickt nach Euch. Er hat mir befohlen, Euch zu bitten, einen Kranken zu besehen.«

»Was fehlt ihm?«

Sie muss schwarzes Haar haben, dachte der Schreiber, obwohl es ja von der Haube bedeckt war. Und dunkle Augen. »Wir wissen es nicht. Er scheint von einer entbehrungsreichen Meerfahrt zurückgekommen zu sein. Er liegt im Fieber, scheint von finsteren Gespinsten gequält zu werden.«

»Wer ist er?«

»Er ist der Kartenzeichner und Astronom Nicolaus Claussøn Swart.«

Asta schwieg. Sie schien überrascht zu sein, bewegt, und sagte dann mit leiser Stimme: »Ich werde Schwester Júli bitten, nach ihm zu sehen. Verzeiht, wenn ich mich wieder meiner Arbeit widme.« Sie beugte sich über ihr Pergament und schrieb trotz der Anwesenheit ihres Besuchers beharrlich weiter.

Rikmann blieb unsicher stehen und sah nun, dass Astas Hand zitterte. »Ihr müsst Euch fassen, bevor Ihr weiterschreibt«, sagte er leise, »Ihr ruiniert sonst Euren prachtvollen Text.«

Da sie nicht reagierte, trat er näher und legte ihr seine kunstvoll kopierte, mit reich gepunztem Leder gebundene Auslegung über die Beschaffenheit des Nichts und der Schatten mit dem Titel *De substantia nihili et tenebrarum* auf den Tisch.

Als sich Rikmann kurz umsah, wandten sich sämtliche Schwestern, die tuschelnd zu ihnen herübergestarrt hatten, hastig wieder ihren Arbeiten zu und gaben sich, als hätten sie allzeit nichts getan, als emsig zu schreiben.

»Ich habe das Werk mit eigener Hand verfertigt«, sagte Rikmann unsicher. »Wollt Ihr nicht hineinsehen?«

»Verzeiht, ich kann Euer Geschenk nicht annehmen. Ich kann dem Kranken nicht helfen«, erwiderte Asta, ohne von ihrer Arbeit aufzusehen.

»Der König bat darum, dass *Ihr* es sein müsstet und niemand anders«, sagte der Schreiber leise. »Wollt Ihr dem König seinen Wunsch abschlagen? Wie soll ich ihm erklären, weshalb Ihr nicht kommt?«

»Der König kennt den Grund.«

Der Schreiber sah, dass Asta das Pergament nun würde wegwerfen müssen. Ihre Hand zitterte so stark, dass der Federkiel brach, und er fragte sich, was sie wohl so sehr an der Rückkunft des Kartenzeichners bewegen mochte.

»Er liegt im Sterben«, sagte Rikmann. »Wenn Ihr ihn noch einmal sehen wollt, dann solltet Ihr Euch rasch auf den Weg machen.«

»Er ist schon vor langer Zeit gestorben«, antwortete Asta mit brüchiger Stimme.

»Dem König wird missfallen, dass Ihr nicht kommt. Das wird ihm sehr missfallen, fürchte ich. Lebt wohl«, sagte der Schreiber und ging. Er wandte sich noch einmal um und warf einen letzten Blick auf die fremde Frau, die nun wie zu Stein geworden saß.

Als er das Kloster verließ, war er geradezu erleichtert und holte tief Luft, denn er hatte des Frauenzimmers wegen geradewegs aufs Atmen vergessen. Dies war eine sonderbare Begegnung, und er würde den Koch nach dieser Frau befragen müssen, die irgendetwas mit dem Kartenzeichner zu verbinden schien. Denn der Koch wusste allen Klatsch Visbys der letzten Jahrzehnte.

Rikmann beschloss zu schreiben, um sein Inneres zu befrieden. Die Dinge mussten wieder in gewohnte Bahnen zurückkehren. Er würde nun endlich das Werk beginnen, um dessentwillen der Herr ihn hatte werden lassen: die Königschronik. Er hatte beinahe zwei Jahrzehnte konzipiert und bedacht, wie es anzugreifen wäre, und nun war vielleicht der Augenblick gekommen, zu beginnen. Von Anfang an. Wie es sich gehörte. Es geschah nun einmal eines nach dem anderen.

Und so saß Herr Rikmann nun in seiner Stube und starrte auf das leere Papier. Wie anfangen? Womit? Mit der Krönung? Nein. Zum König wird man nicht durch die Krone, als König wird man geboren. Also mit der Geburt des Herrschers? Auch das schien dem Schreiber zu kurz gegriffen, denn man musste, um den König zu verstehen, schließlich wissen, in welche Zeit er hineingeboren wurde. Man musste gründlich vorgehen. Also mit dem Vater? Doch da begannen die Unwägbarkeiten. Manche behaupteten, der Vater sei ein Räuber gewesen. Erich selbst sah ihn als den edelsten Mann auf Erden.

Und so begann Rikmann mit den Dingen, die unstrittig und ihm daher ohnehin die liebsten waren:

Am 7. Oktober des Jahres 3761 vor der Geburt seines fleischgewordenen Sohnes Jesus Christus schuf Gott die Welt.

Und dann schrieb sich alles wie von selbst. Die Erschaffung der Welt ging ihm überraschend leicht von der Hand. Schnell waren die Erde geformt, die Menschen gemacht, Apfel, Schlange, das Böse, hinab ins Joch des irdischen Daseins. Den Bau des Weltenalls beschrieb er wie ein Ei: die Erde der Dotter, der Äther das Eiweiß, das Firmament die Schale, die Sterne, die Sonne, Tiere, Schlag auf Schlag. Der Herr ist's nicht zufrieden und sagt: *Siehe, ich mache alles neu*, und so weiter und so fort. Rikmanns Feder kratzte eine ganze Nacht hindurch über das Papier, die zweite Schaffung der Erde, bis ihm kam, dass die Erschaffung der Welt aus dem fürchterlichen Chaos zwar vollbracht war, womit er nun schon zwei Folianten gefüllt hatte, er bei der Beschreibung der Schöpfung aber noch bei den Weichtieren war. Er hatte noch nicht einmal den König aus seiner Mutter herausbekommen! Rikmann hatte ja nur eine Hinführung schreiben wollen, doch wenn er so weitermachte, dann würde er, bis er über die sechs Weltalter und die Beschreibung aller Länder und Königreiche endlich zur Geburt des Königs käme und schließlich zum siebten Weltalter mit dem großen Weltenbrand und dem Tod der Dinge, viele Dutzend, wenn nicht Hunderte Folianten gefüllt haben. Möglicherweise wurde er zu ausführlich, dachte Rikmann. Dafür reichte seine Lebenszeit nicht aus.

Und dann hörte er die Totenglocken läuten.

Der Schreiber lief sogleich zum Kronsaal und wagte, zaghaft an die Türe zu pochen. Als er keine Antwort bekam, tat er etwas, das er sich noch nie erlaubt hatte: Er drückte das Portal vorsichtig auf, ohne vom Leibdiener des Königs hereingebeten worden zu sein. Doch der König war nicht im Raum, wie Rikmann durch den Türspalt sah. Der Kartenzeichner lag blass wie ein Toter auf seinem Lager. Über ihn gebeugt stand Asta, mit zurückgeschlagenem Schleier ins Gebet versenkt. Die Vielfalt der Schöpfung ist doch erstaunlich, dachte Rikmann. Er fand, dass man ihr gerne beim Beten zusah, wie ihre Lippen fast stimmlos einen Psalm formten, den er trotz ihres Flüsterns erkannte, denn er tauchte in dem Buch auf, das er ihr geschenkt hatte: »Die Bande der Unterwelt umstrickten dich, über dich fielen die Schlingen des Todes. In deiner Not riefst du zum Herrn und schriest zu deinem Gott. Der Herr greift aus der Höhe. Er erfasst dich und zieht dich heraus aus großen Wassern. Und er führt dich heraus ins Weite, er befreit dich, weil er Gefallen an dir hat. Der Herr handelt an dir nach deiner Gerechtigkeit, nach der Reinheit deiner Hände vergilt er dir. Ja, er lässt deine Leuchte strahlen. Der Herr, dein Gott, erhellt deine Finsternis. Denn mit ihm erstürmst du einen Wall, und mit deinem Gott überspringst du eine Mauer.«

Ihr Angesicht war wirklich wie ein fleischgewordenes Jubellied auf die Schöpfung, ein mehrstimmiger Choral. Rikmann sah, dass sie Tränen vergossen hatte. Asta bekreuzigte sich, legte dann ihre Hand auf Herrn Swarts Wangen und strich ihm zärtlich über das Angesicht. Diese Hände können Tote in die Welt zurückholen, dachte Rikmann.

Und dann bemerkte Asta, dass der Schreiber vor der Türe stand. Er trat ein und hoffte, sein beharrliches Schweigen möge als Frage verstanden werden, doch sie wollte nicht sprechen, und ihm wurde ganz vielerlei.

»Wir … wünschen, uns für den König nach seinem Befinden zu erkundigen«, stammelte er, da er nichts Besseres wusste. »Wir vermeinten schon, die Glocken läuteten seinem Tod, dabei läutet man nur zur Abendmesse.«

»Ist es Eure Natur, unbemerkt durch Türen zu lugen?«, fragte Asta.

Herr Rikmann stand verloren im Raum. »Er wird doch leben? Jetzt, wo er so gut versorgt ist. Kann der König nun öfter mit Eurem Erscheinen rechnen?«

»Ich bin gekommen, um von Nicolaus Swart Abschied zu nehmen.«

»Das wird den König betrüben«, sagte Rikmann. »Das wird er nicht gerne hören.«

Asta stand nun vom Bett des Kartenzeichners auf und ging

auf Rikmann zu. Er war erleichtert, als sie einige Schritte entfernt stehen blieb.

»*Über das Wesen des Nichts und der Schatten …*«, sagte Asta. »Wie kommt es, dass Ihr mir ein Buch schenkt, in dem bewiesen wird, dass Schatten und Finsternis nicht nichts sind?«

Rikmann zuckte mit den Schultern. »Wir vermeinten, es könnte Euch Freude bereiten.«

»Der achtzehnte Psalm sagt: *Der Herr machte Finsternis zu seinem Versteck rings um sich her, zu seiner Laube Wasserdunkel und dichtes Gewölk* … Ich kann so weit folgen, dass, wenn jemand Finsternis zu seinem Versteck macht und sich darin einhüllt wie in ein Zelt, Finsternis *etwas* sein muss, denn das Nichts hat keinen Ort, und ein Versteck muss doch einen Ort haben.«

Rikmann nickte. »Jawohl, so in etwa!«

»Wenn jedoch Finsternis nicht nichts ist, wie Eure Auslegung beweist, und das Nichts aber, wie auch bewiesen wird, *etwas* ist, dann wäre Finsternis *nicht etwas* und also doch wieder nichts!«

Rikmann war nun ganz und gar verwirrt. »Nun ja …«, stammelte er. »Es wird nicht bewiesen, dass Finsternis und das Nichts *nicht nichts* sind, sondern *etwas*.«

Asta lächelte. »Ich dachte, Ihr kriecht mir auf den Leim, Rikmann, schade.«

Der Schreiber schüttelte den Kopf. »So leicht krieche ich Euch nicht auf den Leim.«

Asta fasste ihn nun ins Auge und kam näher. Ich darf nicht aufs Atmen vergessen, dachte Rikmann.

»Man kann *tenebrarum* statt mit *Finsternis* auch mit *Schatten* übersetzen, wie Ihr schreibt«, fuhr sie fort, »um der Mehrzahl des Wortes zu genügen. Und das finde ich höchst interessant. Dann hieße es: *Er machte den Schatten zu seinem Versteck* … Man könnte dann meinen, der Psalm sei eigens für Euch geschrieben worden!« Asta stand nun kaum eine Armlänge von Rikmann entfernt und sah ihn lauernd an.

»Ich weiß nicht, wie Ihr das meint«, entgegnete er. Ich muss nur ganz selbstverständlich dastehen, redete er sich zu und atmete.

»Wirklich nicht?«, sagte sie und holte genussvoll zum entscheidenden Stoß aus. »Mir ist zu Ohren gekommen, dass man Euch Rikmann *umbratilis* – der den Schatten Liebende – nennt.«

Der Schreiber erkannte, dass er diese Disputatio mit Getöse verloren hatte, und zuckte hilflos mit den Schultern. Ihm war sehr unangenehm, dass Asta davon erfahren hatte. »Die Menschen reden …«, sagte er und schickte sich an, zu gehen. »Lebt wohl vorerst.«

»Wenn Schatten nicht *etwas* wären, sondern *nichts*«, sagte Asta, »dann hättet Ihr genauso wie der Herr im Psalm kein Versteck!«

Rikmann hielt inne und wandte sich um. »Ich verstecke mich nicht im Schatten!«

»Wie kommen die Menschen dann darauf, Euch diesen Namen zu geben?«, erwiderte Asta lächelnd.

»Das müsst Ihr die Menschen fragen«, antwortete er, um Gelassenheit bemüht.

»Wollt Ihr mir sagen, dass dieser Beiname nicht zu Euch passt?«

Er wusste nichts zu entgegnen. »Was meint *Ihr?*«

»Viel Sonne habt Ihr nicht gesehen, scheint mir.«

»Was das für Euch kopierte Buch beschreibt, sind lediglich Gedankenspiele«, sagte Rikmann. »Ich dachte, es macht Euch Freude.«

»Aber es macht mir ja Freude! Ganz ausgesprochen viel Freude!«

»Dann ist's ja gut«, erwiderte er und ging.

»Rikmann?«, rief Asta, als er schon die Türe schließen wollte. Er sah noch einmal zu ihr herein. Sie lächelte ihn an. »Und ich glaube, Ihr seid mir doch auf den Leim gekrochen!«

Der Schreiber hob die Schultern und erwiderte ihr Lächeln. »Ja, ich bin Euch auf den Leim gekrochen!«

Später, als Rikmann nochmals nach dem Kartographen sah, roch man sie dem Kronsaal noch immer an, und er fragte sich, ob das daher kam, weil Asta die Luft dieses Raumes geatmet hatte. Den König hatte er einem Raum noch nie angerochen.

Am Nachmittag war er seltsam mild gestimmt und stellte sich vor, wie großartig es wäre, eine fährnisreiche Meerfahrt ans Ende der Welt zu beschreiben. Ein solcher Bericht würde den König unsterblich machen auf Erden, und auch ihn selbst. Vielleicht würde doch alles gut. Das Wort *Himmelsbraut* kam ihm noch in den Sinn.

Als der König selbst zu erschöpft war, trug er seinem Schreiber auf, in der Nacht an seiner statt an Swarts Bett zu sitzen, falls er die Augen öffnen und seine Entdeckungen preisgeben würde.

Stunden betrachtete Herr Rikmann im Flackern von vagem Fackelschein den Siechen, wie er blass dalag. Seine Augen irrten unter den geschlossenen Lidern umher und suchten nach Licht. Der Mund öffnete sich von Zeit zu Zeit zu einem stimmlosen Schrei. Dann hoben sich die Lider einen Spaltbreit und zeigten nur das Weiße des Auges. Er flößte dem Schreiber Angst ein, und Rikmann wünschte nichts sehnlicher, als diesen schauerlichen Mann zu fliehen, mit dem er in finsterer Nacht alleine war, diesen Untoten, der dem Grabe entstiegen war. Rikmann suchte seinen Anblick zu meiden, schloss die Augen, mühte sich, an anderes zu denken. Doch sein Geist spielte ihm schreckliche Gesichte zu. Dann besah er sich die prächtigen burgundischen Teppiche an den Wänden des Kronsaales, die er schon hundertmal gesehen hatte, und lauschte dem Rauschen der Wellen, die von weit her kamen.

Nach jedem Viertel einer Stunde, so wie der König ihn angewiesen hatte, hielt der Schreiber eine Spiegelscherbe, die auf einem Kästchen neben dem Bett bereitlag, vor den Mund des Siechen und prüfte, ob er noch atmete. Der Kartenzeichner lebte.

Dann dachte Rikmann plötzlich: Die scharfe Scherbe wäre ihm schnell über den Hals gezogen. Der Gedanke kam ihm und war nicht mehr loszuwerden. Ihm mit der Scherbe den Hals aufschneiden, das wäre jetzt ein Leichtes, kam ihm, ohne dass er das überhaupt wollte, ohne dass so etwas überhaupt seiner Natur entsprach. Er verabscheute Handgemeinheiten und achtete die Gebote. War es die Hilflosigkeit des vor ihm Liegenden, die diesen Gedanken auslöste? Er hoffte doch selbst, dass der Sieche erwachen und von seiner Reise berichten möge. Der Schreiber versenkte sich ins Gebet, um jenen schrecklichen Gedanken zu vertreiben. Es half nichts. Die düsteren Gespinste ließen ihn nicht los.

Und dann war Rikmann, als habe der Kartenzeichner aufgehört zu atmen, als sterbe er. Es schien sich eine merkwürdige Stille über den Raum und die Welt zu legen.

Das Rauschen der Wellen verstummte, als wäre es Swarts Atem, der die Wogen über das Meer an Land trieb, als folgte der Gang der Dinge dem Schlag seines Herzens.

Der Schreiber griff sogleich nach der Scherbe, um Swarts Atem zu prüfen. Sie beschlug sich nicht. Der Kartenzeichner atmete nicht mehr.

Rikmann stand auf, um einfach den Raum zu verlassen. Fort von hier. Dann wiederum dachte er: Der König hat mir aufgetragen, bei Nicolaus Swart zu wachen. Was wird er sagen, wenn ich ihn habe sterben lassen? Noch einmal hielt er die Scherbe vor den Mund des Sterbenden. Vielleicht atmete dieser Unhold nicht und war doch nicht tot.

Dann schrie er um Hilfe.

Der König eilte im bloßen Nachthemd, barfuß trotz der Kälte, binnen eines Augenblicks aus seinen Schlafgemächern im Turm Blackn über den Hof hinüber in den Kronsaal. Sein Schreiber streckte ihm bloß die Scherbe entgegen, als könne sein Herr daran sehen, dass Nicolaus Swart nicht mehr atmete.

Erich packte den Kartenzeichner kurzerhand am Kragen, hob ihn empor, mit ungeheurer Kraft, die man dem alten Mann kaum mehr zugetraut hätte, und schrie: »Swart! Swart!« Er hielt ihm selbst den Spiegel vor den Mund und schlug ihm, da er blank blieb, mit der flachen Hand auf die Wange. Als die Scherbe noch immer keinen Atem zeigte, hieb der König mit der Faust auf die Brust des Meeresreisenden ein, wieder und wieder, als könne er ihn aus dem Totenreich ins Leben zurückprügeln. Wie von Sinnen schrie er »Swart! Swart!« Vom Lärm aufgeschreckt, eilten die Wachen und einige Höflinge herbei und mühten sich, den König vom Kartenzeichner zu entfernen, denn man mochte meinen, Erich bräche ihm sämtliche Knochen. Rikmann erschrak, denn er sah, was Swart dem König bedeutete, wie große Hoffnungen er in ihn gesetzt hatte, als hinge Wohl und Wehe seines Lebens von diesem Mann ab. Außer sich brüllte der Herrscher den Namen des Kartographen, wieder und wieder, bis der Bartscherer Atem auf der Spiegelscherbe sah und rief: »Er atmet! Er lebt! Swart lebt!«

Und dann öffnete der Kartenzeichner seine Augen.

Der alte König lag um Atem ringend auf seiner Bettstatt, die man ihm nach Swarts Genesung nun wieder im Kronsaal eingerichtet hatte, während der Kartenzeichner in den Gemächern der verstorbenen Königin untergebracht wurde. Nach jenem handgreiflichen Vorfall hatte Erich eine so große Schwäche erlitten, dass Rikmann schon fürchtete, sein Herr hätte im Ringen mit dem Tod das Leben des Kartenzeichners mit seinem eigenen allzu teuer einhandeln müssen. Es dauerte unerträglich lange Tage, bis der von den Toten erweckte Meeresreisende sich für einen Empfang beim König pässlich fühlte.

Man entkleidete den Auferstandenen seiner stinkenden Lumpen, weichte ihn in einem beinahe siedenden Zuber über Stunden ein, badete ihn mehrmals, und immer wieder goss der Bader Kübel mit Waschwasser in den Hof, von dem man hätte meinen können, es sei das Putzwasser der Kohlenkammer. Der Barbier schnitt ihm die Haare und rasierte ihn. Dann weilte der Kartenzeichner appetitlos in seinen Gemächern, die ihm Erich hatte beheizen und behaglich einrichten lassen.

Der König wand sich währenddessen vor Neugier auf seinem Bett und klagte, verschiedene Krankheiten trügen in seinem hinfälligen Leib eine Schlacht darum aus, welche sich tödlich nennen dürfe, und ihm scheine, als mache auf die letzten Fuß die Neugier das Rennen. Er sagte zu seinem Schreiber, man habe bei Hofe keine Vorstellung, wie er leide, während der Kartenzeichner in aller Ruhe eine Brühe löffle.

Einen Tag und eine schlaflose Nacht harrte Herr Rikmann mit dem Herrscher im Kronsaal wartend aus, da Nicolaus Swart auf die stündliche Nachfrage des Leibdieners stets ausrichten ließ, er werde bald kommen. Der König trank Unmengen von Portwein, um sich zu beruhigen, und beharrte gar darauf, in der Angstkammer gequält zu werden, um sich Erleichterung zu verschaffen. Die Streckbank erscheine ihm als Wohltat im Vergleich zu den Qualen seiner ungestillten Neugier. »Drückt mir zur Linderung glühende Eisen in die Flanken, meine sanften Henker!«, flehte er mit vom Portwein schlingerndem Zunge. Auch die Todesangst kam wieder, nun da er fürchtete, er könnte sterben, gerade bevor ihm Unerhörtes berichtet und neue Welten zu Füßen gelegt würden. Da es einen Fall von Pest in Visby gegeben hatte und der König die Luft für vergiftet hielt, untersagte er Rikmann und den Dienern gar, die Fenster zu öffnen. Neben dem Bett Erichs brannten – so, wie der Papst es zu halten pflegte – auf beiden Seiten große Feuerschalen. Doch im Vergleich zum portugiesischen König, der aus Angst vor dem Schwarzen Tod zwei Wochen vor seiner Hochzeit eine ganze Stadt hatte evakuieren und in allen Straßen große Feuer entzünden lassen, hielten sich Erichs Vorsorglichkeiten noch in Grenzen.

Und dann, am Morgen des zweiten Tages, stand der Kartenzeichner Nicolaus Claussøn Swart ganz unvermittelt am Fenster des Kronsaales und sah hinaus in die Ferne, regungslos, wie hingestellt, ohne dass man sein Kommen bemerkt hätte, und weder Rikmann noch der König wagten, Worte an ihn zu richten.

Er erstrahlte wieder in voller Pracht und Herrlichkeit. Stolz trug er den prächtigen Fellhut, groß wie ein Wagenrad, den der König ihm hatte nachfertigen lassen, der schlechten Zeiten wegen zwar nicht aus Hermelin, sondern aus dem Fell eines altersschwachen Fuchses, seine Schnabelschuhe, die ein deutscher

Schuster aus dem Leder von Walrosshaut hergestellt hatte, die hohen Stelzsandalen, die mit silbernen Riemen über die Schnabelschuhe geschnallt waren, das edle Surcot mit Stehkragen und kostbaren Knöpfen und den pelzverbrämten Umhang.

Das grelle Licht der Sonne warf durch die runden, in Blei gefassten Butzenscheiben verirrte Lichtbündel durch den Raum. Das überstrahlte Gesicht des Kartenzeichners schien wie aus weißem Porzellan plastiziert und erinnerte Rikmann an eine Totenmaske, wie sie vom Antlitz des Königs abgenommen worden war. Ohne seinen Bart und die wirren Haare sah er nun beinahe aus, wie man es von Engelsdarstellungen kannte – ein fremdes Wesen aus einer fernen Welt, weder Mann noch Weib. Im ersten Augenblick dachte Rikmann, der Zeichner trage weiße Handschuhe, doch es waren seine Hände, die so weiß waren. Musste sein Gesicht nicht von Wind und Wetter gegerbt sein? War es die ewige Finsternis der gegen Mittnacht gelegenen Länder und Meere, die ihm diese Blässe gegeben hatte? Oder floss kein Blut mehr in seinen Adern?

»So sprecht, um des Himmels und eines alten Mannes Seele willen!«, rief der König nun. »Wo seid Ihr gewesen, Swart?«

Daraufhin wandte sich der Heimgekehrte um und blickte den König an wie einen Fremden, als kennte er ihn nicht. Er hob die rechte Hand vor die Brust, eine Geste, die mehr Segnung als Gruß war. Etwas Weihevolles strahlte er aus in diesem Augenblick. Er wirkte erhaben und verletzlich zugleich. Rikmann war in dieser Stunde ganz und gar unvorstellbar, dass jener Mann wirklich die fürchterlichen Fluten des Eismeeres befahren hatte. Ihm war zu Ohren gekommen, dass Nicolaus Swart vor der großen Fahrt kaum seinen Fuß über die Schwelle seiner Zeichenstube gesetzt, die Welt nur vom Hörensagen gekannt hatte, von Berichten Reisender, von Karten. Dieser Alabasterleib sollte über Jahre von wütenden Eisstürmen gequält worden sein? Dieser Mann sollte, wie der Bartscherer gehört zu haben versicherte, mit einer zum Zwecke der Vermessung eigens entworfenen Kutsche von wilden Ozeanen berannte Eilande umfahren haben, ja, mit feurig sich tummelnden Rossen über das Eis des Meeres der Finsternis gedonnert sein, hinauf zum Pol? Rikmann konnte das nicht glauben.

»Die Schöpfung lässt eine größere Vielfalt an Ereignissen zu, als man sich im Sessel sitzend vorstellen kann«, sagte Nicolaus Swart nach einer Ewigkeit und stand unbewegt, als habe er vergessen, dass jemand anwesend war. Doch an dieser äußeren Ruhe stimmte etwas nicht. Zwar schwieg der Kartenzeichner, doch seine Augen sprachen. Sein Blick war in fortwährender Bewegung, irrte durch den Raum, konnte nirgends verweilen, als verfolgte er ziellos umhersummende Wespen, die zu viel von gegorenen Früchten gekostet hatten. Unheimlich war dieser Mann dem Chronisten, und als ob Swart seine zweifelnden Gedanken kennte, blickte er Rikmann an, aus der Ferne zurückkehrend, auf eine Art, die der Schreiber als Drohung empfand, auch wenn er im gleichen Augenblick die Lächerlichkeit seiner Empfindung gewahrte. Doch ihm war, als läse Swart in seinem Innersten wie in einem Buch und wüsste, wie sehr der Schreiber ihm misstraute.

»Sehr verehrter Herr König«, sagte der Kartenzeichner, »verehrter, ausgezeichneter Herr Rikmann. Es scheint uns kaum möglich, das, was wir durchlebten, in angemessene Worte zu kleiden. Uns scheint in dieser Stunde, als sei die Sprache nicht geschaffen, das auszudrücken, was die Wirklichkeit uns zu berichten befiehlt. Wenn wir vom Meer sprechen, so vermag dieses Wort nicht in Eure Vorstellung zu malen, was wir mit *Meer* meinen. Es füllt uns schier die Augen mit Tränen, wenn wir daran denken, wie öde das ist, was wir mit Worten in Eurer Vorstellung auszurichten imstande sind, ein Abklatsch, aus dem Ozean wird eine Pfütze, aus einem Wunder eine Beiläufigkeit.«

Rikmann war empört, wie sich der Reisende anmaßen konnte, sich selbst mit dem Pluralis Majestatis zu schmücken, ohne dass der König ihn anherrschte und auf seinen Platz verwies. Er trat hinter sein Schreibpult, wischte nicht vorhandenen Staub von einem frischen Pergament, spitzte seine Feder mit einem Messer, strich seine Haare zurecht, goss etwas Rotwein in ein kleines Tintenfass, rührte darin seine Dornrosentinte auf und überschrieb die Seite mit prächtig geschwungenen Lettern:

Notate des Berichtes
der wundersamen Meerfahrt
des Magister mappamundorum
Nicolaus Claussøn Swart,
begonnen am dreizehnten Tag des Märzen
auf Schloss Visborg zu Gotland,
bezeugt vom König höchstselbst.

Dies war der Beginn seiner Aufzeichnungen, die er in den nächsten Monaten für das Ende der Königschronik niederschreiben würde.

»Wer die wunderbare Meerfahrt verstehen will, zu der uns der Schöpfer ausersehen hatte«, so fuhr der Kartenzeichner fort, »muss zunächst eine Vorstellung haben von dem, was ein Kartograph überhaupt tut. Wer das nicht begreift, den mag manches, was wir taten, bestürzen. Der gemeine Mann und selbst die gelehrtesten Köpfe der geistig erhelltesten Reiche haben keine Vorstellung von dem, was die neuartige Kunst der Kartographie überhaupt bedeutet und wozu sie imstande ist. Verehrter, ausgezeichneter Herr Erich, so, wie Euer Hofnarr dem Eisbären, den Euch der Großfürst von Nowgorod einst schenkte, beibrachte, zu tanzen und Euch die Wange zu lecken wie ein junges Kätzchen und seinen Kopf wohlig an Eurem Knie zu reiben – dieses Ungeheuer, das noch vor einigen Lenzen den zerfleischte, der sich ihm näherte und seinen Leib zerriss und sein Blut verschüttete auf den schneeweißen, unberührten Flächen des ewigen Eises –, so bändigt der Kartenzeichner mit Jakobsstab und Lot und den Sternen die wütende Natur. Er bändigt mit seinem Netz aus Längen und Breiten die fürchterlichen Wogen der wilden Meere, er nimmt der See ihren Grimm, er leuchtet der Finsternis ins Angesicht. Der Kartenzeichner bindet der Welt den zähnestarrenden Rachen, er wetzt ihr die Klauen, er wirft das Ungeheuer auf den Rücken, dass es sich das Bauchfell kraulen lässt und schnurrt wie ein junges Kätzchen. Der Kartenzeichner meistert böse Abgründe, er packt den zornschäumenden Bullen an den Hörnern und wirft ihn mit Leichtigkeit um, er steckt einen Stöpsel in den Abgrund, der einen Strudel hinabreißt in das Innere der Erde, dem kein Schiff entkommt, das sich ihm nähert, und er bindet die Schläuche des Himmels!«

Der König war inzwischen eingeschlafen. Er entdeckte in eigener Person, im Mastkorb sitzend, neues Land und ankerte im Traum an den Gestaden ferner Paradiese. Er hatte in den letzten Tagen kaum seine Augen zu schließen gewagt aus Furcht, das Erwachen des Meeresreisenden zu verpassen oder dass Swart nach einem kurzen hellen Moment sogar hinscheiden könnte, ohne seine Geheimnisse preisgegeben zu haben.

Rikmann weckte ihn sanft, denn er war gewiss, der König wäre untröstlich, wenn er nun den großen Augenblick verschliefe, für den allein, so schien ihm, sein Herr hatte am Leben bleiben mögen.

»Was habt Ihr entdeckt, Swart? Geradeheraus damit!«, rief der König. »Gott steh mir bei, ich krepiere vor schierer Neugier!«

»Wir bitten Euch, werter Herr Erich«, antwortete Swart, »Eurem Knecht zu gewähren, am Anfang zu beginnen, denn jeder Vorgriff und jede Auslassung bedeuten, das Verstehen für den, der die Geschehnisse nicht mit eigenen Augen bezeugte, nicht nur zu erschweren, sondern ganz und gar unmöglich zu machen – auch um unserer Erinnerung willen, die im steten Fortschreiten der Vergangenheit am besten das Geschehene wird entwinden können.«

»Aber dann beginnt sogleich! Und lasst keine Kleinigkeit aus, um Himmels willen!«, rief der König.

Der Kartenzeichner Swart setzte sich mit der Würde eines Priesters bei der Wandlung auf einen für ihn bereitgestellten, mit rotem Samt bezogenen Stuhl, der beinahe ein Thron war, und sah vor sich hin, als müsse er erst den Nebel durchdringen, der das Geschehene verhüllte.

Er griff bedächtig nach dem letzten Apfel, der in Visby noch aufzutreiben gewesen war und den der König ihm persönlich auf einem Beistelltisch zur Stärkung bereitgelegt hatte, und ließ ihn in seiner zur Schale geformten Hand ruhen, ohne davon zu kosten, würdevoll, so wie ein Kaiser seinen Reichsapfel hält, der die Herrschaft über die Welt bedeutet.

»Verehrter Herr König, lieber Herr Rikmann«, sprach der Kartenzeichner, »so hört nun von meiner wunderlichen Fahrt über die Meere.«

I. Kapitel

der wundersamen Meerfahrt,

in demselben vorgenannter
Kartenzeichner und Meeresreisende
getreulich verzählt, wie er kühn zu Schiff ging
und warum er ein Lied von Speck und Fett sang,
damit sein Schiff nicht Schiffbruch erleide.

Am 28. Februar des Jahres 1438 kam der hochberühmte Kartenzeichner und Astronom Nicolaus Claussøn Swart von schrecklicher Meerfahrt zurück an den Hof des mächtigen Greifenkönigs Erich, des XIII. seines Namens, des kriegsstarken Herrschers der Nordischen Union, geehrt und gefürchtet von allen Fürsten des Erdapfels. Von endlosen Entbehrungen geschwächt und von den eisigen Winden des Nordens gepeitscht, lag besagter Herr zwei Wochen zu Bett. Den Toten näher als den Lebenden, wurde er von bösen Katarrhen umhergewälzt, bevor er, durch Gottes Milde zu neuen Kräften erweckt, Zeugnis gab von den Wundern, die er gesehen, was ich, der königliche Schreiber Rikmann, nun getreulich, wenn auch nicht Wort für Wort, doch genau so wiedergebe, wie er es gesagt hat, ohne etwas hinzuzufügen oder fortzunehmen.

Gerade so, wie Josua zu Israel sprach: »Wie lange seid ihr so lässig, dass ihr nicht hingeht, das Land einzunehmen, das euch der Herr, der Gott eurer Väter, gegeben hat?«, so wie Josua ihnen gebot, das Land aufzuschreiben, und sprach: »Geht hin und durchwandert das Land nach seiner Länge und Breite, und schreibt es auf und kehrt zu mir zurück«, gerade so gebot der Greifenkönig Erich im Jahre der Fleischwerdung des Herrn 1435 seinem Knecht Nicolaus Claussøn Swart, zu Schiff zu gehen und mit seiner magischen Kunst der Zahlen das Werk des Ptolemaios zu vollenden: die gegen Mittnacht gelegenen Länder aufzuschreiben und hinaufzufahren bis zum Pol, um jenseits des schrecklichen Eises das sagenhafte Eiland Nebelheim zu finden.

Und so ging der Kartenzeichner Nicolaus Claussøn Swart hin.

Man mag denken, auf solch eine Ruhmesfahrt wünschten Herzöge und Grafen, gar Königssöhne mitzufahren, um durch tollkühnen Mut und ehrenhaften Kampf mit einem eisigen Feind für den Herrscher neue Reiche zu erobern. Nein! Nicht die lausigsten, ungeeignetsten, seit Jahren heuerlosen Seefahrer waren zu bewegen, für die ungewisse Reise anzumustern. Zu schrecklich war, was man sich von diesem Meer der Finsternis in den Hafenkrügen erzählte. Nicolaus Swart gewann als Kapitän der Unternehmung niemand Besseren als einen Mann namens Johann von Schellendorp, der wegen Freibeuterei im Kerker zu Kopenhagen einsaß und durch das gesiegelte Urteil des Königs zum Tode verurteilt worden war. Er sei mit dem Vater des Herrn Swart eineinhalb Jahrzehnte zuvor in jenen Meeren unterwegs gewesen, so sagte er, und versicherte dem Kartenzeichner, er könne das Schiff zu dem gesuchten Eiland führen, wenn der König ihm erspare, aufs Rad geflochten zu werden. Der König gab Schellendorp frei, jedoch gebot er seinem Amtmann Aslak, mit einigen Waffenträgern zum Geleit des Kartenzeichners mit auf jene Fahrt zu gehen.

Hatte Herr Swart in mancher Stunde schon gebangt, er müsse sein Vorhaben aufgeben, da er wegen besagter Schrecknisse der mittnächtigen Meere keine Schiffsmannschaft fand, so gelang es Schellendorp zuletzt, drei Dutzend Männer und Frauen, Seeleute wie Siedler, zu heuern, darunter Böttcher, Küfer, Brettschneider, Segelmacher, Seiler, die allesamt bereitstanden, an den Ufern eines fernen Landes ihr Leben neu zu beginnen. Der Kartenzeichner wagte nicht zu fragen, wer sie waren und woher sie kamen – gewiss aus den übelsten Hurenkrügen und Armenhäusern oder gar aus der Gosse von Klinten, dem ärmsten Teil von Visby nahe dem Osttor, wo der Schinder wohnte. Sie waren bereit zu Aufbruch und Reise. Das war alles, was zu dieser Stunde zählte.

Am siebzehnten Tag wurden die Städte Sodom und Gomorrha zerstört. Man soll an diesem Tag kein Werk verrichten; der Kranke wird sterben, wer geboren wird, wird achtunddreißig Jahre leben, wenn es donnert, bedeutet das Tod. Gleichwohl schritt am siebzehnten Tag des August der hochberühmte Kartograph und Astronom Nicolaus Claussøn Swart auf dem königlichen Steg zu Visby zu dem mächtigen Schiff, das der König ihm gegeben, getauft mit heiligem Wasser auf den Namen Luciferus – der Fackelträger, der Lichtbringer, der Morgenstern, der Sohn der Aurora, der Morgenröte. Denn eine erhellende Fackel sollte das Schiff bei jener Reise sein, im *mare tenebrosum*, dem Meer der Finsternis, wo die Welt sich gähnend zu ihrem Ende neigt.

Das Schiff war eines der prächtigsten, das die Welt je gesehen hatte – eine dreimastige Karavelle. Da Herr Swart eine Fahrt durch das geronnene Meer mit schweren Eisfeldern gewärtigte, hatte er den Bug von Schiffszimmerleuten verstärken lassen, damit das Schiff nicht wie eine Nussschale von den unbändigen Gewalten zerdrückt würde. Die Luciferus fasste zweihundert Tonnen, hatte ein reich gedrechseltes, hoch aufragendes Achterkastell, in dem das Kartenhaus und einige Schlafkammern untergebracht waren, für das Haupt der Unternehmung, den Kartenzeichner Swart, den Kapitän Johann von Schellendorp und den königlichen Amtmann Aslak, dessen Waffenträger, wenn sie nicht Wache hielten, im Laderaum schliefen, während die einfachen Seeleute und Siedler mit dem bloßen Deck und einem Haufen Taue als Ruhestatt vorliebnehmen mussten. Das Vorderkastell war mit vier Bombarden bestückt. Vormast und Hauptmast trugen Rahsegel, der Achtermast ein Lateinersegel, das den Seefahrern erlaubte, härter an den Wind zu gehen als mit jedem anderen Schiff. Dem hohen Bug schwebte eine prächtige Galionsfigur voran, das Zeichen des Geschlechtes des Königs Erich: ein scharfäugiger Greif mit starken Schwingen, der mit seinen Klauen den Erdapfel umfasste.

In Häfen raunt die Ferne Lockungen in die Ohren der Reisenden, die sie alle Gefahren vergessen lassen, in die sie sich stürzen, und so war auch den Siedlern, die noch nie auf großer Fahrt gewesen, bang und leicht ums Herz zugleich. Sie verspürten das, was die Menschen Reisefieber nennen.

Trotz eines fernen Donnergrollens befahl der Kartenzeichner Nicolaus Swart, die Segel aufzuhissen und bei Erhaltung von Leib und Leben und Scharmützel mit den hansischen Schiffen meidend, den Sund bei Helsingborg zu durchfahren, um an der Küste Norwegens entlang bis Bergen hinaufzusegeln. Von dort würde die Luciferus auf Latitudo vierundsechzig geradewegs gegen Westen steuern, nach Island und von dort nach Grönland und immer weiter hinaus gegen Mittnacht, in die gähnende Finsternis der Welten Ende.

Sicher und behände wie Spinnen in ihrem Netz enterten die Matrosen die Jakobsleitern auf, hinauf zu den Rahen. Die Segel fielen wie auf geheime Weisung und blähten sich im Wind. Die Anker wurden gelichtet. Der Bug wandte sich zu neuen Ufern. Stumme Winker verfolgten die kurzlebige Spur des Schiffes im Meer. Der Wind war stark, majestätisch rollten die Wogen, und die geheime, wunderbare Kraft des Windes zog Herrn Swart hinaus, trieb ihn dem Orte seines Sehnens zu.

immer festzuhalten, indem er der Erde mit Hilfe der Gestirne ein Netz aus Latituden und Meridianen um die vollen Hüften schlang. Die Breite verriet ihm die Höhe des Nordsternes über dem Horizont, wenn er ihn mit seinem Astrolabium peilte. Um einem Ort seine Länge abzuringen, oblag Nicolaus Swart ein um vieles schwereres Geschäft: das Führen des Logs. Das bedeutete, stets über die Position des dem gewöhnlichen Mann im Weltenmeer längst ganz und gar verloren scheinenden Schiffes im Bilde zu bleiben, und verlangte von Herrn Swart die stete Kenntnis der genauen Fahrt. Zu deren Bestimmung hatte der Kartenzeichner ein bleibeschwertes Scheit an ein langes Seil gebunden, das er bei jeder Änderung des Windes längsseits des Schiffes ins Wasser warf, gleich ob sich Stürme hoben, Unwetter nachließen oder aus einer milden Brise Flaute wurde, und verzeichnete sorgsam, welche Länge des Seils sich in einer gewissen Zeit von seiner Winde spulte. Um ebendiese Zeit zu messen, sang er nach dem Brauch der italienischen Seefahrer ein Lied – das Lied vom König Spielmann, welches ihm sein Vater gesungen hatte, wenn er von seinen Reisen aus der Ferne in die Heimat zurückgekehrt war und an der Bettstatt des Knaben gesessen hatte:

Es wohnt ein Mann in einer Grönlands Au
König Spielmann tät' er heißen
Mehr hat er von dem lausigen Fell
Als er hat Speck den fetten.

Herr Swart hatte die erste Strophe dieses Liedes, weder von zu großer Eile vorangetrieben noch von zu großer Mattheit bezähmt, genau zweihundertundvierzig Mal singen können, bis die Turmuhr von Schloss Visborg zur nächsten vollen Stunde schlug. Nach seinen Berechnungen verriet ihm also die Anzahl der während des einmaligen Singens jener Liedstrophe von der

Spindel laufenden Knoten, die er nach sorgsamen Berechnungen im Abstand von zweiundzwanzig Fuß in das Seil geknüpft hatte, die genaue Anzahl der Seemeilen, die das Schiff während einer Stunde zurücklegte. Doch das war nicht alles! Es war die schwere Pflicht des Kartenzeichners Swart, als Beigabe der gemessenen Fahrt zu verzeichnen, in welche Richtung der Windrose das Schiff fuhr, und an den Marken seines Halbstundenglases abzulesen, für wie lange Zeit. Fände er jenes Land im äußeren Meer, zu dem ihn sein König ausgesandt, den Gewalten und Stürmen trotzend und Untiefen mit ungeheurem Geschick umschiffend, und hätte er nur ein einziges Mal vergessen, sein leer geronnenes Halbstundenglas zu wenden oder einen neuen Kurs zu notieren und wie lange das Schiff ihn hielt und mit welcher Fahrt – es wäre alles umsonst.

Nun also, nachdem Bergen aus der Sicht verschwand und ein kleiner Fehler der Messungen des Herrn Swart bedeuten mochte, dass ihr Schiff im Meer der Finsternis ganz und gar verloren war, warf der Kartenzeichner das Knotenscheit, immer und immer wieder, und sang, nachdem eine Schiffslänge des Seiles als Vorlauf von der Spindel geschnurrt war, das Lied vom König Spielmann:

Es wohnt ein Mann in einer Grönlands Au
König Spielmann tät' er heißen
Mehr hat er von dem lausigen Fell
Als er hat Speck den fetten.

Herrn Swart war nicht, als verzeichne er etwas, sondern als werde er verzeichnen gemacht. Der Lauf der Dinge diktierte ihm in die Feder. Ihm war, als sei er Bestandteil eines größeren Zusammenhangs von Ursache und Wirkung, so wie der Wind die Segel blähte und die Steuerleute ihre Rahen nach ihm stellten.

Doch Herrn Swarts Plan, der ihm am Zeichentisch stehend

so klar und unfehlbar erschienen war, auf dem vierundsechzigsten Breitenkreis geradewegs nach Westen zu steuern, scheiterte: Der Wind stürmte aus der Richtung, in die sie zu fahren wünschten, und zwang die Luciferus, mühsam gegenanzukreuzen. Nicolaus Swart warf unablässig das Scheit, sang sein Lied, holte die Leine ein, zählte die Knoten, verzeichnete seine Messung auf ein Pergament, wickelte das Seil wieder auf seine Spindel, las die Sanduhr, wenn das Segel gerefft werden musste, warf erneut das Scheit und verzeichnete auf seinen Karten ihre kurzlebige Spur im Meer, gewunden, ziellos scheinbar. Nach drei durchwachten Nächten befand sich der Kartenzeichner am Rande des Zusammenbruchs.

Um etwas Schlaf zu finden, lehrte er einen eifrigen Bootsjungen von zwölf Jahren, das Knotenscheit zu werfen, das Stundenglas zu wenden und die Windrichtung zu verzeichnen.

Doch als Nicolaus Swart sich zum Schlafe legte, hörte er den Schiffsjungen einmal das Lied zu schnell singen, dann wieder zu langsam, dann wieder schien ihm, der Bug habe sich in eine andere Richtung geneigt und das Schiff gewendet, ohne dass der Schiffsjunge das Lied für eine neue Messung gesungen hatte. Und dann beobachtete er gar, als er nach dem Rechten sah, wie der Schiffsjunge neben dem Steuermann ruhte. Der Ungeschlachte stieß den Burschen mit dem Fuß, woraufhin dieser niederträchtige Ausschmierer das Lied sang, ohne die Augen zu öffnen, und dann in aller Seelenruhe weiterschlief. Der Kartenzeichner war außer sich, denn dieser faule Bube, der mehr Bier als Wasser zu sich nahm, hatte zum Preis einer Zusatzration von Herrn Swarts Bier seine Messungen ruiniert. Der Kartenzeichner konnte nicht einmal die Breite messen, da der Himmel verhangen war. Selbst die Sterne ließen ihn im Stich! Er wähnte die Luciferus zur Stunde dort, wo sich die *insula feminarum* hätte zeigen müssen, auf der nur Frauen lebten, die jeden Mann sofort erschlugen, der sich näherte. Doch ringsum war nur Meer. Das erste Eiland war an die Fluten verloren! Als könnte er ihre Lage im Weltenmeer dadurch erhellen, sang, ja schmetterte Herr Swart seine Strophen nun beinahe unablässig, Tag und Nacht, und warf das Scheit:

Es wohnt ein Mann in einer Grönlands Au
König Spielmann tät' er heißen
Mehr hat er von dem lausigen Fell
Als er hat Speck den fetten.

II. Kapitel
der wundersamen Meerfahrt,

in welchem der Kartenzeichner Swart aufhört, von Speck und Fett zu singen, und darum in große Bedrängnis gerät.

Bei Anbruch des fünften Tages seit dem Aufbruch der Luciferus von Bergen, geradewegs als der Kartenzeichner das Knotenscheit ins Meer geworfen hatte und anhob, das Lied vom König Spielmann zu singen, zum vielhundertsten Mal, tappte jemand auf seine Schulter. Erregt, ganz außer sich, wollte Nicolaus Swart den Steuermann schon maßregeln, der ihn bei seinen bedeutenden Messungen störte, da rief Kapitän Schellendorp, der den Ungeschlachten geschickt hatte, von achtern her: »Kein Lied mehr.«

»Ihr stört meine Arbeit«, empörte sich der Kartenzeichner gegen Schellendorp, der klein, gedrungen, breitbeinig auf dem Achterkastell stand, als gehörte ihm das Schiff.

Nicolaus Swart holte das Scheit, das er soeben geworfen hatte, ein, wickelte es auf seine Spindel und warf es wieder aus. Gerade als er bereits tief Luft geholt hatte und erneut anhob, das Lied zu singen, schüttelte Schellendorp seinen Kopf auf eine Art, dass der Zeichner die Luft ohne Lied aus sich heraus und das Scheit fahren ließ.

»Ihr macht Euch keine Vorstellung«, so maßregelte der Zeichner Schellendorp, »welche überlebenswichtige Bedeutung meine Arbeit für das Gelingen unserer Mission, für die Kartographie und für die ganze Christenheit hat. Diese Fahrt wird überhaupt nur unternommen, damit ich meine Messungen vornehmen kann!«

Schellendorp reagierte nicht.

»Ich singe nicht, weil man mich aus dem Schifferchor geworfen hat«, erklärte Swart, »sondern ich singe eben gerade zum Zwecke der Vermessung!«

Fortan sang er das Lied nur noch im Geiste, doch er war gewiss, dass seine Arbeit wesentlich beeinträchtigt war. Denn der Atem musste nun mal hinaus, und das ging nicht beliebig schnell. Die Zunge musste auch noch das Ihre tun, die Laute wollten akkurat und verständlich geformt sein, und nur so ließ sich das Lied in einer gleichförmigen Geschwindigkeit singen. Wenn man allerdings vor Erschöpfung gekrümmt das Scheit zum vielhundertfachen Male aus dem Schiff geworfen hatte, da war dann in bloßen Gedanken schon mal eine Strophe zu schnell gesungen, heruntergerattert, vielleicht gar in der doppelten Geschwindigkeit. Und so wurden rasch aus fünfhundert italienischen Meilen eintausend! Wahrscheinlich reichte die Vorstellungskraft keines der an Bord Befindlichen auch nur im Entferntesten aus, um sich auszumalen, welche Folgen das Tappen auf seine Schulter für die Schifffahrt haben mochte. Ganze Flotten mochten dadurch ins Verderben geschickt werden, weil man während der Arbeit Worte an ihn gerichtet und ihn beim Zählen durcheinandergebracht hatte. Spätere Schiffe würden, vielleicht im Sturme, irrgeleitet von der Annahme, der schützende Hafen wäre nicht weit, und tapfere, aufrechte Männer von edler Herkunft mochten elend ertrinken, weil ein grober Mensch ihm auf die Schulter getappt hatte. Ganze Flotten würden in Mahlströmen versinken, weil man ihm auf die Schulter getappt hatte! Weil man ihm auf die Schulter getappt hatte, würden Lücken in zahllose Familien gerissen werden, würden Witwen vor Trauergeheul in ihre weiß gepressten Fäuste beißen!

Nicolaus Swart schien, dass viele der von Schellendorp

vorgenommenen Kursänderungen nicht notwendig, aus seemännischer Sicht gar töricht waren. Ihn beschlich das Gefühl, dass immer dann, wenn er sein Scheit geworfen und die Geschwindigkeit verzeichnet hatte, Schellendorp den Steuermann das Segel reffen hieß. Ihm war, als riefe der Kapitän immer nur »Wahrschau Bö!«, »Abfallen!«, um ihm aus Bosheit eine neue Messung aufzuzwingen; als gebiete er dem Steuermann, den Kurs vorsätzlich ungenau zu steuern, nur um ihn – ja, letztlich – ins Irresein zu treiben. Wenn er sich umdrehte, vermeinte er zu sehen, wie Schellendorps ausgestreckter Finger in seine Richtung wies, während er übelwollende Anweisungen gab, wie man den Blick rasch von ihm abwandte, damit er nicht merkte, dass man sich über ihn besprach. Verabredungen wurden im Verborgenen gegen ihn getroffen, Kräfte des Dunkels verdichteten sich in seinem Nacken. Dem Kartographen schien, man habe unter der Mannschaft einen Schichtdienst zu seiner Beobachtung eingerichtet. Er war gewiss, dass, während er schlief, Gremien über ihn tagten und Beschlüsse fassten, die sein Leben widerlich machen oder gar beenden sollten. Man wollte ihn vernichten, aus Gründen, die er noch nicht kannte.

»Was führt Ihr gegen uns im Schilde?«, schrie Swart nach erneut durchwachter Nacht gegen den Wind zu Schellendorp.

»Ihr seid ein Lehnstuhlabenteurer, Swart, das sehen die Männer. Sie werden unruhig. Man zweifelt, dass Ihr das Schiff nach Island führen könnt und ein ordentliches Haupt für solch eine Unternehmung seid«, antwortete er.

»Ihr müht Euch, uns mit Euren wechselnden Kursen in die Irre zu führen, um die Hauptmannschaft über die Unternehmung an Euch zu reißen!«, rief Nicolaus Swart.

»Ihr führt Euch selbst in die Irre, Swart, ohne dass ich mich mühen müsste«, sagte Schellendorp.

Der Kartenzeichner war verzweifelt. Island musste sich

längst aus den Fluten heben, so wussten seine Karten, und doch war weit und breit nichts zu sehen! Er hatte seit Tagen nur für Minuten seine Augen schließen können, er brauchte Schlaf, die Gedanken gingen ihm irr. Wütend wälzte sich der Ozean gegen die Luciferus. So mächtig aufragend das Schiff an der Reede gelegen hatte, so winzig schien es Nicolaus Swart nun in dieser gähnenden Unendlichkeit haushoher Wogen. Ihm war es an Deck kaum möglich, sich auf den Beinen zu halten, doch die Seeleute liefen trotz der Wellen in schnurgeraden Linien über das Deck, als wären sie in einem ebenen Tanzsaal, und dabei gossen sie sich Schnaps in Mengen in ihre Kehlen, dass sie die ihnen drohenden Ozeane trockengelegt hätten, wenn sie aus Brand bestünden. Kapitän Schellendorp sagte Herrn Swart auf seine Frage hin, wie das zu bewerkstelligen sei, dass keiner der Männer an Land überhaupt noch in der Lage wäre, sich aufrecht zu halten, noch gezielt in irgendeine Richtung oder überhaupt zu gehen, so sternhagelvoll seien sie, doch das Eigentümliche sei, dass der Wellengang den Taumel des Rausches ausgleiche. Der gütige Herr habe sorgsam alles so gerichtet, dass der andauernde Rausch für ihre Arbeit nicht nur förderlich sei, sondern sogar völlig unabdingbar, und dass Herr Nicolaus Swart, um seinem Namen Ehre zu machen – denn der heilige Nicolaus war der Schutzpatron der Schiffer und Seeleute – und um der Sicherheit ihrer Überfahrt willen und zum Heile der Menschheit insgesamt, seine Wein- und Schnapsrationen ihm und seinen Männern überlassen solle.

Am Nachmittag des sechsten Tages ließ Schellendorp gar beidrehen, weil, wie er sagte, ein bald aufkommender Sturm dies gebiete. Es gab keinen Sturm. Tatsächlich lag die Hälfte der Mannschaft im Rausch an Deck, und jedermann war gänzlich außerstande, die Jakobsleitern zum Mast hinaufzusteigen. Swart erließ bei Strafe von dreißig Hieben ein vollständiges Verbot des Brandgenusses zur See, denn ihm schien, er sei eher in einem der übelsten Hafenkrüge gelandet, in dem zwei Jahrhunderte Zuchthaus sich um das Bierfass tummelten, als auf einer Entdeckungsreise. Die einen hatten sich die Brandrationen der anderen erwürfelt und waren nicht mehr in der Lage, das Fahrzeug zu bedienen, die anderen sahen keinen Grund, sich zu schinden, da sie schon zu Landskrona Schnaps und Heuer und manche sogar ihre sämtliche Habe verloren hatten. Mehr und mehr Befehle Swarts verhallten ungehört in ihren Ohren. Man verlachte ihn, der mit der Verlässlichkeit eines Himmelskörpers seine spärlichen Rationen Stockfisch wieder auswarf, am ganzen Leibe vor Entkräftung zitternd.

Der Kartenzeichner befahl Aslaks Waffenträgern gar, die Fässer zu bewachen. Obgleich niemals Fässer entsiegelt waren, stieß an Deck unablässig jemand auf, und trotz des starken Windes umwehten Swart muffige, saure Bierfahnen und brandschwerer Atem, bis er entdeckte, dass die Fässer insgeheim angebohrt wurden, während man Aslaks Wachen ablenkte oder mit ihnen gar gemeinsame Sache machte. Beinahe die Hälfte des Brands war bereits verzehrt. Man hatte mehr Schnaps als Wasser zu sich genommen!

Beim Wechsel zur nächsten Tagwache, am siebten Tag ihrer Reise, rief Schellendorp die Mannschaft zusammen. Wenn Swart sie nicht bis zum Sonnenuntergang nach Island führe, so beschied er dem Kartenzeichner, dann wünschten die Männer, dass er selbst die Hauptmannschaft über die Fahrt übernehme.

Als der Kartenzeichner sich später für einen Augenblick entkräftet niederlegte und die Sonne bereits ihren Zenit überschritt, war er gewiss, dass man bereits beriet, ob man ihn geradewegs ins Meer werfen sollte. Doch dann, endlich, kam Land in Sicht, als hätte der Schöpfer die Welt sorgsam nach den Karten des Herrn Swart gefertigt. Die Uferlinie von Island deckte sich aufs Ergötzlichste mit der seinen. Die Seeleute schlugen ihm auf die Schulter und flehten ihn an, er möge ihnen verzeihen, dass sie so auf ihn herabgesehen und ihn einen Lehnstuhlabenteurer geschimpft hatten. Erst riefen einige wenige seinen Namen, und dann jubelten alle an Bord, hoben ihn gar auf ihre Schultern und ließen ihn hochleben.

Dann erwachte der Kartenzeichner Nicolaus Swart aus seinem Traum. Er war eingeschlafen und wusste nicht, wie lange. Viele seiner Seiten lagen in einer Wasserlache neben ihm und waren verloren. Auch seine unersetzlichen Sonnentafeln, die ihm die Höhe des Zenits der Sonne an jedem Tag des Jahres auf dem jeweiligen Breitengrad verrieten, sie waren zerstört. Er wusste nicht, ob er nur für ein paar Augenblicke seine Augen geschlossen hatte, für Stunden oder Tage. Alles war durcheinandergeraten. Er starrte auf den Horizont. Ihm schien, die Farbe des Wassers habe sich geändert, von einem Grün in ein öliges Schwarzblau. Wo war Island? Als er nach seinen Aufzeichnungen greifen wollte, wehte der Wind ein Blatt über Deck. Als er ihm nacheilen wollte und zur Rettung des einen Blattes die anderen fahren ließ, ergriff der Wind, was er preisgegeben hatte, und hob seine wertvollen Zahlen empor. Der Kartenzeichner stürzte seinen kostbaren Notaten nach und versuchte zu fassen, was nicht zu fassen war. Niemand half ihm. Man sah ihm zu wie einem seltenen Tier, das einen fremden Tanz vollführt. Herrn Swarts unersetzliche Seiten wehten empor, bis hinauf zum Mastkorb und hinaus aufs Meer.

Das Schiff war verloren in der See der Finsternis.

Der Schreiber Rikmann schlief in dieser Nach kaum eine Stunde, denn ihm oblag, das am Vortag vom Kartenzeichner Gesagte zu sortieren und niederzuschreiben. Er war von der Kunst der Kartographie, die Swart zu Florenz erlernt hatte, ganz berückt. Die Vermessungsarbeit, die Swart geschildert hatte, die Möglichkeit, die Welt festzuhalten mit jenem Netz aus Longituden und Latituden, die magische Kunst, Orte zu beschreiben mit nichts als Zahlen, die Welt zu bändigen, die Wirklichkeit festzuhalten, den verwundenen Weg des Schiffes im Meer, all das schien ihm etwas Wunderbares und nichts anderes als sein eigenes Geschäft, mit Notaten das Leben des Königs festzuhalten und seinen verschlungenen Lebensweg nachzuzeichnen. Was Swart die Zahlen waren, waren ihm die Lettern.

Seit Sonnenaufgang saß Herr Rikmann wieder beim König, der sich vor Neugier auf seiner Wühlstatt wand, und wartete mit ihm nun bereits seit drei Stunden auf das Erscheinen des Kartenzeichners. Wenn Rikmann, um seinem Herrn durch eine Aufgabe Linderung zu verschaffen, vorschlug, doch einen Erlass zu schreiben oder das Unternehmen eines neuen Landschaftsrechtes voranzubringen, fuhr Erich seinen Schreiber unfreundlich an. Vor Neugier schrie er immer wieder auf, erhob sich von seinem Lager, trat wahllos gegen Truhen und zerwarf gar einen kostbaren Krug. Der König war unerträglich.

Zur Mittagszeit tauchte Nicolaus Swart endlich auf und berichtete, wie wohl er geruht habe.

»Was ist dann mit Euch geschehen, Swart?«, drängte Erich, noch bevor der Zeichner sich niedergesetzt und die Hände auf dem Schoß gefaltet hatte, wie er es zu tun pflegte. »Wenn Ihr nicht bald damit rauskommt, dann könnt Ihr's für Euch behalten!«

Doch der Kartenzeichner schwieg und sah aus dem Fenster in die Wolken, die sich über der Festung ballten.

»Seid Ihr gescheitert, um Himmels willen? Dann raus damit! Kurz und bündig!«, schrie der König.

Er wünsche nun erst einmal zu speisen, erwiderte der Kartenzeichner. Wo er seiner Entbehrungen gedenke, da habe er nun Appetit bekommen.

»Aber so lasst doch wenigstens noch das Schiff Land finden, bevor Ihr speist!«, flehte der König. »Um des Friedens meiner Seele und meines Alters willen! Es war ja ganz und gar hoffnungslos verloren in den Wellen, als Ihr Euch gestern erschöpft gefühlt habt«, rief er. »Müsst Ihr jetzt wirklich speisen?«

»Mit leerem Magen verzählt es sich schlecht«, sagte Swart. »Das Verzählen macht uns beinahe so hungrig wie die Seereise selbst.«

»Hernach gibt's was zum Essen!«, sagte der König. »Hernach!«

»Hernach ist sich's noch schlechter speisen«, entgegnete der Kartograph, »denn dann tauchen Ungeheuer auf, schrecklicher und größer, als man je von ihnen hörte!«

»Meine Scharfrichter sind gegen Euch Lämmer, Swart«, sagte der König und umfasste seinen Kopf mit den Händen. »Mir wäre es Linderung, von meinen gröbsten Leuten aufs Rad geflochten zu werden!«

»Die Schiffe fahren hinauf nach Norden, ins schreckliche, malmende Eis des äußeren Meeres!«

»Ihr wart im äußeren Meer, Swart? Ihr habt ja den Teufel selbst im Schwitzkasten!«

»Und dann sollen wir speisen?«

»Nein!«, schrie der König und sank geschlagen zurück. »Lasst uns Zwieback und eingesalzenen Fisch bringen«, wies er einen Diener an.

Doch als der Koch dem Kartenzeichner einige Darrfische vorhielt, nebst zwei grauen Essiggurken und einem Stück Zwieback, da wiegte der Meeresreisende missbilligend sein Haupt. Ein gebratenes Huhn würde seinen vor Entbehrung dürren Leib zu bedeutend kräftigerer Erinnerung in Stande setzen.

»Wo soll ich in diesen Zeiten ein Huhn hernehmen?«, fragte der Koch ratlos.

»Bringt einen Krug Wein«, rief der König zum Schenk, der diskret zu bedenken gab, der Wein werde dem Priester bei der morgigen Messe fehlen und die seit Wochen erwarteten Schiffe mit dem Gascogner Wein seien wegen der hansischen Blockade des Sundes nicht gekommen. »Dann muss der Priester morgen eben Bier zur Wandlung nehmen«, sagte der König unwillig. »Und Ihr, Swart: Nun fresst, was es gibt!«

Nun, da man ihm beschieden hatte, dass es kein Huhn gebe, saß der Kartenzeichner stumm da und blickte scheinbar weltvergessen aus dem Fenster.

»So sagt um meiner gottgegebenen Königswürde willen, habt Ihr das Eiland Nebelheim gefunden?«, rief Erich. »Geradeheraus: Ja oder nein?«

»Kaum ein Ding, das der Herr hat werden lassen, ist so einfach, dass ihm ein Ja oder Nein Genüge täte«, antwortete der Zeichner vage.

»Ich flehe Euch an!«

Herr Rikmann hatte schon am vorigen Tag während der Berichte Swarts gesehen, dass der Kartenzeichner zu jeder Zeit um seine Macht wusste. Er zeigte sich freundlich, zuvorkommend, wagte nie ein lautes Wort, ja, er war dem König gegenüber manchen Males beinahe unterwürfig und beflissen. Doch in seinen

Blicken sah er, dass Swart genau wusste, wie wertvoll er dem Herrscher war. Noch ging es um nichts als scheinbare Nebensächlichkeiten. Aber dem Schreiber schien schon jetzt, dass der Kartenzeichner, wenn er eine Pause machte und nachzudenken vorgab, nicht einfach nur nachdachte, sondern bewusst seine Zuhörer quälte. Rikmann war gewiss, dass dieses Schweigen kein bloßes Schweigen war, sondern eine Machtdemonstration, ja, ein feindlicher Akt. Wenn er müde wurde und um eine Stunde Schlaf bat, so war er nicht wirklich müde, sondern wollte, wie Rikmann schien, seine Zuhörer spüren lassen, dass er jederzeit seine Erzählungen auf immer einstellen könnte, wenn es ihm beliebte. Swart verlangte immer dann nach einem Glas Most, wenn er in seiner Erzählung auf einen ungeheuer spannenden Punkt zu sprechen kam, er musste immer dann nachdenken, wenn Unerhörtes bevorstand, ihn verlangte nach Schlaf immer dann, wenn sein Schiff im Sturm unterzugehen drohte, wenn er gerade glaubte, am Horizont Gesichte zu sehen, wenn jemand ein Messer am Hals hatte. Nie aber verlangte ihn nach Schlaf, wenn die See ruhig war und die gesamte Mannschaft frohen Sinnes an Deck in der Sonne lag, nie verlangte ihn nach Schlaf, wenn man eine Meerkatze erlegt hatte und alle sattsam aßen. Ja, er machte manches Mal nicht einmal den Satz fertig, sondern blickte wieder lange aus dem Fenster, ohne dass es da irgendetwas zu sehen gab oder dass da irgendjemand war. Er reagierte dann auch nicht auf Zurufe oder die Nennung seines Namens oder auf die vielfache Bitte des Königs – des Königs! –, er solle doch um des Himmels und der Seelenruhe eines alten Mannes willen weitererzählen. Wenn man ihn fragte, wann er denn weiterzuberichten beabsichtige, blieb er vage und sagte ausweichend, er sei sehr erschöpft, oder, die Wiederholung der Reise in seiner Erinnerung schwäche ihn beinahe mehr als die wirkliche Reise, oder, seine Gemütsverfassung gebiete ihm eine Pause. Auch bei dem Huhn, das sich der Kartenzeichner nun herauszuschinden mühte, war Rikmann, als ginge es Swart nicht allein um das Huhn. Es ging ihm darum, Mühen zu bereiten und zu sehen, ob man sich ihm erbötig zeigte.

Der Kartenzeichner bestimmte seinen Wert.

»Was habt Ihr entdeckt? Raus damit!«, schrie der König.

Swart blickte scheinbar selbstvergessen in die Luft und verfolgte mit dem Blick den im Sonnenlicht nach oben schwebenden Staub.

Erich ergab sich schulterzuckend in sein Schicksal. »Geht nach Visby«, gebot er seinem Koch, »und seht, ob es dort noch ein einziges Huhn gibt, dem man in diesen schlechten Zeiten nicht den Kragen herumgedreht hat. Zieht es als Kriegssteuer ein, denn das Huhn wird benötigt, um einen ganzen Kontinent zu erobern, und es wird des Beraubten Schade nicht sein«, versprach er. »Es wird ihm hundertfach vergolten, wenn Schiffe zu den neuen Ufern aufbrechen, er bekommt dort zehn Morgen Land, vielleicht werde ich ihm gar gestatten, ein Wappen zu führen!«

Einige Stunden später stand der Koch mit einem knusprig gegrillten Huhn vor dem Kartenzeichner, und der König strahlte.

»Was sagt Ihr dazu, Swart?«

Der Meeresreisende fixierte das Huhn mit seinem Blick, und ihn, der über Jahre nichts als Schiffszwieback und Pökelfisch zu sich genommen hatte, überfiel eine ungeheure Gier. Swart übersah sogar, dass der Diener für ihn in einer Nische einen Tisch gedeckt hatte, und griff mit bloßen Händen nach dem gesamten Huhn. Und nun erinnerte dieser blasse, feingliedrige Herr den Schreiber Rikmann an ein Wildtier.

Er vergaß beim Verzehr des ihm gleichsam zur Atzung vorgeworfenen Fleisches die Welt um sich herum. Er krallte Daumen, Zeige- und Mittelfinger in das Huhn, wie ein Greifvogel seine Klauen in die Beute schlägt. Er war mit seinem Wesen ganz und gar auf das Beutetier gerichtet, das er zwar nicht selbst getötet hatte, das ihm aber dennoch seine innersten Triebe befriedigte. Er griff mit Gewalt in das Fleisch, riss Innereien heraus, legte sich einen mit den bloßen Zähnen aus dem Kadaver herausgerissenen Bissen mit einem kurzen Wurf des Kopfes zurecht, wie es Greifvögel zu tun pflegen. Ja, er weidete das Huhn aus, fraß die Leber, Herz, Kragen, selbst die Nieren verzehrte er in beinahe unzerkauten, übergroßen Stücken, die er mit einem Vorstrecken des Halses verschluckte. Er knackte die Knochen und trank das Mark von den Beinen, die er nicht verspeisen konnte. Was an Knochen übrig blieb, war blank und kaum noch für eine Brühe auszukochen. Er verschlang das Huhn mit Haut und Haar.

Auf seinen gesunden Appetit angesprochen, erklärte Swart dem Schreiber Rikmann, er habe im Eise selbst eine unwichtige Karte verspeist, die er auf eine Kalbshaut gezeichnet hatte, da sei ein Hühnerknochen eine Delikatesse. Er habe mehr Fliegen gefressen als der Teufel selbst und seine Zähne vor Hunger gar in Planken geschlagen.

Dann, nachdem König wie Chronist dem Kartenzeichner mit Erstaunen zugesehen hatten, ruhte Swart wie eine Schlange, die sich vor Gier übernommen und über ein zu großes Tier gestülpt hatte.

Rikmann sah, dass die Augen des Königs in diesen Tagen nicht mehr stumpf vor sich hinblickten wie ehedem, es waren nicht mehr die Augen eines Gebrochenen, eines Zwingertieres, das sich und die Welt aufgegeben hat. Erich wirkte lebendig. Auch wenn es nur die Beschaffung eines Huhnes war, für die er sorgte, der König setzte wieder ins Werk, und das tat ihm gut. Er spann gar Pläne, den Hafen von Visby ausheben zu lassen, damit tiefgängigere, für Fernfahrten zu seinen neuen Reichen geeignete Schiffe hier anlegen konnten. Zweitausendtonner würden schon bald die Meere befahren, das sehe er genau vor sich, sagte der König, ungeheure Fernfahrzeuge mit wenigstens fünf Masten!

Der Schreiber Rikmann wusste jedoch, dass so etwas niemals möglich sein würde.

III. Kapitel
der wundersamen Meerfahrt,

in welchem der Kartenzeichner Swart
seiner Hauptmannschaft
enthoben zu werden droht.

Verloren trieb die Luciferus im Meer der Finsternis. Die Aufzeichnungen des Kartenzeichners Nicolaus Claussøn Swart waren unbrauchbar oder verloren. Er fürchtete, durch seine Verfehlung würden die Siedler, die sich hoffnungsfroh zu neuen Ufern aufgebrochen wähnten und von einem besseren Leben träumten, jämmerlich ertrinken. Wenn er bis zum Abend Island nicht erreichte, würde sich Kapitän Schellendorp kaum damit begnügen, ihn seiner Hauptmannschaft zu entheben, so war Herr Swart gewiss, sondern ihn gebunden in den Kielraum werfen, zu Kot und Auswurf, die sich dort sammelten. Verzweifelt versuchte der Kartenzeichner, ihren Kurs zu berechnen – vergeblich!

Und dann, als Schellendorp mit einem üblen Rausch in seiner Koje lag, tappte der Steuermann, der seit dem Beginn ihrer Reise noch nicht ein einziges Wort gesprochen hatte, mit seinem groben, verhornten Zeigefinger auf Swarts Karte.

»Hier«, knurrte er. »Hier.«

»Die Seeluft macht dich geschwätzig«, sagte Swart, »zwei Worte auf einmal! Sieh dich vor: Wer am Morgen wuchert mit dem wenigen, was er hat, dem fehlt's am Abend.«

Der Kartenzeichner hatte das Schiff weiter nördlich gewähnt. Sie konnten unmöglich so weit nach Süden abgekommen sein! Wenn der Steuermann recht hatte, würde er mit seinem westlichen Kurs Island verfehlen und müsste nun stattdessen geradewegs nach Norden steuern!

»Hier«, wiederholte der Seemann trocken und tappte in die Leere von Herrn Swarts Karte.

Was sollte er tun?, so fragte sich der Kartenzeichner. Er war beinahe gewiss, der Seemann sei von Schellendorp geschickt, ihn, der nun den richtigen Kurs steuerte, zu täuschen, damit er seine Enthebung rechtfertigen konnte.

»Steuert nach Norden!«, rief Swart nach schrecklichen inneren Kämpfen zum Rudergänger und fuhr geradewegs gegen Mittnacht, bangen Herzens, denn er fürchtete, wenn er nun den falschen Kurs gewählt hatte, bedeutete dies das Ende seiner Unternehmung.

Als Schellendorp kurz vor Sonnenuntergang an Deck kam und auf den leeren Horizont hinausblickte, hatte sich Swart, obschon er die Höhe fürchtete, längst die von üblen Winden umtobten Jakobsleitern hinaufgehangelt. Jede der schwankenden Seilschlingen aufwärtssteigend, hatte er gewärtigt, in die Tiefe zu stürzen und an Deck zerschmettert zu werden. In der Hoffnung, Land zu sichten, war er in seiner Verzweiflung hinauf ins Krähennest gestiegen, beinahe fünfzig Fuß in die Höhe, wo sich das Schwanken des Schiffes und das Stampfen der Wellen vervielfachte. Swart fühlte sich für einen Moment der Welt gänzlich enthoben, so sehr berückten ihn die Höhe und der Wind, der mit ungeheurer Macht an ihm zerrte.

Und dann sah er, wie das ferne Island sich aus den Fluten hob. Ihn durchströmte in dieser Stunde unbeschreibliches Glück, und er dankte dem Schöpfer, dass er's so gefügt hatte. »Land!«, schrie er vom Mastkorb herab. »Land!« Er sank vor Freude auf die Knie und feierte das Gesicht am Horizont wie eine gewonnene Schlacht. »Land!«

Der Steuermann, dieses grobe Geschöpf, dieser Riese, dieser Klotz, dessen Verstand damit überfordert war, das Tauwerk zu entwirren, der bei Flaute Stunden auf einen einfachen Knoten starrte und rätselte, wie man ihn entwirrte, er hatte eine besondere Befähigung. So wie manches Weib einfach anmutig und schön war, so wie der Herr gemacht hatte, dass der Regen nach unten fiel, so wusste dieser Mann, wo er war. Er berechnete nicht, welchen Kurs das Schiff wann in welche Richtung gesteuert hatte, wie stark der Wind es abgetrieben haben mochte, er warf kein Scheit: Dieser grobe Mensch wusste es einfach.

Was es auf Island für Wunder gibt

Island liegt durch das unbegrenzte Meer von den übrigen Inseln getrennt und verlacht scherzend die Drohungen des Ozeans. Um die Sommersonnenwende, wenn die Sonne das Zeichen des Krebses überschreitet, wird es dort nicht Nacht und um die Wintersonnenwende durchaus nicht Tag. An den entfernteren Grenzen ist dieses Land mit ewigem Firn bedeckt, der über den Meeresstrand nach Norden reicht. Die Bewohner teilen mit ihrem Vieh Obdach und Streu und bedecken sich mit ihren Vliesen. Sie besitzen kleine Pferde, die im Winter getrockneten Fisch fressen statt wie bei uns Heu. Es gibt dort weiße Falken, Raben, Sperber, Hasen und Füchse. Island ist mehr als doppelt so groß wie Sizilien und hat drei große Berge, auf denen ewiger Schnee liegt und zu deren Füßen ewiges Feuer brennt wie am Mons Ätna auf Sizilien. Der größte Berg, aus dem Feuerflammen lodern und schwarzer Rauch aufsteigt, heißt Mons Hekla. Wie Augustinus im einundzwanzigsten Buch vom Gottesstaat berichtet, gibt es dort einen Abgrund, wo nach Gottes Gericht die Seelen gepeinigt werden. Man sagt auch, dass dort der Eingang zur Hölle liegt und man das Heulen der bösen Seelen hört. Bei diesem Abgrund erscheinen häufig Leute, die kurz zuvor ertrunken sind, als wären sie noch lebendig. Ihre Freunde bitten sie, nach Hause zu kommen, doch sie antworten mit einem tiefen Seufzen, dass sie zum Hekla-Berge gehen müssten, und sind von Stund' an verschwunden.

Durch die verborgene Wirkung des Schwefels, des Feuers und der Kälte fliegen dort häufig viele große Steine durch die Luft wie Kugeln aus der Bombarde.

Nahe dem Hana-Fjord im Südwesten brennt ein Feuer, welches das Wasser verzehrt, aber dem Flachs nichts anhaben kann, und es gibt eine Quelle, die in ihrem Geschmack dem Bier näher kommt als dem Wasser.

Viele Menschen sind dort Wahrsager und verkünden die tödlichen Abgänge ihrer Fürsten.

Es gibt auch Zauberer. Sie haben die wunderbare Gabe, durch das Spiel mit ihrer Fiedel einen mächtigen Fisch von der Größe eines Schiffes an das Ufer zu locken, und er hat den Tod davon. Von diesem Fisch kann ein Dorf wohl ein Jahr leben.

Vom großen Schaden, so die Teufel tun

In jenen mittnächtigen Ländern, wo der Teufel den Buchstaben nach seinen Sitz hat, plagen, spotten, betrügen und quälen die Teufel die Menschen auf unaussprechliche und mancherlei Weise. Sie tun ihnen Schaden, werfen ihnen ihre Häuser um, würgen ihnen das Vieh, verderben ihre Früchte, verheeren ihre Orte und Gewässer in den Boden, dass sie wüst werden.

Sie ruinieren ihnen ihre Häuser durch ungewöhnliche Hagelsteine, die ihnen, Pfeilen gleich, aufs Haupt schlagen und das Gesicht nehmen.

Von Kampf und Sitten und der groben Art der wilden Leute, die in der Wildnis wohnen

Sie haben den Brauch, ihre Pferde zu opfern und einigen Rossen die Köpfe abzuhauen, die sie dann auf lange Stangen stecken und ihnen mit Spießen die Mäuler aufsperren, um sie vor der Schlachtordnung herzutragen. Und wenn sie ihre Feinde besiegt haben, opfern sie erneut ihre Pferde. Den Pferden, die nicht geopfert werden, binden sie scheibenförmige Tafeln unter die Hufe, damit sie im Laufe nicht in den Schneemassen versinken.

Die Völker gegen Mittnacht vergessen trotz ihrer Wildheit und Grobheit ihre Vorfahren nicht, sondern sie haben ehrliche Bilder aus hohen Steinen, die sie durch starke Riesen stracks und überzwerch aufrichten lassen und wunderlich aufeinandersetzen, als wenn es hohe Türme wären, die in gotischer Sprache hübsch ausgehauen sind und dem lebendigen Menschen anzeigen, was er tun und was er fliehen sollte, nämlich die Tugend lieben und die Laster meiden.

So findet man dort überhaupt ganze Berge, die über und über in gotischer Sprache hübsch ausgehauen sind, auf dass man die Alten nicht vergisst und ihre Taten bleiben.

So viel hat der Kartenzeichner Swart aus eigener Beobachtung und von Gewährsmännern, denen zu folgen keine Schande ist, von Island als zuverlässig erforscht, das Fabelhafte übergehend.

Herr Rikmann saß an seinem Schreibtisch und besah sich in seinen Notaten, was der Kartenzeichner gesagt hatte. Er sann darüber nach, wie gerne er auf Island, in der Einsamkeit, fern von Trumpetten und Tambourinen und der Eitelkeit der Städte durch die Berge wandern und die Geschichten lesen würde, die dort über die Alten eingeschrieben standen. *So* mussten Chroniken über Herrschergeschlechter geschrieben werden, Leben in Stein gehauen, in Gebirgszüge und Berggipfel, geradewegs in den Erdapfel. So ließ sich ein Leben festhalten. Wie vergänglich waren doch die Seiten, die er beschrieb, da konnte er gerade so gut in den Staub schreiben oder bei Ebbe in den Sand oder seine Chronik ins Eis der Meere kratzen. Wie vergeblich war doch alles Hoffen und Streben.

Da der König ihn nicht brauchte, weil der Kartenzeichner sich unpassend fühlte, beschloss er, dem Koch einen Besuch abzustatten, um zu sehen, ob es neuen Klatsch gab.

Der Koch war kaum zu sehen durch die weißen Federn, die ihn umtobten. »Der Kartenzeichner wünscht nur noch Huhn zu essen!«, klagte es aus der Wolke, die sich langsam legte, da das Tier nun alle Federn eingebüßt hatte. Dem Koch rann vor Anstrengung das Wasser vom Leib. »In diesen Zeiten! Die Schwestern von Kloster Sonnenberg haben mir zwei altersschwache Schwäne aus ihrem Teich überlassen und ein wenig sizilianische Minze im Tausch für drei Fässer Pökelfisch«, erklärte er.

Jetzt erst sah Rikmann, dass der Koch einen Schwan gerupft

hatte, den er nun mit ausgestrecktem Hals auf einen großen Werktisch legte, um mit einer Fackel die Federreste abzusengen. Anschließend packte er ihn am Kragen und tauchte das am langen Hals hängende Tier zum Brühen in einen Topf. Dabei beobachtete er den Schreiber allzeit aus den Augenwinkeln.

»Traft Ihr zu Kloster Sonnenberg wen?«, fragte Rikmann, vergeblich um Beiläufigkeit bemüht.

Der Koch griente, da der Schreiber ihm angebissen hatte, und öffnete dem Schwan mit einem raschen Schnitt den Bauch. Rikmann wurde leichenblass, als die Innereien des Tieres vom Tisch in einen Bottich glitten und der Koch ausräumte, was nicht von selbst kommen wollte.

»Was tut das zur Sache, Rikmann?«, fragte der Koch, während er das Tier säuberte.

»Nun ja, nichts weiter«, antwortete der Schreiber flau.

»Ihr zappelt an meinem Haken wie ein alter Lachs.« Der Koch wischte sich mit einem Tuch den Schweiß vom Angesicht.

»So ist das doch, man betreibt eine Unterredung, man fragt dies und das … Dinge ohne Belang …«

»Dies und das?«

»Dies und das«, bekräftigte Rikmann.

»Mir scheint, Ihr fragt mehr nach *dies* als nach *das.*«

»Was meint Ihr mit *dies?*«

»Ich sag Euch, was ich mit *dies* meine, wenn Ihr mir sagt, wen Ihr mit *wen* meint.«

Rikmann rang um eine Antwort. »Der König ist sehr verärgert über das Fernbleiben der Frau Asta«, sagte er schließlich.

»Der König ist verärgert.«

»Jawohl.«

»Und Ihr könnt seinen Ärger verstehen?«

»Ja, ja, ich kann den Ärger des Königs verstehen.«

»Seid nicht vielmehr Ihr verärgert?«

Der Schreiber wusste nun nichts mehr zu sagen und schickte sich zürnend an, die dampfende, heiße, fettige Küche, in der es nach verbrannten Federn stank, zu verlassen. »Entschuldigt mich nun, Koch, ich habe zu tun!«

»Dann wollt Ihr sicher nichts von den Neuigkeiten wissen, die ich über den Kartenzeichner habe«, sagte der Koch, bevor Rikmann verschwunden war.

Der Schreiber blieb stehen, um zu hören, was der Koch zu sagen hatte, der nun dem Schwan mit einem Beil Hals und Füße abschlug. »Ich habe, als ich auf dem Markt war, Ungeheures über Herrn Swart gehört«, sagte der Koch, während Rikmann bei jedem Hieb zusammenzuckte. »Dinge, die Euch als Missgünstling freuen werden. Ein Fischmeister und ein Garbrater wurden vor Tagen in der Stadt aufgegriffen, weil sie Farben trugen, die ihrem Stand nicht erlaubt waren. Sie hatten sich vom Feinschmied sogar silberne Schamkapseln fertigen lassen, die sie über ihren verschiedenfarbigen Beinlingen trugen! Schamkapseln von beinahe lachhafter Größe, mit denen sie keck durch die Straßen stolzierten wie Pfauen!«

»So sind die Zeiten«, sagte Rikmann. »Den Menschen ist nach Fransen und Spangen.«

Der Koch rieb nun den Schwan über und über mit Salz ein. »Man verhaftete die hochmögenden Herrschaften«, fuhr er fort, »doch sie beriefen sich auf ihren neuen Stand und ihre Würden. Sie zeigten gesiegelte Dokumente ihrer Ernennung, die der Kartenzeichner Nicolaus Claussøn Swart als *Gubernator der Mittnächtigen Länder und Inseln* unterzeichnet hatte. Sie gaben an, der Kartenzeichner Swart habe den Fischmeister zum Preis eines Fisches mit einer gegen Mittnacht gelegenen, neu entdeckten Insel belehnt und den Garbrater mit einem benachbarten Eiland, da der ihm den Fisch grillte. Der Zeichner habe davon gesprochen, dass es auf diesen Inseln mehr milchweiße Falken gebe als auf Gotland Spatzen, für die auf dem Falkenmarkt zu Brügge pro Stück dreihundert Goldflorin gezahlt würden!«

»Ein stattlicher Preis.«

Der Koch versenkte nun ganze Äpfel und mehrere Hände voll Trockenpflaumen in dem Schwan sowie einige Zwiebeln.

»Was geschah dann?«, fragte Rikmann.

»Man ließ dem Kartenzeichner, der halb verhungert aufgegriffen wurde, auf dem Marktplatz vier Dutzend Hiebe aufzählen und stellte ihn am Schandpfahl aus. Und jetzt passt auf!«, sagte der Koch, und Rikmann war gespannt.

Der Koch zeigte ihm ein Büschel Minze. »Das nimmt den tranigen Geschmack, den alte Schwäne haben.« Fast bis zur Schulter in dem Tier verschwindend, steckte er auch die Kräuter in die Bauchhöhle des Schwanes und begann, die Öffnung zuzunähen. »Ich fürchte, der Kartenzeichner wird den Schwindel bemerken!«

»Was geschah mit Swart weiter?«

»Der Pöbel hatte in den Mundhöhlen bereits das Übelste gesammelt, was die stinkenden Untiefen der zahnlosen, eitrigen Rachen hergaben. Doch anstatt dass der Meeresreisende bespien und gezwickt wurde, bannte er das umstehende Volk mit Erzählungen von seinen Reisen, von fernen Inseln und milden Ufern. Er berichtete von Menschen, die keinen Kopf besaßen oder Mund und Augen auf ihrer Brust trugen, und von seltsamen Zentauren, dass sich die Menschen um ihn scharten und ihm zuhörten und gar nicht mehr weggehen wollten! Nach einem Tag band der Scharfrichter den Kartenzeichner los, ohne dass ihn jemand bespien oder verlacht hatte, und er verschwand spurlos.«

Der Koch bestrich nun mit eleganten Bewegungen aus dem Handgelenk, die jeden Hofmaler hätten erblassen lassen, den Schwan mit einer Beize aus Honig und Met. »Jedenfalls hat der Rat zu Visby beschlossen, an den hochmögenden Herren Garbrater und Fischmeister am heutigen Nachmittag ein Exempel zu statuieren, um dem Volk die Grillen aus dem Kopf zu vertreiben. Denn die Herrschaften hatten gar geprahlt, eine Unternehmung zu gründen, die sie *Kompanie der Handelsabenteurer und Falkenfänger der gegen Mittnacht gelegenen Inseln* nennen würden und der sie gar eine eigene Falknerei anzuschließen beabsichtigten, welcher der einstige königliche Falkner vorstehen sollte, der in den letzten Jahren mehr Zeit in der Gosse vor den Hafenkrügen verbracht hat, als ein Falke auf seinem Arm saß. Ein Garbrater! Und ein Fischmeister! Sie hatten Pläne gemacht!«

»Der Kartenzeichner ist ein Gleißner, das scheint mir nun gewiss«, sagte Rikmann.

Der Koch öffnete den Ofen, zog einen bereits fertig gebratenen, knusprigen, wohlduftenden Schwan heraus und schob an seiner Stelle das zweite Tier hinein. Er atmete die aufsteigenden Aromen tief ein und schloss die Augen. »Wenn Swart das irdische Paradies gefunden hat, dann muss es dort so riechen wie in meiner Küche. Bin ich gut! Aus gewöhnlichen Kieseln schmiede ich Gold!«, sagte er und aß ein knuspriges Hautstück. »Er wird den Schwindel bemerken, fürchte ich«, klagte er dann wieder. »Das Tier ist zu groß!«

»Mir scheint, es ist an der Zeit, den König zu warnen«, sagte Rikmann und wollte sich schon aufmachen, um mit den Neuigkeiten darum anzusuchen, zu seinem Herrn vorgelassen zu werden, als der Koch ihm nachrief: »Überdies, Rikmann, was ich beinahe vergessen hätte ...!«

Der Schreiber hielt inne.

»Als ich zu Sonnenberg die Schwäne holte, hat sie mir einen Kassiber zugeschoben«, sagte der Koch kauend, während er auf eine Reaktion in Rikmanns Gesicht wartete. »Ich gebe zu, ich habe ihn gelesen«, fügte er entschuldigend hinzu und sprach nicht weiter, um den Schreiber zu quälen, bis sich Rikmann ein scheinbar gleichgültiges »Und?« abrang.

»Sie hat geschrieben, dass sie immerzu an Euch denkt«, sagte der Koch, nickte ernst und gewichtig und sah, wie sich die Züge des Schreibers ungläubig weiteten. Dann griente er blöde.

»Rikmann! Ihr seid mir in die Falle getappt! Aber nun weiß ich, was ich wissen will: Das Frauenzimmer hat Euch den Kopf verdreht!«

Der Schreiber verließ grußlos die Küche. »Törichtes Zeug!«, schimpfte er vor sich hin. »Ihm bekommen die heißen Dämpfe nicht!«

»Das Frauenzimmer ist Euch in die Lenden gefahren! Euch juckt der Piepel, Rikmann!«, rief der Koch ihm heiser lachend hinterher. »Ihr müsst neue Völker zeugen! Das Volk der Grützefresser!«

Später sprach Herr Rikmann empört beim König vor und sagte, dass er sich ja nicht beschwere, dass er einfacher speise als der angebliche Meeresreisende, denn er verachte ja ohnehin den Verzehr von Köstlichkeiten, da dem Herrn solche Völlerei missfalle, doch dass man solch eine Person, die am Pranger stand, behandle wie einen Kaiser, das scheine ihm unverständlich. Er fürchte, der Kartenzeichner sei ein Ausschmierer, der mit einem Trug des Königs Speisekammer gänzlich zu leeren sich erboste, so, wie es die Gesandten des Priesterkönigs Johannes an vielen Fürstenhöfen taten.

Doch der König lächelte nur und sagte: »Mein lieber Rikmann, der sich immer um mich sorgt.«

Just als zu Visby der Garbrater und der Fischmeister, von einer johlenden Menge verfolgt, rückwärts auf je einer Ziege sitzend zum Marktplatz geführt und an den Schandpfahl gebunden wurden und der Scharfrichter ihnen schon ihre bunten Beinlinge vom Leibe reißen wollte und ihre goldenen Schamkapseln, ihre Zotteln und gehörnten Ärmel, stoben auf Erichs Geheiß Wachleute aus der Königsburg. Sie holten unter dem Toben der Kaufleute und des Pöbels die Herren vom Pranger, bevor ihnen Leides getan wurde.

Fischmeister, Garbrater und selbst der Falkner, den man in bejammernswürdigem Zustand in der Gosse auflas, wurden gewaschen, rasiert und eingekleidet vor den König gebracht.

Die hohen Herren erzitterten, als sie den Herrscher sahen, da sie annahmen, sie würden nun zum Tode abgeurteilt. Denn der König kümmerte sich nicht um Diebe, sondern besorgte allein die Halsgerichtsbarkeit und würde sich aus kaum einem anderen Grund um Menschen wie sie kümmern, als um sie aufzuknüpfen.

Der König ließ sich die gesiegelten Dokumente zeigen und von Swart berichten, dass er den armen Teufeln in seiner Not wirklich Lehen auf jener Insel verliehen hatte, der sie gar selbst einen Namen hätten geben dürfen, worüber sie aber nicht hatten einig werden können.

»Was in diesem Land Recht ist«, sagte der König, »muss Recht bleiben.« Denn er hatte dem Kartenzeichner für seine Fahrt wirklich eine Handfeste ausgestellt, die ihn zum Gubernator neu entdeckter Reiche des Nordens machte. Er hieß den entsetzten Herrn Rikmann das große Reichssiegel unter die Urkunden drücken.

»Was Ihr tut, mein verehrter König«, so mahnte der Schreiber, »bedeutet Krieg mit den Räten. Das werden Euch jene, welche sich seit Jahren übergangen fühlen, nie verzeihen!«

Doch der König begriff in dieser Stunde, dass er nun, da er bald sterben würde, frei war wie eine Sturmmöwe, und sprach zu den Herren Garbrater und Fischmeister: »So, wie der Gubernator meiner mittnächtigen Reiche verfügt hat, seid Ihr nun also Herzöge und so zu behandeln wie Herzöge. Wer dem zuwiderhandelt, den wird unser Missfallen zu erreichen wissen. Und nun schwört mir, Eurem Herrn, den heiligen Eid der Gefolgschaft.«

Der Schreiber, der bei solchen Prozeduren das Protokoll zu überwachen pflegte, bedeutete nun den hohen Herren, die sich reichlich ratlos gaben, mit einem auffordernden Blick, niederzuknien, und der König, der seinen Verstand verloren zu haben schien, segnete sie. Den Verkommensten der drei Schlucker aber, den aus der Gosse Aufgehobenen, ernannte Erich wieder zum Königlichen Hoffalkner und befahl einem deutschen Schuster aus Visby, ihm einen Falknerhandschuh zu nähen und einige Falkenhauben und gar ein prächtiges Federspiel – auch wenn es keine Falken mehr bei Hofe gab. Der Falkner trug dennoch fortan stets seinen Handschuh, als erwartete er, dass jeden Augenblick ein Greif auf seinem hochgereckten Arm anzulanden wünschte.

IV. Kapitel
der wundersamen Meerfahrt,

in welchem steht, warum es schlecht ist,
am dritten Tag des Monats eine Reise zu beginnen,
und was Swart davon hat.

Nachdem der Kartenzeichner Nicolaus Claussøn Swart in Hafnarfjördur auf Island hatte anlegen lassen, begann er sogleich, dort Messungen von ungeheurer Bedeutung durchzuführen. Mit einem zum Zwecke der Vermessung eigens hergestellten Fuhrwerk, das die Umdrehungen des Rades zählte und so die exakte Entfernung zwischen Orten maß, bestimmte er, hoch über den gischtumtosten Klippen mit seinem Achtspänner entlangdonnernd, die Peitsche über das stolze Haupt gereckt, die genaue Form des Eilandes und maß die Lage von mehr als zwei Dutzend Orten.

Auf der Insel war indes alles in Unordnung geraten. Die englischen Fischhändler gaben sich, als wäre Island ihre Insel, dabei gehörte sie doch König Erich. Sie hatten Zelte aufgeschlagen, gar Häuser gebaut und Darrfischgerüste aufgestellt. Der Amtmann Aslak musste drei Wochen lang mit den Isländern erbitterte Kämpfe um den königlichen Zehnten führen, denn der Bischof zu Hólar hatte nicht eingezogen, was dem König zustand. Sein Sohn hatte aus verschmähter Liebe die Stadt Kirkjubaer niedergebrannt, woraufhin der Bischof in vollem Messgewand, mit ausgebreiteten Armen im Gebete am Altar stehend, von den wütenden Isländern aus der Kathedrale geschleift und im nahen Bruára-Fluss mit Stein und Seil ertränkt worden war. Und sein

Nachfolger fürchtete in zu hohem Maße die Tücken von Land und See, um seinen Sitz aufzusuchen. Nachdem Herr Aslak und Herr Grotte mit hohem Blutzoll für König und Kurie nichts als drei Last Trockenfisch und einige poröse Meerkatzenhauer eingenommen hatten, sah die Luciferus ihrem Auslaufen nach dem rauen Grönland entgegen.

Am sechsundzwanzigsten Tag teilte Moses das Rote Meer, und daher ist dieser Tag gut zu jedem Werk, über Meer und Land zu reisen, Reben zu pflanzen und eine Ehe zu schließen, und wenn es donnert, so wird es zum Guten sein. Doch diesen guten Tag ließ der Kartenzeichner Swart verstreichen, ebenso wie die folgenden Tage, die gute Tage sind, um eine Reise zu beginnen – wenn auch nicht so gut wie der sechsundzwanzigste Tag.

Am dritten Tag des Oktober, nachdem das Schiff frisch eingewassert, widerstandsfähige isländische Rinder und gegorenes saures Gras an Bord genommen hatte, hisste die Luciferus ihre Segel und wandte ihren Bug in die Finsternis, hinauf nach Grönland an den Rand der Welt.

Der dritte Tag des Monats aber ist böse. Am dritten Tag wurde Kain, der Sohn Adams, geboren. Der Traum von diesem Tag wird nicht in Erfüllung gehen, und das Vieh, das an diesem Tag gekauft wurde, wird sterben.

Nach zwei Tagen guter Fahrt geradewegs gegen Mittnacht, in denen Swart schlaflos das Logbuch führte, umstellten das Schiff Meile um Meile dichter werdende Felder aus Eis, und die Seefahrer hatten große Angst. Denn das Eis ist fürchterlich.

Über die Eise

Wer sein Schiff in jene schreckensreiche Gegend fuhrt, dem sei zur Warnung gesagt, was für fürchterliche Eise es dort gibt. Manche dieser Eise durchmessen vier oder fünf Ellen und sind flach, als seien sie auf dem Meer gefroren, und sie schneiden das Schiff auf wie ein Messer. Sie liegen in einem so breiten Gürtel vor dem Land, dass es einen Weg von zwei oder mehr Tagen erfordert, den man auf dem Eis zurücklegen muss, um dorthin zu gelangen. Einige der Menschen, die mit ihrem Schiff ins Eis geraten, werden verdorben, andere können sich retten. Das Eigentümliche ist, dass diese Eise fahren, wie sie wollen, mal mit dem Wind oder auf halbem Wind, dann aber wieder geradewegs gegen den Wind, in einer Geschwindigkeit von wenigstens zehn Knoten, dass es scheint, als würden sie auf wundersame Weise an Schnüren durch das Meer gezogen. Manche der Eise sind weiß wie Schnee, andere aber blau wie der Himmel. Es gibt auch Eise, die so aussehen, als ragten hohe Berge oder Klippen aus dem Meer empor. Die Schönheit ihres Anblickes wird nur von der Verheerung übertroffen, die sie an einem Schiff anrichten, das sich ihnen nähert. Gerät ein Schiff zwischen zwei dieser Eise, so zermahlen sie es, wie Mühlsteine das Korn mahlen, und es bleibt nichts zurück.

Von einem Augenblick auf den anderen stürzen diese Eise um. Sie reißen alles mit sich, was sich in ihrer Nähe befindet.

Die besprochenen Eise drohten nun Herrn Swart, nur waren sie noch bedeutend größer und gefährlicher, und Schellendorp warnte, sie würden das Schiff zerschmettern. Waren die Eise anfänglich noch einzeln und umschiffbar, so stieß die Luciferus bald auf einen dicht das Meer deckenden, undurchdringlich scheinenden Eisgürtel.

Der Steuermann lehrte den Kartenzeichner, dass Wolken über dem Eis freies Fahrwasser anzeigten, und so beschloss er, das Schiff entlang des endlosen Eises nach Westen zu führen, um dort einen eisfreien Kanal nach Norden zu suchen. Nach zwei Tagen schleppender Fahrt geschah etwas Merkwürdiges. Der Steuermann sprach zum Preis des letzten Schluckes von Swarts Brand: »Bald werden wir Land sehen.«

Kaum war es im Dunst vom Eis zu unterscheiden, doch am siebten Tag des Oktober sah Nicolaus Swart, mit Bischof Bartholomeo am Bug stehend, die Augen mit der Hand beschirmt, wie sich wirklich die gesuchte Insel, das fast zwei Jahrzehnte vergessene Grönland, majestätisch aus den Fluten hob. Swart dankte dem Herrn, denn nun würde er, wenn er das Schiff die westliche Küste nach Norden hinaufführte, das *fretum ultimi terrae termini* finden, die Meerenge an der Welten Ende, die ins äußere Meer führte, wo er das Eiland Nebelheim glaubte.

Doch nun galt es zunächst, das Schiff an die Ufer Grönlands heranzuführen, um den Bischof zu seiner Kathedrale zu bringen.

Swart drang in den Eisgürtel ein, vom Mahnen Schellendorps begleitet.

Schon bald schickte der Herr seine übelsten Winde gegen die Luciferus, die Schollen donnerten drohend gegen das Schiff, die Eise kreischten durch die haushoch aufgetürmten Wellen. Da wurden die isländischen Kühe im Trockendeck irr und rissen sich von ihren Seilen los. Ihr Schreien hatte nichts mehr mit Kühen gemein. Wenn man an Deck stand, meinte man, ein Dämon wäre in den Schiffskörper eingefahren und nun dort gefangen und wünschte wieder aus dem ihm zu eng gewordenen Rumpf auszufahren. Das gesamte Schiff bebte. Ein Bulle riss einer Kuh mit seinem Horn die Flanken auf. Einem noch angebundenen Bullen und einer Kuh schlugen zwei kühne Männer mit Knüppeln aufs Haupt, damit sie zusammenbrachen und keinen Schaden anrichteten, und banden ihnen die Läufe. Die anderen Tiere nötigten die Seemannschaft durch ihre Wildheit, sie aus den Ladeluken zu treiben. Manche stürzten ins Meer und versanken wie Steine, andere stürzten auf Eisschollen und kamen dort beinahe unverletzt wieder auf die Beine. Wäre der Luciferus zu dieser Stunde ein Schiff gefolgt und hätte seine Besatzung inmitten der eisigen Öde dieses fürchterlichen Ozeans eine Kuh mit bestürztem Blick auf einer Scholle Eises stehend umherschiffen gesehen und hätten sie nach ihrer Rückkehr von dem Wunder erzählt, das sie gesehen, sie wären Lügner geschimpft und in einen Narrenturm gesperrt worden.

Kaum einen halben Tag später trieb das Eisfeld durch rätselhafte Ströme von achtern wieder an der Luciferus vorbei, und Nicolaus Swart befahl, mit dem Schiff an den Eisen zu ankern und die steif gefrorenen Kühe, die teils auf den Schollen standen wie aus Holz geschnitzt, mit Tauen zum Verzehr an Bord zu heben.

Beinahe eine Woche lag die Luciferus an einem mächtigen, flachen Eisberg vertäut fest, da Swart hoffte, das Eis werde durch günstige Ströme fortgetragen. Er ließ einige Meerkatzen jagen, gar einen Schneebären konnte man erlegen, und die Siedlerinnen nähten Schuhe aus Meerkatzenfell und Hosen und Wämser aus Seebärenfell, denn die armen Männer waren alle kaum für eine solche Unternehmung ausgestattet.

Tag für Tag drohte das Schiff festzufrieren, und immer wieder stiegen einige Männer unter Gefahr für Leib und Leben an Strickleitern hinab und hieben das sich neu bildende dünne Eis, das die Luciferus zu umschließen drohte, in Stücke. Jammervolle Blicke richteten sich nach Norden, wo sich endloses Eis ohne eine freie Fahrrinne erstreckte, so weit das Auge reichte.

»Ihr müsst Euren Plan, nach Norden zu fahren, aufgeben«, sagte Schellendorp zu Swart. »Wenn die Eismassen das Schiff einschließen, sind wir verloren.«

V. Kapitel
der wundersamen Meerfahrt,

in welchem der Kartenzeichner Swart
zu seinem fürchterlichen Eisgang aufbricht
und von Meerwundern
gesprochen wird.

Am fünfzehnten Oktober, in der neunten Woche ihrer entbehrungsreichen Reise, ließ Nicolaus Swart nach der Hundswache die Mannschaft an Deck rufen.

»Der König und der Pontifex«, so sprach er zu den Männern, »geboten uns in ihrer Güte, den ehrbaren Bischof Bartholomeo nebst einer Glocke für die Kathedrale in sein Bistum nach Grönland zu bringen, das dort geradewegs vor unseren Augen liegt. Wegen der Eise, die uns die Fahrt zu Schiff an die Küste verwehren, haben wir beschlossen, den fährnisreichen Gang über das Eis nach Grönland zu wagen. Wer dem König und dem Herrn zur Ehre zu gereichen und sich durch seinen Heldenmut unsterblich zu machen wünscht – bei Zuteilung von drei Schläuchen Brand –, der möge vortreten.«

Keiner der weichherzigen Männer trat vor. Nicolaus Swart wählte den tapferen, unersetzlichen Steuermann, den Zehnteintreiber Jakobus Petri, genannt Grotte, der in Bartholomeos Sprengel, so es dort noch Christen gab, Walrosshauer einsammeln würde, und schließlich den ehrwürdigen Bischof Bartholomeo selbst. Zuletzt gebot der Kartenzeichner dem Herrn Schellendorp, ihm auf den schweren Gang zu folgen. Denn er wusste, dass er seiner Befahrenheit im Eise für diesen beschwerlichen Gang bedürfen würde, und fürchtete überdies, jener werde das Schiff übermeistern und davonfahren, während er mit Grönland rang.

»Üble Ströme werden einen Eisgürtel hinter uns herausbrechen und uns unrettbar vom Schiff trennen!«, warnte Schellendorp, von ehrlicher Sorge um Leib und Leben bewegt. »Die Christen im Eise sind längst tot! Und wo niemand ist, da braucht man keinen Bischof!« Die Männer nickten, und einige gingen zurück ins Unterdeck, um zwischen der Ladung, vor der Kälte geschützt, zu ruhen.

»Wollt Ihr Euch gegen mich erheben?«, fragte Swart.

»Ihr saßt zeitlebens in einer warmen Stube über Eure Karten gebeugt«, antwortete Schellendorp. »Ihr verkennt die Lage, in der wir uns befinden.«

Doch der Kartenzeichner blieb unbeirrt und mahnte Schellendorp, er habe bei Verweigerung der Ausführung der königlichen Befehle die drohende Aufknüpfung zu gewärtigen.

Einige der Männer Schellendorps verständigten sich sogleich mit boshaften Blicken, um auf Geheiß des Kapitäns einen Handstreich gegen Nicolaus Swart und die königlichen Männer zu führen, und waren erst zu bändigen, als der Amtmann Aslak seine Waffenträger und Zehnteintreiber ihre Schwerter ziehen, ihre Spieße und schrecklichen Rabenschnäbel heben und ihre mit Bolzen geladenen Armbruste auf die aufständischen Häupter richten ließ.

Wer sich gegen Nicolaus Swart empört hatte, jammerte und schrie bald unter den Hieben nasser Taue auf, die der Kartenzeichner ihm von Aslaks gröbsten Leuten aufzählen ließ.

In der Nacht vor dem schrecklichen Eisgang legte Nicolaus Swart eine Klinge neben sein hartes Lager und wagte kaum, seine Augen zu schließen, da er wusste, dass man sich trotz der neuen Pelzausstattung gegen ihn besprach, wegen des drohenden Marsches und der Furcht der Seefahrer, bald mit dem Schiff in jene fürchterlichen Eise einfahren zu müssen. Der Schrecken, den die Kälte und die Tag für Tag zunehmende Finsternis in den Herzen zeitigte, in der gähnenden Öde der Welten Ende, verfinsterte auch das Gemüt des Kartenzeichners Swart. Und der bevorstehende Gang nach Grönland trieb ihn selbst schwer um. Er hörte auf dem Achterkastell bei Nacht das geschäftige Trappeln von Füßen. Er gewärtigte jeden Augenblick, dass man seine Türe aufstieß, um ihn handgemein zu übermeistern, und hörte von draußen, wie Schellendorp den Meerfahrern aufs Schrecklichste beschrieb, was ihnen auf dem Eis für Widerlichkeiten und Gefahren drohten und welche Ungeheuer in jenem Meer der Finsternis lauerten.

Über die Meerwunder

Wer zu Schiff an die Ufer Grönlands fährt, aus Kühnheit oder weil er in die Reichsacht geraten ist, dem sei zur Warnung von den schrecklichen Tieren verzählt, die den Seefahrer dort gerade so würgen und verderben, wie es vorher von den Teufeln gesagt wurde.

Die Seeschlange ist ein- oder zweihundert Fuß lang und überfällt die Seeleute bei Windstille.

Es gibt einen Fisch, der so groß ist wie ein Elefant und an Land steigt und Gras frisst. Wenn er schlafen will, so hängt er sich mit den Zähnen an den Felsen und schläft so tief, dass die Fischer ihn mit Stricken binden und fangen können.

Es gibt andere, dreißig oder vierzig Fuß lange Meerwürmer. Sie tun niemandem etwas, außer man erzürnt sie. Daher ist es geboten, sich ihnen überhaupt nicht oder nur vorsichtig zu nähern.

Es gibt dort Krebse, genannt Hummer, die so stark sind, dass sie einen Mann fangen und erwürgen.

Man findet von allen wilden und schrecklichen Tieren Ebenbildnisse im Meer, Löwen, Ochsen, Säue, Kälber, wie man auch kaum ein Ding oder Werkzeug und Gerät findet, das die wunderbare Natur im Meer nicht nachgebildet und den großen Fischen zur Wehr aufs Haupt gesetzt hätte: Schwerter, Sägen, Hämmer, Spieße, und alles in erschrecklicher Größe. Es gibt auch Schwämme, Nesseln und den schrecklichen Kraken, der den Seefahrer vom Schiff greift, wovon er den Tod hat.

Es gibt einen großen Fisch, der zwanzig Ellen misst und ein sich beschaulich gebendes Meerwunder ist, das die Begegnung mit Fängern meidet. Er hat viele kleine Zähne im Kopf, nicht größer, als dass man daraus Messerhafte oder Spielsteine schnitzen könnte, außer einem sehr großen, der ihm vorne aus dem Kopf herausragt; er ist prächtig und wohlgeformt und so gerade wie ein Lauch, sieben Ellen lang und ganz gewunden, als wäre er mit einem Werkzeuge von kunstvollen Steinmetzen verfertigt. So spitz er auch ist, dient er ihm, wenn er stolz seines Weges zieht, doch nicht zur Wehr, vielmehr ist dieser Fisch so vorsichtig und behutsam auf seinen schönen Zahn bedacht, dass er ihn niemals berühren lässt und sogar jedem Fisch damit ausweicht. Man könnte ihn leichter Hand jagen, doch diesen Fisch darf man nicht verzehren, denn er hat einen überaus üblen Geschmack, als wäre er dem Menschengeschlecht zum Feind bestimmt. Er heißt Narwal, und wir meinen, es ist darum, weil er ein lustiger Fisch ist und sich merkwürdig gibt.

Und es gibt einen Wal, der sich Nordwal nennt. Er hat einen mächtigen Kopf, der gut ein Drittel seines Leibes ausmacht. Dieser Fisch lebt reinlich, denn man sagt, dass er keine Speise zu sich nimmt als Nebel und den Regen, der aus dem Himmel ins Meer fällt. Und wenn er erlegt ist und seine Eingeweide geöffnet werden, ist da nichts Unreines in seinem Magen wie bei anderen Walen, in denen Kraken, Seeleute und gar ganze Schiffe sich finden.

Und es gibt einen Wal, der sich Meerrauch nennt und sich selten dem Menschen zeigt und vor dem sich der Seefahrer in Acht nehmen muss. Denn der Mensch bemerkt nicht, dass er ein Walfisch ist. Der Seemann vermeint, er ankere auf einer Insel, denn selbst Bäume wachsen auf seinem Rücken. Und entzünden nun Seefahrer auf der vermeintlichen Insel ein Feuer, um sich zu wärmen und zu speisen, dann wird dem Fisch zu heiß, und er taucht unter, um sich zu kühlen. Wer nicht schnell zu seinem Schiff zurückeilt, der wird von dem Fisch mit in die Tiefe gerissen. Von diesem Wal scheint nicht wahrscheinlich, dass es mehr gibt als zwei und dass sie Nachkommen miteinander zeugen, sondern sie sind allzeit dieselben. Es wäre für die anderen Wale nicht gut, wenn es ihrer mehrere gäbe, wegen ihres Ausmaßes und der ungeheuren Masse an Nahrung, derer sie bedürfen. Dieser große Fisch lässt sein Maul offen stehen, und dieses Tor ist nicht kleiner als ein Sund oder Fjord, und die Fische verstehen es nicht, sich in Acht zu nehmen, und schwimmen in ganzen Schwärmen hinein, und nicht selten kommt es vor, dass bei Dämmerung ein Fischer, der mit seinem Netz auf die Fische aus ist, mit in das Maul einfährt. Und ist nun sein Bauch voll, so schließt der Wal sein Maul und hat alle erjagt. Und doch ist er kein böser Fisch. Er weiß es nicht besser.

Es wird gar behauptet, ein verschluckter Fischer habe es sich in einem solchen Fisch behaglich eingerichtet wie in einer Stube, mit Stühlen und Tischen, gar mit Bildern an der Wand, und habe so mehrere Jahre zufrieden gelebt. Aber dies mochte der Kartenzeichner Swart nicht mit Gewissheit sagen.

Die Kreise der Sonne sanken Tag um Tag, und nur für einige Stunden kam sie rot glühend noch in vollem Umfang hinter dem Horizont zu einer fortwährenden Dämmerung hervor. Am achtzehnten Oktober, am Ende der zehnten Woche der fährnisreichen Fahrt, stolzierte Herr Swart, der dort drohenden Gefahren und fürchterlichen Ungeheuer hohnlachend, mit dem Amtmann Aslak, den Swart zu waffendrohendem Geleit des Herrn Schellendorp bestellt hatte, und den anderen Männern in neuer Pelzausstattung in das malmende Eis hinaus.

Je zu zweien zogen die kühnen Männer eine Barke, die der Böttcher eigens bekuft hatte, damit sie rudernd eisfreie Gürtel überqueren konnten. Zwei der Barken waren mit Vorräten und ein wenig Holz beladen, die dritte aber trug eine prächtige Glocke, die der König für die bischöfliche Kathedrale Grönlands hatte gießen lassen.

Nach kaum einem halben Tag sah Schellendorp, dass Wolken vor die Sonne zogen. »Es zieht ein übles Wetter auf«, warnte er. »Es ist geboten, noch in dieser Stunde zum Schiff zurückzukehren.«

Nicolaus Swart sah, dass ihr rettendes Schiff schon längst im Dunst des Horizonts verschwunden war. Selbst sein so furchtloses Herz wurde ihm nun klamm. Doch er, der schon jetzt, nach den wenigen Stunden des Ruderns und Ziehens der Barken, am Ende seiner spärlichen Kräfte war, marschierte unbeirrt weiter über das Eis gegen Grönland.

Wo Bärte waren, hing bald das Eis in Zapfen herab. Die Kälte fuhr in ihre Glieder. Das klamme Licht erhellte kaum mehr ihren Weg.

»Was wollt Ihr auf diesem von Gott verworfenen Stück Erde?«, fragte Schellendorp den Kartographen Nicolaus Swart, dessen Lippen blau waren, das Angesicht aschfahl, die Augen starr. »Ich weiß, was Ihr dort sucht!«

Ein mächtiges Donnern ließ das Eis erbeben. Mit einem ohrenbetäubenden Bersten taten sich mächtige Risse auf, die sich verästelten und bis zum Horizont verloren.

»Kehrt um! Unglücklicher!«, schrie Schellendorp. »Lasst ruhen, was vergangen ist!«

Das Wetter wurde düster und widerwärtig, und ein peitschender Schneesturm zwang die Eisgänger zum Verweilen. Die vor Kälte und Entkräftung zitternden Männer verbargen sich zum Schutz vor den schrecklichen Winden unter ihren umgestürzten Kufenbooten und vertäuten sie mit Pflöcken und starken Walrosstauen am Eis. Bischof Bartholomeo betete voller Inbrunst zu seinem Schöpfer, er möge ihm gewähren, seinen ersehnten Sprengel sehen zu dürfen. Sie sahen einer Nacht im Eis entgegen, und ihnen war, als wären sie in den untersten Höllenkreis geworfen, in dem zur Steigerung der Qual die Verworfenen nicht mehr mit Glut, sondern mit Frost am Leibe gequält wurden.

Der Zehnteintreiber Grotte weinte vor Angst wie ein Knabe, und sie waren schon ihres sicheren Todes in dieser schrecklichen Öde gewiss.

Von der Ungestümigkeit der mittnächtigen Winde

Dass die Winde und Ungewitter auf den mittnächtigen Meeren und Inseln sehr erschrecklich und gefährlich sind, wissen alle Gelehrten, so sie die Natur und Eigenschaft der Länder gelernt und erfahren haben. Denn sie nehmen und reißen etwa das Wasser im Meer unter den Schiffen hinweg, führen die Schiffe in die Höhe, werfen große, mächtige Steine, desgleichen Vieh und andere Dinge in das Meer und reißen bleierne Dächer von den Kirchen und Häusern. Auch die allerstärksten Gebäude und Dachstühle führen sie in die Luft und treiben sie einen sehr weiten Weg durch ihre Ungestümigkeit hinweg. Bisweilen werden in jenen Gegenden auch ganze Windmühlen mit den großen eingelegten Steinen samt den Müllern, die Gott jedoch oft auf wunderbare Weise am Leben erhält, durch eine Windsbraut weit hinweggenommen. Und die Windsbräute sind an selbigem Ort so stark und ungestüm, dass sie ganze Städte, Flecken und Dörfer einreißen und die Häuser auf die Felder führen und zerstreuen. Der Wind ist so stark, dass Steine, die man kaum mit Händen aufzuheben vermag, zu Haufen zusammengeführt werden wie Sand. Er nimmt den Leuten Kleider und Waffen und weht sie bisweilen von ihren Rossen hinweg. So geschieht es in jenen Gegenden oft, dass die Fische, die man an die Luft hängt, damit sie dürr werden, durch die Kraft und Ungestümigkeit der Windsbräute in großen Haufen von den Häusern der reichen Fischer zu den armen Tropfen geführt werden, die sie dann, als hätte Gott sie ihnen gegeben, annehmen und behalten.

Es sind sehr schreckliche und schädliche Donner, Hagel und Wetter über den mittnächtigen Meeren und Inseln. Der Donner erschlägt viele, die im Mastkorb sitzen oder auf der Höhe wohnen, samt ihrem Vieh und dem, was sie haben. Und er schlägt die Bäume mitten entzwei.

Einer der vorgenannten Winde, nur von noch weit größerer Ungestümigkeit als die beschriebenen, berannte die unter ihren Barken verborgenen Männer, versuchte ihnen ihre Behausung umzuwerfen und die Pelzausstattung vom Leib zu reißen, und Nicolaus Swart war gewiss, der Sturm sei von Teufeln herbeigeführt worden, die auf Grönland ihren Pfuhl eingerichtet hatten. Denn sie fürchteten den Klang der Glocke und den Bischof und wünschten ihn zu verderben.

In der Nacht verspürten die vor Kälte gekrümmt ausharrenden Herrschaften den Wunsch, zu speisen. Sie hatten auf ihrem Eisgang zum Verzehr jeder eine Ochsenzunge von den verendeten Tieren bei sich, denn in Erwartung ihrer Strapazen und wegen ihres tollkühnen Mutes hatte man Herrn Swart, der auf die Ochsenzungen für die Eisgänger bestanden hatte, diese guten Stücke Fleisches nicht verweigern können. Doch die Luft war so eisig, dass die Ochsenzungen bald nach ihrem Aufbruch durch und durch gefroren waren. Sie konnten unter ihren umgestürzten Booten kein Feuer entzünden, um das Fleisch zu braten, ohne zu ersticken. Noch weniger konnten sie wegen des peitschenden Schneesturmes vor den Booten ein Feuer entfachen, um sich ihre Zungen zuzubereiten. Und so mühten sie sich, mit bloßen Händen ihre guten Bissen anzutauen – vergeblich! Herr Grotte trug gar seine Ochsenzunge am Leibe, um nach gebotener Zeit das rohe Fleisch zu verzehren. Wer aber einmal versucht hat, rohe Ochsenzunge zu essen, der weiß, wie wenig schmackhaft das Mahl des Herrn Grotte gewesen ist.

Als nach einer schrecklichen Nacht am nächsten Morgen das Wetter aufklarte und jedermann sich wunderte, welche nicht für möglich gehaltenen Widerlichkeiten der Mensch überstehen kann, rüsteten sich die erschöpften Herrschaften für den Marsch. Doch Herr Schellendorp weigerte sich beharrlich, weiterzugehen. Er saß inmitten des Eises einfach am Boden und sagte, er werde um nichts in der Welt aufstehen.

Herr Aslak erhob schon seinen Spieß und schickte sich an, den Widerspenstigen zu töten. Doch dann gebot Swart, ihn auf eine Barke zu heben und mitzuziehen, denn er bedurfte noch der Befahrenheit dieses Mannes in jenen Gegenden.

Als die Sonne sich gegen Mittag wieder müde auf ihren pflichtenreichen Gang über das Firmament begab, da besserte sich die Laune des Herrn Schellendorp. Beinahe geruhsam wie ein König ließ er sich nun, von der Sonne beschienen und behaglich an die Glocke gelehnt, deren Klöppel bei jeder Unebenheit schlug, durch diese unwirtliche, widerwärtige Ödnis ziehen und über Waken zwischen den Eisen rudern. Er holte gar aus einer Wamstasche ein kleines Tuch hervor, entfaltete es vor sich auf der Ruderbank, strich es glatt und legte einen Darrfisch darauf, den er sich womöglich erwürfelt hatte. Schellendorp besaß gar noch etwas Zwieback und eine Essiggurke. Er breitete die köstlichen Speisen aus wie auf einer festlichen Tafel und griff mit Herzenslust, wonach ihn gerade verlangte. Gleich dem Heiland unter dem Kreuze stürzten die armen Teufel, die die Barke zogen wie Zugvieh einen Karren, mehrmals besinnungslos zu Boden und büßten ihr Leben beinahe gänzlich ein, während Schellendorp in dem Nachen saß wie ein Herr und sie von Zeit zu Zeit wissen ließ, wie ausgezeichnet er es sich schmecken lasse.

So entstieg Schellendorp auf Grönland schließlich beinahe ausgeruht der Barke und pfiff ein Lied. Swart und seine Männer aber knieten vor Schwäche zitternd nieder, legten sich mit rasselnden Lungen auf den Boden, bis sie sich wieder gesammelt hatten.

Weit und breit war niemand zu sehen. Die wenigen Häuser der Siedlung waren verlassen. Von den christlichen Kolonisten keine Spur.

Als wollte der Herr den Kartenzeichner für seine Unannehmlichkeiten belohnen, wusste Herr Schellendorp ein altes Kloster in der Nähe, das einst den Brüdern des heiligen Thomas gehört hatte, nun aber von keiner Menschenseele mehr bewohnt war. Es lag am Fuße eines Vulkans, von dessen Gipfel sich ein brennender Fluss ins Meer wälzte. Das Gebäude war aus Steinen errichtet, die der Vulkan ausgespien hatte und die auf wundersame Weise im Wasser schwammen, auch wenn man so etwas nicht für möglich halten mag. Herr Swart betrat mit seinen Männern die verlassenen Gemäuer. Keine Menschenseele, nicht einmal Ungeziefer fand sich hier. Es war alles reinlich, als würde der Boden täglich gebürstet. Mit Steinkanälen hatten die einstigen Bewohner heißes Wasser von einer kochenden

Quelle am Fuße des Vulkans zum Kloster und in die Zellen der Mönche geführt, um sie zu beheizen. In der Küche konnte man Brot backen und Fleisch kochen, ohne ein Feuer zu entfachen. An der Wand ließ sich gar ein Hahn öffnen, um sich einen Zuber heißes Wasser einzulassen. Selbst in die Kirche wurde das heiße Wasser geleitet, damit man dort behaglich den Worten des Herrn lauschen konnte. Durch kluge Nutzung des Wassers und der Kanäle gediehen hier, inmitten dieser Wüste aus Eis, Blumen und Früchte, die nur an den Ufern Afrikas wuchsen. Wo das Wasser vom Kloster aus ins Meer floss, war wegen der Hitze kein Eis, und so hielt sich dort eine große Menge an Fisch und wildem Federvieh auf. Manche Fische warfen sich sogar an Land, da ihnen im Wasser zu heiß war, und man musste sie nur auflesen wie vom Baum gefallene Früchte.

Herr Swart, der vor Kälte zitterte und einen ganz scheußlichen Schnupfen hatte, fand einen frisch eingelassenen heißen Zuber vor, der gerade recht befüllt war, damit die verfrorenen armen Lumpen sich wärmen konnten, und er hielt dies für ein großes Wunder und vermeinte, der Herr habe eigens Engel geschickt, damit sie ihnen jenen Zuber einließen, um sie zu wärmen und zu erquicken. Er stellte den ausgezehrten Männern gar in Aussicht, es würden noch mehr Engel kommen, jedem ein gebratenes Huhn zu reichen, denn gerade so sei es bei der wundersamen Meerfahrt des heiligen Brandain geschehen, als er hungers litt.

Die tapferen Eisgänger kochten sich sogleich ihr mitgeführtes Fleisch, das ihnen so ausgezeichnet schmeckte, dass die Herrschaften – inmitten von Tausenden Meilen Eises – ihre redlich verdienten Ochsenzungen im heißen Zuber sitzend auf ein Mal verspeisten, und sie fühlten sich in der Schuld des nahegelegenen Vulkans stehend, der ihnen so große Annehmlichkeiten schenkte.

Am folgenden Tag dankten sie Gott bei einer Messe, die

der Bischof Bartholomeo in seiner zerstörten Kathedrale zu Gardar hielt. Und hier geschah etwas Merkwürdiges. Während die Männer die Messe hörten, sank von oben aus der Luft ein Anker herab, als hätte man ihn von einem Schiff ausgeworfen, denn es war ein Tau daran. Ein Ankerarm verhakte sich in dem Spitzbogen des Kirchenfensters, dessen Glas dabei zu Bruch ging, und die Männer verließen die Kirche und sahen in die Luft hinauf, dem Tau mit ihren Blicken folgend. Dort schwamm am Ende des Taus hoch in der Luft über einer dünnen Wolkendecke ein Schiff mit Männern darin. Dann sahen sie, wie einer sich über Bord stürzte und nach dem Anker tauchte. Er gab sich in seinen Bewegungen wie ein Mann, der zum Grund eines Sees hinabschwimmt. Als er zum Anker gelangte und sich mühte, ihn von dem Kirchenfenster frei zu machen, liefen die Seefahrer hinzu und wollten ihn festhalten. Herr Swart aber verbot den Männern, den Taucher zu halten, denn wenn man ihn festhielte, so sagte er, würde er in der Luft ertrinken und den Tod davon haben. Als der Schwimmer den Anker nicht freibekam, da beeilte er sich, wieder hinauf zum Schiff zu kommen, und sobald er oben an Bord nach Luft schnappte, kappten die Männer das Seil und fuhren ihres Weges.

Und wer nun in späteren Zeiten in die Kathedrale zu Grönland kommt, darf sich nicht wundern, wenn dort ein mächtiger Anker liegt.

Obwohl alles, was der Kartenzeichner erzählte, Herrn Rikmann sehr glaubwürdig und ganz vernünftig erschien, traute er Swart nicht und konnte nicht einmal sagen, weshalb. Dass solch ein Mensch so große Entbehrungen wie die ungestümen mittnächtigen Winde überdauert hatte und von keinem Meerwunder erwürgt worden war, das erschien dem Schreiber fast wunderbar. Den Kartenzeichner friere, wenn ein Luftzug wehe, berichtete der Leibdiener, er lasse seine Kammer so sehr einheizen, dass man darin Brot backen könne, er habe gar nach einer dritten Daunendecke verlangt. Wenn Swart die Gemächer der Königin verließ, ging er in Gedanken wiederholt in die falsche Richtung und sah erst im Gesindetrakt seinen Fehler ein. Die *terra incognita*, so mochte man meinen, begann für ihn schon jenseits der Schwelle seiner Stube.

Rikmann traute dem Kartenzeichner nicht und wünschte mehr über ihn zu erfahren.

Als er vor der Pforte des Klosters Sonnenberg stand, rang er mit sich, ob er wirklich um Einlass ansuchen sollte. Er schlug schließlich den Türklopfer und fuhr wegen des lauten Dröhnens zusammen, das in den Gängen hinter der Türe widerhallte.

»Der König wünscht, von Frau Asta dies und das zu wissen«, erklärte er kleinlaut vor der Priorin, die ihm mit mürrischem Gesicht öffnete.

»Der König.« Die Priorin nickte wenig überzeugt, bedeutete Rikmann aber mit einem Kopfwurf, dennoch einzutreten. »Wenn Ihr dem Frauenzimmer nachstellt, dann gnade Euch Gott!«, sagte sie auf eine Art, dass der Schreiber keinen Augenblick daran zweifelte, dass sie an körperliche Gewalt dachte.

»Seid beruhigt«, sagte Rikmann verbindlich, »wir sind dem Fleischlichen nicht zugeneigt.«

»Dann gnade Euch Gott«, bekräftigte die Priorin.

Rikmann legte Asta in der Bibliothek eine Abschrift seiner computistischen Abhandlung *Über die Kalenderabweichung* vor, in der er erörterte, wie die gegenwärtige, wegen der zu kurz angenommenen Jahreslänge über die Jahrhunderte entstandene, beinahe unerträgliche Verschiebung der Tagundnachtgleiche vom einundzwanzigsten März auf den zweiten April durch ein Überspringen von zehn Tagen zu korrigieren und durch geschickte Setzung von Schaltjahren in Zukunft zu vermeiden wäre.

Asta bedankte sich und lachte, als sie den Titel las. »Ihr habt mir ein Buch für Junker abgeschrieben!«

»Ich kopiere Euch etwas anderes«, entschuldigte sich Rikmann sogleich und nahm ihr das Buch wieder aus der Hand. »Es war töricht, zu denken, dass Euch derlei interessiert.«

»Mit welcher Länge nehmt Ihr das mittlere Sonnenjahr an?«, fragte Asta.

Rikmann blickte sie erstaunt an.

»Mit dreihundertfünfundsechzigkommazweivierzweifünf?«

»Äh, ja«, stammelte Rikmann. »Jawohl.«

»Welche zehn Tage wollt Ihr überspringen? Es wäre doch ein Spaß! Euer König könnte in diesen Tagen tun, was ihm beliebt, und Ihr dürftet nichts darüber in seiner Chronik schreiben!«

»Mich amüsiert diese Vorstellung weniger als Euch«, sagte Rikmann. »Wenn Euch das Buch nicht gefällt, dann bringe ich

Euch ein anderes, dessen Abschrift ich plane. Es heißt *Über die Perspektive* und beschreibt eine neue Zeichenkunst, mit der man auf magische Weise Häuser und sogar Fliegen so auf ein Papier zeichnen kann, dass die Menschen auf das Papier hinaufschlagen möchten, weil sie meinen, sie seien wirklich und wahrhaftig.«

»Vielleicht dürft Ihr bei Gelegenheit mit dieser Kunst ein Konterfei von mir anfertigen, Rikmann, und Euch ins Gemach hängen, falls Ihr einmal meinen Anblick entbehren müsst«, sagte Asta lächelnd, »aber nur, wenn Ihr mir versprecht, dass Ihr nicht hinaufschlagt.«

»Ich bin gekommen, um Euch einige Fragen zu stellen«, erklärte Rikmann, der nichts zu antworten wusste. »Der König hat mir geboten, für seine Lebenschronik die Fahrt des Kartenzeichners niederzuschreiben. Und ich habe gehört, dass Ihr …«

»Ich weiß, was man über mich spricht«, unterbrach sie ihn. »Und ich muss sagen, das meiste stimmt. Wie geht es ihm?«

»Der Kartenzeichner ist vornehmlich damit beschäftigt, zu speisen. Bei Hofe sagt man schon, er sei ein Schwindler, der sich lediglich am Troch des Königs gütlich tue. Ich weiß, dass Ihr mit ihm vertraut gewesen seid. Und ich habe gehofft, Ihr könntet mir einige Fragen beantworten.«

»Warum fragt Ihr ihn nicht selbst? Es kann Euch nicht mehr Überwindung kosten, Euch ihm zu nähern als mir.«

»Er entzieht sich.«

»Dann habe ich mich Euch vielleicht zu bereitwillig gezeigt«, sagte Asta spitz.

»Wenn man ihm eine Frage stellt, gibt er sich erschöpft und muss einen ganzen Tag ruhen.«

»Was wünscht Ihr zu wissen?«, fragte Asta.

»Wisst Ihr etwas von jenem Eiland namens Nebelheim, das der König Nicolaus Swart vor Jahren zu entdecken gebot?«

»Hat Euer Vater in elenden Zeiten nie zu Euch von den Inseln der Glücklichen gesprochen?«

Rikmann schüttelte den Kopf. »Ich habe meinen Vater nicht gekannt.«

»In schlechten Zeiten haben uns die Erzählungen von jenen fernen Meeren Trost gespendet. Die Fortunaten, die Inseln der Glücklichen, sind dort, wo die Sterne sich müde zur Ruhe legen, so heißt es, wo man den Mond so nahe sieht, dass man die Erhöhungen auf seiner Oberfläche deutlich unterscheiden kann, jenseits des Boreas, so fern, dass dieser kalte Nordwind nicht dorthin dringt. Daher ist die Luft dort süß und mild. Was bei uns ein Tag ist, währt dort ein ganzes Jahr. Die Erde ist ohne Staub und duftet lieblich, die Flüsse strömen in Goldbetten dahin und wälzen Perlen und Edelsteine mit sich. Ungerechtigkeit und Krieg sind den Bewohnern dieses Landes unbekannt. Alter und Krankheiten bleiben ihnen fern. Sie führen ein sorgloses Leben in ungetrübter Freude. Doch bevor sie Überdruss an ihrem ewig währenden Leben empfinden, stürzen sie sich, nachdem sie beim fröhlichen Opferfest fürstlich gespeist und getrunken haben, mit Blumengebinden und goldenen Lorbeerzweigen bekränzt, heiteren Sinnes, mit Gesang und Saitenspiel von einem bestimmten Felsen ins Meer.«

»Nebelheim ist so etwas wie das irdische Paradies?«, fragte Rikmann.

Asta nickte.

»Swart hat also das irdische Paradies gesucht?«

»Er war besessen davon. Er glaubte, dass jenes Land, das jedermann für eine Phantasie hielt, wirklich existiert.«

»Und Ihr? Glaubt Ihr, dass es jenes irdische Paradies wirklich gibt?«

»Ich weiß es nicht, Rikmann«, antwortete sie. »Ich glaube an Gott, und doch hat er sich mir noch nicht gezeigt.«

»Er zeigt sich in jedem Lebewesen!«, sagte Rikmann.

Nun lächelte sie. »Ihr wollt damit sagen, dass Gott sich mir durch Euch zeigt? Ihr seid ja auch ein Lebewesen, wenn man genauer hinsieht.«

»Aber ja«, sagte der Schreiber so eindringlich, dass Asta ernst wurde. »Natürlich zeigt sich Gott Euch durch mich.«

»Er gibt sich ein wenig spröde, muss ich sagen, aber er scheint zur Güte zurückzufinden auf seine alten Tage«, sagte Asta und blickte ihm in die Augen. »Was will er mir sagen, Rikmann, wenn er Euch zu seiner Zunge macht?«

Der Schreiber wusste nichts zu antworten. »Er schweigt«, sagte er dann. »Noch schweigt er.«

Stille lastete zwischen ihnen, und Rikmann wich Astas Blicken aus.

»Die einzige Reise, die Swart gemacht habe«, fuhr der Schreiber fort, um das Schweigen zu brechen, »sei in den Speicher der Katharinenkirche gewesen, so sagt mancher bei Hofe, wo er sich mit einigen Dutzend Fässern Pökelfisch verschanzt und in seine Bücher verkrochen habe. Man sagt, jedes einzelne Wort, das er von sich gibt, sei erfunden.«

»Und was glaubt Ihr?«,

»Habt Ihr mit eigenen Augen gesehen, dass Swart zu Schiff ging?«

»Warum fragt Ihr das?«

»Verzeiht, ich kann mir nicht vorstellen, dass er wirklich und wahrhaftig all die Widerlichkeiten des Marsches durch das Eis bewältigt haben kann, von denen er berichtet. Geradezu Unmenschliches, was einen Bären von einem Mann ummähen müsste, sei ihm widerfahren – und er, der aus Glas gefertigt scheint, soll all das unbeschadet überdauert haben?«

»Ihr haltet nicht sehr viel für möglich, Rikmann. Woher kommt Euer steter Missmut?«, fragte Asta.

Der Schreiber schwieg.

»Die Liebe kann die Menschen ungeheure Dinge tun lassen,

Rikmann«, fuhr sie fort. »Dinge, von denen Ihr offenbar keine Vorstellung habt. Wollt Ihr wissen, was ich glaube?«

Er nickte.

»Ich glaube, dass Swart am Ende der Welt war, denn ich weiß, was ihn hinausgetrieben hat.«

Sie sah den Schreiber lange an und sagte dann: »Ich werde Euch etwas zeigen.«

Asta führte Rikmann schweigend über die Sankt-Hans-Straße mit ihren über die Straße gespannten Querhäusern, die die gegenüberliegenden Gebäude wie Brücken miteinander verbanden, in die nahegelegene Speckschneiderstraße, wo sie schließlich vor einem verlassenen Haus stehen blieb.

Aus den Spitzfenstern des nur zwanzig Fuß breiten, frei stehenden Sandsteinbaus mit seinem hoch aufragenden Prachtgiebel hatte ein Feuerinferno einst schwarze Rauchzungen geschlagen. Tauben flatterten in den oberen Stockwerken durch die geborstenen Butzenfenster ein und aus wie in einem Kober.

»Dies ist das Haus, das dem ehrwürdigen Vater des Herrn Swart gehörte«, erklärte Asta. »Hier liegt der Schlüssel zu allem, was ihn bewegte.«

Sie zog an der Türe, die sich mit einem schrillen Schrei öffnete und den Blick in das Dunkel des Hausinneren freigab.

Herr Rikmann trat ehrfürchtig ein. Die Wände des Gebäudes waren von dem Feuer vollständig mit Ruß überzogen. Der Tisch, der sich in der Raummitte befand, stand noch, trotz des Flammeninfernos, das hier gewütet hatte, und war pechschwarz wie die Wände. Die Stühle waren umgestürzt, verkohlt. Ein schwarzer Laib Brot lag noch da, wie für ein Nachtmahl von Teufeln. Der Schreiber sah, dass der Boden übersät war mit der Asche des Brandes. An den schwarzen Wänden war an einigen Stellen die verrußte Schicht abgeblättert. Roter Sandstein trat zutage wie unverheilte Wunden.

»Allmächtiger Gott«, stieß Rikmann hervor. »Was ist hier geschehen?«

Er folgte Asta auf der schmalen Treppe in den ersten Stock. Eine Fackel, die man zum Fenster hereingeschleudert hatte, lag noch auf dem Boden. An den Wänden standen verbrannte Regale mit zu Asche zerfallenen Folianten. Die Mitte des Raumes war unversehrt. Dort befanden sich eine wuchtige Schreibestrade und auf ihr ein schwerer Schreibtisch. Gläser mit seltenen Erden in allen erdenklichen Farben, die gewiss der Ausschmückung kostbarer Karten gedient hatten, lagen dort umgestürzt, die meisten von ihnen durch Hitze oder Zerstörung geborsten.

Asta wandte sich zum Fenster, damit Rikmann nicht sah, wie sie die Trauer übermannte. Geister einer fernen, ins Dunkel gesunkenen Vergangenheit schienen sich in ihrem Inneren zu heben. Rikmann war, als sei die Geschichte dieses Hauses auch ihre Geschichte. Er suchte vergebens nach Worten des Mitleides und wagte nicht, der fremden Frau seine Hand tröstend aufzulegen.

»Was ist hier geschehen?«, fragte er.

Asta schwieg.

»Seid Ihr erstmals hier, seit dieses Haus brannte?«

Asta nickte. »Es war ein Fehler, Euch hierher zu führen. Fragt Swart, wenn ihr mehr über ihn zu wissen wünscht. Es ist sein Leben. Ich kann ihm nicht den schützenden Mantel vom Leib reißen, den ihm die Zeit angezogen hat und der ihn vor dem Erfrieren schützt. Es ist seine Geschichte.«

»Ich habe Euch nicht hierher gebeten«, sagte Rikmann. »Ihr wollt sprechen, auch wenn es Euch schmerzt. Ihr wollt Euer Leid mit mir teilen. Mir scheint, es ist auch Eure Geschichte.«

Asta schwieg.

»Ich bitte Euch«, fuhr Rikmann fort. »Ich soll diese Geschichte niederschreiben. Ich muss die Wahrheit wissen.«

»Was ist das, Rikmann? Eure Wahrheit?«, fragte Asta.

»Die Geschicke, die der Herr seinen Geschöpfen bestimmt hat, auch wenn sie manchmal schwer zu verstehen sein mögen.«

Er ging zu dem geborstenen Giebelfenster und wandte sich von Asta ab, als nehme er die Beichte und erleichtere ihr so, die Wahrheit zu bezeugen.

»Dieses Haus war der Ort von Nicolaus Swarts glücklichsten Stunden«, sagte Asta nach langem Schweigen. »Wenn sein Vater von langer Meerfahrt wiederkehrte, nahm er den Knaben, der während der jahrelangen Reisen im Kloster der Franziskaner untergebracht war, zu sich und verbrachte mit ihm einige Tage oder Wochen in diesem Haus. Er berichtete ihm von den Ländern, in denen er gewesen war, erzählte Geschichten aus der Ferne, von fremden Völkern und den Wundern der Erde. Swarts Mutter war bei seiner Geburt gestorben. Sein Vater war ihm alles. Sein Vater war das wenige Glück, das Nicolaus Swart vergönnt war.« Sie hielt inne. »Und hier war später auch der Ort meiner glücklichsten Stunden mit ihm. Wir hatten uns vermählen wollen, bevor uns das große Unglück traf.«

»Was geschah dann?«, fragte Rikmann, ohne sich zu Asta umzuwenden.

»Die Welt ging in Flammen auf.«

»Wer hat das getan?«, fragte der Schreiber leise, als fürchtete er, seine Stimme könnte sie verletzen.

»Als Nicolaus Swart elf Jahre zählte, ging sein Vater auf seine letzte Reise«, so erzählte Asta stockend weiter. »Der König schickte ihn mit seinem Kronschiff Aurora aus, der grönländischen Kolonie Korn und Messwein zu bringen. Doch die Aurora kehrte nicht wieder und man dachte, sie habe Schiffbruch erlitten. Nach Jahren tauchte eine kleine Barke mit drei grönländischen Christen vor Island auf, die einen fährnisreichen Weg auf sich genommen hatten und dem Bischof von Hólar berichteten, was auf Grönland geschehen sei. Die Besatzung der Aurora habe zu Grönland die Mönche eines Klosters verjagt, viele erschlagen, den heiligen Ort zu ihrem Lager gemacht und von dort aus Freibeuterei betrieben und wüste Beutezüge in die nahegelegene Siedlung unternommen. Die Männer hätten geplündert, Frauen und Kinder fortgeführt und sie im Hafen zu Lynne an die Engländer verkauft. Als die Siedler einen Waffenzug gegen die Tyrannei unternahmen, hätten die Männer die Kolonie niedergebrannt, wie Teufel gewütet und viele Menschen getötet. Das Kanzleigericht zu Visby verurteilte den Vater, der das Haupt der Unternehmung war und der verschwunden blieb, in Abwesenheit zur Reichsacht. Dann steckten die Schiffseigner und der Pöbel dieses Haus in Brand, als wäre es der Sohn gewesen, der sie betrogen und so Schändliches getan hatte. Nicolaus Swart konnte nicht mehr auf die Straße gehen. Er wurde mit Kot und altem Fisch beworfen. Es war, als ob an ihm an der Stelle seines Vaters die Schmach der Acht vollstreckt würde. Nicolaus Swart glaubte nicht an die Schuld seines geliebten Vaters, denn er kannte sein gütiges Wesen. Er war gewiss, jemand anders müsse das getan haben und es sei falsches Zeugnis gegen ihn abgelegt worden. Der eigentliche Grund der Fahrt des Vaters sei gewesen, jenes Eiland Nebelheim zu finden.«

»Weshalb war Herr Swart so gewiss?«, fragte Rikmann.

»Worauf sich sein Hoffen und seine Gewissheit gründeten, war eine kleine Karte, die er besaß. Der Vater hatte sie dem Knaben gezeichnet, bevor er auf seine letzte Reise ging, und von dem Paradies erzählt, zu dem er fahren würde, damit sein Sohn nicht um ihn fürchtete.«

Rikmann wandte sich um und sah, wie Asta blass am Fenster stand, in der ungeheuren Anmut der Trauer. Er holte aus einem Futteral, das er bei sich führte, die kleine Karte mit den verbrannten Rändern hervor, die er in der verklammerten Hand des Kartenzeichners aufgefunden hatte. »War es dieses Pergament?«, fragte er und ging zu Asta, um es ihr zu reichen.

Sie nahm die kostbare Skizze, diese letzte Scherbe der Welt des Vaters. »Ja, ebendieses Pergament«, sagte sie erstaunt. »Woher habt Ihr es?«

»Als ich Swart in der königlichen Kapelle auffand, hielt er diese Karte in seiner Faust umklammert.«

Asta besah sich die wenigen verblassten Linien, die von den Flammen verschont geblieben waren und jenes Eiland inmitten der Finsternis des Nordmeeres formten. »Was wäre geschehen, wenn diese Karte verbrannt wäre«, sagte sie gedankenverloren, in tiefer Trauer, »als dieses Haus in Flammen stand? Vielleicht wäre alles anders gekommen. Vielleicht wäre er nie ausgefahren.« Sie strich mit den Fingern über das Pergament, als wäre es die Haut eines Geliebten. »Welch ungeheure Macht solch ein Pergament besitzt; was es in unseren Köpfen ausrichten kann. Nichts als eine Linie, hingezittert auf ein Blatt, und die Menschen stürzen sich in unbekannte Ozeane.«

Asta sah so traurig aus, dass Rikmann versucht war, die Tränen für sie zu vergießen, die ihr versagt waren.

»Mir war, als hätte sein Vater auf diesem Pergament nicht eine Insel verzeichnet, die er entdecken wollte«, fuhr sie fort, »sondern als ahnte er mit dieser Karte seinen nahen Tod voraus. Denn manche sagen, Nebelheim sei nicht das Paradies. Das irdische Paradies sei mit der Sintflut zerstört worden und Nebelheim sei das Reich der Toten.«

»Was geschah dann?«, fragte Rikmann, als Asta zeitvergessen schwieg.

»Swart floh schließlich, von den Nachstellungen gebrochen, nach Florenz.«

»Warum habt Ihr ihn nicht begleitet? Ihr wart seine Braut.«

»Die Welt um ihn herum existierte nicht mehr. Er war ein anderer geworden. Er sah mich nicht mehr. Als er Jahre später aus Florenz wiederkehrte, habe ich ihn mit offenen Armen erwartet, trotz allem. Doch er war nur zurückgekommen, weil er diese Fahrt unternehmen musste. Ein Mann, den er befragte, der Jahre verschollen war und vorgab, auf der Reise des Vaters dabei gewesen zu sein, behauptete, er wisse, wo der Vater die Insel Nebelheim gedacht habe, und könne ihm den Weg dorthin weisen.«

»Johann von Schellendorp?«

Asta nickte.

»Und nun wollt Ihr nicht wissen, was Nicolaus Swart auf seiner Meerfahrt widerfuhr? Nun, wo er zurück ist?«

Asta schwieg.

»Weshalb – verzeiht mir bitte – wollt Ihr Herrn Swart nicht sprechen?«

»Ich habe, nachdem er zur Fahrt nach Nebelheim in See gestochen war, viele Jahre auf das Meer hinausgestarrt und bei jedem Segel, das sich über den Horizont hob, gehofft, er möge es sein. Er möge wohlbehalten zurückkommen. Es würde alles gut werden, wenn er seinen Schmerz geheilt hätte, es würde alles wieder so werden, wie es bis zu dem Tag des Feuers gewesen war.« Asta war unfähig, weiterzusprechen, und Rikmann wünschte, er könnte ihren Schmerz lindern, ihn auf seine Schultern laden. »Irgendwann habe ich nicht mehr auf den Horizont hinausgesehen«, sprach sie schließlich weiter. »Ich habe ihn im Geiste zu Grabe getragen, meine Tränen am Meer vergossen und gebetet, dass er endlich Frieden gefunden haben möge.«

Asta wandte sich mit leerem Blick zu Rikmann um. »Nun habt Ihr Eure Wahrheit, Rikmann. Bevor Ihr zu mir kamt, war Swart für mich seit Jahren tot. Und nun wollt Ihr alles zutage holen!« Sie ging zur Treppe, um das Haus zu verlassen, und hielt noch einmal inne. »Es war ein Fehler, Eurem Ruf an den Hof zu folgen. Es hat seinen Grund, dass ich der Welt den Rücken gekehrt habe. Und ich bitte Euch: Stört diesen Frieden nicht mehr.«

»Ich kopiere zur Zeit ein neues Buch für Euch«, versuchte der Schreiber sie zurückzuhalten. »Wollt Ihr es nicht haben?«

»Lebt wohl, Rikmann«, sagte sie traurig.

»Es heißt *De varietate fortunae*«, sagte Rikmann und wagte, zu ihr zu treten. »Über die Wechselhaftigkeit des Glückes. Es beschreibt, wie der berühmte Herr Poggio eine Methode entwickelte, um die Trümmer Roms zu vermessen.«

Asta musste trotz ihrer Trauer lachen. »Ach, Rikmann, Lieber«, sagte sie, strich über seinen Arm und ging.

Der Schreiber blieb verloren in dem ausgebrannten Haus zurück. Hier, in diesem Feuer, war nicht nur das Haus des Kartenzeichners, sondern auch Astas Liebe in Flammen aufgegangen, so schien ihm. Auch ihr war in diesem Haus das Glück auf Erden verbrannt und eine hoffnungsfrohe Zukunft.

Rikmann hob einen der zu Asche verbrannten Fetzen auf, derer unzählige auf dem Boden lagen. Er ahnte in dem Schwarz des Rußes feine Züge von Linien. Womit der Boden übersät war, das waren verbrannte Karten. Hier lag ein Teil Afrikas zerstört, dort ein versengter Teil Asiens. Der Boden war bedeckt mit verbrannten Inseln und Kontinenten.

Ein Lufthauch wehte durch die zerworfenen Fenster. Die Welt auf dem aschenen Blatt in der Hand des Schreibers, sie zerfiel zu Staub.

VI. Kapitel
der wundersamen Meerfahrt,

in dem der Kartenzeichner Swart den verschleierten Spuren seines Vaters folgt.

Am neunzehnten Tag des Oktober hob sich die Sonne nur noch für wenige Stunden über den Horizont. Grönland lag in tiefem Dunst und dunklem Morgengrauen.

Der Kartenzeichner Swart erwachte in dem verlassenen Kloster der Brüder des heiligen Thomas nach langer Nacht mit schrecklichen Träumen. Seit jenem Tag, an dem die Welt in Flammen gestanden hatte, umschlichen üble Geister seine Bettstatt, Nacht für Nacht, und warteten darauf, dass er schlief, um in ihn einzudringen und ihn zu ihrem bösen Universum zu machen, Bilder zu gebären, schreckliche Gesichte. Er erhob sich, wusch dem verstörten Fremden, der ihm aus dem Spiegelbild der Waschschüssel entgegenblickte, den nächtlichen Schweiß der Angst vom Angesicht, kleidete sich an, um nach vielen ungewissen Jahren Antworten zu finden auf jene Fragen, die ihn so schmerzlich quälten. Der Kartenzeichner hoffte, sein verlassenes Herz möge endlich Ruhe finden an diesem fernen Ort, durch Befriedung oder Tod.

Er machte sich mit bangen Schritten auf, die weitläufige grönländische Kolonie zu begehen. Die steinernen, mit Stroh gedeckten Häuser, hinter denen sich die verschneiten, felsigen Berge erhoben, standen unversehrt, als wären die Menschen nur zum Jagen fortgegangen. Von den armen Christen, die den König um Hilfe gerufen hatten, fehlte jede Spur. Zahllose verfallene Kirchen standen dort, beinahe jeder Hof hatte seine eigene Kapelle besessen. Nichts zeugte an diesem Ort von schlimmen Taten.

Nicolaus Swart durchzog bei klirrender Kälte während der kurzen Tage das Gelände, suchte nach Spuren von Kampf und Verwüstung. Schlaflos, tagelang. Es gab keine Knochen von Erschlagenen. Keine Schädel, keine zerbrochenen Krüge. Vor dem Hause eines Steinmetzen standen die Mühlsteine unversehrt.

Alte Gräber sah er, aus mächtigen aufgerichteten Steinen, von Urzeiten her. *Nachdem ich, Germund, durch der Teufel Betrug verführet gewesen und geirret hab und zu der Christen Gott bekehret worden, bin ich gestorben und erwarte hie im Grab sein Urteil,* so war in Runen in ein Totenmal eingehauen. Und Nicolaus Swart fragte sich, ob jene Kräfte, die den Verführten zu Bösem bestrickt hatten, auch seinen lieben Vater zu so Teuflischem befähigt haben konnten; ob hier draußen, am Ende der Welt, das Böse Geist und Glieder befiel wie ein Fieber.

Hinter einer Kirchenruine, geradewegs am Ufer, wo das Skelett eines gestrandeten Leviathan aufragte, fand Swart einen christlichen Friedhof. Das Meer und die Gräber lagen noch in tiefer Dunkelheit, während die Berge des gegenüberliegenden Ufers des Fjordes von der Morgensonne entzündet glühten. Einfache Holzkreuze ragten aus dem Boden, kreuz und quer wie Dornen. An einigen Stellen hoben sich Steinhaufen aus dem Boden.

Viele der Kreuze trugen Runen, die das Jahr des Todes verrieten, und so fand Swart die letzten Gräber der untergegangenen Kolonie. An den Inschriften der Gräber las er, dass letztmals im Jahre der Fleischwerdung des Herrn 1419 einige Begräbnisse stattgefunden hatten. Man hatte wegen des gefrorenen Bodens die Toten auf den bloßen Grund gelegt und Steine aufgehäuft, damit die Möwen und Schneefüchse sie nicht versehrten. Sie mussten also im Winter bestattet worden sein, denn im Sommer, so sah Swart an anderen Gräbern, konnte man die Toten im getauten Erdreich begraben. Die Lebenden mussten also noch im Winter die Kolonie verlassen haben, denn sonst hätten sie ihre Verstorbenen im Sommer ins Erdreich gebettet, so wie der Brauch es wollte.

Zu jener Zeit, im Jahre 1419, dem Jahr, als sein Vater hier so schrecklich gewütet haben sollte, hatten an die zweihundert Christen in der Kolonie gewohnt. Hätte man ihrer viele erschlagen, so wären es längst nicht genügend Gräber aus neuerer Zeit. Die Kolonisten mussten also zu Schiff ihre Heimat verlassen haben, und Swart hielt es gar für möglich, dass sie mit seinem Vater in ebenjenem Winter aufgebrochen waren, hinauf zu dem Land jenseits des Eises.

Rastlos streifte Nicolaus Swart durch die friedliche Siedlung, ohne Schlaf, immer weiter, Tag für Tag. Sieben volle Tage ging Swart umher, in die Einsamkeit der Wälder, auf das Eis des Meeres, in zahllose Arme der überfrorenen Fjorde und besah die verlassenen Hütten und Höfe, die verfallenen Kapellen und letzten Ruhestätten. Am Ende des siebten Tages erstieg er einen Berg und übersah die vielen Inseln und Buchten dieses kargen, zerrissenen Felsenlandes. Auf der Bergesspitze war Stille. Und da gedachte er des Liedes vom König Spielmann, das sein lieber Vater ihm am Abend vor dem Aufbruch zu seiner letzten Reise gesungen hatte, an der Schlafstatt seines Sohnes sitzend. Er hatte von dem Reich berichtet, zu dem er aufbrechen würde, jenseits des Nordwindes, wo ein glückliches Volk wohnt, das keinen Kummer kennt und keinen Tod. Und Nicolaus Swart schloss die Augen und hörte die Stimme des Vaters im Geiste singen, die ihm seit Jahren verstummt war:

Es wohnt ein Mann in einer Grönlands Au
König Spielmann tät' er heißen
Mehr hat er von dem lausigen Fell
Als er hat Speck den fetten.

An jenem Abend des siebten Tages sank der Kartenzeichner Swart auf die Knie und vergoss heiße Tränen.

Nun erst erreichte nach seinem Verstand die Bedeutung des Gesehenen auch sein wehes Herz, das der Unschuld des Vaters allzeit gewiss gewesen war, das ihn allzeit richtig hatte glauben lassen.

Sein Vater war unschuldig. Hier war nicht gebrandschatzt worden. Hier waren nicht Dutzende von einem grausamen Schnitter hingemäht worden.

Sein Vater hatte nicht getan, wofür er geächtet worden war, so war er nun gewiss. Swart hob die Augen zum Himmel auf, aus seinem Mund stieg der Rauch des Atems, als entwichen ihm die böse Kräfte, die ihn so sehr gequält hatten. Es fiel dichter Schnee, der die Auen Grönlands zu sanftem Schlaf zu decken begann, den Sund und die Ufer, als wollte der Herr das Vergangene verhüllen, eine Decke über die Schrecknisse breiten, als wollte er Wunden der Erinnerung schließen, die verletzte Seele heilen.

Nach seiner Rückkehr in das verlassene Kloster fand der Kartenzeichner Schellendorp und die anderen Männer im warmen Zuber sitzend vor und unterrichtete sie von seinen Entdeckungen. Er bat, dass jedermann die Kolonie besehen möge, um in der Heimat unter Eid zu bezeugen, dass sein herzensguter Vater schuldlos war. Und er wünschte nun, noch am gleichen Tag, über das Eis zum Schiff zurückzukehren, um die Segel zu setzen. Er wollte nun festen Herzens die kühne Reise vollenden. »Wir brechen auf nach Nebelheim«, sagte Swart zu den Männern.

»Das Eis«, sagte Schellendorp und wies in Richtung des Meeres, das im Fjord ganz und gar gefroren war. »Es ist viele Hundert Meilen südlicher als vor fünfzehn Jahren, als ich mit Eurem Vater hinauf in den Norden fuhr. Dieser Winter wird zu kalt.«

»Wir werden fahren«, sagte Swart.

»Es ist zu spät im Jahr! Schickt einige Männer, die Siedler und Seefahrer hierher zu holen!«, erwiderte Schellendorp.

»Führt mich nun gemäß der Weisung des Königs nach Nebelheim.«

»Ihr reißt uns alle in den Tod, wenn Ihr darauf besteht, Swart, ich bitte Euch. Lasst uns hier an diesem behaglichen Ort überwintern!«

Doch Nicolaus Swart blieb unbeirrt. »Wir brechen auf, noch in dieser Stunde«, sagte er und gebot dem Amtmann Aslak, seinen Spieß gegen Herrn Schellendorp zu erheben.

»Ihr seid hierhergekommen, um die Wahrheit zu erfahren, Swart?«, fragte Schellendorp.

Der Kartenzeichner nickte.

»Wollt Ihr wirklich wissen, Swart, was hier geschehen ist? Wollt Ihr das wirklich und wahrhaftig wissen?«

Die Männer rüsteten sich am nächsten Morgen mit einigen zusätzlichen Fellen, die sie im Kloster fanden, für einen schweren Gang, und Schellendorp führte sie hinaus in die klirrende Kälte, die jene auf dem Eis an Widerlichkeit noch übertraf, nach Norden, zu einem Bergrücken, über den man zum benachbarten Fjord gelangte, den man entlang des Ufers nur durch einen Marsch von Tagen erreichte. Es galt, große Gletscherfelder zu überqueren, die sich von dem kahlen Fels herabwälzten. Wer hier den Tritt verlöre, der würde haltlos hinabgleiten und ohne Hoffnung auf Heil und Hilfe von der Gletscherzunge geradewegs in ein Feld mannsgroßer, von Riesenhand geklaubter Felsbrocken gestürzt werden, wo er seines Untergangs gewiss wäre.

Als sie unter Gefahr für Leib und Leben die Anhöhe des Berges erklommen hatten, tat sich vor ihnen eine Ebene auf, in der sich ein mächtiger Fjord endlos in das Landesinnere zu erstrecken schien und sich in immer neue Fjorde verästelte.

»Die Ostsiedlung, Swart«, sprach Schellendorp, »besteht aus

vielen Dutzenden solcher Fjorde. Wenn Ihr die Unschuld Eures Vaters beweisen wollt, dann müsst Ihr hier Monate umherirren, Jahre, und werdet doch nicht finden, was Ihr sucht.«

Schellendorp führte die Männer den felsigen Steilhang hinunter zu einer weiteren Siedlung, die aus einigen verlassenen, mit Stroh gedeckten Steinhäusern bestand.

Und dann hoben sich aus dem Nebel, hinter aufgeworfenem Fels, wie das Skelett eines umgestürzten Wracks die Reste eines schwarzen, hölzernen Gerüstes, das einmal ein Gotteshaus gewesen und beinahe gänzlich niedergebrannt war. Ein versengtes, zerbrochenes Kruzifix lag zu Boden gestürzt, das verglühte Haupt einer Mater Dolorosa, Scherben von zersprungenen bunten Kirchenfenstern, die man aus Venedig hierher gebracht haben musste. Der vergoldete Tabernakel war zerbrochen und eine schwarze Monstranz herausgefallen, in der das heilige Brot unversehrt geblieben war. Herabgestürzt vom brennenden Turm, war die Glocke auf dem Fels zerbrochen.

Das Gebein von zwei Dutzend Erschlagenen lag auf dem bloßen Erdreich vor der verbrannten Kirche.

Gestürzte Engel mit goldenen Flügeln lagen zerschmettert auf dem kahlen Fels; man mochte meinen, die Münder der versengten Engelshäupter schrien.

Hier hatte ein Höllensturz stattgefunden. Hier war ein Dämon aus seinem Pfuhl gestiegen und hatte die Betenden vernichtet, es schien kaum möglich, dass dies Menschenwerk war.

»Hier habt Ihr Eure Wahrheit«, sagte Schellendorp.

Nicolaus Swart wurde totenblass. Er wünschte zu erwachen. Nur erwachen. Nur erwachen, dann wäre alles gut.

»Euer Vater war nicht der, für den Ihr ihn haltet«, sagte Schellendorp.

Swart sah Leichen von Enthaupteten, gespaltene Schädel, selbst von Kindern.

»Gebt Euren Plan der Nordfahrt auf, Swart! Es wäre unser aller Tod.«

Nicolaus Swart sah die verdorrte Leiche einer Frau, die noch ein Brautkleid trug. Das Gotteshaus schien noch während der Hochzeitsmesse angezündet worden zu sein, und die aus dem Portal herauseilenden Menschen mussten vom schwirrenden Tod der Armbrustbolzen und Spieße, von schrecklichen Rabenschnäbeln, Streithämmern und den durstigen Klingen der Schwerter empfangen worden sein.

Swart atmete schwer unter seinem unbeschreiblichen Schmerz. Das, was er sah, raubte ihm die Luft zum Atmen. Die Hölle, so schien ihm, war nicht beim Berge Hekla. Die Hölle war sein Herz.

»Euer Vater hat keine Paradiese entdeckt«, sagte Schellendorp. »Er hat diesen Ort zur Hölle gemacht und gewütet wie ein Teufel.«

Der Kartenzeichner griff den Spieß des Herrn Aslak und rang mit sich, Schellendorp hinzurichten.

»Auch in Euch beginnen sich die Kräfte Eures Vaters zu heben, Swart«, sprach Schellendorp und wies, ohne den Blick von dem Verzweifelten zu lassen, auf das Schlachtfeld.

»*Das* war Euer Vater«, sagte er. »Er hat nie versucht, Nebelheim zu finden.«

»Nein!«, schrie Nicolaus Swart.

Die Trümmer einer Welt stürzten auf den Verlassenen herab.

»Euer Vater«, wiederholte Schellendorp. »Eurer Vater. Euer Vater.«

VII. Kapitel

der wundersamen Meerfahrt,

in dem der Kartenzeichner Nicolaus Swart in das schreckliche, malmende Eis einzufahren befiehlt und jedermann den Tod fürchtet.

Als Nicolaus Swart und die Männer aus dem Eis zu ihrem Schiff zurückkehrten, lag die Mannschaft übel zugerichtet an Deck. Es hatten Gelage stattgefunden. Die Schnapsvorräte waren geleert. Anstatt, wie von Swart befohlen, auf dem Eise Federvieh zu jagen und Meerkatzen für weitere Schuhe und Mützen, hatten die an Bord Verbliebenen binnen weniger Tage die verendeten Rinder bis auf die Knochen verzehrt. Abgefressene Skelette und Gebeine lagen an Deck herum wie bei einem Wolfsrudel. Eine Siedlerin führte Anklage, einer der Männer des Amtmannes Aslak habe ihr Gewalt angetan. Doch der Mann erklärte, er habe erwürfelt, dass sich die Siedlerin zu ihm legte, und sie habe sich doch recht erbötig gezeigt. Die königlichen Männer schienen nun ihre Pflichten zu vergessen und mit den Seeleuten gemeinsame Sache zu machen. Man hatte nicht einmal das Wasser abgepumpt, das allzeit in den Kielraum eindrang. Sämtliche Mundvorräte an Zwieback und Darrfisch, bis auf zwei Dutzend Kisten, waren durch das eingedrungene Wasser feucht geworden. Darum ergriff die Seereisenden großer Jammer. Eine Inspektion des mit Tauen geneigten Schiffes von einer Eisscholle aus zeigte zudem, dass die Luciferus unter der gepechten Außenhaut von Wurmfraß morsch war und dem schweren Packeis, dessen Ansturm sie bald gewärtigten, kaum würde widerstehen können, und Herr Schellendorp sagte, das Schiff sei für eine Eisfahrt überhaupt ganz und gar ungeeignet. Es sei ihr gewisser Untergang, weiter gegen Mittnacht vorzudringen.

Herr Swart ließ die verdorbenen Zwiebacke sorgsam auf Deck zum Trocknen auslegen, doch die Biskotten froren zu einem salzigen Gemisch aus Schimmel und Eis. Der aufgeweichte Darrfisch stank so entsetzlich, dass der Teufel selbst hätte auswerfen müssen. Sie hatten nun kaum mehr Speisen für drei Wochen.

Der Kartenzeichner erließ des verdorbenen Zwiebacks wegen eine Rationierung der Speisevorräte. Jeder bekam nur noch drei Stücke Zwieback für den Tag und zwei Stück Darrfisch. Ihm war bewusst, dass diese Speisen für nicht mehr taugten, als sie nicht den Hungertod sterben zu lassen.

Am dreißigsten Tag des Oktober, in der elften Woche ihrer Reise, gebot Nicolaus Swart, die Segel zu hissen und das Schiff weiter entlang des Eises zu führen, an der westlichen Küste Grönlands hinauf nach Norden zu der Welten Ende.

Schellendorp warnte, das Schiff werde von Treibeis zerschmettert. Selbst wenn es unversehrt bleibe – eine Überwinterung, die drohe, wenn das Schiff vom Eis umschlossen würde und unrettbar festfröre, habe noch kein Mensch überdauert. »Lasst uns nach Westen fahren!«, sagte er. »Dort ist das Meer eisfrei. Als ich mit Eurem Vater nach Grönland fuhr, da wurden wir vom Sturm, der uns beide Anker entriss, weit in den Westen getrieben und vermeinten Land zu sehen. Treibholz von roter Farbe schwamm im Wasser, das nur von dort hergetrieben worden sein konnte. Wir waren gewiss, die Insel, die wir am Horizont gesichtet hatten, sei das Eiland Brazil.«

Swart stand leeren Blickes an Deck. Keine der Klagen Schellendorps erreichte den Verstörten in seiner fernen Welt. Bei Tage starrte er auf den Horizont nach Norden, auf das schreckliche Eis, in den Nächten gellten aus seiner Koje Schreie durch das Schiff, welche die Mannschaft fürchten machten. Swart war wie ein Somnambuler, der weitermusste, immer weiter, ins Verderben, gezogen von einer geheimnisvollen Kraft, gegen die er machtlos war.

Von Tag zu Tag wurde die Welt finsterer, und die Klagen der Seefahrer wurden beherzter. Man zürnte gegen Swart, als wäre er es gewesen, der den Zwieback verdorben hatte. Der Hunger unter der Mannschaft war bereits so schlimm, dass die Männer in großen Streit gerieten, denn der eine meinte, der andere habe bei der Ausspeisung einen größeren Darrfisch bekommen, oder man erinnerte sich einem noch von Landskrona her als Würfelschuld zustehender Speisen. Eines Nachmittags sah Swart, wie Schellendorp Zwieback aß, und er war gewiss, dass er am Morgen seine gesamten Biskotten für den Tag bereits verzehrt hatte. Als der Kartenzeichner die Vorräte inspizierte, fehlten einige der unversehrten Zwiebacke und Darrfische.

Er ließ die verbliebenen Speisen sogleich aus dem Laderaum in sein Kartenhaus verbringen, das er persönlich verriegelte. Den Schlüssel hängte er sorgsam um seinen Hals, ließ die Männer sich an Deck versammeln und beschied den Seefahrern, dass jeder, der an Bord dieses Schiffes versuche, über das hinaus, was er als tägliche Ration ausgebe, mehr Speisen zu erlangen als andere, und sich an Zwieback wie Darrfisch über das gebotene Maß gütlich tue, durch Würfelspiel wie durch Diebstahl, ohne Ansehen von Stand und Würde von Bord geworfen werde.

Meile um Meile umstellten die Luciferus dichter werdende Eisberge und schlugen dumpf gegen den Rumpf des Schiffes wie der unstete Herzschlag eines Sterbenden und drohten, es zu zerschmettern.

Schellendorp trug stets ängstlich Sorge, dass sie nicht zu nahe an jene vierhundert Fuß hoch aufragenden Berge aus bloßem Eis heransegelten, neben denen sich das Schiff ausnahm wie eine Nussschale. Es war längst nur noch Tagfahrt möglich und nur mit dem gerefften Lateinersegel bei schleichender Fahrt, da die Eise mit Spießen vom Schiff ferngehalten werden mussten. In der Nacht ankerte das Schiff auf der windabgewandten Seite eines der großen Eise und harrte auf den Tag.

»Kehrt um, Swart, noch ist es nicht zu spät!«, sagte Schellendorp.

Wann immer Swart sich nach dem ihm übelwollenden Kapitän umsah, redete er auf den Amtmann Aslak ein, und der Kartenzeichner wusste, das dies nichts Gutes bedeutete, auch wenn Aslak mit seinen Männern zur Stunde noch auf der Ausführung der Befehle des Königs und des von ihm bestallten Hauptes der Unternehmung, Swart, beharrte, der wünschte, dass das Schiff hinauf nach Norden geführt werde, zu den milden Meeren und Inseln jenseits des Eises.

Und dann begann das Werk des Bösen.

Des Nachts drangen nach Schnaps riechende Gestalten des Dunkels in Swarts Kartenstube, wo der Kartenzeichner seit langem erstmals Schlaf gefunden hatte. Hände pressten sich auf sein Gesicht, man zerrte ihn empor, drückte sein Haupt zu Boden, riss ihm die Arme auf den Rücken, dass er vermeinte, man bräche sie ihm aus dem Leib, und legte ihn in Eisen.

Der königliche Amtmann Aslak kam aus dem Dunkel und nahm ihm den Schlüssel vom Hals, der Zugang zu den Speisen gewährte. Swart ahnte, was nun geschehen würde.

Schellendorp zählte vor Aslaks Augen den verbliebenen Zwieback. Es fehlten mehrere Dutzend Stück. Die königlichen Amtmänner rissen Herrn Swarts Karten aus den Truhen und warfen seine Aufzeichnungen umher. Schließlich fand man, was man suchte: Aus einer Kartentruhe förderte man einen Schlauch Wein zutage, einige Dutzend unverdorbene Biskotten und Darrfische.

Herr Swart wusste, dass dies sein Todesurteil war.

Der Amtmann Aslak ließ ihn, der sich wand wie ein aus dem Wasser gezogener Fisch, an den Füßen an Deck schleifen, vor die erregte Mannschaft. Man hieb ihm wiederholt in die Flanken. Selbst der Schiffsjunge stieß aus dem Hintergrund vor und trat Herrn Swart in den Leib.

Man band dem Kartenzeichner die Füße an einen Poller und die Hände an ein Tau, das zum Hissen der Rahen zur Mastspitze hinaufführte, und streckte ihn, dass er schon fürchtete, er würde entzweireißen. Herr Aslak trat im grauenden Morgen vor ihn hin, und man hielt Gericht.

Er habe in seiner Kabine Speisen versteckt, während die restliche Mannschaft von drei Stücken Zwieback lebte, so warf Schellendorp ihm vor. Man habe einige Dutzend Stück Zwieback gefunden und einige Darrfische. Er zeihte ihn des Unterschleifs der Biskotten und des Darrfisches, und darüber habe Herr Swart selbst den Tod ohne Ansehen von Stand und Würden verhängt. Empört wies der Kartenzeichner die Anschuldigungen zurück: Er verabscheue Darrfisch und habe die seinen dem Steuermann gegeben, der mehr Nahrung bedürfe als er selbst.

Mancher konnte nicht mehr an sich halten und schlug ihm die bloße Faust ins Gesicht.

Herr Swart rief, er habe weniger Zwieback gegessen als jeder andere an Bord! Man habe ihm den Zwieback untergeschoben! Er sei gewiss, dass sich Schellendorp bei Nacht eingeschlichen, ihm den Schlüssel abgenommen, die Biskotten aus der Kammer genommen und in seiner Kartentruhe versteckt habe.

Ein Standgericht wurde gebildet, und die wütende Mannschaft entschied, den Kartenzeichner auszusetzen, damit er kein Übel mehr anrichten konnte; denn das Gesetz des Schiffes, das Herr Swart beschlossen hatte, müsse auch für ihn gelten. Von irgendwoher kamen Möwen und kreisten über dem Mast, jene Vögel, die allzeit auf geheimnisvolle Weise wissen, wann jemand sterben wird, wann es etwas zu holen gibt.

Man stieß den Betrogenen mit Knüppeln und Spießen von Deck, die Strickleiter hinunter auf das überfrorene Meer und hisste die Segel. Schellendorp zerwarf Swarts Stundenglas auf dem Eis und schleuderte das prächtige Astrolabium in die Wogen. Der Kartenzeichner stand bestürzten Blickes, lediglich mit seinen Meerkatzenschuhen, seinem Pelzwams und seinem Fellhut ausgestattet, hilflos auf einer kleinen Scholle inmitten der unendlichen Öde des Meeres der Finsternis.

VIII. Kapitel

der wundersamen Meerfahrt,

in dem Schellendorp erklärt,
wie man zur Insel Nebelheim gelangt.

Als die Luciferus ihre Segel hisste und Swart sich auf der Scholle Eises schon ganz und gar verdorben wähnte, da stellte einer aus der Mannschaft in Einrede, er habe beim Würfelspiel die Kleidung des Herrn Swart gewonnen. Herr Schellendorp habe ihm diese versprochen. Es sei ja schade, die schönen Kleider und den schönen Fellhut dem Ozean zu überlassen.

Und so zwangen Schellendorps Männer mit erhobenen Spießen den Kartographen, sich bis auf das Unterwams und die löchrigen Socken zu entkleiden, und hießen ihn, die groben Beinlinge eines seinem Fieber erlegenen Siedlers anziehen, die man ihm auf seine Scholle warf.

Doch nicht der Matrose, sondern Schellendorp selbst legte sich die prächtige Kleidung des Kartenzeichners an, die der Schiffsjunge heraufbrachte, und er stolzierte auf Deck herum wie ein Hahn, unter dem Schimpfen des Seefahrers, der vermeinte, ihm stünden die feinen Stücke zu. Doch Schellendorp sagte, es könne nicht angehen, dass der Knecht bunte Kleider trage, wo das neue Haupt der Unternehmung mit einem einfachen Wams angetan sei. Man zog die Strickleitern hoch und ließ den Kartenzeichner auf einer Scholle Eises gänzlich ohne Speisen stehen.

Man schickte sich bereits an, abzufahren, als man Segel und Strickleiter unvermittelt wieder fallen und Swart an Deck steigen ließ, ihn in Eisen in die Bilge warf und dort an den Schiffsplanken festkettete. Herr Swart hoffte, dies sei seiner navigatorischen und kartographischen Meisterschaft geschuldet, derer man vielleicht noch zu bedürfen fürchtete. Doch Schellendorp hatte bereits Tage zuvor geäußert, dass man sich, bevor man verhungere, nach Nahrung umsehen müsse. Und Nicolaus Swart vermeinte, mit dem »nach Nahrung umsehen« sei nun also er gemeint. Hatte er einst gedacht, der Verzehr von vermeintlichen Umstürzlern zur See sei Seemannsgarn, so war er in dieser Stunde gewiss, dass diese Geschichten nichts als die Wahrheit waren. Bereits Tage zuvor war das Gerücht umgegangen, der dem Fieber erlegene Siedler sei nicht dem Ozean überantwortet worden. Herr Schellendorp, der unausstehlich war, wenn er nicht ausreichend gespeist hatte, war seit dem Verenden des Siedlers trotz der Unannehmlichkeiten der Seefahrt und des schrecklichen Hungers, der schon viele umgeworfen hatte, ausgesprochen gut gestimmt.

Nicolaus Swart verlor in der dunklen, schaukelnden Bilge das Gefühl für Raum und Zeit. Zunächst hatte es den Zeichner noch gehoben wegen des üblen Auswurfs, zu dem der im Bauch des Schiffes gelagerte Ballast des Kielraumes aus Sand und Schlamm mit den widerwärtigen Säften der Kadaver der Ratten vergoren war, von denen von Zeit zu Zeit ein zu mehrfacher Größe aufgeblähtes Exemplar durch die Bewegungen des Schiffskörpers zu ihm geschwemmt wurde. Bis zur Hüfte saß er bei entsprechender Neigung des Schiffes in diesen Essenzen des Vergehens, die an seinen von den Eisen wundgescheuerten Gelenken Böses anrichteten. Lebende Ratten sah er nie, hörte aber ihr Kratzen und Nagen und ihr eifriges Fiepen, mit dem sie ihre Einschätzungen des Grades seiner Entkräftung austauschten, um, wenn er entsprechend geschwächt wäre, im Schlafe über ihn herzufallen. Nach Stunden oder Tagen, in denen er sich mit letzten Kräften wach gehalten hatte, hörte er Betrieb.

Die Luke öffnete sich.

Man holte ihn.

An ihm sei ja nichts mehr dran, so sprach sich Herr Swart Mut zu. So ausgedürrt, wie er war, konnte man ihn nicht einmal für eine Suppe auskochen.

In schlaflosen Fieberträumen hatte er gesehen, wie Schellendorp den Herrn Grotte zum Wasenmeister des Schiffes und den Schiffsjungen zum Wasenknecht berufen und ihnen befohlen hatte, Swart des Zwiebackes wegen seiner Haut zu entheben und lebendig abzudecken. Swart riss an seinen Ketten und schrie mit fiebernden Augen, sie alle mögen an seinem giftigen Fleisch verrecken.

Die Gestalt, die sich ihm näherte, war Schellendorp selbst. Er brachte dem Kartenzeichner einen Krug Bier und einen Darrfisch mit wenig Schimmel sowie einen versalzenen Zwieback. Da er sogar zu geschwächt gewesen wäre, um eine Vogelfeder zu halten, führte Schellendorp den Krug an den zitternden Kopf Swarts, dessen Augen von dem Irrsinn sprachen, der in seinem Haupte tobte.

»Ich habe rufen hören: Kurs auf Südwest«, sagte Swart zwischen gierigen Schlucken Bieres.

Schellendorp schwieg.

»Wir sind dem Tod geweiht, wenn wir diesen Kurs weitersteuern«, fuhr der Kartenzeichner fort. »Dort ist nichts als das gähnende Meer.«

»Wir alle waren todgeweiht, längst bevor wir hierher kamen«, entgegnete Schellendorp, und Swart verstand nicht, was er damit meinte.

»Nun ist es an der Zeit, Euch Eures Versprechens zu erinnern, Schellendorp«, sagte der Kartenzeichner. »Wo ist das Land, zu dem ich zu fahren wünsche? Wo ist Nebelheim?«

»Nebelheim, Swart, ist ein Land, das man weder zu Wasser noch zu Land erreichen kann, sagte Euer Vater.«

»Wohin fahrt Ihr?«

»Wir fahren, die besagte Insel Brazil zu finden, die ich, vom Sturm verschlagen, mit Eurem Vater am Horizont gesehen habe. Dort gebe es Gold und Nüsse, groß wie Häupter, und es sei mild und warm, so haben irische Mönche aufgeschrieben, die ihre Ufer gesehen haben.«

»Wann habt Ihr den Plan gefasst, Brazil zu suchen?« Swart ahnte Unerträgliches.

»Pläne reifen. Das Eis hat meine Männer fürchten gemacht.«

»Im Kerker zu Kopenhagen?«

Schellendorp schwieg.

»Im Keller zu Kopenhagen reifte Euer Plan?«

»Der Mensch ist nicht so gemacht, dass er gerne stirbt. Der Mensch will leben.«

»Ihr wolltet von Beginn an zur Insel Brazil?«

»Ihr seid im Fieber«, sagte Schellendorp. »Trinkt. Trinkt. Ihr müsst trinken.«

Nun riss Swart an seinen Ketten, dass man meinen mochte, er reiße die Planken aus dem Schiff, in die das Eisen eingelassen war. Nun, in dieser finsteren Stunde, vermeinte er sich schändlich betrogen, denn Schellendorp, der mit dem Vater ausgefahren war, hatte im Kerker zu Kopenhagen geschworen, ihm den Weg zu weisen, hatte geschworen zu wissen, wo der Vater jenes Land gedacht hatte. Seinetwegen hatte er auszufahren gewagt. Swart hatte den König gebeten, Schellendorp sein verwirktes Leben zu schenken, wenn er ihm als Lotse den Weg weise. Nun schien dem Kartenzeichner, dass der zum Tode Verurteilte einst seine Sehnsucht nur so sehr befeuert hatte, damit Swart jene Fahrt ausstattete, von der Schellendorp gewiss war, dass man für sie seiner Befahrenheit in jenen Gewässern bedürfen würde. Er hatte gehofft, dass der König ihm erspare, aufs Rad geflochten zu werden, wenn er mitführe.

Wieder und wieder warf sich Nicolaus Swart gegen die Eisenketten. Blut lief von seinen Gelenken herab, die von den Schellen bis auf die Knochen zerfleischt waren.

»Ihr habt dem König Euren Eid geschworen, mich nach Nebelheim zu führen!«, schrie er in verzweifelter Wut.

»Ihr seid ein Träumer, Swart, wie Euer Vater.« Schellendorp gab ihm Bier. »Trinkt.«

»Was wollt Ihr nun von mir?«, fragte der Kartenzeichner schwach.

»Eure Kunst, mit den Sternen die Position des Schiffes zu bestimmen«, antwortete Schellendorp. »Man sagt, Ihr hättet ein Buch, mit dem der Kundige alle Orte der Welt auffinden kann.«

»Ihr habt Brazil nicht gefunden?«

»Nein.«

»Manchmal scheinen auch Wolken wie eine Insel am Horizont«, sagte Swart.

»Ja. Manchmal«.

»Wisst Ihr die Breite von Brazil?«

Schellendorp schüttelte den Kopf. »Von Grönland südwestwärts.«

»Die Insel Brazil …«, erklärte Swart, »… ich habe sie zu Italien an einem Dutzend verschiedenen Orten von Nord bis Süd und von West bis Ost verzeichnet gesehen.«

Schellendorp gab ihm einen weiteren Schluck des Bieres. »Helft mir, Brazil zu finden. Ich lade Euch ein, eine neue Welt zu vermessen, auch wenn es nicht die Eures Vaters ist. Ich will Euch nicht vernichten.«

»Fahrt zur Hölle, Schellendorp«, sagte Swart. »Wo ist das Land, zu dem ich zu fahren wünsche? Wo ist Nebelheim?«

Schellendorp stand auf. »Ich sag Euch, wie Ihr dorthin gelangt, es ist nicht weit von hier. Stellt Euch vor eine Büchse und schießt Euch in den Kopf. Und dann gleich links. Dann seid Ihr da.«

Er stieg die Leiter hinauf zur Luke und ließ sie mit einem Dröhnen fallen.

Swart blieb zurück, in der übelriechenden Finsternis, schändlich betrogen, mit dem steten Donnern der Wogen gegen den Schiffskörper.

IX. Kapitel
der wundersamen Meerfahrt,

in dem von der Wechselhaftigkeit des Glückes geschrieben steht.

Tage lag Swart in der Finsternis, zeitlos, von schrecklichen Fiebern geschüttelt, betrogen, Arm in Arm mit dem Tode. Es gab Momente, da fühlte er sich eins mit dem schwappenden, schaukelnden Universum, in dem er lag, eingehüllt von dem dumpfen Rauschen des Meeres, und er meinte, es sei längst das Ende der Zeit angebrochen, er sei längst gestorben, längst jenseits des Schmerzes. Er wusste nicht, ob Ratten an ihm gezehrt hatten, ob dort in dem Morast, in der Finsternis vor ihm, noch Beine steckten.

Dann brachte der Bischof Bartholomeo dem Kartenzeichner insgeheim einen Darrfisch und einen Krug Bier. »Swart, ich fürchte, wir fahren unserem Tode entgegen«, sagte er zu dem Elenden. »Was habe ich mich darauf gefreut, im Eise mit den Christen den Kräften der Finsternis zu trotzen und mich für das ewige Leben zu empfehlen!«

Swart hatte kaum mehr Kraft, an dem widerwärtigen, verschimmelten Darrfisch zu kauen, den ihm der Bischof an den Mund hielt, doch er wusste, er würde sterben, wenn er nicht äße, und so biss er von dem harten, zähen, salzigen Fleisch ab.

»Seit drei Tagen umschwimmt ein Fisch von ungeheurer Größe unser Schiff«, berichtete Bartholomeo. »Er hat die dreifache Größe der Luciferus und macht den Seefahrern Angst. Wir fürchten, er wird jeden Augenblick auf unser Schiff losrasen.«

»Jedermann weiß«, sagte der Kartenzeichner schwach, »dass

die großen Fische und fürchterlichen Meerwunder im Westen des Ozeans die des Nordens an Größe und Grausamkeit noch übertreffen.«

»Das Schiff irrt seit Tagen durch das Meer«, sprach Bartholomeo weiter, »die Sonne kommt kaum mehr über den Horizont, und die Mannschaft fürchtet, Schellendorp werde die Insel Brazil nicht finden. Es gibt Kräfte an Bord, die Euch zurückwünschen.«

»Jedermann, der gelehrt ist in der Kenntnis aller Länder«, erklärte Swart, »und belesen in den Schriften der Meerfahrer, der weiß, dass es unmöglich ist, die Insel Brazil zu finden. Ihr Ort ist wechselnd. Sie hebt sich alle sieben Jahre nur für einen Tag aus dem Nebel und entfernt sich, wenn ein Schiff versucht, sich ihm zu nähern. Wenn Ihr diese Insel aufzufinden sucht, so lasst alle Hoffnung fahren.«

Bartholomeo gab ihm einen Schluck Bier, mit dem er den schrecklichen Geschmack des salzigen, schimmligen Fisches hinunterspülte, der ihn fast auswerfen ließ.

Und dann entfaltete der Kartenzeichner vor den Augen des Bischofs jenes kleine Pergament, das sein Vater ihm vor seiner letzten Fahrt gezeichnet hatte, das die Flammen überdauert hatte, und übergab es ihm.

»Was ist dies für eine Karte?«, fragte Bartholomeo.

»Sie beweist, dass es das Land im Norden, zu dem uns der König ausgeschickt hat, wirklich gibt. Habt Ihr vergessen, Bartholomeo, was das Ziel unserer Reise ist? Was uns dort erwartet? Wenn Ihr mir helft, ist dies Euer Bistum«, sagte Swart und berichtete, was sein Vater dem Knaben von jenem Eiland erzählt hatte. »Jenseits des Eises geht die Sonne ein halbes Jahr nicht unter, dort ist es so mild, dass man dreimal im Jahr ernten kann. Dort ist das verheißene Land, die Glücklichen Inseln. Würde der Herr dieses Land so sehr verschließen, mit einem schrecklichen Gürtel aus Eis«, so fragte Nicolaus Swart den Bischof, »wenn es dort nichts gäbe? Was glaubt ihr, Bartholomeo? Schließt man mit sieben ehernen Schlössern ein, was wertlos ist?«

»Gott stehe mir bei«, sagte der Bischof.

In der Nacht wurde das Schiff schwer erschüttert und begann zu lecken. Der Kartenzeichner war gewiss, dass der große Fisch die Luciferus angegriffen hatte. Er war so entkräftet und elend, dass er fast wünschte, das Schiff möge unter dem Anrennen des Tieres zerschellen und er endlich seinen Tod finden.

Und dann hoben mit einem Mal Geräusche eines Kampfes an. Waffenklirren, Klagen von Verletzten, Todesschreie zitterten in der Luft, durch die Planken tropfte Blut auf das Gesicht des Zeichners herab. Blut, das er womöglich durch seine blühenden Erzählungen und die in den Männern neu entfachte Hoffnung auf das ferne Reich vergossen hatte. Und dann war es still.

Der Amtmann Aslak und einige seiner Männer kamen in die Bilge. Man zog Swart aus, schüttete ihm rasch einige Eimer feuergewärmtes Wasser über und rieb ihn mit Tuch ab. Man tat ihn mit seinen prächtigen Kleidungsstücken an, die man ihm genommen hatte, und brachte ihn, der kaum mehr stehen konnte, an Deck. Er wusste nicht, wie lange er in der Bilge gelegen hatte. Schellendorp stand an den Mast gebunden.

»Sieben Tage und Nächte irrte die Luciferus im Meer umher«, so berichtete der Amtmann Aslak, »durch wechselnde Winde und unbekannte Strömungen getrieben. Wir wissen nicht, wo wir sind.«

Swart blickte auf den Horizont. Ringsum nichts als Meer. In der Ferne sah er im Glanz der tanzenden Mondspiegelungen, wie besagtes Meerungeheuer wirklich das Schiff umdrohte, und er erschauderte vor der Wildheit der Schöpfung.

»Wo sind wir?«, fragte Swart den Steuermann, von dem er dachte, er wüsste allzeit, wo er war.

»Ich weiß nicht, wo wir sind«, gestand der Steuermann.

Swart verstand nicht.

»Vor Island schwammen Zweige im Wasser. Daher wusste ich, dass es bald auftaucht. Und als ich Euch vor Grönland gezeigt habe, wo wir sind … Eine Möwe hatte sich auf dem Mast niedergelassen. Und daher habe ich geahnt, dass wir bald Grönland sehen.«

»Ihr kennt also nicht allzeit die Lage des Schiffes?«

Der Steuermann schüttelte schuldbewusst den Kopf. »Ich war auf den Schnaps in Eurem Besitz aus, wovon Ihr mir allzeit einige Schlucke gegeben habt, wenn ich Euch unseren Ort gezeigt habe.«

Swart legte ihm beschwichtigend die Hand auf die Schulter und wandte sich an die Seefahrer. »Das Eiland Brazil, das Schellendorp gesucht hat, kann man nicht finden, wie Euch der Bischof wohl erklärt hat«, so sprach er mit lauter Stimme. »Falls jemand auf Asien im Westen hofft, so lasst alle Hoffnung fahren. Ptolemaios hat den Umfang des Erdapfels falsch angenommen. Er hat den Umfang um wenigstens fünftausend Meilen zu kurz berechnet. Unsere eigenen Zahlen sagen: Nach Asien sind es von Grönland aus in westlicher Richtung weit über siebentausend Meilen!«

Viele Seefahrer wussten wohl nur, dass dies eine sehr hohe Zahl sein musste, die nichts Gutes bedeutete.

»Kein Schiff kann diese Strecke auf offener See überdauern«, fuhr der Kartograph fort. »Wir haben keine Speisen. Ein Dutzend Kisten Zwieback für eine Fahrt von Monaten!«

»Was sollen wir tun?«, fragte Aslak.

Herr Swart gab vor den Männern als Gewissheit aus, was er nur ahnte: »Die Insel Nebelheim liegt im äußeren Meer. Dorthin gelangt man, wenn man einige Tagesreisen geradewegs nach Norden fährt, bis man auf eine Meerenge stößt, die den Zugang zu jenem äußeren Meer öffnet, dem alles Land umfließenden Oceanos. Und von dort ist es nicht weit.«

»Das Eis wird uns zerschmettern!«, rief einer.

»Er schickt Euch in den Tod«, schrie Schellendorp.

»Mit Mut und Geschick werden wir das Eis meistern!«, sagte der Kartenzeichner.

»Woher wissen wir, dass es diese Insel überhaupt gibt?«, fragte ein anderer.

»Seht diese Karte.« Swart hob das Pergament in die Höhe, das er Bartholomeo gezeigt hatte. »Da sie gezeichnet wurde, muss ja jemand dort gewesen sein, damit er die Ufer jener Insel nachzeichnen konnte!«

Die Mehrzahl der Seefahrer und Siedler nickten, denn das leuchtete ihnen ein, aber einer rief: »Der kann die Insel nach der Form eines Kiesels gezeichnet haben!«

»Das äußere Meer ist verboten!«, sagte jemand. »Der Herr wird seine Faust niederfahren lassen und das Schiff zerschmettern!« Er wies auf den drohenden Fisch.

»Unser hochberühmter Herr Vater hat es gewagt, dorthin zu fahren, und brachte jene Karte mit«, sprach Swart. »Dort sind die Wogen sanft, das Wasser süß, die Winde mild. Das Vieh muss im Sommer von den Wiesen getrieben werden, weil das Gras so fett ist, dass die Tiere sonst an Fettleibigkeit sterben. Die Meere sind so reich an Fischen, dass die Fischer kaum mehr wissen, wo sie selbst in ihren Barken Platz finden sollen. Und es gilt dort nicht als Schande, mit mehreren Frauen Kurzweil zu pflegen, sondern diejenigen mit häufig wechselnden Frauen sind gar die Ehrbarsten und Geachtetsten. Ohne Heirat legen sich die Mädchen zu dem, der ihnen gefällt. Dort, wo die Sonne nur einmal im Jahr aufgeht und daher ein Tag ein Jahr lang und die Lebensfrist ein Tausendfaches länger währt, jenseits des Tanzplatzes der Morgenröte, dort liegt jener Ort: Nebelheim, Hyperborea. Dort sind die Inseln der Glücklichen: Sie liegen geradewegs am Pol.«

»Schellendorp hat Euer Stundenglas zerworfen und Eure

Sternenscheibe ins Meer geschleudert«, wandte ein Seefahrer ein. »Wie sollen wir dorthin finden?«

»Um dorthin zu gelangen, bedarf man keiner Instrumente«, sagte Swart und wies in den sternenklaren Himmel. »Seht ihr jene Sterne, die man den Kleinen Wagen nennt, und seht ihr den hellen Stern am Ende seiner Deichsel? Wenn dieser Stern, der Nordstern, der allzeit starr am Himmel steht, umtanzt vom Großen Bären, geradewegs im Zenit über unseren Häuptern schwebt, dann sind wir am Ort unserer Sehnsucht und unserer Träume.«

Die armen Teufel, die nichts zu verlieren hatten, nicht einmal ihr Leben, sie schöpften, in die Sterne blickend, Hoffnung. Denn nun, so schien ihnen, waren sie nicht mehr verloren im Weltenmeer. Die Leiber streckten sich, man sah nicht mehr auf die Schiffsplanken hinab, sondern deutete Gesichte in den Wolken. Ja, nachts hörte man gar Liebeskeuchen, und Herrn Swart war es billig, denn das neue Volk sollte viele Köpfe zählen.

Grad um Grad stieß die Luciferus vor in ungesehene Wasser. Der *ultimus terrae terminus,* der Ort ohne Wiederkehr, war nicht weit.

Herr Rikmann erwachte zwei Stunden vor Sonnenaufgang. Er betete seine Morgenhore, ging in die Küche, um sich eine Schüssel Getreidegrütze mit einem Glas ungesüßten Weines geben zu lassen, und erkundigte sich über das Befinden des Königs, dem der Koch bereits seine Morgenspeisen gebracht hatte.

Dann sah er mit dem Koch, seine Grütze löffelnd, auf dem Burghof dem Falkner dabei zu, wie er im Zwinger auf Swarts Anweisung mächtige Falkenkäfige errichten ließ, in der Erwartung zahlloser Vögel. Denn bald, so hatte Swart versichert, würden seine Käfige gefüllt sein mit milchweißen, hochfliegenden Falken von der Insel Grönland, auf der Jahrzehnte keine Falkenfänger mehr gewesen seien. Der Falkner, er, der von Leben und Schicksal vernichtet gewesen war, der in der Gosse gelegen hatte, er lachte, stand in diesen Tagen aufrecht, war guten Mutes.

»Ihr habt nicht einmal Falken«, sagte Rikmann zum Falkner, »und doch freut Ihr Euch. Die Schöpfung ist manchmal schwer zu verstehen.«

Der Koch dagegen sagte, er solle ihn lassen. Der Falkner stelle sich seine zu erwartenden Greifen sicher prächtiger vor, als die wirklichen Vögel jemals wären. Die wirklichen Falken seien dann nicht milchweiß, sondern eher grau und hätten Flecken. Die Erwartung sei überhaupt meist größer und schöner als das, was dann wirklich komme. »Da Ihr stets missmutig seid und Euch nie über etwas freut, Rikmann, könnt Ihr derlei Dinge nicht verstehen. Die Menschen nennen so etwas Vorfreude.«

»Er wird nie einen Falken besitzen, fürchte ich«, sagte Rikmann.

Dann rief der König nach seinem Schreiber. Herr Rikmann war voller Freude, dass die *machina mundi*, die große Weltenmaschine, endlich wieder ihren gewohnten Gang nahm, überließ dem Koch den Rest seiner Grütze und lief zum Kronsaal.

Doch der Kartenzeichner war nicht da. Gleichwohl war der alte König seiner Bettlägerigkeit und Schwäche zum Trotz prächtig gestimmt, da sich Swarts Geschichte so sehr zum Guten gewendet hatte. Rikmann dagegen fürchtete, dass der mächtige Fisch noch nicht ausgestanden war, und er hatte sich vorgenommen, das Gemüt des Königs auf eine Enttäuschung vorzubereiten, denn es schien nicht ausgeschlossen, dass der Fisch das Schiff verderben würde.

Und dann geschah etwas äußerst Merkwürdiges: Der König fragte Rikmann, wie es ihm gehe.

Im ersten Moment war der Schreiber vergnügt, weil es ihn freute, dass der König ihn wieder sah. Doch im nächsten Augenblick erschrak er, weil dies die merkwürdigste Frage war, die er jemals von seinem Herrn gehört zu haben sich erinnern konnte.

Er entgegnete: »Euch hat heute die Morgensuppe geschmeckt, nach langer Zeit, so erzählte mir der Koch, Ihr habt gar nach einer zweiten Schale geschickt. Das hat mir Freude bereitet.«

König Erich schüttelte den Kopf: »Wie es mir geht, lieber Rikmann, brauche ich Euch nicht zu fragen. Mir geht es hervorragend, da Swart nun geradewegs auf das äußere Meer zuhält und Schellendorp am Mast gebunden steht. Mir geht es so gut, dass sich wieder einige Flöhe auf mir niedergelassen haben, denn Flöhe machen auch vor Königen nicht halt. Ich fragte: Wie geht es *Euch*?«

»Ihr habt Euch heute früh nach Tagen wieder erleichtern können, so wusste mir Euer Leibdiener zu berichten, und das hat wiederum mich erleichtert.«

»Ihr habt mir gute Dienste geleistet«, sagte der König. »Swart ist heute erschöpft. Ihr seid abkömmlich heute. Gönnt Euch einmal etwas. Ich gebe Euch für heute Urlaub, zu tun, was immer Ihr wollt.«

»Wenn Ihr mir Urlaub gebt, zu tun, was immer ich tun will«, entgegnete Rikmann, »dann gedenke ich zu tun, was ich immer getan habe: für Euch zu schreiben, mich in Eurer Nähe aufzuhalten, falls Ihr meiner bedürft. Das ist mir Urlaub. Es gibt gewiss Urkunden zu kopieren, eine Handfeste zu beglaubigen.«

»Ihr habt Urlaub, alles zu tun, außer zu tun, was Ihr immer tut«, sagte der König. »Ich, der König von Gottes Gnaden, befehle es Euch.« Dabei lächelte er und ahnte nicht, wie sehr er seinen Schreiber strafte. »Und ich will Euch auch nicht in der Kapelle sehen, wie Ihr mit der Faust auf Eure Brust klopft und *mea culpa* murmelt.«

Das hieß, Rikmann durfte nicht beten und auch nicht schreiben.

»Lauft durch die Stadt, Rikmann«, schlug der König vor, »kauft Euch einen gegrillten Fisch auf dem Markt.«

»Werdet Ihr während meiner Abwesenheit den Kartenzeichner empfangen?«

»Ihr seid eifersüchtig wie ein Frauenzimmer, Rikmann. Aber seid unbesorgt. Ich verspreche Euch, dass ich ihn nicht hereinlassen werde. Schaut zum Hafen. Geht in einen Hurenkrug, was auch immer. Der päpstliche Auditor für Schweden wird ohnehin bald in der Stadt sein. Ich lade Euch auf einen Ablass ein.« Der König dröhnte vor Lachen, denn er wusste, dass Rikmann natürlich niemals einen Hurenkrug besuchen würde.

Der Schreiber stand da und wusste nicht weiter.

»Es ist sich schlecht in den Schatten eines Hingestreckten ducken, Rikmann«, fuhr der König fort. »Ein gefällter Baum bietet keinen Schutz. Steht auf. Es wird Zeit, dass Ihr Euch ein eigenes Leben beschafft, denn Ihr werdet ja nicht mitsterben, so hoffe ich. Zumindest nicht vor Gram, bei allem, was Ihr mir vorwerft. So groß ist die Zuneigung dann ja auch wieder nicht.«

Dem Schreiber war es nicht möglich, sich vorzustellen, was mit ihm geschehen würde, wenn der König nicht mehr wäre. »Mein Leben ist Euch gewidmet. Mein Leben ist die Gefolgschaft zu Euch. Das ist die Wahrheit. Und ich will kein anderes.«

»Danach klang das, was Ihr mir zu meiner Chronik sagtet, nicht. Ihr seid recht frech geworden letztens, als Ihr Euch beim Schreiben geziert habt.«

Rikmann konnte in dieser Stunde selbst kaum glauben, was er sich jüngst angemaßt hatte. »Es ist unverzeihlich, was ich sagte.«

»Endlich hat man einmal gemerkt, dass ein Geschlecht zwischen Euren Beinen baumelt, Rikmann! Ihr habt Euch endlich wie ein Mann benommen! Tretet heraus aus meinem Schatten! Der Wind ist rau, stürmisch, aber er tut gut, er lüftet den Geist.«

Der Schreiber schwieg.

»Ich will Euch lächeln sehen, Rikmann, bevor Ihr mich in die Grube senkt. Aber Ihr habt's bisher nicht so mit der Freude gehabt.«

»*Nemo ante mortem beatus.* Niemand ist vor seinem Tode glücklich«, entgegnete Rikmann. »Die Erde ist nicht geschaffen, um sich freudig darauf zu tummeln. Der Mensch wurde aus dem Paradies geworfen, um auf Erden zu leiden.«

»Lasst Euch mit der Weisheit, die mir in meinen letzten Tagen offenbar übervoll eingeschenkt wird – in dem Maße, in dem sie mir vorher fehlte –, gesagt sein, Rikmann: Ihr betrachtet das Leid auf Erden als recht und billig. Wenn Ihr wirklich und wahrhaftig leiden wollt, so werdet vorher glücklich. Denn nur der kann wirklich leiden, der das größte Glück gehabt, nur der in Finsternis gestürzt werden, der vom hellsten Licht beschienen war.«

Rikmann wusste nichts zu erwidern.

»Ich glaube nicht, dass der Herr bei der Vielzahl der ihm obliegenden Geschäfte es der Mühe wert befindet, einen, dem an nichts gelegen ist, etwas wegzunehmen. Er langt nicht eigens vom Himmelszelt herab und legt Euch seine Hand ums Genick, um Euch in den Staub hinunterzudrücken, wenn Ihr Euch ohnehin selbst allzeit bußfertig in den Staub werft. Wenn Ihr leiden wollt, so wisset: Er drückt nur den hinunter, der verlieren kann. Der Herr hat ein Gefühl für die ganz großen Paukenschläge. Ohne Trommeln und Pipen geht da nichts! Rikmann, wenn Ihr wirklich leiden wollt: Werdet glücklich!«

Der Schreiber war unfähig, etwas zu sagen.

»Und tut mir einen Gefallen: Zieht endlich Euer kratzendes Wollwams aus. Es macht aus Euch keinen besseren Menschen.«

Rikmann schwieg.

»Und ich hab da einen zweiten Rat«, sagte der König. »Wenn Ihr vom Glück ins Leiden stürzen wollt, so sind stets die Frauenzimmer eine große Hilfe!« Er lachte schallend, weil ihn rührte, wie ratlos sein Schreiber war.

»Ich werde in die Stadt gehen«, sagte Rikmann. »Fisch …«, stammelte er, »einen Fisch …«

Kurz darauf stand Herr Rikmann vor dem Tor des Schlosses wie ein Verstoßener. Der König hatte ihm befohlen, zu tun, was immer ihm beliebte. Auch wenn *nichts* ja *etwas* war, schien ihm doch, er würde die Weisung des Königs nicht befolgen, wenn er sich auf sein Lager legte und an die Decke seiner Kammer blickte.

Nun sollte er aus dem Schatten treten, nun sollte er sich ein eigenes Leben beschaffen.

So, wie ihn kaum jemand sah oder sich an ihn erinnerte oder an das, was er getan oder gesagt hatte, so sah auch Gott ihn nicht. Er hielt nicht eigentlich ein eigenes Schicksal für ihn bereit, denn es widerfuhr ihm ja nichts Gutes und auch nichts Schlechtes. Der Herr hatte ihn in Schicksalsdingen einfach vergessen, so dachte Rikmann. Er konnte nicht sagen, dass er jemals glücklich gewesen, noch, dass er jemals auf seinem Lebensweg von Unglück gebeutelt worden war. Da war gar nichts. Kaum einen Schnupfen hatte er je gehabt. Ihm war beinahe, als habe er sich an den König anhängen müssen, damit auch er ein Leben bekäme, eine Biographie, ein Schicksal wie die anderen Menschen, Glück und Unglück, Not, Pein und Rettung. Doch Rikmann schien, alles geschehe dem König und er stehe nur dabei. Er sei nicht gemeint. Bei alledem, was sich begab, nach verlorenen Schlachten, selbst beim Begräbnis der Königin, war Rikmann nie in den Sinn gekommen, sich zu fragen: Bin *ich* nun traurig? Er fragte sich nur: Wird das der König verwinden? Er empfand nicht einmal eigene Gefühle, sondern er empfand die Gefühle des Königs, von denen er meinte, sie widerführen Erich zur Stunde.

Dem Schreiber war, als würde er im Augenblick des Todes seines Herrn zusammenfallen wie ein leerer Weinschlauch oder er würde einfach verschwinden.

Nun musste Rikmann also tun, was ihm beliebte. Ihm war, als kämpfte er mit jedem Schritt: *Er* musste entscheiden, wohin der nächste führte. Der Wind wehte die toten Blätter des letzten Herbstes die lange Gasse hinab zum kleinen Fischertor und er folgte ihnen, ließ sich mit ihnen treiben. Ihm war, als seien sie bestimmt, ihm zu flüstern, wie verschlungen die Wege waren, die der Herr für seine Geschöpfe bereithielt. Die Blätter wehten ihn durch die Stadt und über den Markt in die Sankt-Drottens-Straße. Dort ließ er sie fahren, ging in die Nonnengasse und lief am Kloster Sonnenberg vorbei. Er wagte nicht, stehen zu bleiben, und sah verstohlen, ob vielleicht jemand hinter einem Fenster stand. Er rang mit sich, wegen einiger Erkundigungen für den König um Einlass anzusuchen, doch Asta hatte ja gewünscht, nicht mehr in ihrer Ruhe gestört zu werden.

Dann lief er zum Hafen. Er hatte Jahre nicht mehr dort gesessen und auf den Horizont geblickt. Und nun trat er über die Fischerpforte hinaus auf den Langen Steg. Die Weite machte ihm Angst. In der Ferne zeichnete sich Schweden ab. Wie weit war alles weg, was gewesen war. Nach wenigen Wochen. Der Krieg. Dort, wo sie losgefahren waren, vor Nyköping, war das Meer rot gewesen, weil flussaufwärts eine blutige Schlacht getobt hatte. Dort brannte das Land. Dort kämpfte das Volk gegen einen König, der längst fort war.

Rikmann sah Stunden auf den Horizont hinaus und stellte sich vor, wie Swart, so wie er ihn vor Augen hatte, blässlich, blutarm, die Prüfungen gemeistert haben sollte, die nach alten Folianten, die der Schreiber als junger Mann gelesen hatte, am Weltenende zu gewärtigen waren: Schrecklich mahlendes Eis. Dort würden Meer und Luft, Himmel und Ozean eins. Dort war die fürchterliche Meerlunge, von der der weitgereiste Pytheas einst gesprochen hatte, welche die Ozeane einsog und ausspie. Dort war das fürchterliche Klebermeer, das die Schiffe festhielt, die sich in diese Regionen wagten. Unermesslich große Ungeheuer waren dort, so widerlich, dass Engel sie eigens in die Hölle trugen, damit sie an Sündern neue Strafen vollstreckten. Auf dem Weg dorthin war das Land der Arimaspen, ein einäugiges Volk, das in stetem Kampf mit mächtigen Gryphonen lag, die halb Adler an Haupt und Schwingen waren, vierbeinig abwärts wie ein Löwe. Sie bewachten einen unermesslichen Reichtum an Gold und pflegten Menschen in Stücke zu reißen wie Brot. Es gab den mächtigen, grausamen Vogel Roch, der die Gryphonen an Widerlichkeit noch übertraf und von Leviathanen lebte, wenn er keine Elefanten zum Fraß hatte. Und diese widerlichen Geschöpfe sollte Swart gemeistert haben? Das Volk der Laistrygonen, ein Volk der Riesen, die Menschen so selbstverständlich aßen wie wir Grütze?

Hatte der Kartenzeichner wirklich das irdische Paradies gefunden? Das Jenseits? War er hinabgestiegen in die Unterwelt, um seinen Vater aus dem Reich der Toten zurückzuholen?

Rikmann, er, der Chronist, ließ sich von seinen träumerischen Gedanken fortreißen, so ermahnte er sich. Auch er war in den Bann des seltsamen Mannes geraten, obwohl er, bei klarem Geist bedacht, nicht glaubte, dass es das irdische Paradies überhaupt gab. Swart war ein Besessener, der sich von seinem Schmerz hatte fortreißen lassen, der ein Schicksal beschieden bekommen hatte, das er nicht annehmen wollte, der nicht ertrug, dass sein Vater nicht der war, den die Phantasie des Knaben aus ihm geformt hatte.

Rikmann gedachte seiner eigenen Knabenzeit, die er im Kloster zu Marienkron nahe Rügenwalde verbracht hatte, der Zeit, als er noch an Wunder geglaubt hatte. Er hatte ganz beseelt von den irischen Mönchen gelesen, die vor vielen Jahrhunderten die Menschen fliehen wollten und sich in einem kleinen Nachen in unbefahrene Meere wagten, um einen Ort zu finden, an dem sie allein mit sich und Gott waren, und so die wunderbare Insel Island auffanden, von der Swart berichtet hatte.

Auch Rikmann hatte zu dieser Zeit gedacht, die Menschen später einmal zu meiden, hatte in die Entbehrung der Inseln am Rand der Welt fliehen wollen.

Er hatte es nie versucht.

Er hatte es nicht für möglich gehalten.

Rikmann wurde in dieser Stunde bewusst, dass er würde handeln müssen, um ein eigenes Schicksal zu bekommen.

X. Kapitel
der wundersamen Meerfahrt,

in dem die Fahrt ans Ende der Welt beschrieben steht, zum schrecklichen ultimus terrae terminus.

Grad um Grad tauchten Eisberge auf, größer und größer, und dann die weißen Schollen, die so Fürchterliches an Schiffsrümpfen ausrichten. Die Welt wurde finster, die Luft kälter und kälter. Längst waren sie jenseits des *circulus arcticus*, jenseits dessen im Sommer allzeit Tag und im Winter stets Nacht war und wo nun, im späten Herbst, nur für kurze Zeit ein Morgengrauen herrschte, dem nach wenigen Stunden Abend und eine lange, schwarze Nacht folgten. Der große Fisch, der mächtiger war, als je ein Mensch zuvor einen Fisch gesehen hatte, umzog weiter in drohenden Kreisen das Schiff, das den Buchstaben des Herrn nicht folgen wollte und verbotene Meere verletzte. Die Luciferus machte kaum mehr Fahrt, denn sie musste zahllose Eisberge umschiffen. Das Treibeis wurde so dicht, dass Swart an den Eisen den Anker werfen und mit der Ankerwinde die Ankertaue dichtholen ließ, um sich so voranzumühen, denn eine Fahrt unter Segeln hätte fürchterliche Zusammenstöße bedeutet. Einige Wagemutige stiegen manchen Males auf die Eise hinab und setzten auf ihnen Segel, damit sie durch die Kraft des Windes fortführen und freies Fahrwasser auftäten, durch das sich das Schiff zwängen könnte, oder sie hieben das sich neu bildende Eis in Stücke, das die Luciferus mit kaltem Griff zu umschließen drohte.

Ein schwerer Sturm ergriff das Schiff, und der Herr hieß haushohe Wogen mit ungeheurer Kraft schweres Eis gegen den Rumpf schmettern. Fortwährend musste ein Mann vom Mastkorb zum Rudergänger hinabschreien, wo im Eise freies Wasser war.

Schellendorp, den Swart der Kälte wegen vom Mast hatte befreien lassen, warnte, dass sie unrettbar in den mächtigen Mahlstrom stürzen würden, der im Norden alles in die Tiefe reißt, wenn sie nicht umkehrten! Das Eis würde sie zerschmettern!

Und dann erblickte Nicolaus Swart im Dunst des Horizontes Land. Er ließ nun geradewegs nach Mittnacht steuern, bis sich im Norden und im Westen eine Küste näherte. Grenzenlose Freude ergriff die Mannschaft und die Siedler. Man stimmte Lieder an und träumte von einem neuen Leben und von Glück.

»Gott wird Ungeheuer senden, den zu verschlingen, der ihn missachtet!«, rief Schellendorp.

Swart aber steuerte weiter, immer weiter, zwischen die sich verengenden Ufer, doch er fürchtete, dass der erhoffte Auslass ins äußere Meer hier nicht sei, denn das öde Land und das schreckliche Eis schienen den Weg nach Norden zu verschließen.

Als sie Meile um Meile sich weitermühten, da sah der Kartenzeichner, dass das Land vor ihnen wirklich einen Auslass auftat.

Nun lag die Luciferus, der Lichtbringer, vor dem dunklen Ende der Welt, jenseits dessen, wie viele sagen, nur Tod und Finsternis herrschen und kein Lebewesen am Leben zu bleiben vermag.

Ultimus terrae terminus, so überschrieben Nicolaus Swarts Karten diesen Ort: *Hier ist das Ende der Dinge. Wer hier weiterfährt, der ist ohne Wiederkehr.*

»Kehrt um, Unglücklicher!«, schrie Schellendorp.

Und dann stieß das üble Scheusal, der große Fisch, der schon verschwunden schien, größer, als ihn je ein Menschenauge sah, aus den Fluten und schwamm geradewegs auf das Schiff zu, und viele meinten, dies sei, weil sie verbotene Meere befuhren. Einige der Seefahrer reute schon, dass sie Herrn Swart wieder zum Haupt bestallt hatten. Mit einem gewaltigen Schlag rammte der Fisch die Luciferus in die Flanke, dass das Schiff aufstöhnte und beinahe entzweiging. Die Ladung stürzte durch das Unterdeck, die Segel schlugen, Taue peitschten durch die Luft. Und dann holte der gefährliche Fisch aus, um das Schiff ganz und gar zu zerschmettern. Das fürchterliche Meerwunder stieß hoch aufschießende Fontänen Wassers in die Luft. Wenn es sprang, dann donnerte des Meer unter seinen Wampen, und die Männer schrien zum Himmel um Heil und Hilfe.

Schon sahen viele der Seefahrer sich von dem bösen Tier verdorben, da wies der Kartenzeichner Swart kühnen Blickes und fester Stimme seine Männer an, nach einem Dutzend Posaunen und Trumpetten im Laderaum zu eilen, die er mit Bedacht aus der Heimat in diese fernen Gegenden mitgeführt hatte, in denen man schwerlich musizieren möchte, und jedermann war sehr verwundert, dass Herr Swart nun in diesem Augenblick ihres nahen Todes Trumpetten an Deck wünschte. Wer sich aber mit einem Spieß bewehren wollte, dem nahm er ihn ab. Er hieß die Männer in kleine Barken steigen und mit ihren Posaunen zangenweise geradewegs auf den üblen Fisch zurudern, der gerade innehielt, um auf das Schiff loszurasen, und die Männer posaunten dem schädlichen Fisch geradewegs auf das Haupt, dass er sich sogleich in die Tiefe des Meeres stürzte und nicht mehr gesehen ward.

Doch nach ihrer Errettung vor dem Fisch schien sich das Ungestüm der Winde und Wellen zu verdoppeln. Sie waren so grausam, dass Herr Swart sich vertäute, um nicht von Deck gerissen zu werden. Die eiskalte Gischt, die sich in die Wämser der Männer sog, ließ sie zittern bis aufs Mark.

Schellendorp schrie, Herr Swart sei besessen. Er jage einem Phantasma nach. »Was Ihr sucht, Swart, kann man auf dieser Erde nicht finden. Begreift das, lieber Herr: Euer Vater – er ist tot!«

Jammervolle Blicke richteten sich nach Norden, wo sich endloses Eis erstreckte. Wütend gegen den Kartenzeichner geschickte Eise erschütterten sein der Finsternis hohnlachendes Schiff mit solcher Wucht, dass er bereits dachte, es werde ihm ganz und gar zerschmettert.

Weshalb zu unbekannten Ufern aufbrechen? So fragte er sich in dieser Stunde, auf dem hohen Bug stehend, vor ihm die gähnende Leere und schrecklich dunkle Luft. Hätte nicht Gott milde Brisen über jene tosenden Wasser gehaucht, wenn er wollte, dass er diese Ufer betrat? Hätte nicht Gott die tobende Gischt Sanftmut gelehrt, wenn er gewollt hätte, dass er seine Segel über diese Wasser führte? War es nicht gerade so, dass Gott jene schrecklichen Ungeheuer geschaffen hatte, um den Weg, den er nicht gehen sollte, zu verwehren? Hatte er nicht die Wasser tosen geheißen, um jene Ufer vor seinem Angesicht zu verbergen? Hatte er nicht den Mahlströmen geboten, den zu verschlingen, der seine Zeichen missachtete? Hatte er nicht den Leviathan in dieses Meer gesetzt, um den zu strafen, der sich gegen ihn, den Herrn und Gott, zu erheben versuchte?

Doch hatte nicht der König berichtet, dass die Schiffe Heinrichs des Seefahrers Jahr für Jahr weiter und weiter in den Süden vorgestoßen waren, bis der hochberühmte Erzschenk Gil Eanes ans südlichste Ende der Erde, den *ultimus terrae terminus* am Kap Bojador gelangte? Und dass dieser Mann mit jenem unüberwindlichen Kap Bojador kühnen Sinnes gerungen hatte und weitergefahren war, ohne dass jemand gestorben wäre?

Und schließlich mit der Erde der neuen Ufer zu seinem Herrn zurückgekehrt war?

»Im Norden ist kein Land!«, schrie Schellendorp.

Doch Herr Swart blieb unbeirrt.

»Euer Vater starb, weil er, wie nun Ihr selbst, versessen war, es gäbe ein Paradies, wo nichts als Hölle ist! Beim Gerät Eurer Seele! Kehrt um!«

Mit einem schrecklichen Dröhnen, das die Luciferus so schwer erschütterte, dass keiner der Männer auf den Beinen bleiben konnte, schlug ein mächtiges Eis ein Leck in das Schiff, und rasch lief die Bilge voll Wasser.

Schellendorp schrie, dies sei die Faust Gottes gewesen, die auf das Schiff einhieb.

Lose Taue peitschten durch die Luft. Holz zerbarst.

Herr Swart wusste, wenn es ihnen nicht gelänge, das hereinbrechende Wasser zu bändigen, würden binnen dem Viertel einer Stunde die armen Menschen auf dem Schiff mit hochgereckten Armen wie Steine im Meer versinken; die Mehrzahl der Seefahrer konnte nicht einmal schwimmen – ein seltsamer Umstand, der vielleicht dem Meer das Vertrauen der Seefahrer beweisen sollte, so wie der Wachhund die Knochen dessen nicht zermalmt, der ihm lachend zum Spiele den Arm ins aufgerissene Maul steckt, aber den zerfetzt, der angsterfüllt davonläuft. Herr Schellendorp war von so großer Furcht gepackt, dass er, des drohenden Unterganges wegen von seinen Handfesseln befreit, auf den Mastkorb flüchtete, um ein wenig länger zu leben. Swart aber gebot einigen gefassteren Männern, das Großsegel abzulassen und rasch unter dem Schiffsrumpf hindurchzuziehen, während sich die Luciferus schon zur Seite neigte und unterzugehen drohte. Die ganze Mannschaft hatte sich bereits mit ihrem Ende abgefunden, und auch Herr Swart sah seinen Leib erst am Jüngsten Tage wieder vom Meere freigegeben. Doch durch das Segel wurde der Strom des hereinbrechenden Wassers gemildert, und der wackere Brettschneider konnte sich unter Deck mit vier Mann den einströmenden Fluten mit Planken entgegenwerfen. Brusthoch im eisigen Wasser stehend, hieb er sie mit Nägeln fest und dichtete sie später mit Pech und Werg ab. Auf Befehl des Kartenzeichners schöpfte die Mannschaft Wasser, bis alle entkräftet niedersanken und das Schiff zwar noch schief lag, doch immerhin gerettet war.

Swart steuerte weiter. Grad um Grad.

»Ihr stört die Kräfte der Hölle, Swart«, schrie Schellendorp vom Mastkorb herab, »wenn Ihr die von Gott gesetzten Grenzen übertretet, wenn Ihr zu verbotenen Orten vorzudringen versucht!«

Bei neunundsechzig Grad Nord, die der Kartenzeichner mit einem einfachen, zum Behelf geschnitzten Jakobsstabe maß, hieß er die Luciferus einfahren in jenen schrecklichen Euripos, in dem eine reißende Strömung das Meer aufrührt.

Die Wellen schleuderten Eise der doppelten Größe des Schiffes auf. Wenn sie durch die Gewalten der baumhohen Wogen zusammenstießen, donnerte es, als hätte der Jüngste Tag begonnen.

Schellendorp schrie: »Ihr verletzt verbotene Ozeane, Swart! Dies sind die Kräfte des Mahlstroms, die uns unrettbar erfassen und in die Tiefe ziehen! Kehrt um!«

Die kalte Luft machte seltsame Gesichte am Horizont, der Mond erschien riesenhaft am Himmel, in vielhundertfacher Größe, man konnte seine Erhebungen und Täler deutlich sehen, es gab ein Spiel der Lichter. Zwischen Himmel und Eis bewegten sich die unbeschreiblichsten Erscheinungen, zahllose Gestalten schienen ihre weißen Arme ineinander zu verschlingen, zu tanzen, zu wirbeln, und vielen war, als seien dies die toten Seelen, die im Jenseits wohnten, in dem schrecklichen Reich der Kälte und des Todes.

Swart war längst selbst große Furcht in die Glieder gefahren. Längst hatte auch er alle Hoffnung fahren lassen. Der tollkühne Trotz, mit dem er den launischen Winden begegnen wollte, die der Schöpfer ihn umtoben lassen würde, das furchtlose Auflachen, das er der tosenden Gischt entgegenschmettern wollte, die der Herr seine Ungeheuer gegen ihn aufrühren lassen würde, von diesem Mut war ihm zu dieser Stunde nichts geblieben.

»Das Paradies«, schrie Schellendorp, »hat Gott mit der Sintflut zerstört! Die Fortunaten, sie sind nicht im Norden! Dort ist das Reich der Toten!«

Doch unbeirrt steuerte der Zeichner in den Einlass. Man meinte, mit jeder Meile zu sehen, wie sich der Himmel verfinsterte.

»Dort, wo Ihr hinwollt, hat das Böse seine Heimstatt«, schrie Schellendorp. »Von dort bricht die Apokalypse über die Welt herein, wenn man die dort ruhenden Dämonen aus ihrem tausendjährigen Schlaf aufstört! Erinnert Euch der Worte des Alexander, Swart!«, so schrie er herab. »*O Erde, die du die Mutter von Drachen bist, Skorpionen deine Brust reichst, Schlangen Unterschlupf gewährst und Kloake der Dämonen bist. Mögen sie nie davon hören, dass aus dem Rest der Erde Honig fließt und sie in glanzvollem Überfluss blüht. Mögen sie nie ausschwärmen und das Antlitz der Erde bedecken, um alles, was sie finden, zu ergreifen und wie gewöhnliches Brot zu verschlingen. Welcher Jammer wartet auf die Welt, wenn all diese Kriechtiere und Bestien aus deinem Schoße hervorbrodeln, wenn die Zeit ist gekommen. Wehe denen, die auf ihr wohnen, wenn jene ihren triumphalen Marsch beginnen!*«

Der Himmel verfinsterte sich. Der Herr gebot seinen übelsten Winden, sich gegen die Luciferus zu heben, und dem Meer, sich gegen den Kartenzeichner zu empören. Das Eis donnerte wieder und wieder gegen den brüchigen Rumpf.

»Ihr müsst in die Hölle hinabsteigen, Swart, wenn Ihr Euren

Vater wiedersehen wollt! Macht Euren Frieden mit Euch selbst und mit den Geschicken, mit denen der Herr Euch bedacht!«

Stürzende Eisberge, glasgewordene Gebirge, brachen vor und hinter dem Schiff ins Meer und ließen durch ihre Urgewalten masthohe Fluten über das Schiff hereinbrechen, die mehrere Männer mit sich rissen.

Ein Seemann stürzte von den Rahen. Er war nicht ausgeglitten oder hatte den Halt verloren. Er hatte sich willentlich der Tiefe anempfohlen, da sie ihm ein besseres Los erschien, als weiter in die Finsternis zu fahren, die Herr Swart ihnen aufbürdete.

Mit wütender Gewalt gegen den Träumer geschickte Eise drohten das Schiff zu zerschmettern.

Mutige Männer, die zahllose Schlachten überstanden, die das Schlimmste gesehen hatten, was Menschenaugen sehen können, sie sanken vor Herrn Swart auf die Knie, sie weinten vor Angst und flehten, er möge umkehren.

Der Steuermann, selbst er, weigerte sich, weiterzusteuern. Er wolle sich nicht versündigen. Und so griff Herr Swart selbst nach dem Ruder und steuerte das Schiff mit eigener Hand ins Verderben.

»Euer Vater war ein Mann von der übelsten Sorte!«, schrie Schellendorp. »Ein Säufer und Hurenbock! Er hatte die letzten Jahre in Bergen verbracht, in der Gosse vor den Hurenkrügen! Gott hat ihm zur Strafe die Pest zwischen die Beine geschickt! Er hat Euch, seinen Sohn, im Stich gelassen, weil er zu besoffen war, um mehr als drei Schritte zu gehen!«

Herr Swart verspürte unnennbare Qualen durch das, was Schellendorp ihm sagte.

»Er hat mit seinen Leuten die Christen niedergehauen, er hat Jungfrauen, die beinahe noch Kinder waren, grob zu Frauen gemacht, mit vieren, fünfen von seinem Schlage!«

Das vom Sturm bewegte Eis kreischte und schrie wie die

zu ewiger Verdammnis Verurteilten in der Hölle, wie unter Schmerzen stöhnende Riesen.

Und dann wurde es still.

Die eisigen Stürme schwiegen.

Sie waren nun jenseits des Nordwindes.

Am Ende der Welt.

Das Meer war nicht mehr Meer.

Die Luft war nicht mehr Luft.

Sie waren eins.

Man sah die eigene Hand nicht vor Augen.

Zwischen den Eisschollen wälzte sich eine zähe Masse, die rasch gefror. Das Klebermeer.

Das Schiff stand still.

Das Meer war erstarrt.

Sie waren gefangen, eingefroren im Meer der Finsternis.

Das Kreischen des Eises wurde leiser, Stunde um Stunde.

Die Männer standen wie erstarrt und wagten kaum zu atmen, bis nur noch ein leises Glimmen zu hören war, das in der Nacht gänzlich erstarb. Wenn man die Augen schloss, dann mochte man meinen, man sei umgeben von glühender Kohle. Totenbleich, mit fiebrigen Augen, trat der Kartenzeichner vor Johann von Schellendorp, der vom Mastkorb herabgestiegen war.

Nun, am Ende der Welt, an dem keine Paradiese warteten, wo es nichts gab als Eis und Tod, nun, als die Zeit stehen blieb und das Blut im Haupt des Nicolaus Claussøn Swart rauschte wie ein tosendes Meer, da war er gewiss, dass Schellendorp nie als Wegweiser hatte mitfahren wollen. Er hatte nie gewusst, wohin sein Vater hatte fahren wollen. Er, der im Keller zu Kopenhagen dem Tod durch Erichs Henker entgegengedämmerte, er, der um das Sehnen des Verlassenen wusste, hatte Swarts Hoffnungen genährt, damit der Verzweifelte seine Fahrt ins Werk setzen und ihm den Strang ersparen würde. Und Swart hatte wahrhaftig geglaubt, der Verurteilte könne ihm helfen, Nebelheim zu finden. Swart war nicht das Haupt einer Entdeckungsfahrt gewesen, sondern nichts als ein Werkzeug von Schellendorps List, der Getäuschte eines Handstreiches, einer erbärmlichen Schurkenposse.

»Ihr wolltet nie nach Nebelheim fahren«, sagte der Kartenzeichner.

»Wir sind in Nebelheim, Swart«, sagte Schellendorp.

Hatte er recht? Wenn Nebelheim das Jenseits war, dann war sein Vater vielleicht wirklich zu diesem Ort aufgebrochen: in den Tod? Und mit ihm vielleicht die Siedler, die von Grönland spurlos verschwunden waren?

War auch er nun tot? Waren sie alle nun gestorben?

»Wart Ihr es, Schellendorp, der zu Grönland gemordet hat?«, fragte Nicolaus Swart in die Stille. »Wart Ihr es, der getan hat, wessen man meinen Vater zeihte?«

»Ihr sprecht im Fieber, Swart«, sagte Schellendorp, der erstmals den Blick dieses Mannes fürchtete, der nun vor ihm stand.

Nicolaus Swart schien in dieser Stunde gewiss, dass Schellendorp geplündert und gemordet und seinen Vater womöglich übermeistert hatte wie ihn selbst. Schellendorp trug die Schuld, so glaubte er, dass sein Haus in Flammen gegangen, dass ihm seine Welt und seine Liebe verbrannt waren.

»Fahrt zur Hölle, Schellendorp«, sprach der Kartenzeichner Swart mit tränengefüllten Augen.

XI. Kapitel

der wundersamen Meerfahrt,

in dem beschrieben steht,
wie die Welt in Flammen ging.

Er pflegte mit seinem Vater über seinem Geburtshaus Fische zu fangen. Sie machten sich einen Spaß daraus, von ihrer Barke aus an einen Faden gebundene Fischköpfe den Schlot hinunterzulassen und in der Feuerstelle Taschenkrebse zu fangen. Mancher Fisch schwamm durch das offene venezianische Butzenfenster seines Kinderzimmers, bevor er an seinem Haken zappelte. In seinem Ofen wohnte ein alter Aal, verliebte Zitterrochen glitten über den Boden der Stube, im Studierzimmer seines Vaters schwebten Briefe aus der Ferne, Globen und Miniaturen von Segelschiffen, mit denen jener die Welt bereiste. Im Garten wuchsen Schlingalgenwälder.

Nicolaus Swart war fünf Meter unter der Meeresoberfläche geboren worden und hatte dort seine frühe Kindheit verbracht; in einer Senke, die vor Generationen durch Deiche und Windmühlen dem Meer abgerungen worden war, bis der Ozean sich zurückholte, was ihm gehörte. Die Große Mandränke des Jahres 1408 hatte, als er fünf Jahre zählte, seine Geburtsstadt, die an der Grenze zum Königreich Dänemark lag, überschwemmt.

Als das Meer über seine Heimat kam, habe die Dorfbevölkerung in Erwartung ihrer Errettung vor den Fluten auf den höchsten Hausdächern gelebt, so erzählte sein Vater ihm später von der aus seiner Erinnerung gelöschten Zeit. Die angeseheneren Kaufmänner hätten im Glockenturm der Kirche oder im Speicher des Zeughauses ausgeharrt. Am bequemsten hätten es aber die Zuchthäusler im Schuldturm gehabt, der ihnen jedoch rasch von den ersten Familien der Stadt streitig gemacht worden sei. Nur wenige hätten ein Boot besessen, mit dem sie ihren Freunden auf ihren Dächern einen Besuch abstatten oder Tauschgeschäfte erledigen konnten. Selbst der Graf von Holstein habe mit seiner prächtigen Holk am Langhaus des Münsters, das ihm als Reede diente, angelegt und sei auf eigens heraufgetauchten, getrockneten, aber bereits muschelbewachsenen roten Teppichen auf dem Dach des Langhauses zu den Türmen geschritten, bejubelt von allerlei schwimmendem Volk, wo er im Glockenhaus köstlich gespeist habe, während die Bevölkerung sein Schiff bestieg, um nach der Beendigung des Mahles zum Ufer zu segeln.

Wiederholt sei sein Vater in das Haus hinabgetaucht, um Habseligkeiten zu retten. Er habe seine Fähigkeit, unter Wasser zu bleiben, auf erstaunliche Weise geübt. Einmal habe er sogar mit hinter dem Kopf verschränkten Armen und übereinandergeschlagenen Beinen auf dem Himmelbett in der Schlafkammer gelegen, um sich eine halbe Minute auszuruhen, und dabei ein Lied gepfiffen. Einer seiner Globen sei vorbeigeschwebt, umschwärmt von kleinen silbrigen Fischen. Er habe sich sehr wohlgefühlt, und sie malten sich aus, ein Leben als Wassermänner zu führen. Schließlich habe sein Vater nicht mehr hinabtauchen können, weil ein stattlicher, nicht gerade leutseliger Kraken mit seiner Familie in ihr Haus eingezogen sei. Die kleinen Kraken hätten sein Kinderzimmer bezogen, dort herumgetollt und mit seinen Globen gespielt. Vater Kraken habe sich als Bleibe den Schlafzimmerschrank ausgesucht, Mutter Kraken aber mit dem Geschirrschrank der Küche vorliebnehmen müssen. Das Speisezimmer sei als solches belassen worden, nur seien an die Stelle der Stühle seine Stehgloben gerückt, an denen man sich als Kraken bei Tische bequemer festsaugen könne.

Nicolaus Swart war kein fest im Erdreich verwurzelter Baum. Seine Biographie hatte über die Jahre Luftwurzeln geschlagen, und er glaubte bis zum Beginn seiner Reise auf den Meeren, diese Zeit seiner Kindheit in schöner Erinnerung gehabt zu haben. Doch es waren nur die Erzählungen seines Vaters, die über die Jahre für ihn zur Wirklichkeit geworden waren. Jener nahm mit seiner Phantasie dem Geschehenen jeglichen Schrecken und kleidete für seinen Sohn das Grauen in den Mantel des Schönen. Schicht für Schicht wurden Nicolaus Swarts eigene Erlebnisse überlagert von diesen Phantasien, welche die Erinnerung erträglicher machten. Doch ein Schatten blieb auf seinem Gemüt, ohne dass er wusste, was ihn warf.

Nach und nach kannte er seine Kindheit nur noch vom Hörensagen, seine Herkunft hatte keinen Ort mehr, keine Straßen. Wenn er gefragt wurde, wo er herkomme, wies er aufs Meer hinaus. Dort hatte er seine Augen geöffnet, sich an das Licht gewöhnt, dem Taumel der ersten Gehversuche zu entkommen versucht, seine ersten Melodien gesummt. Wann immer er mit seinem Vater aufs Meer ruderte, überkam ihn die Sehnsucht, hinabzutauchen in die Straßen seiner Kindheit, in seine Vergangenheit, im Keller das Spielzeug von Generationen zu durchsuchen, seinen Leiterwagen mit den liebsten Dingen zu beladen und mit geschnürtem Ranzen auszuziehen und ein neues Leben zu beginnen.

Dann zog er mit seinem Vater nach Visby und lebte im Kloster der Franziskaner, wenn der Vater auf Reisen war. Wenn er ihn sah und mit ihm für eine Weile in dem geliebten schmalen Haus mit den schönen Spitzgiebeln in der Speckschneiderstraße wohnte, dann wusste er, dass die Zeit des Abschieds nicht mehr fern war und er ihn schon bald wieder zur Reede begleiten würde. Er fieberte dem Tag entgegen, an dem er als Leichtmatrose die erste gemeinsame Fahrt zu neuen Ufern würde mitmachen können, im Mastkorb stehend, erhaben über allem, unantastbar, die Menschen auf dem Schiff und die stummen Winker auf der Reede mit ihren tanzenden Tüchern unter sich wie kleine Ameisen.

Wenn sein Vater auf Reisen ging, erinnerte er sich kaum mehr an ihn, so lange dauerte es, bis er wiederkehrte. Sein halbes Leben musste er immer warten, bis der Vater zurückkam, ein Fremder aus der Fremde. Das Schlimmste war das Vergessen. Es gab Momente, da verblasste sein Gesicht, verblasste seine Gestalt, wurde seine Stimme fern, da konnte er sich nicht mehr an das Gefühl erinnern, wie warm seine großen Hände waren, die mit sicherem Griff seine Fesseln umfassten, wenn er seinen Sohn von einem Berggrat zu Tale trug, unverwundbar wie ein Elefant und groß, und Nicolaus seinem hier- und dorthin weisenden Zeigefinger nachsah. Er wollte seinen Vater in diesen Stunden mit Blicken festhalten, bis er ihn wiedersah, nach Jahren, sich alles genau einprägen, das Geäste seiner Adern, die seine Hände und Arme umrankten wie Efeu, jeden Flusslauf, jeden Grat, sein lautes Lachen, das eher herzhaftes Brüllen war und ihm über die Jahre Falten ins Gesicht zog, die ausladenden Handbewegungen bei den Erklärungen, sein häufiges Hinausweisen auf den Horizont, das Erklären von Dingen, welche die Erde hinter ihrer Krümmung verbarg oder die im Nebel lagen oder nicht einmal dank der blühendsten Vorstellungskraft Form bekommen konnten, da sie unvorstellbar waren. Seinem Vater war alles unvorstellbar. Unvorstellbar groß, unvorstellbar weit, unvorstellbar glücklich, schön, fern, alles war unvorstellbar unvorstellbar. Er griff beim Erklären in die Luft hinein, als wollte er etwas zu fassen kriegen, als reichten Worte nicht, als wollte er etwas sagen, wofür keine Worte erfunden worden waren. All das wollte Nicolaus festhalten wie die Tiere, von denen ihm sein

Vater erzählt hatte, die auf Vorrat trinken und dann mehrere Wochen durch Wüsten gehen konnten, ohne in der Einsamkeit elend zu verderben.

»Ich will mit Euch fahren«, sagte er unter verzweifelten Tränen.

Der Vater schwieg.

»Wann werdet Ihr wiederkehren?«

Der Vater sah nur traurig aus dem Fenster in die wippenden Äste eines Baumes, der von gefrorenem Raureif überzogen war. Er antwortete nicht.

Da wurde Nicolaus bewusst, dass sein Vater sterblich war.

»Ich werde dich eine Kunst lehren«, sagte er nach einer Ewigkeit mit trüber Stimme zu seinem Sohn, »mit deren Magie du immer dort sein kannst, wo ich bin.«

Er nahm Nicolaus an die Hand und führte ihn hinaus in den Schnee. In der weiten, flachen Landschaft vor der Stadt ragte der Mann steil auf, mit seinem breiten Rücken, seinem ausladenden Umhang, den schweren Stiefeln, dem großen Hut. Diesem mächtigen Riesen konnte unmöglich etwas widerfahren auf seiner ungewissen Reise. Nicolaus sprang hinter seinem Vater her, von Fußtritt zu Fußtritt, deren Abstände für ihn noch viel zu groß waren. Der Vater brach am Stadtrand von einem Dornrosenbusch einige Zweige. Zu Hause kochten sie die geschälten Rinden in Wasser ab, mit in den Flammen verlorenen Blicken, dampften die Brühe ein, bis der Vater die zähe Masse auf einem Tuch über dem Feuer zu einem Pulver trocknete. Dann nahm er Nicolaus an die Hand und führte ihn in den Gänsestall hinter dem Haus. »Nimm eine Feder aus dem linken Flügel«, sagte er, riss einer schimpfenden Gans einige Federn aus und spießte sie im Haus in heißen Sand, den er in einen Topf über dem Feuer gefüllt hatte. »Das härtet den Kiel.«

Der Vater führte Nicolaus in sein Studierzimmer, das zu betreten dem Knaben stets verboten war, dessen Wände aus alten Folianten und Regalen mit Schriftrollen bestanden und das eine große, aus prachtvoll gedrechseltem Holz gefertigte Schreibestrade hatte. Dort stand das große Schreibpult des Vaters wie ein Altar. Er löste mit rotem Wein etwas von dem Dornrosenpulver in einem Horn, nahm eine der Gänsefedern und spitzte das Ende mit einem Messer. »Wenn du keine Dornrosen hast, nimmst du Ruß, Ochsengalle, das Weiße vom Ei und etwas Wasser«, sagte er und holte ein großes, prächtiges Kalbspergament hervor, das er vor seinem Sohn sorgsam ausbreitete.

»Was ich dich nun lehre, ist eine Kunst mit großer Macht«, sagte der Vater mit feierlicher, eindringlicher Stimme. »Es ist die Kunst des Simulacrums, des Abbildes.«

Er strich ehrfürchtig über das noch unberührte Blatt, das dem Sohn dereinst neue Welten gebären würde, neue Himmel und neue Höllen.

»Du musst dir vorstellen, dich wie ein Vogel in die Lüfte aufzuschwingen, wie der hochfliegende weiße Falke, bis über die Wolken. Die Menschen werden seinem fernen Auge zu Ameisen, Flussläufe zu Adern, Schluchten zu Runzeln. Die Welt wird klein wie ein Apfel, den der Schöpfer vor dem abschätzenden Blick in der Hand hält, deshalb nennt man die Welt auch Erdapfel. Und auch deshalb, weil man in beides hineinbeißen kann«, ergänzte er lächelnd.

IMAGO MUNDI, schrieb sein Vater in kunstvollen Lettern auf das leere Papier. Er kratzte mit seiner Feder einen großen Kreis auf das Pergament und einen zweiten, etwas kleineren Kreis in den großen.

»Das ist der schreckliche Oceanos, der die drei Erdteile umgürtet und ihre Ufer bespült.«

Er fügte ein breites T in den Kreis.

»Das sind die Wasser, welche die drei Erdteile voneinander scheiden.«

So zeichnete der Vater Strich um Strich in die Karte, und

Nicolaus sah gebannt, wie der schwarze Saft der Dornen sich über das Pergament zog und vor seinen Augen Meere entstanden und Ströme die Erde durchzogen wie Adern die Hand seines Vaters. Dort, wo Leere herrschte, entstand durch wenige Linien der gesamte Erdkreis in einer Schönheit, die nur die Geschichten seines Vaters ihm zu geben wussten.

»Und wenn ich auf meiner Reise in die Ferne eine neue Insel finde, so zeichne ich sie auf und bringe sie dir mit«, sagte der Vater und verlor sich mit seinem Schiff im Dunst des Horizonts.

Nicolaus Swart fand in seiner Jahre währenden Verlassenheit Trost bei seiner Karte und stellte sich vor, wo sein Vater gerade fahren mochte, wo sein Bug tosende Wogen durchschnitt, in welcher milden Bucht er gerade ankerte, wo er gerade neue Inseln und Wundervölker entdeckte.

Nach Ewigkeiten tauchte der Vater aus der Ferne auf wie ein Geist und verschwand wieder, und Nicolaus war später nicht mehr gewiss, was Erinnerung war und was Traum.

Sein Vater erzählte ihm von den Ländern, die er bereist hatte, von den vielen Wüsten von Arabia, was so viel hieß wie *das Heilige*, weil das Land Weihrauch trage und Wohlgerüche hervorbringe. Er berichtete Nicolaus von der Schönheit des Tales Elim auf dem Weg zum Berge Sinai, inmitten einer schrecklichen Wüste gelegen, in die Gott in später Milde zwölf Brunnen mit zweiundsiebzig Palmen hineinbefohlen habe, die fette Datteln trügen und den verdurstenden Wanderer labten. Er zog aus seinem Wams eine Dattel hervor, getrocknet zwar, verschrumpelt – vielleicht war es auch nur eine in die Jahre gekommene Trockenpflaume –, doch Nicolaus war sie eine fleischige Dattel, die süß schmeckte und fruchtig und nach Wüste roch.

Und er erzählte ihm von seinen Fahrten ins ewige Eis, wo er auf der Suche nach den Inseln der Glücklichen einem Volk begegnete, das so wunderlich war, dass er es schon für das Volk der Hyperboreer hielt. Sie mäßen kaum mehr als zwei Ellen. Was jedermann wogende Haferfelder und pralle Beerensträucher bedeuteten, sei ihnen das kahle Eis, in das sie Löcher schlügen, aus denen sie Meerkatzen zögen, deren Fleisch sie roh verzehrten. Konnten sie keine Löcher ins Eis schlagen, bedeute dies ihren Tod. Würde man einen der Schmächtigen auf eine sonnige Wiese mit Obstbäumen stoßen, deren Äste sich vor Früchten bögen, er stürbe augenblicks. Es wäre geradewegs so, als stieße man unsereinen nackend ins malmende Eis, denn sie lebten ausschließlich auf dem überfrorenen Meer. Im Sommer schifften sie zu mehreren bestürzten Blickes auf großen Schollen Eises durch das Meer und flehten, dass diese fürchterliche Jahreszeit enden und sie aus der grausamen Pein des Sommers und des Lichtes durch klirrende Kälte und Finsternis mögen errettet werden. Sie bauten auf dem bloßen Eise ihre Häuser, selbst Wirtsstuben und Herbergen! Und im Sommer komme es nicht selten vor, dass ein Wirtshaus mit einer Scholle Eises losbreche und mitsamt den Gästen umherschiffe. Einmal sei gar eine Wirtsstube der Schmächtigen mit einer gesamten Hochzeitsgesellschaft auf einer Eisscholle in Spanien angelandet! In Spanien!

Das waren die glücklichen Zeiten. Nächtelang erzählte der Vater von den Wundern der Erde und von fernen Ländern, an der Bettstatt seines Sohnes sitzend, und wärmte Nicolaus' Füße mit seinen riesigen glühenden Fäusten.

Auf einem fischfleckigen Pergament entfaltete der Vater vor den glänzenden Augen seines Sohnes das ferne Land der Himantopoden. Diese Einfüßler müssten sich je paarweise zusammenfinden, wenn sie sich fortzubewegen beabsichtigten, weshalb die meisten darob – und das hatte sein Vater persönlich gesehen – in so fürchterlichen Streit gerieten, dass sie kaum von der Stelle kämen. Die schnellsten Läufer seien in diesem Volke daher nicht die Kräftigsten, sondern die Fried- und Gemeinschaftsliebendsten, die langsamsten aber seien die Selbstsüchtigen.

Draußen zerfraß die Pest das Land und raffte die Menschen

dahin wie der Tag die Fliegen. Gott, den sein Vater nur mehr *der Betagte* nannte, riss im Zorn ganze Städte aus dem Erdreich und warf sie fort.

Der Vater aber kehrte wohlbehalten wieder von seinen Reisen zu fernen Ufern. Er schenkte seinem Sohn neue Inseln, neue Meere, neue Flüsse, neue Völker und Ungeheuer, die Nicolaus immer prachtvoller in seinen Karten verzeichnete.

Der Vater hatte im Land der Lichthungrigen geweilt, die nur vom Lichte selbst lebten, und schenkte Nicolaus einen Wasserschlauch, mit dem er von ihrem kostbaren Licht etwas eingefangen hatte, den man nie öffnen durfte, sonst wäre der flüchtige Schein für immer verloren.

Einmal brachte er dem Sohn gar eine Phiole mit der kostbaren Luft eines Landes, in dem ein Volk lebte, das den Duft der Äpfel trank und sofort starb, wenn es etwas Übelriechendes roch. Er berichtete von einem Volk, das auf der Insel Thana im fernen Indischen Ozean lebte und einen seltsamen Glauben hatte: Viele beteten das Feuer an, andere Funken und manche einfach das Erste, was ihnen am Morgen begegnete.

Doch dann vergingen die Jahre. Und Nicolaus' Vater kehrte nicht wieder.

Was den Knaben in seiner Trauer und Einsamkeit am Leben hielt in diesen Zeiten, war die große Bibliothek des Klosters. Er verbrachte oft die Zeit zwischen Nachtsang und Matutinum auf der schweren Leiter, die ihn hinauf zum Dachgestühl der Bibliothek führte, in die fernsten Regionen des Wissens, und unter dem Tanz des Staubes erweckte er seit Menschenaltern ungeöffnete Folianten aus ihrem tiefen Schlaf. Wenn er die Geschichten las, im flackernden Licht der Talgkerze, dann lieh die Stimme seines Vaters den toten Lettern seinen Atem. Er war es, der ihm die Geschichten aus der Ferne las und die Worte der Bücher Fleisch werden ließ, und so fühlte sich der Knabe weniger verlassen.

Nicolaus reiste in Gedanken. Die Karten wurden ihm Welt, die Bücher wurden ihm sein Vater. Der Wunsch nach der Fahrt zu Schiff verblasste irgendwann, nicht aber der Wunsch nach der Entdeckung neuer Länder.

Er sammelte in der Abgeschiedenheit wie ein Besessener die Erzählungen von Reisenden, versetzte sich an Orte, auf die er selbst nie seinen Fuß gesetzt hatte, enträtselte Logbücher, legte in der Bibliothek jahrhundertealtes Wissen frei, unter dem Staub des Vergessens von Generationen, und förderte eine versunkene Schöpfung zutage. Stück für Stück setzte er aus den Scherben, die er ausgrub, eine Welt zusammen: *Imago Mundi*, die Welt seines Vaters.

Seine Hand zitterte, wenn er eine neue Insel aufs Papier warf, so wie sein Vater vom Fieber ergriffen wurde, wenn er vom Mastkorb ein neues Land sich aus dem Nebel heben sah. Der Moment, in dem sich nach Jahren des Tastens und Forschens die Linien schlossen, schien ihm zu dieser Zeit wie eine Geburt. Die Entbindung eines neuen Ortes, unberührt, jungfräulich, aus dem Reich der Vermutung und Vorstellung hinein in die betretbare Wirklichkeit.

Ihm war nicht bewusst, dass das, was er entwarf, nur seine Welt war, seine Wirklichkeit.

Nach seinen Klosterjahren zog er in das alte Haus des Vaters und saß in dem einsamen Gewölbe des Studierzimmers über seine Karten gebeugt an dem mächtigen Zeichentisch auf der Holzestrade. Die Karte der Welt, die er nach einem Jahrzehnt vollendete, war bereits die Krönung seiner Kunst, obwohl er doch erst dreiundzwanzig Jahre zählte. Sie war auf fein gelaugtem Vellum aus der Haut des ungeborenen Kalbes gefertigt. Die prachtvolle Windrose war mit Plattgold besetzt, die Viertelwinde mit roter Erde der Terra di Pozzuoli illuminiert, die Achtelwinde mit Indigo, das mit Karawanen aus dem fernen

Indien gekommen war, und die Mäntel der Könige, die über ihren Reichen thronten, erstrahlten in Königspurpur aus den Muscheln des Atlantiks, das mit der zweihundertfachen Menge Goldes aufgewogen wurde. Seine Karte zeigte die Seidenstraße nach Cathay, die Salzstraße durch die Wüsten Afrikas und die siebentausendfünfhundert Inseln im Indischen Ozean, wo die wohlriechendsten Gewürze wuchsen.

Diese Karte war nicht dazu da, einen Weg zu finden, sie war mehr. Sie war Weltschau. Sie umfasste das gesamte Wissen ihrer Zeit, von der Schöpfungsgeschichte bis zum heutigen Tag. Keine Karte hatte je so lebendig die bewohnbare Welt gezeichnet und ihre Ränder so reich mit Wundertieren, Ungeheuern und seltsamen Völkern besetzt. Sie kannte selbst das Ende der Ozeane. *Wisse, der du von hohem Bug dich erkühnst mit streitbarem Blick in unerlaubtes Dunkel vorzudringen,* so warnten die Worte des Zeichners, *der du mit deinem Ruder fremde Meere verletzest: Hier ist das Ende der Dinge. Wer hier weiterfährt, ist ohne Wiederkehr. Hier flieht selbst der Tag, und den verlassenen Erdkreis schließt die Natur an ihrem Ende ein in ewige Finsternis.*

Am prächtigsten aber war der Leviathan, der den in die Tiefe riss, der des Allmächtigen Grenzen missachtete und dorthin vorstieß, wo manche das irdische Paradies vermuteten, andere aber das Tor zur Hölle. *Kann man ihn fangen Auge in Auge und ihm einen Strick durch seine Nase ziehen?*, so fragten die kunstvoll kalligraphierten Zeilen einer prächtigen Vignette. *Kannst du ihm ein Binsenseil an die Nase legen und mit einem Haken ihm die Backen durchbohren? Kannst du mit ihm spielen wie mit einem Vogel oder ihn für deine Mädchen anbinden? Kannst du mit Spießen spicken seine Haut und mit Fischerhaken seinen Kopf? Siehe, o Mensch, jede Hoffnung wird an ihm zuschanden! Denn wer als der allmächtige Gott kann ihm den Panzer ausziehen, und wer darf es wagen, ihm zwischen die Zähne zu greifen? Seine Augen sind wie die Wimpern der Morgenröte. Aus seinem Rachen fahren Fackeln, aus seinen Nüstern stiebt*

Rauch wie von einem siedenden Kessel und Binsenfeuer. Sein Odem ist wie lichte Lohe, auf seinem Nacken wohnt die Stärke, und vor ihm her tanzt die Angst. Sein Herz ist so hart wie der untere Mühlstein. Wenn er sich erhebt, so entsetzen sich die Starken. Die Schleudersteine sind ihm wie Spreu, die Speere achtet er wie einen Strohhalm. Er macht, dass die Tiefe brodelt wie ein Topf, und rührt das Meer um, wie man Salbe mischt. Er lässt hinter sich eine leuchtende Bahn; man denkt, die Flut sei Silberhaar. Auf Erden ist nicht seinesgleichen; er ist ein Geschöpf ohne Furcht. Er sieht allem ins Auge, was hoch ist; er ist König über alle stolzen Tiere.

»Es gibt wohl kaum eine schönere Kunst, die Schöpfung Gottes zu feiern, außer dem Gesang vielleicht«, sagte Asta, die seine prächtige Karte bewunderte – seine schöne Braut, der er sich in wenigen Tagen anvermählen würde und die ihn nun, da er sein Werk abschloss, aus seiner fernen Welt zurückzurufen hoffte in die ihre. »Doch diese Karte kommt dem Lied sehr nahe.« In diesem Werk konnte man sich Tage verlieren und entdeckte immer wieder etwas Neues, von dem man sicher war, es sei vorher nicht da gewesen. »Ich bitte dich um eine letzte Ergänzung«, sagte sie dann. »Bitte zeichne eine Schnur, an der die Welt aufgehängt ist oder setze sie auf ein Fundament. Lass sie nicht stürzen, Lieber. Lass die Welt nicht stürzen.« Sie umfing Nicolaus Swart mit ihren Armen, der in dieser Stunde meinte, er könne das Glück auf Erden wiederfinden.

Im vagen Schein seiner Kerze zeichnete er Gott auf seine Karte, der mit seinen Händen den Erdball hält, und eine Vignette mit den Worten: *Fürchtet euch nicht, so spricht der Herr, auch wenn ich die Erde an nichts aufgehängt habe.*

Vor dem Haus des Kartenzeichners Swart hob noch vor der ersten Stunde das Geschrei von Stimmen an, und mit einem lauten Klirren flog ein Stein durch das Butzenfenster der Schlafstube. Nicolaus Swart sprang von seiner Bettstatt auf, die von der

Liebe der Nacht zerwühlt worden war, lief die Treppe hinunter ins Erdgeschoss, um zu sehen, wer das getan hatte, und riss die Türe auf. Vor dem Haus hatte sich eine Menge versammelt. Seine junge Braut kleidete sich hastig an. Etwa zwei Dutzend Männer umzingelten einen Hund, der eben noch gedacht hatte, man wolle mit ihm spielen, und dem sie den Namen Claus gegeben hatten. Sie traten ihn und schlugen ihn mit Prügeln. »Claus, du Hurensohn, Claus, du Strauchdieb!«, schrien sie nach dem Hund.

»Was geschieht hier?«, rief Asta, die nun flüchtig angekleidet die Treppe herunterstürzte.

Zwei Männer drangen in das Haus ein und fanden schnell, was sie suchten: Sie rissen ein Bildnis von Swarts Vater von der Wand und nahmen es mit sich.

»Verschwindet!«, schrie Asta und hieb mit bloßen Fäusten auf die Eindringlinge ein.

Das Licht draußen schmerzte die Augen des Kartenzeichners. Wochen hatte er das Haus nicht mehr verlassen. Wochen war er nicht mehr unter Menschen gewesen. Die Welt war grell.

Die Männer traten den winselnden Köter die Sankt-Drottens-Straße entlang. »Warum?«, schrie Swart, der nicht wusste, was all das bedeutete, und hilflos der Meute folgte.

»Claus, du Hurenbock! Du Strauchdieb!«, schrien und spien sie nach dem Tier.

Wieso nennen sie den Hund beim Namen meines Vaters?, dachte Nicolaus Swart. »Was ist mit meinem Vater?«, schrie er und packte einen der Männer am Hals. »Wo ist mein Vater?«

Ein Mann band dem Hund, der sich nun einfach hinlegte, einen Strick um den Hals und schleifte das röchelnde Tier zum Marktplatz, wo bereits eine Menschenmenge wartete. »Claus, du Hundsfott!«, schrien sie.

»Bleib hier«, flehte Asta, die ahnte, dass noch Schlimmeres kommen würde, und mühte sich, ihn zu halten. »Ich bitte dich!«

Doch Swart folgte den rasenden Männern. Man stellte das Bildnis seines Vaters am Marktplatz auf den Schandpfahl, wo man sonst Viehdiebe verhöhnte. Dort, wo man das Mauerwerk noch sah, zeichnete sich innerhalb der geschmiedeten Hand- und Fußfesseln, umsäumt von einem Flor der Erniedrigung – einem Firnis aus getrocknetem Speichel, Kot und Urin –, die vage Gestalt eines Mannes ab wie ein inverser Schatten. Dorthin stellte man das Bildnis.

»Komm fort von hier!«, rief Asta.

Zahnlose Münder spien ihren Seim in das Gesicht seines geliebten Vaters. Außer sich kämpfte sich Nicolaus Swart durch die dichten Reihen hindurch, die das Schauspiel umstanden, und wollte das Bildnis seines lieben Vaters vom Pranger herunterreißen. Jemand schlug ihm seine Faust ins Gesicht. Nicolaus brach nicht zusammen, da zwei Männer ihn festhielten, damit er alles sehe. Das Schlimmste für ihn war, dass sein Vater nicht einmal schreien konnte, dass er sich nicht wehren konnte, dass er seine Augen nicht schließen konnte, dass er völlig unbewegt alles über sich ergehen lassen musste.

Asta stand ohne Tränen weitab und sah das tollwütige Treiben der Menschen, als gehörte sie nicht zu dieser Welt. Und dann ging sie fort, nur noch fort. Weg, weit weg.

Die Männer schütteten dem Hund kaltes Wasser über den Kopf, da er unter den Tritten besinnungslos geworden war und man ihn weiterquälen wollte. »Claus, du Dieb! Du Hurenbock!«

»Was ist mit meinem Vater?«, schrie Swart.

»Claus, du Hund!«, rief einer und trat dem armen Tier in den Leib, dass es Blut erbrach. »Wenn du unschuldig bist, wird Gott dir helfen!«

»Ich werde beim König eine Appellation einreichen!«, schrie

der Kartograph. Hilfe suchend sah er zum Fenster des Rathauses auf, in der Hoffnung, dort möge jemand sein, der das Unrecht beenden könnte. Im dunklen Fenster des Ratssaales glaubte er die Gestalt des Königs ausmachen zu können. Starr. Unbewegt.

»Erbarmen!«, schrie Nicolaus Swart zum Fenster.

Die Gestalt zog sich ins Dunkel zurück.

»Erbarmen!«

Ein Mann kramte unter dem Johlen der Menge sein stockiges Geschlecht hervor und ließ seinen dampfenden Harn auf das Bildnis und den sich hilflos windenden Hund ab. Zwei Männer warfen das freie Ende des Strickes, den sie dem Hund um den Hals gelegt hatten, über den Galgen neben dem Pranger. Swart hatte keine Tränen mehr. Wie betäubt nahm er wahr, was geschah, wie ein Träumer, der merkt, dass er im Schlaf liegt, und sich müht, zu erwachen, damit alles vorbei ist. Doch er erwachte nicht. Die Männer zerrten den spät getauften Hund an des Vaters statt am Strick in die Luft. Ein fast erleichtertes, langsames, langes Schnaufen kam aus dem wie zum Gähnen geöffneten Rachen. Das Tier zappelte kurz. Klatschend fiel der Kot auf die Erde, und wie von einer Brunnenfigur plätscherte endlos ein Urinstrahl in Richtung der johlenden Menge.

Ein Mann nahm das geschändete Bild des Vaters, warf es auf einen neben dem Galgen aufgeschichteten Holzstoß und schnippte einen brennenden Kienspan auf den Scheiterhaufen. Sofort lohte durch das trockene Reisig eine Flamme empor. Swart schrie den Schrei seines Vaters.

Von dem Bild des Vaters blieb nur Asche, die schwerelos in den blauen Himmel stieg.

Zeitlos taumelte der Kartenzeichner nach Minuten oder Stunden zurück in sein Haus. Man trug Dinge davon, die noch Wert hatten. Man plünderte. Man warf eine Fackel in die Stube. Schnell schlugen aus den Fenstern dröhnende Flammen und rissen zahllose Inseln und neue Welten in die Luft. Der Rauch der Erinnerungen an seinen Vater zog über die Dächer, wurde vom Wind verweht, lodernde Feuerzungen rissen seine Vergangenheit in den Himmel. Die Welt seines Vaters verbrannte, die Erinnerung an ihn stand in Flammen.

Ein verlöschender Brandfetzen mit den verzitterten Linien einer Insel auf einem fischfleckigen Papier tanzte vor dem zusammengesunkenen Kartenzeichner Swart zu Boden.

Insula Hyperborea, genannt Nebelheim, war das Eiland inmitten des Meeres der Finsternis überschrieben. *Hier, jenseits des Nordwindes, wohnt ein glückliches Volk, das keinen Kummer kennt.*

XII. Kapitel
der wundersamen Meerfahrt,

in dem Swart richtet.

Es ging so schnell, dass Schellendorp im ersten Augenblick nicht wusste, was geschehen war. Viele Fuß weit schoss das Blut mit einem pulsierenden Strahl aus der klaffenden Wunde in Schellendorps Hals über die Reling und befleckte das jungfräuliche Eis. Noch im Stehen brachen seine Augen.

»Im Namen Erichs XIII., von Gottes Gnaden König der Dänen, Schweden, Goten und Wenden und Herzog von Stolp«, sagte der Kartenzeichner leise, über und über mit Blut bespritzt und doch ohne Regung, »und im Namen des Schmerzes des Knaben, der ich einst war: Da Ihr Euren Eid gegen die Krone und uns gebrochen habt, seid Ihr des Todes.«

Und doch fand der Kartenzeichner keine Ruhe.

XIII. Kapitel

der wundersamen Meerfahrt,

in dem der Kartenzeichner Swart
gefragt wird, wo das irdische Paradies sei.

Schweigen legte sich über das Schiff. Für Augenblicke oder Tage. Die Männer meinten von Ferne ein Kind schreien zu hören, von draußen, vom Eise her. Einer ging hinaus und kehrte nicht zurück. Bischof Bartholomeo betete verzweifelt für das Seelengerät der dem Tode Versprochenen.

Das Schiff, das eben noch von Wellen berannt und von Gischt bespritzt worden war, es sah nun aus, als wäre es aus Kristall gefertigt. Die Taue, die Segel, das Deck – alles war mit Eis überzogen und wirkte zerbrechlich wie Glas. Versiegelt für die Ewigkeit.

Das Schreien vom Eise her verstummte.

Kalt umkreiste die Sonne das verendende Schiff im Zwielicht der letzten Dämmerung.

Der Wind sang auf den Rahen fahle Moritaten.

Herr Swart maß ihre Breite, als sich für einige Minuten aus dem Dunst die Sterne hoben. Latitudo sechsundsiebzig.

Verzweifelt begannen einige Männer, vor dem Schiff mit Hacken einen Auslass aus dem Eis zu schlagen. Jeder griff nach dem übelsten Kriegsgerät, das er besaß. Mit Hellebarden, Streithämmern, Rabenschnäbeln und Morgensternen hieben sie auf das Eis vor dem Bug ein, um eine Fahrrinne zu öffnen, als ließe sich der Feldherr einer feindlichen Macht umzingeln und niederstechen. Die Männer richteten die Bombarden auf das Eis. Mit lautem Donnern feuerten sie gegen ihren kalten Feind, der doch unverwundbar war, dem man keine Wunden schlagen konnte, die sich nicht sofort wieder schlössen.

Erst nach beinahe einem ganzen Tag wagten die Menschen zu sprechen.

Wo nun das irdische Paradies sei, fragte man den Kartenzeichner. Wo sind die milden Ufer, der wilde Wein, die saftigen Wiesen? Wo erklingt das Saitenspiel? Wo fließen die klaren Bäche, von denen gesprochen wurde? Wo sind die sanften Meere von süßem Geschmack?

Wenn der Nebel sich lichte – so versuchte Swart Zeit zu gewinnen und nicht das Unaussprechliche sagen zu müssen –, werde man freies Fahrwasser suchen.

Fassungslos starrte der Kartenzeichner in den Nebel, der das Schiff umfing.

Als das Wetter aufklarte, stieg er die Jakobsleitern zum Krähennest des Hauptmastes hinauf. Doch dieses Mal sah er kein Land.

Öde sah er, so weit das Auge reichte.

Das Schiff, so zeigten seine Breitenmessungen, trieb inmitten des Eises, in dem es festgefroren war, nach Norden, immer weiter hinaus ans Ende der Welt.

Der Himmel stürzte tiefblau hinter den Horizont hinab. Herr Swart meinte schon, in den Abgrund zu blicken, jenen Abgrund, an dessen Ende ein Amboss erst nach dem siebten Tage Fall aufschlug, dort, wo sich die Wesen der Finsternis krümmten.

Hier war alles tot.

Beinahe einen halben Tag stand er dort oben, von den Blicken der am Mastfuß Versammelten bedrängt, und bedachte fieberhaft, was zu tun sei. Es war, als habe er sich dort oben verschanzt, als fordere man bereits sein Leben, als warte der Pöbel blutlüstern, dass er käme, zur Ergreifung dessen, der sie hingeführt hatte, wo sie nun waren. Was sollte er den armen Teufeln sagen, die unwiderruflich dem Untergang preisgegeben waren?

Wohin, Sterblicher?

Dieser Ort war dem zur Strafe geschaffen, der seinen Herrn und Gott meistern wollte. Der sich überhob. Der mehr sein wollte, als er war.

Als es so kalt wurde, dass den Menschen die Tränen auf den Wangen froren, flohen die Seefahrer in den Laderaum.

Doch der Frost war so unerbittlich, dass nicht einmal der Rumpf des Schiffes, der auf Swarts Weisung gegen die Übel des Winters so gut verschalkt worden war, Schutz bot, und die Menschen zitterten. Nach Stunden stieg der Kartenzeichner vom Mast hinunter, grau vor Kälte.

An einem milderen Tag, so sprach er zu den leeren Gesichtern, deren Blicke sich aus der Finsternis des Schiffsbauches zu ihm, der in der Luke stand, erhoben und die er als vieldutzendfache Klage gegen die Schuld ihres bevorstehenden Untergangs empfand, an einem milderen Tag, wenn sich die Sonne beherzter zeige, werde das Eis brechen, und dann würden sie weiterfahren.

So verharrten sie Stunden, vielleicht Tage in dem Schiffsrumpf, dicht an dicht, zeitvergessen, stumpfen Blickes, schweigend.

Das Eis würde nicht brechen.

Der Scharbock befiel die Todgeweihten, jene Krankheit, die den Sterblichen in diesen Gegenden quält, die alte, längst geheilte Wunden aufbrechen und bluten lässt, als wären sie eben erst gerissen worden, Wunden an Leib und Seele.

Immer und immer wieder ertönte Schluchzen. Wasser vom muffigen Atem tropfte von der Decke des Schiffsrumpfes. Es stank bald beißend nach dem, was der Mensch von sich gibt.

Und dann durchzog ein wehes, fürchterliches Ächzen den Rumpf des Schiffes. Noch ahnte niemand, was ihnen blühte.

Den Menschen begannen die Zähne auszufallen wie in schrecklichen Träumen. Immer wieder lief einer mit fieberglasigen Augen und vom Frost aufgeplatzten Lippen umher und stammelte etwas oder dachte, er werde sogleich aus seinem Wahntraum erwachen.

Ein ohrenbetäubendes Krachen erschütterte wieder und wieder den Rumpf. Den armen Meeresreisenden, die vor den peitschenden, durch nichts gehemmten Winden im Schiffskörper Schutz suchten, war gerade so, als habe ein zu bösem Spiel gelaunter Riese das Schiff in seine Faust genommen wie eine Nuss, um sie zu knacken, so knarzten und ächzten die Planken.

»Wir werden Nebelheim finden«, sagte der Kartenzeichner bleich.

Ein erneutes Donnern erschütterte das Schiff, und viele meinten schon, ihre Heimstatt würde augenblicklich bersten.

»Im Frühjahr«, sagte der Kartenzeichner, »wenn das Eis bricht, werden wir weiterfahren!«

Die Menschen verließen, einer nach dem anderen, ihre Zuflucht, die sie in den letzten Tagen hatte überleben lassen und deren Stöhnen nun von ihrem baldigen Tod kündete.

Die Eise, zwischen denen das Schiff gefangen war, sie bewegten sich unerbittlich aufeinander zu und pressten das Schiff, als wäre es in einen Schraubstock gespannt. Sie schoben sich übereinander, haushoch, und würden das Schiff in Tagesfrist zermalmen.

»Gütiger Gott«, so rief der Kartenzeichner verzweifelt aus der Tiefe zu einem Schöpfer, der ihn längst verworfen hatte, »führe ich gen Himmel, so wärest du da; bettete ich mich bei den Toten, siehe, so wärest du da. Nähme ich Flügel der Morgenröte und bliebe am äußersten Meer, so würde auch dort deine Hand mich führen und deine Rechte mich halten. Spräche ich: Finsternis möge mich decken und Nacht statt Licht um mich sein, so wäre auch Finsternis nicht finster bei dir, und die Nacht leuchtete wie der Tag. Finsternis ist wie das Licht.«

Frostzitternd, von eisigen Winden gepeitscht, umstanden die Menschen in dieser verworfenen Welt ihr Schiff, ihre gestrandete Arche, die sie in ein neues, hoffnungsvolleres Leben hatte bringen sollen.

Ein älterer Herr sackte auf die Knie und starb, ohne umzustürzen.

XIV. Kapitel

der wundersamen Meerfahrt,

in dem der Kartenzeichner aufbricht,
ans Ende der Dinge.

Am vierzehnten Tag des November verließ auch der Kartenzeichner Swart, den man indes für irr geworden hielt, das Schiff. Mit ohrenbetäubenden Schlägen splitterte durch die Eispressungen Planke um Planke. Nägel schossen durch den Schiffsrumpf, und viele glaubten, dass dies geschehe, weil man sich dem Magnetberg im Norden zu sehr genähert hatte, der das Eisen mit ungeheurer Kraft aus den Bohlen zog.

Kaum stand der Kartenzeichner auf dem Eise, barst der gesamte Schiffsrumpf mit einem lauten Donnern. Die Rahen, die noch an den Masten gehangen hatten, als könnte man im nächsten Augenblick die Segel fallen lassen und zu sanften Ufern fahren, stürzten wertlos auf das Eis hinunter.

Er sah mit tränengefüllten Augen sein Schiff mit einem schmerzvollen Stöhnen auf die Flanke kippen wie ein erlegter Koloss.

Der Rumpf lag nun wie ein weggeworfenes Spielzeug auf der Seite, schlimmer, als je ein Kapitän sein Schiff nach einer Seeschlacht zugerichtet gesehen hatte.

Turmhoch hatten sich die gepressten Eisfelder übereinandergeschoben und überragten das Schiff.

Das Tauwerk und die Takelagen, die noch vor wenigen Stunden hoffnungsvoll geblähte Segel hielten, lagen in weitem Umkreis von zerrenden Winden verstreut und ineinander verwirrt.

Hatte man, als das Schiff aufrecht stand, noch nicht gewagt, die Luciferus zu versehren, so fiel man nun nach dem Umstürzen über das Fahrzeug her wie die Höflinge über den Leichnam eines soeben verstorbenen Fürsten. Das Schiff wurde erbarmungslos gefleddert. Jeder versuchte, am meisten zu bekommen, gleich was er brauchte.

Herr Swart schrie ganz außer sich, es bedeute ihren unausweichlichen Tod, wenn sie das Schiff ruinierten! Er müsse ihnen sagen, so rief er, obschon vom ewigen Eis umstellt, dass es dann nichts würde mit milden Ufern, wenn sie das Holz aus dem Bug brächen, so wie sie es jetzt täten.

Er sah mit Bestürzung, wie aus dem Holz des Schiffsrumpfes notdürftige Hütten gezimmert und schließlich Schiffsteile ohne Ansehen ihrer Bedeutung für spätere Tage verbrannt wurden, um die Stuben zu beheizen.

Die Linderung durch die wärmenden Flammen des Holzes werde ihnen später, wenn sich Fahrwasser auftue oder das Eis ganz verschwinde und man eines Schiffes bedürfe, den Tod bringen!, so schrie er. Sie würden ohne Schiff von diesem Ort nicht mehr fortkommen! Sie würden absaufen wie Steine, wenn die Sonne käme!

Herr Swart hätte verstanden, wenn man die Verschalung des Kartenhauses verbrannt oder gar das Trockendeck herausgerissen und einige Häuser daraus errichtet hätte. Doch dass man unersetzliche Bohlen aus dem Schiffsrumpf brach, um sich die Hände zu wärmen, während das Kartenhaus unversehrt blieb, und dass man das Steuerruder verbrannte, um sich eine Tasse mit Kräutern aufzubrühen, das verstand er nicht; ja, das missbilligte er von ganzem Herzen.

Und so lag bald, was einmal ein stolzes Schiff gewesen war, wüst ausgeweidet und wie von den Wölfen in Stücke gerissen da.

Als sogar einige Männer den Hauptmast absägten, begriff

Herr Swart, dass er bei einem Volk weilte, das nicht darauf hoffte, die Sonne je wiederzusehen, den nächsten Frühling, einem Volk, das nicht mehr hoffte, Wälder zu roden, um zu pflanzen.

Hier im Eise hatte sich eine neue Gesellschaft gebildet, ein neues Volk, ein kurzlebiges, für einen Winter, für eine Nacht, für wenige Stunden. Was für das Leben anderer Völker Generationen und Epochen waren, war hier an diesem Treibort ein Atemzug, ein Lachen, ein Ruf in die Nacht.

Familien nisteten sich in dürftig gezimmerten Hütten ein – alte Familien und neue, die den letzten Wimpernschlag ihres Lebens nicht in Einsamkeit verbringen wollten. Ein neuer Mensch wurde geboren inmitten dieser Finsternis. Er brüllte, als er die Welt sah, in die er geworfen war. Er würde nie etwas anderes sehen als diese Gefrornis. Er kannte nur eine weiße Welt ohne Farben, ohne Pflanzen, ohne Bäume und Flüsse. Er sollte nie die Sonne sehen.

Als jedermann eine Hütte besaß und eine notdürftige Feuerstelle errichtet hatte, erinnerte man sich, wer sie hierher gebracht hatte. Man holte Herrn Swart aus dem, was vom Schiffsrumpf geblieben war. Er hatte sich in den Resten des umgestürzten Kielraumes vor den Augen der Siedler verschanzt. Jeder Blick, der ihn traf, fragte ihn: Wieso nahmst du meine Hand und führtest mich dorthin, wo ich nun stehe?

Um irgendetwas zu tun, hatte er, der nur noch wirr murmelte, auf dem treibenden Eis, das auf den Meeren umherirrte, seine sinnlos gewordenen Zahlen ausgewertet und versucht, ihren genauen Ort zu bestimmen. Fieberhaft hatte er mit seinem Jakobsstab wieder und immer wieder Messungen durchgeführt, als würde man ihn darum verschonen. Der Nordweiser hatte beinahe täglich in eine andere Richtung gezeigt und nun kreiste er.

Eigentlich hatte er sich Strafe gewünscht, um der allzu schwer lastenden Schuld des bevorstehenden Todes von Dutzenden enthoben zu werden. Doch nun, als man ihn, ohne zu fragen, ob er freien Willens mitkäme, durch die wartende Menge vor Herrn Aslak schleifte, wusste er, dass es schlecht um ihn stand, und er fürchtete sich.

Der Amtmann Aslak hatte sich schnell zum Statthalter dieser Provinz der Finsternis aufgeschwungen. Wie dem stärksten Wolf das größte Stück vom Riss zusteht, hatte er sich die Hälfte des Großmastes gesichert und mit seinen Leuten das Großsegel ergattert und winddicht gemacht, indem er das Tuch mit Wasser besprengen ließ. Wie ein Herrscher des Frostes auf Heereszug hielt er Hof in seinem Zelt aus Eis, das in den letzten Strahlen der verschwindenden Sonne glomm. Ein Rat der Stärksten hatte sich gebildet.

Die Menschen hatten blaue Lippen, manche hatten weiße Flecken und zitterten am ganzen Leib, trotz der Meerkatzenhäute, die sie sich zu Wämsern und Hosen genäht hatten. Auch Herr Swart selbst bebte vor Kälte, er spürte seine Füße nicht mehr, und seine Hände waren so klamm, dass es ihm nicht einmal gelang, einen offenen Knopf seines pelzverbrämten Umhangs zu schließen.

Er werde sie über das Eis nach Grönland zurückführen, sprach der Kartenzeichner angstzitternd zu den ihn stumm aus tief in den Kopf eingesunkenen Augen Anblickenden, um ihrer Anklage zuvorzukommen. Dort erwarteten heiße Zuber die Frierenden. Und Herr Bartholomeo habe ja mit der Kurie vereinbart, ein Schiff des Abtes von Kloster Roma werde im Frühjahr mit Erz, Messwein, Viktualien und Waffenträgern dorthin fahren, mit dem sie wieder in die Heimat kämen.

»Glaubt Ihr wirklich, man könnte Tausende Meilen über das Eis gehen?«, fragte Aslak.

Viele der im Zelt Anwesenden konnten nicht mehr stehen und hockten nur noch zusammengesunken da.

»Es gibt keine Rückkehr, Swart!«, sagte ein Siedler.

Der Kartenzeichner verstand nicht. Ihm war beinahe, als suchten sie den Tod, ohne sich aufzubäumen.

»Wer, glaubt Ihr«, fragte ein Siedler, dessen Zeit bald um sein würde, »sind wir, die wir mit Euch fuhren, dass wir unsere Heimat verließen, um ins Ungewisse auszufahren? Dorthin, von wo man so Schreckliches hörte?«

»Die Aussicht auf Ruhm und Unsterblichkeit lässt die Menschen die ungeheuersten Dinge tun«, sagte der Kartenzeichner.

»Meint Ihr, Euer Schiff sei voll mit tüchtigen Bauern? Gelehrten, tugendsamen Priestern? Mit Heiligen gar? Zartfühlenden Grobschmieden? Ehrlichen Seefahrern? Steinmetzen, die von prächtigen italienischen Kathedralen herabstiegen, um im Meer zu ersaufen?«

Herr Swart wusste nicht, worauf der Siedler hinauswollte. Schellendorp war in die übelsten der verrufenen Hafenkrüge gegangen, das wusste er wohl. Es mochte durchaus der eine oder andere Bube mit an Bord gekommen sein. Doch er wusste nicht, was das nun zur Sache tat.

»Selbst in den schlimmsten Hafenkrügen hat sich niemand für die Fahrt gefunden«, sagte der Siedler. »Und wisst Ihr, weshalb?«

»Man fürchtete das Eis und die Kälte«, mutmaßte der Kartenzeichner.

»Ihr seid ein verblendeter Narr, Swart! Ist es vorstellbar, dass es um einen so dreckig bestellt ist, dass er das tut, was wir taten? Sich dem Tod offenen Auges in den Arm zu werfen? Wer auf dieser Erde würde bitteres Elend gegen den sicheren Tod tauschen? Der Mensch will leben, Swart!«

Für die Fahrt hatten sich zunächst keine Siedler und Seefahrer gefunden, dessen erinnerte sich der Kartenzeichner wohl. Er hatte es der Überredungskunst des Herrn Schellendorp zugeschrieben, dass er vier Dutzend tüchtige Männer und ein gutes Dutzend Frauen für diese schreckensreiche Fahrt hatte heuern können. Und der Ruhm, der ihrer wartete, so war er gewiss, hatte die zu gewärtigenden Gefahren mehr als aufgewogen.

»Schellendorp selbst hat die Schreckensberichte vom Meer der Finsternis in den Hafenkrügen verbreiten lassen«, sagte der Siedler. »Wusstet Ihr das?«

»Aber wieso sollte er das getan haben?« Herr Swart verstand noch immer nicht, was all das bedeutete.

»Damit selbst der verzweifeltste Seefahrer in dem übelsten Krug es vorzog, in der Heimat zu hungern und zu betteln und von Erichs bösartigen Vögten erniedrigt zu werden, als dort in den fürchterlichen Mahlstrom, in das Innere der Erde zu stürzen oder vom mächtigen Vogel Roch gerissen zu werden, der ein Ochsengespann packt wie ein Greif Feldmäuse.«

»Wieso sollte er sich sein Geschäft so schwer gemacht haben, da er es doch war, dem wir die Mannschaft zu heuern geboten hatten?«

»Es gibt keine Rückkehr, Swart!«, sagte der Siedler. »Schellendorp hat das getan, damit Ihr für Eure Fahrt auf Männer aus dem Kerker angewiesen wäret. Er wollte unsere Freiheit. In eben jenem Keller, in dem Schellendorp auf seinen Tod wartete, warteten auch wir.«

Und nun verstand Swart. Anstatt dass der König die Verurteilten mit einem Klatschen der Hände von seinen Henkern aus der Welt schaffen ließ, hatte Schellendorp sich bei ihm dafür verwendet, dass es leichter sei, diese schädlichen Menschen auf dem Schiff fortschaffen zu lassen, gerade so, wie man ein Narrenschiff bemannt. In jener ungewissen Ferne waren sie des Todes auf dem Meere, oder sie würden sich an neuen Ufern durch die Fährnisse und Mühen der Errichtung einer Kolonie ihr Überleben redlich verdienen.

»Uns allen«, sagte der Siedler, »ist das Leben gelassen worden wie Schellendorp, wenn wir neue Reiche brächten. Schellendorp hat nicht nur sein Leben gerettet, er hat auch uns den Tod erspart. Wir hofften auf ein neues Leben, Swart.«

»Dann genießt Eure Freiheit! Freut Euch Eures Lebens!«, schrie der Kartenzeichner. »Und Ihr wollt von mir betrogen sein?«

Nun blickte er um sich. Er besah sich, vielleicht erstmals, die Gesichter der Siedler. Vom Übelsten war er umgeben, was das Reich hergegeben hatte. Ganz tief im Bodensatz hatte man geschöpft. Huren, Brunnenvergifter, Kupplerinnen, Zecher, Reliquienfälscher, Falschmünzer, Wucherer, Ehebrecherinnen, Ketzer. Das waren das Fleisch und der Same, aus denen das Volk in seinem neuen Reich entstehen würde! Sein Volk der reinen Seelen, das er sich erträumt hatte. Ein Volk ohne Kummer, Neid und Missgunst. Der König selbst hatte sie abgeurteilt! Sie hatten den Tod verdient!

Und doch starrte ihm vieldutzendfach seine Schuld entgegen. Sie wollten leben, so wie er leben wollte. Er war besessen gewesen, wie Schellendorp es gesagt hatte. Sie waren Verworfene, so wie er von den Menschen zu Visby verworfen worden war, waren Gerichtete, so wie man seinen Vater gerichtet hatte. Wie sollte er, der sie in diese Öde geführt und sie dem Tode an die Hand gegeben hatte, ihr Leben retten, die ihn stumm, traurig anblickten? Die nicht sahen, dass er selbst ein Verzweifelter, von Gott Vergessener war wie sie? Dass auch er ein neues Leben gesucht hatte?

»Wer ist es denn, der dem Meer gebietet, zu frieren?«, schrie der Kartenzeichner hilflos. »Bin ich's vielleicht?«

Aufgrund vager Vermutungen habe er fünf Dutzend Menschen hierher gebracht, so warf ihm Aslak vor, in den sicheren Tod. Und daher verlange man nun nach Genugtuung. Es sei von Amts wegen verfügt, ihm das Haupt abzuschlagen, zumal er den Mann, der ihnen in dieser Lage vielleicht noch hätte Rettung bringen können, Schellendorp, hingemordet habe.

Schon drückten Swart kalte Hände auf die Knie, und einer der gröbsten Männer zückte einen Streithammer, um ihm aufs Haupt zu schlagen, da rief der Kartenzeichner, man möge einhalten!

Er bitte um ein letztes Wort, das jedem zum Tode Verurteilten gewährt sei.

In diesem Augenblick, da der Hammer über ihm schwebte, erinnerte er sich der Geschichte des Sataspes, die der hochberühmte Herodot überliefert hatte, von der er nicht geahnt hätte, dass sie ihm vielleicht einmal das Leben retten würde. Prinz Sataspes, Sohn des Teaspis, hatte die noch unbefleckte Tochter des Zopyros durch Gewalt gezwungen, sich zu ihm zu legen. König Xerxes beschied ihm zur Sühne, dass er ans Kreuz geschlagen werde. Seine Mutter aber sank flehend vor Xerxes auf die Knie und versprach, sie werde ihrem Sohn eine noch peinsamere Strafe auferlegen, wenn Xerxes die Kreuzigung aufschiebe. Sataspes solle als Sühne zu Schiff gehen und von Ägypten über die Säulen des Herakles ganz Afrika umschiffen, bis er zum arabischen Meerbusen käme. Durch diese Meerfahrt, die noch kein Mensch je gewagt, sei ihm der Tod ebenso sicher wie durch die Kreuzigung. Wenn es ihm aber gelänge, die Gefahren zu meistern, dann frommte es dem Volke mehr als sein Tod. Xerxes war einverstanden; Sataspes begab sich nach Ägypten, wählte ein Schiff, bemannte es, segelte bis zu den Säulen des Herakles und verschwand im atlantischen Meer. Jahre später kehrte er wieder und berichtete von den Wundern der Welt.

Und so rief nun Swart denen entgegen, die einen Blutpreis einzufordern wünschten, ihm die Gnade zu gewähren, die Xerxes dem Sataspes gewährt hatte und König Erich ihnen selbst: Wenn sie ihm gewährten, ins Eis hinauszuziehen, in den Norden, um Nebelheim zu finden, sei ihnen sein Tod ebenso gewiss, als schlügen sie ihm in dieser Stunde mit einer Streitaxt aufs

wärmenden Schein seines Kamins, eine irrtümliche Vorstellung von dem gehabt, wo er hingehen würde. Und nun wollte er zumindest seine Kathedrale erbauen, die es ihm erlaubte, mit der gebotenen Inbrunst seinen Herrn um Hilfe anzuflehen.

Schüttelten zu Beginn alle ihre Köpfe, als Herr Bartholomeo, für wenige Stunden von zwei fahl dämmernden Nebensonnen umkreist, mit Holzpflöcken und Tauen den Grundriss im Eise festschrieb und dann begann, von einer emporgedrückten Scholle Eises mit einer großen Säge und einer Axt mächtige quadratische Blöcke zu behauen, so stand einer um den anderen nach und nach mit helfender Hand zur Seite, um sich nach kurzem Zögern vollends dem Bau des Gotteshauses zu verschreiben. Schon bald mühte sich jedermann unter dem Befehl des Besessenen, den man anfangs noch belächelt hatte. Drohten noch wenige Tage zuvor die Menschen sich durch die Langeweile zu erschlagen, so war nun dieses kurzlebige Volk einig in dem Wunsch nach solch einem prächtigen Bau, nach dieser Kathedrale aus Eis, die mit dem Aufgehen der Sonne im Frühling dem sicheren Untergang preisgegeben war wie sie selbst.

Achtermast und Baum des Lateinersegels wurden als Kran genutzt, der die Quader aus Eis auf die sich Fuß um Fuß erhebenden Mauern setzte. Die Frauen schnitzten die prächtigen Figuren für die Fassaden aus Eisblöcken. Selbst eine kostbare golddurchwobene Altardecke aus Brokat wurde bestickt. Mehrere Wochen schufteten die Menschen bis zur Erschöpfung an dem Bauwerk. Der tyrannische Herrscher, der sie hier im Eise erbarmungslos bis aufs Blut zum Frondienst peitschte, war die Angst vor der Leere. Keiner wollte untätig stehen müssen. Die Angst, sich aufzurichten, der Blick von der Finsternis verschluckt, die Angst, zu gewahren, wie es um sie stand, trieb sie dazu, weiterzuschleppen, bis sie im trostlosen Schiffsrumpf beinahe besinnungslos in kurzen Schlaf sanken.

Nach drei Wochen war die so vergängliche Kathedrale fertig.

Sie hatte zwar kein Dach, doch einen prächtigen Altar aus Eis, und selbst bunte Fenster waren eingesetzt worden: Man hatte dünne Eisplatten mit gefärbtem Wasser verfertigt und zu wunderbaren Mosaikfenstern verfugt. Was sie errichtet hatten, glich der Ruine einer einstmals prachtstrahlenden Kathedrale.

Herr Swart ließ vor seinem schweren Gang den im Schiffsrumpf überlebenden Bullen, den man nicht zur Luke hatte hinausstürzen müssen, auf die letzte Kuh treiben, damit sie vielleicht, so man sie würde verschonen können, bis der Kartenzeichner wiederkehrte, an den neuen Ufern Kälber gebären würde. Als der Bulle seine letzte Pflicht getan hatte, was sich seines Widerwillens wegen über mehrere Tage zog, da auch ihm diese Öde aufs Gemüt geschlagen hatte, wurde er von einem Knochenhauer geschlachtet. Herr Swart wagte nicht, erneut auf die Ochsenzunge zu bestehen. Doch er bekam immerhin die Leber zugesprochen, da man wusste, dass er bei Kräften sein musste, und sogar das Maul, das er sich kochte und zu einem Salat schnitt, der sich auch unterwegs leicht verzehren ließ. Auch wenn er dem Schrecklichsten entgegensah, was Menschen begegnen kann, so freute er sich beinahe auf seine bevorstehenden Mahlzeiten, die doch so viel schmackhafter zu werden versprachen, als die Speisen der letzten Wochen es gewesen waren. Er belud eine Barke, deren Kufen ihm der Böttcher gar mit Eisen beschlagen hatte, wodurch sie beinahe von selbst über das Eis glitt.

Und dann schritt Bischof Bartholomeo vor der von hehren Gefühlen bewegten Gemeinde zu seinem kristallenen Altar, in dessen Innerem Kerzen standen und ihn erglühen ließen. In vollem Bischofsgewand, das ihm der Schneider des Papstes noch zu Florenz gefertigt hatte, mit seiner kostbaren Mitra auf dem Haupt, die er als zukünftiger Metropolitan der Mittnächtigen Länder trug, hob er in der Finsternis seine Arme zum Gebet, er, der in den goldenen Weizenfeldern der Toskana aufgewachsen war. Sein Traum eines Bistums im Eis erfüllte sich in dieser

Stunde, wenn auch nur für kurze Zeit. Für eine Weile lächelten die Menschen, von denen viele zuvor noch nie etwas geschafft hatten, wofür man nicht aufgeknüpft worden wäre.

Er rief vor der versammelten Gemeinde den Herrn an, er möge den Kartenzeichner auf seinem schweren Weg behüten und sie selbst vor dem Tode bewahren.

Ein junges Paar wünschte zu heiraten, und der Bischof vollführte eine rührende Trauung, die ihrer aller Augen mit Tränen füllte.

Just als sie die letzten Worte der Messe sprachen, schickte die Sonne, die sich schon seit Tagen nicht mehr über den Horizont erhoben hatte, noch ein paar späte letzte Strahlen, ließ die Fenster prächtig aufleuchten und entzündete die gesamte Kathedrale, als wäre sie aus funkelndem roten Rubin gefertigt. Für Minuten schillerte die Öde in den prächtigsten Farben. Erst in Türkis, dann wieder schien die gesamte Landschaft aus Kristallen gemacht zu sein, in denen Lichter brannten. Strahlende Topasberge türmen sich auf, Schluchten aus Turmalin, zwischen ihnen Waken, die sich zu kleinen Seen auftaten, gefüllt mit flüssigem Quecksilber.

Und dann war nichts als Dunkel.

Herr Swart lud ein Zelt auf seine bekufte Barke, das ihm ein Sattler aus Meerkatzenhaut gefertigt hatte. Aus Walrosstauen knüpfte er ein Geschirr, das er sich zum Ziehen umlegte, gerade so, wie man ein Saumtier vor einen Karren spannt.

Als er schließlich bereitstand, um aufzubrechen, liefen die Menschen in gespenstischer Stille zusammen. Keiner wagte es auszusprechen, doch dieser zartgliedrige Mensch, der kaum einmal einen Spaziergang unternommen hatte, um sich zu ertüchtigen, er war ihr Trost und ihre Hoffnung in dieser kalten Hölle des Eises, der Verlassene, der nun aufbrach zu seinem schweren Gang, dem Vater zu folgen, dorthin, von wo es keine Rückkehr gab.

»Wahrlich, ich sage euch«, sprach Swart mit tränengefüllten Augen: »Wer zu einem Berge spräche: Heb dich und wirf dich ins Meer!, und zweifelte nicht in seinem Herzen, sondern glaubte, dass geschehen werde, was er sagt, so wird's ihm geschehen!«

Der Kartenzeichner verschwand im Nebel des überfrorenen Meeres der Finsternis, ging ein in das Reich der tiefsten Dunkelheit.

Über den Verlassenen senkte sich ewige Nacht.

Alles war still.

Er war am Ende der Dinge.

Der Schreiber Rikmann erwachte vom grellen Licht, das in sein Angesicht schien. Als er sah, dass die Sonne schon weit über dem Windenturm stand und das Licht geradewegs auf seinen Schreibtisch fiel, da kam ihm siedend heiß, dass es schon beinahe Mittag war. Er fuhr von seinem Lager auf. Das war ihm noch nie passiert, seit er denken konnte! So etwas hatte es noch nie gegeben! Normalerweise hatte er um diese Zeit bereits seine dritte Hore hinter sich, hatte für den König geschrieben und beglaubigt. Und ausgerechnet am heutigen Tag, dem großen Tag, an dem er glaubte, der Kartenzeichner werde sein Geheimnis lüften, da hatte er in seligem Schlaf gelegen!

Hastig fuhr er in sein Wollwams und seine Strümpfe, zog sein Surcot und seinen Umhang an. Er eilte von seiner Schlafkammer, beinahe die Treppe hinabstürzend, in den Burghof. Im Laufe in seine Stiefel schlüpfend, kam er außer Atem im Haupthaus der Burg an, wo er beinahe in den Erzschenk des Königs rannte.

»Swart? Ist er schon beim König?«, fragte er atemlos. Ehe der Schenk antworten konnte, rief Rikmann: »Wieso holt mich denn niemand?« Er eilte in die Empfangshalle. »Wieso holt mich denn niemand?«, schrie er nochmals, ohne dass da jemand war, dem die Klage gelten könnte. Er konnte nicht fassen, wie ihm das hatte passieren können, griff sich mit beiden Händen verzweifelt ans Haupt, bog mit rudernden Armen um die Ecke und eilte direkt auf die schwere Flügeltüre des Kronsaales zu.

Er konnte sich vor dem Wachmann gerade noch in seinem Schwung bremsen.

Herr Rikmann ordnete sein Haar, damit er dem König keine Schande machte, und sah den Wachmann in höchster Ungeduld an. »So öffnet, Wahnsinniger!«

Der Wachmann reagierte nicht.

»Auf!«, rief der Schreiber nur, da der Mann ja wissen musste, dass er seit Stunden dringlich erwartet wurde und man, da er nie in seinem Leben jemals zu spät gekommen war, gedacht haben musste, er sei schwer krank.

Doch dann schoss ihm die Frage durch den Kopf: Weshalb hat der König nicht besorgt nach mir geschickt, da er mich für schwer erkrankt hielt?

Der Wachmann sagte: »Ich habe Weisung, niemanden einzulassen.«

»Natürlich lässt der König niemanden zu sich. Außer meiner Person!«, schrie Rikmann und dämpfte dann seine Stimme, da er wusste, dass seine erhobene Stimme nicht zur Nähe des Kronsaales passte.

Der Wachmann schüttelte den Kopf.

»Öffnet, oder Ihr seid Wachmann gewesen!«

Rikmann konnte nicht fassen, was sich dieser Mann anmaßte, der neu gedungen worden sein musste.

»Wisst Ihr überhaupt, wer ich bin?«, fragte er. »Ihr seid neu hier, scheint mir!«

Der Wachmann reagierte nicht.

»Ich bin der Chronist und Geheimsekretär des Königs, Rikmann des Namens. Ich weise seit einem Vierteljahrhundert Wachmenschen wie Euch an, wer einzulassen ist und wer nicht. Ich alleine außer dem König bin befugt. Ich habe zu notieren, was zur Stunde gesprochen wird! Und wenn Euch Brot und Sold lieb sind, dann öffnet!«

»Der Kartenzeichner Swart hat mir im Auftrag des Königs

geboten, wenn mir Brot und Sold lieb seien, eben niemandem zu öffnen.«

Rikmann bemerkte, dass er gar schon seine Faust unter dem Umhang geballt und wirklich erwogen hatte, sie dem Wachmann ins Gesicht niederfahren zu lassen, wenngleich jener das Doppelte seiner Leibesmasse aufwies.

»Ich bin ja niemand! Öffnet augenblicks diese Türe! Das ist ein Befehl!« Obwohl er die letzten Worte wieder beinahe gebrüllt hatte, reagierte der Wachmann nicht. Rikmann wusste, dass er an dem nie vorbeikäme.

Er legte das Ohr an die Türe wie eine Zofe, um etwas mitzubekommen, und meinte, die dumpfe Stimme des Kartenzeichners zu hören. Zurzeit wurde vom Unerhörtesten gesprochen, wovon je in diesem Saal gesprochen wurde, und er war ausgesperrt! Er meinte wahnsinnig zu werden, da der Kartenzeichner ohne Zweifel zur Stunde von den neuen Reichen berichtete, von den atemberaubendsten Wundern. Von den sagenhaften Dingen. Er hätte in diesem Augenblick vor Wut aufbrüllen mögen und wusste einfach nicht, was zu tun sei.

Er eilte sogleich in das Quartier der Wachleute, um den Hauptmann der Wachen über die Ungeheuerlichkeiten dieses Menschen in Kenntnis zu setzen. Doch der Hauptmann beschied ihm Gleiches.

Rikmann wurde blass. Was ging hier vor sich? Weshalb hatte man ihn nicht gerufen? Er eilte zum Koch, um zu erfahren, ob jener etwas von seinen Leuten wusste, die ja dem Kartenzeichner Speisen zu bringen hatten.

»Er ist seit Sonnenaufgang beim König«, wusste auch der Koch. »Er hat Krebsscheren gegessen und ist blass wie eine Leiche gewesen.«

»Hatte er eine Karte dabei?«

»Ich weiß es nicht, ich hielt es nicht weiter für wichtig, was für Grillen er dem König in den Kopf setzt.«

»Grillen?«, sagte der Schreiber beinahe ungehalten, und dabei kam ihm zu Sinnen, dass er für einen Moment vergessen hatte, dass er ja selbst den Kartenzeichner für einen Scharlatan hielt.

Rikmann war ratlos, wie er noch nie ratlos gewesen war. Was hieß das? Was bedeutete all das? War es ein Versehen oder der Beginn weitreichender Veränderungen?

»Schrieb der Kartenzeichner für den König?«, fragte er von der ungeheuerlichen Furcht erfüllt, Swart könnte gar seine Stelle an der Seite des Königs einnehmen.

»Ich weiß es nicht. Vor den Krebsscheren war ihm nach Salat aus Ochsenmaul, doch dann wollte er keinen Ochsenmaulsalat, sondern Krebsscheren!«, klagte der Koch.

»Habt Ihr etwas von Arimaspen gehört? Von Greifenmenschen?« Denn diese Kreaturen sollten auf dem Wege nach Hyperborea ja anzutreffen sein, wie er einmal gelesen hatte. »Man lässt mich nicht mehr in den Kronsaal!«, sagte er, beinahe von Tränen übermannt, zum Koch. »Mich!«

Der Kartenzeichner steckte dahinter, dass er nicht mehr vom König gerufen wurde. So viel war gewiss. Swart hatte ihn längst durchschaut. Zu fein war sein Gespür für das, was Menschen um ihn herum empfanden, als dass ihm entgangen wäre, wie sehr Rikmann ihm misstraute. Doch wieso tat der König ihm das an? Er musste doch wissen, wie sehr es ihn schmerzte, in diesem Augenblick ausgeschlossen zu sein. Er hatte doch selbst erfahren, was ungestillte Neugier an einem Leib anrichten konnte.

Als Herr Rikmann die Küche verließ, sah er auf dem Burghof, dass der Falkner für den Kartenzeichner einen Käfig mit Brieftauben geliefert bekam, für die er nun auf Weisung Swarts im obersten Stockwerk des Pulverturms gar einen Kober einrichtete. Er befragte den Falkner sogleich, wo der Heimatschlag der

Tauben sei, da er zu wissen wünschte, wem der Kartenzeichner Botschaften zu senden beabsichtigte.

Doch Swart hatte dem Falkner zu schweigen geboten.

Rikmann drängte den Falkner, ihn wissen zu lassen, wenn der Kartenzeichner begänne, Botschaften zu schicken. Es könne gar sein, so verlieh er dem Gesagten Nachdruck, dass Swart ihren Herrn verrate, vielleicht gar dem Reichsverweser Bonde preisgebe, wo der König war. Denn er halte Swart für einen Schwindler. Dem Herrn Erich sei am meisten gedient, drang er in den Falkner, wenn er ihm die zu versendenden Briefe zur Durchsicht überlasse, da er, Rikmann, ja der Geheimschreiber des Königs sei. Der Falkner könne so großes Unheil vom König abwenden.

»Swart hat mich aufgehoben«, sagte der Falkner. »Ihn verraten, das kann ich nicht.«

Stunden lag Rikmann in seiner Kammer auf dem Strohlager, tatenlos. *Er* war der Schreiber. *Er* verfasste die Nachrichten des Königs. Der Kartenzeichner Swart wollte ihn von der Seite des Königs entfernen, so war er in dieser Stunde gewiss.

Und er sah vom Zimmer seiner Stube aus, wie Tauben den Kober verließen. Er fürchtete, dass dies für den König nichts Gutes bedeutete.

Um sich zu beruhigen, versenkte er sich in die weitere Abschrift des Buches *De varietate fortunae* des großen Poggio Bracciolini, das die Trümmer Roms beschrieb.

Doch das Frauenzimmer, mit dem man so herrlich über die Kalenderabweichung sprechen konnte und über das Wesen des Nichts und der Schatten, wollte ohnehin keine Schriften mehr kopiert bekommen, so sagte er sich, da konnte er sich genauso gut wieder auf sein Strohlager legen. Dort sann er Stunden darüber nach, was für kostbare Bände er ihr noch hätte kopieren können. So viele Bücher kamen ihm in den Sinn, wunderbare Kopiervorhaben.

Er würde ihr so gerne das große Buch des Albertus Magnus *De animalibus* kopieren, das einhundertdreizehn Vierfüßler, einhundertvierzehn fliegende, einhundertvierzig schwimmende, einundsechzig kriechende Tiere und neunundvierzig Würmer kannte.

Am Abend schließlich rief ihn der König zu sich. Erbost trat Herr Rikmann vor seinen Herrn. Er sei bestürzt, so sagte er, nicht gerufen worden zu sein, wenn so Wichtiges eröffnet würde. Er sehe sich außerstande, auf diese Art und Weise seinen Obliegenheiten in einer Weise nachzukommen, die den ihm innewohnenden Maßgaben der Sorgfalt genügten.

Der König lächelte. »Ihr führt Euch auf wie ein verschmähtes Frauenzimmer, Rikmann! Ihr seid ja richtig grätig! Es freut mich, dass Ihr Fortschritte macht!«

Rikmann wollte schon etwas antworten, da hob der König beschwichtigend den Arm. »Swart hat darauf bestanden, auf Euch zu warten. Ich habe mit ihm nur gespeist. Er war ganz geschwächt, ihn hat sein Bericht doch sehr ans Gemüt gerührt. Ich habe ihn mit Krebsscheren zu Kräften bringen können. Die Krebsscheren haben ihm ganz ausgezeichnet geschmeckt, und er fühlt sich nun imstande, weiter zu berichten.«

Sie setzten sich, um den Kartenzeichner zu empfangen. Doch der Kartenzeichner kam Tage nicht mehr in den Kronsaal, und der König schrieb es seinen schrecklichen Erlebnissen zu.

»Während seiner Rede«, so sagte er, »hat der arme Herr noch einmal durchmachen müssen, was ihm geschehen ist. Schweren Prüfungen war er unterworfen. Übles wurde ihm an Leib und Seele angetan. Es ist also wahr, was manche Schriften sagen: dass der Verderbtheit der Menschen wegen mit der Sintflut das irdische Paradies zerstört wurde.«

Bei Hofe wurde Verschiedenstes getuschelt. Der Kartenzeichner sei längst nicht mehr am Leben, hieß es bei den Färberinnen, er sei ein Wiedergänger. Da er mehrere Dutzend Menschen auf dem Gewissen habe, finde er keine Ruhe.

Eines Mittags kam ein Mann in die Stube des Schreibers, der sich als Gehilfe des Falkners vorstellte. Er wirkte gehetzt, nervös. Der Falkner wünsche ihn zu sprechen, so sagte er. Herr Rikmann solle sich bei Sonnenuntergang hinter der Färberei aufhalten, einem Platz, den man vom Windenturm aus nicht einsehen könne. Er dürfe keinesfalls im Windenturm nachfragen, falls sich der Falkner verspäte oder nicht komme.

Und dann ging der Mann wieder. Grußlos eilte er über den Hof in den Windenturm.

Unruhig wartete Rikmann auf das Sinken der Sonne, ging dann zum vereinbarten Ort und harrte aus, bis sie ganz untergegangen war. Doch der Falkner kam nicht.

Rastlos lief der Schreiber umher, weil er glaubte, er habe sich im Ort geirrt. Mehrere Stunden wartete er in der Hoffnung, der Falkner werde mit seiner wichtigen Kunde noch kommen, mit Nachrichten, welche die Entwicklungen bei Hofe mit einem Mal beenden würden, und sorgte sich gar um Leib und Leben des so sehnlich Erwarteten. Was, wenn der Kartenzeichner herausgefunden hatte, dass der Falkner mit ihm sprechen wollte?

Erst zu später Stunde ging Herr Rikmann, von Sorgen geplagt, in sein Gemach zurück, um eine unruhige Nacht zu verbringen, in der ihn bohrende Fragen umherwälzten wie ein Brathuhn.

Der König ließ in den folgenden Tagen viele Male nach dem Kartenzeichner schicken, bis er sich schließlich selbst auf den Weg machte. Er quälte sich, gefolgt von seinem Schreiber, in eigener Person die hohen Stiegen hinauf zu den einstigen Gemächern der Königin, mit pfeifenden Lungen und zitternden Knien und weit geöffnetem, nach Luft ringendem Mund, mit weit abgestreckten Armen und schweißbeperlter Stirn. Rikmann fürchtete fast, es könne mit seinem Herrn zwischen Tür und Angel zu Ende gehen. Er hatte ihn angefleht, er solle seine Kräfte schonen, doch Erich hatte selbst gehen wollen, und kostete es ihn sein Leben, denn er ziehe es vor, eher an Erschöpfung zu krepieren als an Neugier.

Der König klopfte am Gemach des Zeichners an, höflich wie eine Amme, die darauf bedacht ist, die Herrschaften nicht zu stören, und rief mit gedämpfter Stimme nach Herrn Swart. Als auch dann nichts zu hören war, drückte er sich gegen die Türe, doch sie war verriegelt. Unter der Türe sah man den Schein einer flackernden Kerze hindurchschimmern. Herr Swart musste also da sein. Nun rief Erich nach dem Kartenzeichner, mit laut erhobener Stimme: »Swart!«

Rikmann erkannte in der Stille vor dieser verschlossenen Türe, vor der ein Herrscher um Einlass flehte, dass Swart in dieser Stunde alles war, was der König hatte. Dass Swart der Grund war, warum der König noch lebte. Dass mit seinem Tode alle Hoffnung für Erich hinfahren würde.

»Swart!«, schrie der König, von aufsteigender Angst befallen, der Kartenzeichner könnte sich vielleicht gar etwas angetan haben. »Swart!« Doch drinnen war Stille. »Wenn Ihr nicht öffnet, lasse ich die Türe brechen!«

Rikmann meinte, das Zucken der Flamme der Kerze, die er hielt, zu hören wie das Schlagen von Fahnen im Sturm. Der König wurde blass. Er wies den Schreiber an, Wachen mit einer Ramme zu holen.

Als die schwere Tür mit einem Donnern aus den Angeln brach und die Staubwolke sich legte, da saß der Kartenzeichner seelenruhig über seinen Zeichentisch gebeugt. Er sah auf, als hätte ein Diener seinen Kopf diskret durch einen geöffneten Türspalt hineingesteckt und gefragt, ob die Herrschaften nach etwas verlangten, und sagte ganz nebenbei: »Wir wünschen heute nicht gestört zu werden.«

Der König wurde blass.

Der Kartenzeichner gab sich trotz der Anwesenheit des Königs, als wäre er alleine, und arbeitete in aller Seelenruhe mit seinem Zirkel. Rikmann sah, dass er kostbare Erden in den prächtigsten Farben hatte, um seine Karte auszuschmücken. Ihm schien gar, wegen der besondern Art der Gläser, es seien die Erden, die er in dem ausgebrannten Haus gesehen hatte. Die Erden, die dem Knaben vom Vater aus der Ferne mitgebracht worden waren. Der Kartenzeichner hatte sie aus dem Haus geholt. Er selbst war zurückgekehrt an den Ort des Schreckens. Man sah nicht, was Nicolaus Swart zeichnete, doch es musste, dem Ausmaß der Rinderhaut gemäß, eine wichtige Karte sein. Der König wagte nicht, in den Raum zu treten. Er streckte sich, um zu sehen, was Swart zeichnete, kehrte dann aber wortlos um, keuchte die Treppen hinunter und verschwand hinter der donnernden Türe seines Kronsaales.

Was war nur aus seinem Herrn geworden? Wie konnte er einen Knecht so mit sich umspringen lassen? Rikmann, der bestürzt die Verzweiflung des Königs beobachtet hatte, fragte sich, weshalb der Kartenzeichner nicht geantwortet hatte, und war gewiss, dass Swart eben genau das den König hatte spüren lassen wollen: dass er alles war. Ja, gewissermaßen war Herr Swart nun König und Erich ein Lehnsmann, der hoffen musste, dass sein Herr ihm gab.

In der Nacht ließ der König Rikmann rufen. Er glaubte zu sterben. Er klagte über Eiseskälte. Er meine zu spüren, wie der Tod mit schwarzem Saft in seine Adern dringe, wie der Schnitter an seinem Bett lehne und mit eisiger Hand nach seinem Leben greife.

»Nehmt meine Beichte ab, lieber Rikmann«, so bat der König schwach, »solange ich noch kann.«

Der Schreiber nickte.

»Sagt mir, Rikmann, sagt Ihr es mir: Was habe ich getan? Denn mein Leben war ja auch das Eure. Sagt es ohne Furcht, ich will es hören. Ich weiß, dass Ihr Euren König liebt. Sagt mir: Wo habe ich gefehlt?«

Herr Rikmann sann nach und begann dann langsam zu sprechen, leise und eindringlich. »Ihr habt dem Volk zwei Jahrzehnte Krieg gebracht. Ihr habt das Reich in Blüte übernommen und es durch Eure Flucht verheert im Stich gelassen.«

»Was noch?«, fragte der König.

»Ihr habt Bauern niederschlagen lassen, die gegen Euch aufgestanden sind, weil Eure Vögte ihnen für Eure niederdrückenden Kriegssteuern nehmen wollten, was sie brauchten, um nicht des Hungers zu sterben.«

»Was noch?«

»Ihr habt Euren grausamen Vögten nicht Einhalt geboten. Sie haben schwangere Frauen nackt vor Lastkarren gespannt, wenn die Bauern Vorspanndienste für Eure Kriege verweigerten, sie haben Bauern in den Rauch gehängt.«

»Was noch?«

»Ihr habt, da Ihr kein Geld mehr hattet, Eure Söldner zu bezahlen, sie im Reich gewähren lassen. Sie haben schlimmer geplündert und gebrandschatzt als Eure ärgsten Feinde.«

»Was noch?«

»Ihr habt Fehmarn verwüstet, als die Insel von Euch abfiel.«

»Muss ein König nicht von Zeit zu Zeit Krieg führen, wenn das Reich zu zerbrechen droht?«

»Eure Männer haben wie tolle Hunde gewütet. Es galt ihnen alles gleich, geistlich oder weltlich, alt oder jung, Frau oder Mann, geboren oder ungeboren. Alles wurde verbrannt, selbst die Priester hat man erwürgt und über viertausend Menschen erschlagen.«

»Es schmerzt, das aus Eurem Mund zu hören, Rikmann. Nach so vielen Jahren. Aber wenn Ihr, der Ihr mich liebt, es sagt, dann war es so. Und so schreibt es, wenn dies die Wahrheit ist, in Eure Chronik.«

Der König atmete schwer. »Gibt es nichts, was meine Taten mildert, Rikmann? Habe ich auf Fehmarn den Männern befohlen, zu tun, was sie taten? Habt Ihr gehört, dass ich die Weisung gab: Schändet die Frauen, die noch rein sind, tötet den, der noch lebt, schont nicht die ungeborene Frucht des Leibes, reißt nieder, was noch steht? Sind mir die Männer nicht entglitten? Rikmann! Ihr wart dabei.«

»Der Hauptmann trat vor Euch und sagte, die Männer wünschten, freie Hand zu bekommen.«

»Und ich?«

»Ihr habt geschwiegen.«

»Sei mir gnädig, mein Herr und Gott!«, sagte der König. »Wenn mir nur Zeit auf Erden bliebe, meine Taten zu sühnen! Rikmann, Ihr wart doch Jahr und Tag an meiner Seite. Weshalb habt *Ihr* geschwiegen? Warum habt *Ihr* mir nicht Einhalt geboten?«

»Ich bin Euer Diener.«

»Wer hätte denn rufen können, wenn nicht Ihr? Warum habt Ihr mir nicht in den Arm gegriffen, als ich mein Schwert gegen Gerechte hob? Weshalb habt Ihr nicht gerufen: Haltet ein! Habt Ihr bei Eurem Eid nicht auch geschworen, alles Übel von mir, Eurem Herrn, abzuhalten?«

Rikmann schwieg, wie er immer schwieg.

Der König sank zurück. »Ich bereue. So sprecht mich nun frei von meinen Sünden, Rikmann.«

»Das kann ich nicht, lieber Herr. Das kann ich nicht.«

»So muss ich in Sünde sterben?«

»Ihr habt Eure Schuld bekannt, das ist gut.«

In dieser Stunde war Rikmann gewiss, dass der König wirklich in Sünde sterben musste. Ihm fehlte es an Kraft und Macht und Zeit.

»Vielleicht habt Ihr recht, Rikmann«, sagte Erich. »Die Erde taugt nicht, sich fröhlich zu tummeln ... Haut nichts als ein einfaches Holzkreuz in mein Grab, ich wünsche das Begräbnis eines gewöhnlichen Tagelöhners.« Er tastete fahrig nach seinem Schreiber, als sähe er ihn nicht. »So holt nun den Chrisam, der mich zum König machte, und salbt mich, damit ich wieder zum Menschen werde und heimgehen kann in Frieden.«

Rikmann ließ den heiligen Chrisam bringen.

Er salbte seinen König, ergriff seine Hand und betete für ihn, wie man es für Sterbende tut. Erich wurde ruhig. Sein Herr starb, darüber war Rikmann unsagbar traurig. Doch er, der Schreiber, begleitete ihn auf diesem schweren letzten Gang. Das erfüllte ihn mit unbeschreiblichem Glück.

»Mein Herr und Gott«, so flehte er für seinen König, der nun zu schwach zum Sprechen war und sich die Stimme seines Schreibers lieh, indem er die Worte, die jener sprach, stumm mit seinen Lippen formte:

»Heiliger Pelikan, Herre mein,
nach deiner Güte
und nach deinem reichen Erbarmen
tilge meinen Frevel.
Wasche mich rein von meiner Schuld,
und von meiner Sünde reinige mich.
Denn siehe, in Schuld bin ich geboren,
und in Sünde hat mich meine Mutter empfangen.
Denn siehe,
die Wahrheit im Herzen gefällt dir,
und im Verborgenen
hast du Weisheit mir erwiesen.
Du besprengst mich mit Ysop,
und ich werde rein,
du wäschst mich,
und ich werde weißer als Schnee.«

Einige Knechte und Wirtschafterinnen versammelten sich stumm um das Sterbebett des Königs. Rikmann blickte um sich, ob jemand eine Träne vergoss, damit er etwas Versöhnliches für das Ende seiner Chronik hätte. Doch keiner weinte. Harte, stumme Gesichter blickten den Sterbenden an.

Und dann, wie auf geheime Weisung, traten die das Sterbebett umstehenden Höflinge auseinander. Sie gaben den Blick frei auf den Kartenzeichner Swart, der in ihrem Nacken den Kronsaal betreten hatte, ohne ein Geräusch zu machen, ohne dass er bemerkt worden wäre. Sein fahles Antlitz leuchtete im Mondlicht kalt in der Finsternis des Raumes, beinahe so, als strahlte es selbst. Der Zeichner schritt durch den wie das Meer vor Moses weichenden Hofstaat langsam zum König. Die Stille dröhnte.

Er kniete an der Bettstatt des sterbenden Herrschers nieder und legte die Stirn auf Erichs kalte Hand.

»Verzeiht mir, Swart«, sagte der König.

Draußen rauschte das Meer.

»So sagt mir nun, bevor ich sterbe, Swart: Habt Ihr Nebelheim gefunden?«, fragte der König schwach, mit ersterbender Stimme.

Rikmann meinte eine Träne über die unbewegten Wangen des Kartenzeichners rinnen zu sehen, als der Atem des Königs endete.

»Ja, ich habe Nebelheim gefunden«, sagte Swart in die Stille.

Der König lächelte und schloss mit einem Ächzen seine Augen.

Der Kartenzeichner faltete Erichs Hände über der Brust.

Dann wähnte Rikmann seinen Herrn entschlafen, und die Höflinge begannen, Totengebete zu murmeln.

Bis der König unsäglich zu schnarchen begann, so laut, dass der gesamte Hofstaat, selbst in den entlegensten Wirtschaftshäusern des Schlosses, vom Knecht bis zum Edelmann, während der gesamten Nacht schlaflos an die Decken der Gemächer starrte.

Am Morgen, als der Schreiber nach kurzem, auszehrendem Schlaf erwachte, war sein Strohlager mit Blut überströmt, und an den weiß gekalkten Wänden waren Abdrücke von blutigen Händen. Er sah aus wie nach einer fürchterlichen Schlacht, war über und über mit Blut besudelt.

Rikmann *umbratilis*, der sich allzeit im Schatten des Königs aufgehalten hatte, der keine eigene Biographie zu haben glaubte, er hatte zu Fehmarn nicht mitgeplündert, hatte nicht gemordet. Doch er hatte hinter dem König gestanden, von Ferne die Schreie hörend von Verletzten, von Frauen und Jungfrauen. Er hatte das Schlachten mit angesehen. Er hatte nicht zum König geschrien: Haltet ein! Nein, er hatte ihm nicht in den Arm gegriffen, als er das Schwert gegen Unschuldige erhob. Er hatte eine Ahnung von Hölle gehabt und gedacht: So ist die Welt geschaffen. Die Welt soll dem Menschen kein Paradies sein, sondern ein Schlachtfeld und schreckliche Strafe. Sehet, das ist, was unserer gedacht ist auf Erden. Niemand ist vor seinem Tode glücklich.

Rikmann wurde gewahr, dass die Geschichte des Königs, die er zu schreiben glaubte, auch seine eigene Geschichte war. Wo es die Geschichte der Verfehlungen des Königs war, da war es seine Geschichte des tatenlosen Bezeugens, seine Geschichte des Schweigens, und ihm war, als habe der Herr in dieser Nacht all das Blut, das er durch sein Schweigen vergossen hatte, über ihn ausgeschüttet, um ihn aus seinem jahrzehntelangen Schlaf zu wecken.

Um vor Gott zu treten, reichte es nicht, zu sagen: »Ich war nicht schlecht, ich habe nichts getan.« Er hatte bei allem, was er dem König vorwarf, dabeigestanden. Und hätte er nur eine böse Tat des Königs verhindert, er wäre ein besserer Mensch gewesen.

Die Zecke, so kam ihm zu Sinnen, die im Fell des ausgehungerten Wolfes sitzt, ist sie ohne Schuld, weil sie nicht selbst den ermatteten Wanderer reißt, der ihr das Blut des Wolfes nahrhaft und süß macht? Ist sie nicht noch niederträchtiger als der Wolf?

Mit zitternden Händen wusch Rikmann das Blut seiner nächtlichen Schlachten ab, das ihm aus der Nase geronnen war. Er war verstört von den Kräften, die im Finsteren in ihm wirkten, den Kreaturen, die sich aus den Untiefen in ihm hoben.

Er hatte am Nacken des Wolfes hängend mitgewütet und dankbar das süße Blut getrunken.

Er wusste, dass ihm der Schatten des Königs nicht mehr lange blieb.

Er hatte Angst.

Grell begann das Licht ihm in die Seele zu leuchten.

XV. Kapitel

der wundersamen Meerfahrt,

das mit
DE INVENTIO FORTUNATAE
überschrieben ist,
was so viel heißt wie:
Von der Auffindung
der Glücklichen Inseln

Noch ein Atemzug. Noch ein Schritt. Weiter konnte er nicht denken. Schon der nächste schien ihm nicht mehr möglich. Endlos hatte er sich vorangemüht. Der Nordweiser kreiste. Über ihm irrten Sterne über den Himmel, deren Los die ewige Finsternis war.

Sturm und Schnee umpeitschten ihn, als habe der Herr dem Teufel Urlaub gegeben, mit seinem Leib zu verfahren, wie er es wünschte.

Noch ein Atemzug. Noch ein Schritt.

Manchmal musste er stehen bleiben, um sich des Zieles und des Anfangs zu entsinnen.

Wohin? Was war sein Hoffen und Sehnen gewesen?

Noch ein Atemzug. Noch ein Schritt.

Er kreuzte Spuren im Schnee und hielt dies für ein großes Wunder, dünkte ihn doch, er sei der einzige Mensch in dieser verlorenen Öde.

Die Spuren erinnerten Nicolaus Swart an seine Kindertage, als sein Vater ihm vor seiner letzen Reise die Kunst der Kartographie geschenkt hatte, damit er immer dort sein konnte, wo der Vater war, zumindest in Gedanken. Der Vater war mit ihm hinausgegangen in den Schnee, um Dornrosen zu brechen für die Tinte, die auf den Karten ungesehene Welten sich aus den Fluten heben lassen konnte.

Er trat in die Spuren, wie er es als Knabe getan hatte, als er seinen Fuß in die Spuren des Vaters gesetzt hatte und sich von ihnen in die Welt und die Weite hatte hinausführen lassen, und folgte ihnen auf eine ungewisse Reise.

Er erinnerte sich, wie er einst mit seinem Vater großes Vergnügen entwickelt hatte, die Fährten von anderen zu verfolgen und Rückschlüsse auf jene zu ziehen, die von diesen Spuren für kurze Zeit beherbergt worden waren. Und so folgten sie oft für eine Stunde den Schritten fremder Menschen, teilten für eine Weile ihren Blick, ihren Lebensweg, und manchmal schien Nicolaus, er könnte gar ihre Gedanken aus den Spuren lesen. Sie begannen aus den Fährten abzuleiten, was die Menschen in diesem Moment gemacht oder gedacht hatten, wer sie gewesen waren. Die Spuren von einander Liebenden waren anders als die von einander fremd Gewordenen. Die Wege Lebensfreudiger waren anders als die des Daseins Überdrüssiger. Sie bemerkten auch bei anderen Wanderern, dass fast jedermann gefesselt war von verlorenen Spuren im unberührten Schnee; dass viele Menschen einsamen Fährten nachgingen, vielleicht um selbst nicht so einsam zu sein oder weil es beruhigte, dort zu gehen, wo jemand vorangegangen war.

Irgendwann begann er mit seinem Vater, selbst die Spuren erdachter Biographien in die Welt einzuschreiben. Die Wandernden waren verblüfft, die Schritte eines Vaters mit seinem Sohn zu verfolgen – und plötzlich hörte die Spur des Sohnes auf. Dann beobachtete Nicolaus Swart von Ferne mit seinem Vater, wie Menschen rätselnd in den Schnee blickten und mutmaßten, ob den Sohn ein mächtiger Basilisk mit seinen Klauen geschlagen und in die Luft gerissen hatte.

Das war noch leicht zu enträtseln. Das geübte Auge sah, dass die Schritte des Vaters tiefer geworden waren und er den Sohn auf seinen Schultern getragen haben musste.

Interessanter war die Variante, dass die Spur des Sohnes unvermittelt genauso groß wurde wie die des Vaters. Auch hier hob der Vater den Sohn auf die Schultern, spazierte weiter des Weges, ging dann in seinen eigenen Tritten rückwärts zurück und setzte dort, wo die Tapfen des Sohnes endeten, die kleinen Schritte mit seinen großen fort.

Am passendsten für sein Leben schien dem Kartographen in dieser Stunde eine Spur, die ihn schon damals, nach kurzem Gelächter, traurig gemacht hatte: Sie hatten die Wege von einem Vater mit seinem Sohn in den Schnee eingeschrieben.

Die Spur des Vaters neben der des Sohnes hörte inmitten der unberührten Weite einfach auf.

Der Vater war fort.

Verschwunden ohne Tod.

Der Sohn blieb zurück.

Und nun, im schrecklichen Eis, folgte Nicolaus Swart den Spuren seines Vaters, als habe der Schöpfer und Lenker der Geschicke sie in den Schnee eingeschrieben, damit er wisse, wohin sein Schicksal ihn führte.

Nach Tagen gewahrte er, dass es seine eigenen Schritte waren, denen er folgte.

Er war sich selbst vorangegangen. Er war sich selbst gefolgt. Er war im Kreis gelaufen.

Das Eis, auf dem er stand, es drehte sich. Durch seinen steten Marsch war er am gleichen Ort geblieben.

Er war weit gegangen und doch nicht fortgekommen.

Das Angesicht war ihm längst zur Maske gefroren.

Der Mund, um der Luft Atem abzuringen, geöffnet wie zum Schrei.

Er hörte nichts als den Takt seines wund geschlagenen Herzens.

Er sank nieder, um nicht mehr aufzustehen, lag wie ein verendendes Tier, auf die Flanke gekippt wie sein Schiff.

Nach Stunden landete ein Vogel geradewegs vor ihm. Ein Zeisig. Das kleine Geschöpf war ihm eine unendliche Freude, und er meinte schon, das schöne Wesen sei zum Geleite seiner Seele geschickt worden, die seinen geschundenen Leib nun verlassen würde. Der Zeisig hob sich vor ihm in die Luft, flog Kapriolen, übermütige Schleifen, flog außer Sicht, kehrte zurück, umschwirrte ihn. Und da gewärtigte er, dass er nicht weit weg von einem Land sein konnte.

Er stand auf. Weiter. Noch etwas weiter.

Die Spuren, denen er folgte, sie endeten. Er hielt dies für ein großes Wunder, denn er war doch im Kreis gegangen, war doch seinen eigenen Spuren gefolgt.

Er schrieb die endenden Spuren fort. Weiter in die weiße Leere, die ihm zu einem Kerker ohne Mauern geworden war.

Nach wenigen Stunden hob der Kartenzeichner seinen Blick und sah am Horizont gleißendes Licht und einen unermesslich hohen Berg aufragen.

Er beschleunigte, von neuen Kräften bewegt, seinen müden Schritt und gelangte zum Rand des mächtigen Eises und war über die Maßen beglückt, denn er sah Land. Grünes, mildes Land. Er hatte sich schon aufgegeben und dem Herrn anempfohlen, glaubte sich sterbend.

Und nun tat sich vor ihm weites Land auf, der Ort seines Hoffens und Sehnens: der sagenhafte Kontinent unter dem Polarstern, das Reich seines Vaters lag in unermesslicher Schönheit vor seinen Augen. Wohlbehalten erreichte er das Ufer und sank auf die Knie. Mit Freudentränen benetzte er die neuen Ufer, küsste den Boden und nahm das neue Reich für den König in Besitz, indem er sprach: »Dies sei das Land des Herrn Erich, des XIII. seines Namens, des Königs der Dänen, Schweden, Goten und Wenden und Herzogs von Stolp, und ich benenne es mit dem Namen *Nebelheim* im Namen des Herrn und seines fleischgewordenen Sohnes Jesus Christus.«

Allein von der milden Luft gesättigt, die ihm alle Schmerzen aus Gemüt und Gliedern genommen hatte, bestieg er einen hohen Berg und übersah das neue Reich unter dem Polarstern.

Es bestand aus vier großen Inseln, die bis auf eine unbewohnt waren. Zwischen den Inseln taten sich vier Einlässe auf, in denen sich wiederum mehrere kleine Eilande fanden, die insgesamt neunzehn Einlässe bildeten, von denen der breiteste zwölf französische Meilen maß, der schmalste eine drei viertel Meile. Durch diese Einlässe tobten die hereinstürzenden Ozeane zu einem Abgrund, der beinahe einhundert französische Meilen durchmaß und von jenen vier Ländern gegürtet wurde – ein wunderbarer Meeresschlund, zu dem aus den entlegenen Teilen der Welt die Wasser zusammenströmten und sich dort tosend in die geheimnisvollen Tiefen der Natur hinabstürzten. Jedes Schiff aber, das sich diesem Mahlstrom genähert hätte, wäre von der Gewalt der Fluten erfasst und mit ungeheurer Gefräßigkeit unwiderruflich verschlungen worden. Walfische, die von Zeit zu Zeit in diesen Strom gerieten, stießen einen jämmerlichen Schrei aus, als wären sie ein großer Ochse, und verschwanden.

Aus den unermesslichen Tiefen des Schlundes jedoch, geradewegs in der Mitte, majestätisch, hoch aufragend wie der Himmel, reckte sich ein gewaltig hoher Berg empor. Dieser Berg, eine Säule beinahe, bestand aus tiefschwarzem Gestein, das den Nordweiser anzog und geschliffen war wie ein Kiesel in einem Flussbett und glänzte, als sei es poliert worden. Der Umfang des Berges betrug etwa dreiunddreißig französische Meilen. Auf ihm wuchs nicht ein Gras, kein Lebewesen ließ sich auf diesem blanken Fels nieder, da nicht einmal eine Handvoll Erde auf ihm zu finden war.

Die Ozeane, die sich nun in diesem gewaltigen, alle menschliche Vorstellungskraft übersteigenden Schauspiel in jenen unermesslichen Schlund stürzten, traten, nachdem sie im Sturz ihren Namen verloren hatten, fern von diesem Ort als die vier Paradiesflüsse Euphrat, Tigris, Nil und Ganges wieder zutage.

Das wusste man deshalb, weil Indienreisende berichtet hatten, dass vor langer Zeit auf dem Ganges eine ganze Armee toter englischer Waffenträger geschwommen sei, was man für ein großes Wunder hielt. Denn im Jahre 530, als König Arthur mit den Seinen von Irland in den Norden ausfuhr, waren nach der *Gesta Arturii* mehr als viertausend Menschen in diese geheimnisvollen Hineinläufe im Norden eingefahren und nicht mehr zurückgekehrt. Und so war die einzige vernünftige Erklärung, dass ebenjene Männer des Arthur, die in den Schlund gestürzt, auf dem Ganges wieder ausgespien worden waren und dort an den Badenden vorbeischifften.

Von den hineingestürzten Walfischen jedoch hatte man nicht gehört, dass einer im Ganges aufgetaucht wäre.

Es wurde auch von Seen in Indien berichtet, aus denen Tote auftauchten, die nie hineingestürzt waren.

Nach sechs Stunden aber schoss aus diesem Schlund, in den das Meer hineindonnerte, das Wasser wieder hervor.

Denn dies war die Meerlunge, die Ebbe und Flut erzeugte.

Herr Swart stieg von dem Berg herab und besah sich das neue Land. Dort waren von der Hand Gottes die schönsten natürlichen Gärten angelegt, voller wohlschmeckender Pflanzen und Früchte. Dort wuchs Korn, ohne dass es ausgesät worden wäre, und es gab milchweiße Falken wie bei uns Spatzen.

Die Äpfel dagegen wuchsen dort so, dass sie aussahen, als wären sie an einer Seite angebissen, daher nannte man sie *Adamsäpfel*, vielleicht um an die Schandtat des Adam zu gemahnen, der ja so böse in den Apfel gebissen hatte.

Es gab dort viele Wunder:

Das sandige Meer, das man *mare harenosum* nannte, in dem Sand hin und her floss wie in einem richtigen Meer und auch Fische schwammen, die man essen konnte und die hervorragend schmeckten. Und auch ein Fluss mündete in das sandige Meer, der auf einem Berg entsprang und dessen Bett nichts als rumpelnde Steine und mächtige Brocken führte, die sich in jenes Meer ergossen, wo der Lärm dann verstummte.

Dort gab es Vögel, die so gut sprachen wie ein Mensch, oder sogar noch besser.

Es gab Bäume, die Wolle trugen, und der Kartenzeichner Swart sah dort Weinreben, an denen so große Früchte gediehen, dass ein Mann nur mit Mühe die Traube eines Rebstockes tragen konnte.

Man fand dort so viele Edelsteine, dass man daraus Türknäufe, Teller und Schüsseln fertigen konnte.

Das, was Herr Swart für das Tor des Palastes des Königs hielt, war aus einem Edelstein des Namens Sardonyx gefertigt, der Torbogen aus feinem Gold, das Schloss aus Kristall.

Es gab dreierlei Tische, an denen der Hausherr speiste: Einer war aus Gold, ein anderer aus Smaragd und ein dritter aus Amethyst. Die Stufen, die zu den Tischen führten, waren aus Onyx, Kristall, Jaspis, Granat und Karneol gefertigt. Und die achte Stufe, auf der die Füße des Königs ruhten, bestand aus Chrysolith. Die Schalen auf den Tischen waren aus Gold und Edelsteinen und mit großen Perlen geschmückt. In den Sälen und Kammern flatterten Singvögel mit bunten Federn und lustigen Kämmen umher. Im Garten gab es drei Brunnen. Aus einem floss Milch, aus einem Honig und aus dem dritten Wein. Auch alle Säulen waren aus feinem, rotem Gold und mit Edelsteinen und Karfunkeln besetzt, von denen ein heller Schein ausging. Inmitten der Kammer des Königs befand sich eine Schale aus Kristall, gefüllt mit Balsam, der Tag und Nacht wohlriechende Düfte verbreitete, damit keine schlechte Luft hereinkam. Das

Bett war aus Gold und Saphir gefertigt, da Letzteres den König gut schlafen ließ, denn der Saphir ist von kalter Natur und vertreibt die Unkeuschheit.

Doch als Herr Swart vor ihm niederkniete und zu ihm sprach und ihm als König huldigte, da fand er ihn weinend, denn er sagte, er sei ja nicht König, er sei der ärmste Mensch des Landes. Denn in seinem Lande gelte als arm, wer große Reichtümer besitze. Ihm schmecke nichts, er habe an nichts Freude, blicke ganztags bestürzt zu Boden und sitze seufzend in seinem Palast.

König sei in seinem Lande aber, wer nichts besitze und guten Mutes sei und sich von den Feldern nehme, was er zu essen brauche. König sei dort, wer in unserem Land als Habenichts gelte. Jeder sei dort, was er um seiner selbst willen sei.

Wer in diesem Lande Bettler war, der hatte so viele Edelsteine, dass er sie in den Kehricht warf. So wenig Staub aber gab es in dem Palast des vermeintlichen Königs, dass er ihm das Kostbarste war, was er besaß.

Und dann geschah ein großes Wunder.

Als der königliche Bettler ihn durch das Reich führte, fand der Kartenzeichner unter dem Volk der Habenichtse seinen Vater wieder. Gebeugt, hohen Alters stand er unter einem Baum und war einer der reichsten Männer der Insel, das durfte man mit Stolz behaupten, denn er hatte nicht einmal Krumen in den Wamstaschen. Der Vater stand mit seinem weit ausladenden Umhang, seinem großen Hut, wie Nicolaus Swart nun selbst ihn trug, mit ebensolchen Schnabelschuhen vor dem Sohn und umfing ihn mit den Armen, so wie er ihn zuletzt sechzehn Jahre zuvor umfangen hatte, als er zu seiner großen Fahrt aufgebrochen war. Herr Swart vermeinte für einige Augenblicke, sein lieber Vater stürbe ihm vor Freude, so ganz und gar fassungslos war er. Und auch er selbst war außer sich, mehr Schmerz als Freude empfand er zuerst, als er ihn in die Arme schloss, denn so nah er ihn nun hatte, so sehr verspürte er, wie sehr er ihm gefehlt hatte, der ihm in ferner Zeit alles gewesen war.

Der Kartenzeichner Nicolaus Swart, dem der Vater aus der Ferne Teile der Erde gebracht hatte, Scherben, die der Knabe zu einer Welt zusammensetzte, und der schmerzvoll hatte bezeugen müssen, wie das Bild des Vaters und seine Welt verbrannten, wie man einen Hund mit seinem teuren Namen benannte, ihn schlug und an seiner statt hängte, er konnte nun seinen geliebten Vater in die Arme schließen, den er längst tot geglaubt.

Niemand auf Erden vermochte das Glück zu ermessen, das Nicolaus Swart in diesem Augenblick empfand am Ende der Welt.

Schwer atmend saß der Kartenzeichner Swart im königlichen Kronsaal auf seinem Thron, nachdem er den Bericht geendet hatte.

Er schien um Jahre gealtert, blickte vor sich hin ins Unendliche und kehrte nur langsam zurück aus einer fernen, fremden Welt.

Der König weinte vor Freude.

»Gütiger Gott«, sprach Erich nach einer Ewigkeit. »Selig sind, die da Leid tragen; denn sie sollen getröstet werden. So spricht der Herr, der die Sonne dem Tage zum Licht gibt und den Mond und die Sterne der Nacht zum Licht bestellt; der das Meer bewegt, dass seine Wellen brausen.«

Rikmann schreckte in der Nacht durch einen markerschütternden Schrei von seinem Strohlager auf und meinte, Swart habe ihn ausgestoßen. Doch als er zu Sinnen kam, war er nicht mehr gewiss, ob er den Schrei nur geträumt, ob er ihn vielleicht gar selbst geschrien hatte.

Er blickte aus dem Fenster, das sich auf den Hof öffnete, und konnte nichts Ungewöhnliches entdecken. Doch dann meinte er im Licht des Mondes eine Gestalt auf den Zinnen des Windenturmes zu sehen, die sich auf den Abgrund zubewegte. Da ahnte er, dass Schreckliches passieren würde: Der Kartenzeichner würde ein Ende mit sich machen.

Er rannte, so schnell er konnte, zum Windenturm. Weshalb, so fragte er sich, wo es der Herr doch so gut mit ihm gemeint und ihn aus der größten Not errettet hatte, wollte Swart ein Ende mit sich machen? Rikmann eilte die schmale Wendeltreppe empor. Außer Atem, am Ende seiner spärlichen Kräfte, stürzte er aus der Luke, die sich zuoberst im Turm befand.

Dort war niemand.

Schwer um Luft ringend sammelte er sich.

Nichts. Es war nichts. Nun zeigten sich ihm schon Spukgestalten.

Als er die Wendeltreppe des Turmes wieder hinunterging, fand er die Tür zum Gemach des Kartenzeichners geöffnet. Er hielt die Luft an, um zu hören, ob da jemand war. Nichts. Er lugte vorsichtig in den Raum. Der Zeichner war nicht zu sehen. Dann ging er mit leisen Schritten hinein.

Was er sah, raubte ihm beinahe den Atem. Das Zimmer war über und über mit Pergamenten übersät, auf denen nichts war als Zahlen. Zahlen über Zahlen. Hier war ein Geburtsort neuer Welten. Wände und Boden waren mit Papieren wie gepflastert. Der Anblick hatte etwas Schreckliches, etwas von einem schlimmen Traum. Hier konnte kein Mensch von gesundem Gemüt hausen.

Auf dem Schreibtisch in der Mitte des Raumes sah er ein Buch, dessen Seiten mit Zahlen übersät waren. *Insulae fortunatae* war es überschrieben. Hunderte von Vorsprüngen, Flussmündungen, Quellen, Städten, Bergen waren nach Länge und Breite verzeichnet. Und er sah eine prächtige auf Rinderhaut gezeichnete Karte, auf der jenes Land sich aus dem Meer der Finsternis erhob.

Als er das neue Reich in Augenschein nehmen wollte, bemerkte Rikmann, dass eine Gestalt in der Türe aufgetaucht war.

Blass schälte sich der Kartenzeichner aus dem Schwarz des dunklen Ganges. Der Schreiber stand wie gelähmt von der unheimlichen Erscheinung und war beinahe versucht, Swart zu berühren, um sich zu versichern, dass er wirklich existierte, dass er nicht den Geist des Zeichners sah.

»Für den, der von Reisen in die Ferne berichtet«, sagte Swart grußlos, sanft und doch so, dass Rikmann ihn fürchtete, »ist es verdrießlich, über Wunder zu sprechen, die er gesehen. Denn es ist die Gewohnheit gewisser Menschen, nicht zu glauben, was sie nicht mit ihren Augen gesehen haben, so wie Thomas, der das Wunder der Auferstehung Jesu nicht hat glauben mögen, bis er seinen Finger in das Wundmal legte.« Swart sprach auf eine Weise, dass Rikmann vermeinte, der Zeichner wisse um seine zweifelnden Gedanken. »So wird über Berichte von der Ferne Misstrauen gehegt wie bei einem Büchlein, das man bei uns lesen kann, welches die Mirakel Indiens beschreibt, die uns so wunderbar erscheinen, dass wir sie kaum glauben mögen. Doch sollte uns nicht minder wahrhaftig erscheinen, dass im fernen Indien kleine Menschen mächtige Flugdrachen zähmen können, die dort in den Wildnissen leben und von denen man meinen möchte, dass sie zu wild und giftig seien, als dass ein Mensch sie zähmen könnte, als bei uns ebensolche Dinge vorkommen, die jenen wunderbar scheinen müssen, geradezu unglaublich, und die dennoch wahr sind. Denn es möchte doch wohl möglich sein, Tiere oder andere Lebewesen zu zähmen, wenn sie auch grimmig und schwer zu behandeln sind. Den Menschen in Indien aber müsste es gleichermaßen erlogen scheinen, dass es bei uns Leute gibt, die Hölzer so zu zähmen wissen, dass jemand, der nicht schneller auf den Füßen ist als andere, sich Hölzer unter die Füße schnallt, die fünf oder sechs Ellen lang sind, und dann die Vögel im Flug oder die Windhunde im Lauf besiegt oder das Rentier, das doppelt so schnell ist wie der Hirsch, und in einem Lauf neun Rentiere oder mehr mit dem Speer erlegt. Und doch ist es wahr.«

Der Kartenzeichner hatte nichts Bedrohliches gesagt oder Rikmann gar angegriffen. Doch gerade die Sanftheit seiner Worte, die gleichwohl nicht vergebend und verständig, sondern unerbittlich waren, die eine endgültige Feststellung trafen, gerade diese Sanftheit war es, deren schrecklicher Klang dem Schreiber Tage nicht mehr aus den Ohren gehen sollte.

Der Schweiß brach ihm aus. »Ich möchte Euch glauben, Swart«, sagte er mit klopfendem Herzen. »Doch es ist nun einmal die Gewohnheit des Chronisten, den Dingen auf den Grund zu gehen. Beinahe täglich, wenn eine Chronik geschrieben wird, kommen Adlige in die Stuben der Schreiber, und die Niederträchtigsten unter ihnen wollen gut davonkommen und berichten, was sie alles Gutes getan haben. Manchen Ortes, besonders zu Lusitanien, da scheren sich die Chronisten nicht darum. Sie binden sich die Geldsäckel, die man ihnen in die Faust drückt, um den Gürtel und schreiben, was gewünscht wird. Manche von ihnen sind gar Fürsten und besitzen Ländereien, die von Horizont zu Horizont reichen. Ich dagegen, ich habe nichts als das, was ich am Leibe trage. Ich gebe nichts auf diese Dinge. Ich will nichts, mir kann man nichts nehmen. König wäre ich in Eurem Land. Nicht einmal einen Sitz im Rat habe ich. Meine Gewohnheit ist es, dem Hörensagen nicht weiter zu trauen als meinem ärgsten Feind. Ich traue alleine dem Beweis.«

Der Kartenzeichner ging zu einer wuchtigen Truhe, nahm ein schweres Futteral heraus, in dem sich eine Phiole aus weißem Glas befand, und reichte sie dem Chronisten.

»Hier«, sagte er. »Hier ist Euer Beweis.«

Rikmann besah sich die Phiole von allen Seiten. Sie war leer. Er hielt sie gegen den Kerzenleuchter. Nichts, nicht einmal ein Sandkorn war darin.

»Ist Euch bewusst«, sagte Swart, »welche Mühen es bereitet hat, dieses filigrane Glas, das schon von zu lautem Rufen zerspringt, diese Seifenblase durch die Hölle des malmenden Eises zu tragen, gerade so wie der heilige Franziskus zu Fuß die Flamme des Heiligen Grabes, von Stürmen umtobt, in seine Heimat brachte?«

Rikmann verstand nicht. »Warum habt Ihr es dann mitgeführt?«

»Weil ich wusste, dass es Menschen wie Euch gibt, die Beweise wollen. Menschen, die dem Herrn mit ihren schmutzigen Fingern in das Wundmal langen wollen.«

»Ich verstehe nicht«, sagte Rikmann. »Ich verstehe nicht, was dieses Glas beweist. Es ist eine gewöhnliche Phiole, scheint mir, nicht einmal besonders kunstvoll geblasen. So etwas kann jeder Glasbläser zu Visby besser fertigen!«

»Nicht das Glas ist wertvoll, sondern das, was darinnen ist«, sagte der Kartenzeichner.

Rikmann besah sich noch einmal die Phiole und war ratlos. »Ich verstehe nicht.«

»Zum Beweise meiner Reise führte ich in diesem Glas etwas von der außerordentlich wohlriechenden, von Blütenduft geschwängerten Luft der Glücklichen Inseln durch das Eis hierher.«

Der Schreiber lachte auf. »Es ist nicht mehr als eine leere Phiole, scheint mir. Ein Spiel, das den Knaben freute.«

»Der hochberühmte lusitanische Erzschenk Gil Eanes, der Kap Bojador umschiffte, er brachte dem Infanten Dom Heinrich ein Glas mit Erde.«

»Nun, Erde ist immerhin Erde.«

»Gil Eanes könnte sie genauso gut vom nahegelegenen Schindanger genommen haben. Was beweist das mehr? Er wird gefeiert. Er hat den Ort ohne Wiederkehr des Südens umschifft. Hat Bjarni Vinland entdeckt? Hat Sataspes Afrika umfahren?«

Rikmann schwieg.

»Öffnet das Glas und riecht. Öffnet das Glas und riecht, Rikmann, Ihr werdet Vergleichbares nie wieder riechen in Eurem ganzen Leben. Es ist der Duft des Paradieses. Ihr werdet unerhörtes Glück verspüren. Ihr werdet verstehen, wovon ich spreche.«

Rikmann nahm die Phiole in der festen Absicht, sie zu öffnen. Doch dann zögerte er.

»Öffnet diese Phiole, sie war für den König gedacht«, sagte Swart.

Rikmann rang mit sich. Er brachte es nicht über sich, sie zu öffnen.

»Öffnet sie!«, sagte der Kartenzeichner. »Ich denke, Ihr seid gewiss, dass nichts von alledem wahr ist, was ich berichte?«

Der Schreiber schüttelte den Kopf und reichte Swart das Glas. »Es ist für den König bestimmt. Der König soll es riechen.«

»Ihr glaubt, in dem Glas sei gewöhnliche Luft! Warum zögert Ihr?«

»Der König soll daran riechen und entscheiden.«

»Wo Ihr doch sicher seid, dass ich nicht die Wahrheit sage und dass so eine Reise überhaupt nicht möglich ist, weshalb zögert Ihr, dieses Glas zu öffnen?«

»Ich weiß es nicht.«

»Glaubt Ihr alles, was der König glaubt?«

Rikmann schwieg.

»Wenn es so ist, müsst Ihr mir glauben. Denn der König glaubt mir.«

Rikmann schwieg.

»Wenn der König aufhörte, an Gott den Herrn zu glauben, so würdet auch Ihr aufhören?«

»Weshalb, Swart, so frage ich Euch«, entgegnete der Schreiber, »legt Ihr dem neue Reiche zu Füßen, von dem Ihr glauben müsst, er habe Euren Vater preisgegeben? Der Euch nicht von Euren Qualen erlöste, als Ihr um Gnade schriet, als das Bildnis Eures Vaters brannte, der hinter dem Fenster des Ratssaales verschwand, sich ins Dunkel duckte? Weshalb tut Ihr das?«

»Ihr quält mich, Rikmann. Lasst ab von mir«, sagte Swart.

»Was ist mit Euren Leuten geschehen? Habt Ihr sie im Eis umkommen lassen?«

Swart schüttelte den Kopf. »Sie haben von allem im Überfluss in den neuen Reichen. Ihnen wird dort gegeben, was sie brauchen.«

»Weshalb seid Ihr alleine zurückgekehrt? Was ist geschehen? Seid Ihr überhaupt gefahren? Ihr werdet dem König nichts Gutes bringen, glaube ich. Seid Ihr gekommen, um zu strafen?«

Der Kartenzeichner schwieg.

»Ihr wisst, wie die Geschichte Sataspes' endete«, so fuhr Rikmann fort. »Er berichtete Xerxes von den Dingen, die er gesehen zu haben vermeinte, als er Afrika umfuhr, von den

Mondbergen, von kleinen Menschen, die nur mit Palmblättern bekleidet seien. Xerxes hat mit eigener Hand dem Sataspes das Haupt abgeschlagen, weil er ihn für einen Lügner hielt.«

Drückende Stille herrschte zwischen den Männern. Rikmann wusste, dass hier nichts mehr zu heilen war. Die Worte waren ausgesprochen. Unwiderruflich.

Er schritt zur Türe, auf den Kartenzeichner zu, und nahm an, er würde ihm ausweichen.

Doch Nicolaus Swart blieb stehen. »Wo habt *Ihr* gestanden, als ich rief?«, fragte er leise.

Rikmann antwortete nicht. Es hatte in diesen Zeiten jeden Monat einen Auflauf auf dem Marktplatz gegeben. Jeden Monat war einer wegen Freibeuterei dem Halsgericht zugeführt worden. Er wusste nicht, wo er gestanden hatte. Ihm schlug das Herz bis zum Halse, denn in dieser Stunde fürchtete er nun gar, dass der Kartenzeichner, gerade wie er es mit Schellendorp getan hatte, blitzschnell sein Messer über seine Kehle würde fahren lassen.

»Wisst Ihr, weshalb ich dem König mein Reich schenke?«, so fragte Nicolaus Swart in leisen, bedeutungsvollen Worten.

Rikmann schüttelte sein Haupt.

»Er bat mich um Verzeihung, Rikmann. Und ich habe ihm vergeben.« Dann trat Swart zur Seite.

Der Schreiber verließ das Gemach, ging hinaus an die Luft. Er musste sich am Fallgitter des Burgtores festhalten, um nach Atem zu ringen.

War es so, dass Rikmann, der Erbsenselige, einen zu kleinen Geist hatte, sich all das vorzustellen, was Swart von den Wundern der Erde berichtete? Was, wenn er sich im Kartenzeichner irrte? Hatte man nicht auch dem fleischgewordenen Sohn die Krone aus weißen, dornigen Meerbinsen auf das Haupt gedrückt und ihn bespien und verhöhnt als König der Juden, ihn, der doch wirklich ein König war?

Der Schreiber erschrak, als ihm zu Sinnen kam, dass er nun selbst schon den Sohn Gottes heranzog, um über den Kartenzeichner zu urteilen.

Hatte man Sataspes verkannt?

War es möglich, dass der Kartenzeichner all das unternommen hatte, wovon er selbst, Rikmann, als Knabe geträumt hatte? War ihm Auftrag und Wirklichkeit, was anderen Kindergrillen waren? Der Traum aus Rikmanns Kindheit, auszufahren, hinaus in die Einsamkeit, fern der Menschen, fern der lauten Städte, fern von Völlerei, Neid und Habsucht ein einfaches Leben in Demut zu führen und sich an dem zu erfreuen, was man hatte?

Vielleicht war er selbst es, der sich verfehlte, weil er den Menschen, der Großes wagte, stürzen sehen wollte. Vielleicht, weil er selbst zu feige war, Großes zu wagen. Weil er zu feige war, aus dem Schatten herauszutreten, zu handeln und zu fehlen. Er war ein gebückter Mensch der Bedenken, der Einwände, des Einhaltens. Warnen ließ sich allzeit ungefährdet.

Auch er wollte, schon bald, so wie der Kartenzeichner es getan hatte, losstürmen und unbedacht seinem Herzen folgen.

Rikmann wandte sich um, da er zu seinem Gemach zu gehen wünschte.

Da sah er vor dem Windenturm eine zerschmetterte Gestalt weiß im Mondlicht liegen, auf dem Rücken, mit ausgebreiteten Armen.

Er fürchtete, der Tote sei der Kartenzeichner, der sich nach ihrem Gespräch zu Tode gestürzt hatte, und lief entsetzt zu dem Leblosen, um den sich eine dunkle Blutlache gebildet hatte.

Der Tote war der Falkner. Er musste sich von den Zinnen gestürzt haben. Aus dem Mund lief zähes Blut, die Glieder waren gebrochen, doch er lächelte selig, erlöst. Rikmann musste an die Sage vom Volk der Hyperboreer denken, der Jenseits-des-Nordwinds-Wohnenden, die sich heiteren Gemütes von einer Klippe in die Tiefe stürzten, wenn sie ihres ewigen Lebens überdrüssig wurden. Weshalb, so fragte er sich, konnte jemand im Paradiese seines Lebens überdrüssig werden? Konnte nicht nur der im Tode lächeln, dem das irdische Leben Qual bedeutet und der sich auf das Glück nach seinem Tode freut?

Was hatte der arme Falkner mit ihm sprechen wollen? Hatte er wirklich selbst Hand an sich gelegt? Er war doch nach Jahren wieder glücklich gewesen mit seinen Tauben und dem Hoffen auf die milchweißen Falken. Er hätte nie ein Ende mit sich gemacht! Wollte er im Moment des größten Glücks sein Leben beschließen, in einer süßen Stunde, aus Angst vor erneutem Sturz? Oder hatte ihn gar jemand gestoßen? Der Kartenzeichner selbst? Den Verworfenen, den er selbst erst aus dem Staub aufgehoben hatte?

Dann trat der Kartenzeichner aus dem Turm und sah den Falkner liegen.

Sein Gesicht schien unbewegt. Langsam schritt er näher, kniete vor dem Toten nieder, blasser als die Leiche vor ihm, strich ihm mit seinen dünnen weißen Händen über die Wange und sagte nach langem Schweigen: »Es ist nur ein kurzer Abschied.«

Seit diesem Vorfall meinte Herr Rikmann zu wissen, weshalb der Kartenzeichner mit dem Garbrater und dem Fischmeister und einigen weiteren Männern, die er um sich versammelt hatte, in den Windenturm gezogen war, jenen Männern, von denen der Koch sagte, sie kämen aus den Armenhäusern von Visby. Er fühlte sich seitdem in der Burg eingeschlossen, denn vom Windenturm und dem daran anschließenden Gebäude aus wurde das Tor kontrolliert, und man sah genau, wer ein und aus ging. Er fühlte sich allzeit beobachtet. Wenn er hinaufblickte, dann schien stets ein Kopf hinter einem Fenster im Dunkel zu verschwinden, der sich die Vorgänge im Burghof oder vor dem Tor genau besehen hatte.

Und er war beinahe gewiss, dass der Falkner hatte sterben müssen, weil er den Kartenzeichner verraten wollte. Weil er den Trug des Kartenzeichners aufgedeckt hatte. Weil er dem Spiel ein Ende hatte setzen wollen. Weil er Rikmann alles eröffnende Schriftwechsel hatte vorlegen wollen, die für den König Übles heraufbeschworen hätten.

Und Rikmann fürchtete nun auch um sein Leben, da er den Kartographen Nicolaus Swart offen der Lüge bezichtigt hatte.

Herr Rikmann wurde vom König nicht mehr gerufen. Scheinbaren Obliegenheiten nachgehend, verbrachte er die Tage damit, den Gang vor dem Kronsaal auf und ab zu gehen, immer weiter, ruhelos, in der Hoffnung, der König würde ihn sehen, wenn einer der neuen Günstlinge den Kronsaal verließ, und seinen treuen Schreiber zu sich bitten. Er wollte ihn über die Umstände des Todes des armen Falkners ins Bild setzen und hoffte, der König würde seine dem Kartenzeichner gewährte Gunst endlich überdenken.

Doch Erich mied, so schien ihm, wenn sich wirklich einmal die Tür des Thronsaals öffnete, Rikmanns Blick. Vielleicht konnte er ihn auch schon nicht mehr sehen, denn das Augenlicht des alten Mannes wurde zusehends schlechter und sein geistiger Zustand verfahrener.

»Er liest keine Erlässe mehr«, so berichtete der Koch. »Herr Swart liest ihm alle Korrespondenzen vor und schreibt für ihn die Antworten.«

Er kann ihm alles lesen, dachte Rikmann, kann alles schreiben. Kann den König nach Belieben täuschen.

Immer und immer wieder, mit stumpfem Blick wie ein Zwingertier, das auf einem schmalen Streifen seines Gefängnisses hin und her geht, lief Rikmann auf und ab und schaukelte seine Gedanken auf, üble Vermutungen wurden von entsetzlichen übertroffen. Widerwärtige gedankliche Muren gingen in ihm ab und rissen ihn mit sich fort. Einmal musste er gar in die

Hocke gehen, da ihm schwach wurde. Zittrig war er in diesen Tagen. Er lief oftmals einen Gang entlang und fragte sich, was er hatte tun wollen, bis ihm kam, dass er ja eigentlich nichts hatte tun wollen und nur vorgab, in Geschäfte verstrickt zu sein. Ihn brauchte ja niemand mehr.

In der Nacht stand Herr Rikmann auf und kopierte ein wenig, um sein aufgeregtes Gemüt zu beruhigen, und er fühlte sich verlassen, wie er sich nie verlassen gefühlt hatte.

De animalibus, so kopierte er aus dem vor ihm liegenden Text des Albertus Magnus, auch wenn es niemanden gab, dem er ihn zum Geschenk hätte machen können. *Über das Wesen der Schalentiere. In den Meeren wohnen seltsame Wesen, die man Muschel nennt und deren Natur man kaum oder gar nicht begreifen kann. Diese Schalentiere haben ein sorgloses Leben, auch wenn es ihnen an Augen, Beinen, Armen, Mund, Nase, Ohren und allem mangelt, wessen andere Lebewesen sich glücklich schätzen, von Gott damit ausgestattet worden zu sein. Und dennoch lässt sich die Muschel ihres Lebens nicht verdrießen und lebt zufrieden am Grund des Meeres.*

Immer wieder trocknete Rikmann die Tinte auf seinem Federkiel ein, weil er vergaß weiterzuschreiben und nur zeitvergessen vor sich hin starrte. Seine Schrift war zittrig und fahrig. Nicht einmal das Kopieren machte ihm mehr Freude. Es machte ihn traurig, und er wusste nicht einmal, weshalb.

Der einzige Trübsinn, den diese Geschöpfe zu erleiden haben, so kopierte er weiter, *ersteht ihnen durch den Oktopus, der hier seine üble Natur zeigt. Wann immer die Muschel die Annäherung eines Oktopus gewärtigt, schließt sie ihre Schale und harrt aus, bis der Oktopus weiterschwimmt, denn sie übertrifft ihn bei weitem an Geduld. Doch der Oktopus ist von hinterhältiger Natur und macht den Schatten eines Felsen zu seinem Versteck und umgreift mit einem Arm einen Stein und wirft ihn in die arglose Muschel. Dadurch kann sich die Muschel nicht mehr zu ihrem Schutze schließen, und er reißt anschließend dieses friedliche Geschöpf aus seiner Kartause und verzehrt es.*

Wie vielfältig doch die Schöpfung ist, dachte Herr Rikmann.

Im Nebel des Morgens legte am Hafen von Visby eine Barke an. Dem Schiff entstieg der Ritter Bengt vom Geschlechte Natt och Dag, was so viel heißt wie *Nacht und Tag,* begleitet von seiner Dienerschaft, einigen Waffenträgern und hohen Gesandten des dänischen, des schwedischen und des norwegischen Rates.

Tage warteten die Männer darauf, zum König vorgelassen zu werden. Vergeblich. Schließlich suchte der Herr von Natt och Dag den Schreiber Rikmann auf, da er vermeinte, durch ihn werde er Zugang zum König erlangen.

Der Schreiber erschrak zutiefst über das Kommen des hohen Herrn, den er zuletzt dem Heer des Bonde voranreitend gesehen hatte, und fürchtete, der Ritter werde dem König Tod und Verderben bringen. Er wiegte den Herrn von Natt och Dag in dem Glauben, er könnte ihn tatsächlich vor den König bringen, da Herr Rikmann zu wissen wünschte, wie es um das Reich bestellt war. Er hoffte, er würde von seinem König Unheil abwenden und sich so vielleicht gar neu empfehlen können.

Der Ritter von Natt och Dag erklärte dem Schreiber, wie die Dinge standen. Im Volk herrschten grausame Unruhen, da Räuber und Buben, Adel wie Klerus keinen Herrn über sich wussten, der sie strafte. Es konnten keine Halsgerichtsurteile gesprochen werden, denn der König hatte das große Siegel außer Landes geführt. Erich hatte trotz der Ermahnung des Rates keinen Marschalk bestimmt und keinen Droste, die während seiner Abwesenheit die Geschäfte besorgten.

Als die Räte den König sehnlichst beim Tag zu Korsör erwarteten, um die Dinge des Reiches zu klären, tauchte er nicht auf. Man war wegen der Schwere der Notlage erstaunt, sprachlos, dass der Herrscher sich nicht zeigte; die Großen des Reiches waren höchlichst verärgert.

Dann hörte man, dass einige Schiffe des Königs in einem Sturm untergegangen waren, und tagelang glaubte man, Erich sei ums Leben gekommen, und ließ schon erste Bittgottesdienste lesen. Das befeuerte nun den Reichsverweser Bonde, Getreue des Königs in ihren Burgen anzugreifen und ihnen die Festen fortzunehmen. Er stellte gar die *Effigies* des Königs auf dem Domplatz zu Nyköping aus! Er stieg auf dem Marktplatz auf das *castrum doloris*, auf dem er dem Volk den königlichen Leichnam zeigte, und rief der Menge zu: »Der König ist tot, es lebe der König!« Man jubelte dem Bonde zu. Herolde eilten zu den Fürstenhöfen und verbreiteten die Kunde. Viele von ihnen huldigten dem Bonde als ihrem neuen König.

Dann bezeugte ein überlebender Seefahrer, dass der liebe Herr Erich nicht an Bord gewesen sei, sondern lediglich einige Gesandte zum Tag von Korsör vorgeschickt habe. Der König lebte also noch.

Einer Eingebung folgend, schiffte sich der Herr von Natt och Dag daraufhin nach Gotland ein, um zu seinem König zu gelangen.

Er erklärte Rikmann, um die Macht des Königs zu retten und dem Reichsverweser Bonde Einhalt zu gebieten, der im Reich Übles anrichte, bleibe nichts, als den König mit Waffengewalt nach Schweden zurückzuführen, und daher hätten alle Königstreuen aufgerufen, Waffenträger nach Gotland zu schicken, um dort ein Heer zu sammeln.

Rikmann, der diese Tage in großer Sorge um seinen Herrn verbrachte, konnte den König abpassen, als er zum Badehaus getragen wurde. Er war schwarz wie ein Sumpfmann, denn er hatte sich zu einem nahegelegenen Moor tragen und dort baden lassen, um wieder zu Kräften zu kommen. Seit der Kartenzeichner mit seinem Bericht begonnen hatte, unternahm er alles, um sein baldiges Verbleichen hinauszuschieben, ließ sich Blutegel setzen und sich täglich schröpfen.

Es seien einige erboste Herren da, so stellte der Schreiber in Einrede, die schreckliche Nachricht hätten, und von des Reiches wegen sehe er es als dringlich geboten, sie zu empfangen.

Der König tobte und schrie, wer ihn verzinkt und dem Rat preisgegeben habe, wo er war. Wer das getan habe, könne ihm genauso gut ein Messer in den Leib rennen, denn alles Streben dieser Männer sei auf seinen Tod gerichtet! »Ich bin tot, Rikmann!«, schrie er.

Wenig später empfing er die Gesandten.

Die Wachen verwehrten den Ratsboten, dem König näher als dreißig Schritt zu kommen, und gaben vor, er fürchte, sie würden ihm die Pest bringen.

Herr Rikmann war mit den Männern in den Saal gekommen und musste darüber lächeln, wie hinfällig der König sich nun gab. Er lag in seinem Bett, starrte an die Decke, als wäre er schon tot, und gab von Zeit zu Zeit ein Ächzen von sich. Er führte eine Posse auf. Neben dem König stand der Kartenzeichner, unbewegt, mit einem Gesicht wie eine Maske und dunklen Augen. Am Fußende des Bettes hatte Erich einen Lautsprecher postiert, denn er fühlte sich zu schwach, so laut zu sprechen, dass man ihn bis zum anderen Ende des Kronsaales hörte, wo die Gesandten verloren auf einigen unbequemen Schemeln saßen. Der Lautsprecher war ein Knabe von zwölf Jahren.

Es entwickelte sich ein seltsames Schauspiel. Die hohen Herren sprachen mit einem unbedeutenden Jungen, dem ein siecher alter Mann von hinten wie ein Teufel einflüsterte, was er sagen sollte. Und der Knabe rief es dann den Räten zu. Wenn die Gesandtschaft eine Frage an den König richtete, dann schrie der Knabe das Gesagte zum König, als sei er bereits ganz und gar taub. Es gab Momente, in denen blickte der König zum Zeichner, da er nicht wusste, was er antworten sollte. Dann geschah es, dass Swart dem König einflüsterte und der wiederum seinem Lautsprecher. Manche behaupteten später, der König habe sich nach Belieben taub gestellt. Je nachdem, ob das Gefragte angenehm oder unangenehm gewesen sei, je nachdem, ob der Frager wohlgelitten war oder nicht. Den Herrn von Natt och Dag verstand er beinahe überhaupt nicht, Rikmann dagegen antwortete er, ohne dass der Knabe ihm ins Ohr schrie, was der Schreiber gesagt hatte. Die Sendboten der Räte verstand er kaum, den Fischmeister und den Garbrater dagegen stets hervorragend.

Immer wenn der König etwas Unangenehmes gefragt wurde, verstand er auch seinen Lautsprecher nicht mehr, erlitt mit einem Gesichtsausdruck wie der Gekreuzigte einen Schwächeanfall und ließ sich für eine Stunde forttragen, bis die Geduld des Herrn von Natt och Dag aufs Äußerste strapaziert war. Rikmann mochte meinen, der König habe vom Kartenzeichner gelernt, wie man seine Zuhörer quälte.

Manchmal schien dem Schreiber auch, der Junge halte keine Rücksprache mit dem Herrscher, der oft die Augen geschlossen hatte und vielleicht sogar eingeschlafen war oder dies vorgab, um die Räte zu demütigen, sondern antworte nach eigenem Gutdünken.

Kurz und gut: Der Herr von Natt och Dag wiederholte seine Rede vor dem König, wie unabdingbar es für das Reich sei, ihn mit Waffengewalt nach Schweden zurückzuführen, und wies aus dem Fenster, wo sich die ersten Schiffe des Heeres zeigten, das ihm Waffengeleit geben und die verlorenen schwedischen Burgen zurückerobern würde. Karl Knutsson Bonde habe den Rat mit Androhung von Handgemeinheiten gezwungen, ihn zum Reichsverweser zu erheben. Er habe sich zum König ausgerufen und reite nun mit dreihundert Rittern! Die Union drohe zu zerbrechen!

Der König dachte nach, nickte bedächtig, winkte den Kartenzeichner zu sich und ließ ihn einen Erlass aufsetzen. Der Fischmeister, der inzwischen der Königliche Siegelbewahrer war, drückte das große Reichssiegel auf die Handfeste und gebot dem einstigen Garbrater, dem Herrn von Natt och Dag das Schreiben des Königs auszuhändigen. Das Dokument erhob den Herrn von Natt och Dag voller Dankbarkeit für seine Mühen zum Reichsmarschalk. Er war höchst erfreut, fiel von so viel Ehre überwältigt auf die Knie, denn er hatte ja doch vor einiger Zeit an dem Aufstand der Schweden gegen Erich teilgenommen und gedacht, der König werde zornig auf ihn sein. Und nun war er Marschalk!

Ein zweites Schreiben jedoch, das der Fischmeister ihm brachte, beschied dem Erhobenen, das Heer, zu dessen Befehligung er mit dem vorhergehenden Schreiben ermächtigt worden war, nach Hause zu schicken.

Der Herr von Natt och Dag wurde bleich. »Verehrter König, Ihr werft Euer Reich fort, gerade so, wie man einen alten Lumpen fortwirft«, rief er.

»Verehrter König, Ihr werft Euer Reich fort, gerade so, wie man einen alten Lumpen fortwirft«, schrie der Lautsprecher zum König.

Der Herr von Natt och Dag verstand nicht, was das alles bedeuten sollte, denn er hatte gedacht, dass der König geflohen war, da er kein sicheres Geleite mehr gehabt hatte. Böse Vorfälle hatte es gegeben, ohne Zweifel.

»Es bedeutet Eure Enthebung, wenn Ihr nichts unternehmt!«, sagte er.

»Es bedeutet Eure Enthebung, wenn Ihr nichts unternehmt!«, schrie der Knabe.

»Der Herr Bonde wird nicht ruhen, bis er Euch totgeschlagen hat, so wie er jeden seiner Nebenbuhler um den Thron erschlug«, schrie er erregt, in jedem Wort wiederholt vom Knaben wie von einem lästigen Echo, das ihn beinahe in den Wahnsinn trieb.

Schließlich brachte der Herr von Natt och Dag die Rede darauf, dass man gehört habe, es seien neue Länder entdeckt worden. »Ich verlange, dass dem Rat mitgeteilt wird, wo jene Länder liegen«, rief er. Der Rat sei sehr verärgert. Man werde gar erwägen, dem König zu kündigen, wenn die Dinge nicht besser würden. Der König spiele ihnen übel mit und mache es selbst seinen Getreuesten schwer, ihm nicht die Gefolgschaft aufzusagen. »Es sind ja nicht Eure Inseln, sondern die Inseln der Krone!«

»Es sind ja nicht Eure Inseln, sondern die Inseln der Krone!«, schrie der Lautsprecher zum König.

»So sagt es geradeheraus«, flüsterte der König dem Knaben ein.

»So sagt es geradeheraus«, rief der Lautsprecher.

»Sagt Ihr mir Eure Gefolgschaft auf?«, fragte der König.

»Sagt Ihr mir Eure Gefolgschaft auf?«, schrie der Lautsprecher und fuhr, ohne eine Antwort abzuwarten, vom König beflüstert fort: »Ich werde nicht denen Auskunft über Seewege und Inseln geben, die, wenn es botmäßig erscheint, mit den ärgsten Feinden des Reiches paktieren, die schon morgen wieder ihre Freibeuter und Söldner hervorpfeifen, die mir, dem König, zu kündigen und mir meine Habe zu entreißen drohen. Ich weiß, wie ich den Rat einzuschätzen habe. Die Kenntnis der Lage dieser Inseln sichert mir vielleicht mein Leben!«

Der Herr von Natt och Dag brauste auf, er mache sich ernsthafte Sorgen um den Gemütszustand des Herrschers, und forderte ihn im Echo des schreienden Knaben auf, sein Amt abzugeben. Er erhitzte sich, dass Lumpen nun Herzöge seien, der König von Brunnenvergiftern und Dieben umgeben sei. »Da seid Ihr schön beraten!«

»Da seid Ihr schön beraten!«, schrie der Knabe zum Bettlägerigen.

»Sie wollen mich zumindest nicht erschlagen!«, schrie der Knabe zurück, vom König eingeflüstert. »Wie meine Räte zu Schweden. Man hat mir alles vergällt, was mir Freude bereitet. Man hat zu Nyköping meinen Falken vergiftet. Man hat meinen Leibdiener vergiftet. Ihr habt mich zu Nyköping vom Bartscherer durch fortwährenden Aderlass auf Raten schächten lassen. Zu Nyköping hat man dem Wasser etwas beigemischt. Leichenteile und Exkremente von Pestkranken wurden in den königlichen Brunnen geworfen«, schrie der Lautsprecher mit heller, klarer Stimme, die jedem Knabenchor zum Besseren gereicht hätte, »und man hat Pestkranke sich insgeheim in meinem Bette wälzen lassen!«

Der Knabe atmete schwer. Eine Träne lief über seine Wange.

Rikmann war gewiss, dass nun alle Bande zwischen den Räten und dem König zerschnitten waren. Er machte sich ernste Sorgen um seinen Herrn. Was er für eine Posse gehalten hatte, war die bittere Wahrheit: Der König hatte den Verstand verloren.

Nachdem er lange mit sich gerungen hatte, passte Rikmann den Herrn von Natt och Dag am Hafen ab, als das Ratsschiff sich anschickte, in See zu stechen.

Er fragte: »Weshalb, Herr Bengt, lasst Ihr den König nicht? Lasst ihn hier, lasst ihm seinen Lebensabend. Er ist glücklich.« Und er fügte mit zitternder Stimme hinzu: »Er wird von hier nicht mehr fortgehen. Er wird das Reich nicht stören. Auch einen ...« Er wagte es kaum auszusprechen. »... einen neuen König wird er nicht stören.«

»Sagt ihm«, entgegnete der Herr von Natt och Dag, »er soll die Krone herausgeben, das Szepter, die goldenen Herrschersporen, die Kronschätze, die er zu Nyköping stahl, die dem

König Erich gehörten, nicht aber dem Menschen Erich, und den Krönungsmantel. Und er hat Schloss Visborg zu räumen. Tut er das nicht, so wird schon bald der Reichsverweser Bonde mit einem Heer und einhundert Schiffen kommen und den König lebendig den schwedischen Aufrührern überlassen.«

»Erich hat Gotland vom Deutschen Orden abgekauft«, sagte Rikmann. »Es gehört ihm.«

»Er hat es mit Krongefällen erworben. Also gehört Gotland der Krone.«

»Wo soll er denn hin?«, schrie Rikmann.

Der Herr von Natt och Dag gab dem Bootsmann ein Zeichen. Die Leinen wurden losgemacht, und mit einem Rauschen fielen die Segel und blähten sich im Wind.

»Ihr habt den König zu Nyköping zu vergiften versucht und ihn verraten! Ihr seid für den Verweser hier!«, rief Rikmann.

»Ich bin für den Schwedischen Rat hier«, entgegnete der Herr von Natt och Dag. »Und der Schwedische Rat wird den König nach dem hier Gesehenen fallen lassen und dem Bonde die Krone aufs Haupt setzen, da bin ich gewiss. Und wenn Ihr klug seid, Rikmann, und Euch Euer Leben lieb ist, verlasst die Insel und den verrückten Greis.«

Der Herr von Natt och Dag rauschte davon, und Rikmann war gewiss, das bedeutete nichts Gutes. Er fürchtete, der Herr von Natt och Dag werde sich, nachdem er gesehen hatte, dass bei Erich nichts mehr zu holen war, zum Reichsverweser Bonde ins Bett legen. Er würde Übles für den König heraufbeschwören, würde seine Feinde wissen lassen, dass das Opfer waidwund ist. Schon bald würde man die Masten einer mächtigen Flotte sehen. Schon bald würden Flammen aus den Geschützmündungen schießen und Gotland erzittern unter dem Anrennen der Feinde, die der Herrschaft und dem Leben seines Königs ein Ende setzen würden. Und Rikmann war gewiss, dass Erich von alledem nichts ahnte.

Er gab dem Wachmann vor dem Kronsaal Tag um Tag ein Schreiben, in dem er den König bat, ihn zu sich zu rufen, denn er habe in dringender Angelegenheit mit ihm zu sprechen. Es hänge das Heil des Reiches und des Königs davon ab. Schließlich schrieb er ihm, dass der Reichsverweser Bonde mit Waffenträgern und Bombarden kommen werde, wenn er die Insel nicht räume. Er möge doch mit dem englischen König sprechen, ob er nach England fliehen könne, denn nach Schweden dürfe er ja nicht mehr.

Herr Rikmann bekam keine Antwort.

Bei Hofe beobachtete Rikmann in den folgenden Wochen seltsame Veränderungen. Der Kartenzeichner schnitt den König vollkommen von der Außenwelt ab. Kein Höfling außer dem Koch und dem Leibdiener wurde noch zu ihm in den Kronsaal vorgelassen, alleine Swart, dem Garbrater und dem Fischmeister war der Zutritt gestattet.

Sämtliche altgedienten Wachen wurden nun auf Betreiben des Kartenzeichners durch neue ersetzt, denn er argwöhnte, dass der Bonde sie als Agenten gedungen hatte. Swart trug in eigener Person Sorge, neue Wachen zu finden, und handelte, als sei er der Kastellan von Schloss Visborg. Das Fallgitter war allzeit geschlossen, und jedermann, der ein und aus gehen wollte, wurde Tag und Nacht kontrolliert. Rikmann sah gar, dass einige Männer, denen der Kartenzeichner misstraute, zwar hinausgelangten, aber nicht mehr hinein.

Der Koch sagte, Swart habe die neuen Männer sämtlich aus den Armenhäusern und Spitälern zu Gotland hervorgeholt, und jene, welche die höchsten Ämter bekleideten, seien die Geringsten und Verworfensten: Kleindiebe, Schlucker, Landstreicher. Gar der alte Schinder sei unter den Erhobenen, und ein Taschenspieler bekleide nun das Amt des Hofmeisters. »Wenn ich meine Küche verlasse, recken sich mir wie bei einem Zeisig, der auf dem Rand seines vollen Nestes anlandet, zwei Dutzend aufgerissene Mäuler entgegen«, klagte der Koch. »Und alle verlangen nach Köstlichkeiten. Und das in diesen Zeiten!«

Die neuen Wachen bezogen das sich an den Windenturm anschließende Gebäude der Hofwachen. Täglich verließen Brieftauben mit Botschaften den Taubenschlag.

Der König beabsichtige, so wusste der Leibdiener, nach dem Vorbild des Dom Heinrich, der zu Sagres eine weltberühmte Schule für Kartographen, Astronomen und Navigatoren ins Leben gerufen hatte, auch an seinem Hof eine solche Schule einzurichten, welcher der Kartenzeichner vorstehen würde. Der König plane, genuesische und portugiesische Schiffsbaumeister und Piloten einzuladen, die es verstanden, Schiffe auszurüsten, die weite Überseereisen würden meistern können. Um die *Geographia universalis* des Ptolemaios umfassend zu verbessern, habe der Kartenzeichner vor, sämtliche Schiffe des Reiches mit Astrolabien auszustatten und die Piloten in ihrem Gebrauch zu schulen und alle Inseln, Länder und Häfen, welche die Schiffe ansteuerten, in eine zentrale Weltkarte einzutragen.

In dem alten Waschhaus wurde ein neues Amt untergebracht mit dem Namen *Ministerium und Kompanie der Handelsabenteurer und Falkenfänger zur Entdeckung unbekannter Inseln und ferner Reiche*, dem der Garbrater mit gewichtiger Miene vorstand.

Rikmann sah in den folgenden Wochen stets auf den Horizont hinaus, da er täglich fürchtete, der Bonde werde auftauchen. Er fühlte sich auf Schloss Visborg mehr und mehr als Fremder, denn die neuen Männer kannten ihn nicht, und ihm schien, manche seien eher aus dem Kerker geholt worden als aus dem Armenhaus.

Der Lautsprecher des Königs, der durch die Stadt lief und schon gefürchtet hatte, er würde seine Stimme umsonst erheben, wirkte, als hätte er mit einem Stock in ein Wespennest gestoßen. Durch sein Rufen erwachte die Stadt mit dem späten Kommen des Frühlings zu neuem Leben, und eine ungeheure Betriebsamkeit begann. Mehrere Fässer Wein trieb der Schenk des Königs in fernen Kellerwinkeln auf. Seit Jahren unbenutzte Wimpelschnüre wurden aus Speichern gezogen, verrostete Hörner und Pipen poliert, durchgeschlagene Trommeln wurden bespannt, längst verstummte Sänger übten ihre rauen Kehlen. Von vielen Kriegen versehrte Artisten und gemütsverfinsterte Possenreißer kamen ans Tageslicht und legten sich in Putz. Messerwerfer probten, lahm gewordene Tänzer versuchten, längst vergessene Sätze und Wirbel zu springen.

Und wenige Tage später war der große Tag gekommen. Es wurde ein Fest, wie es Hof und Stadt lange nicht mehr gesehen hatten. Der König ließ sich nach einer Messe in der Katharinenkirche, in der Gott gedankt wurde, dass er das Volk des Herrn Erich so mild bedacht hatte, gefolgt von Pipenspielern und Trommlern, zu Ehren des Kartenzeichners Swart in vollem Krönungsornat durch die Stadt tragen.

Herr Rikmann, der sich unter die Menschen mischte, da der König ihn nicht eingeladen hatte, sich dem Umzug an seiner Seite anzuschließen, sah, dass es Erich gut ging. Der alte Mann lächelte und winkte, und das übertrug sich auf die Spalier stehenden Menschen, die sich vielleicht erstmals freuten, ihn als ihren König zu begrüßen. Strahlend saß er trotz der Bürde seines Alters auf einem Tragethron, zu seiner Rechten der Kartenzeichner, der dem Volk winkte wie ein Königssohn. Hinter ihnen ritten die neuen Höflinge: der Garbrater und der Fischmeister mit großen, wippenden Federn in den Hüten und ihren silbernen Schamkapseln über den Beinlingen und viele Unbekannte aus dem neuen Hofstaat, denen man die Entbehrungen ihres Lebens ansah.

Der Schreiber wurde mit dem Strom der Menge mitgerissen, die dem Zug des Königs durch die Straßen folgte. Neben ihm sprangen die Menschen winkend umher. Buden mit Weinfässern füllten jedermann frei sein Horn. Fratzenreißer machten vor Rikmann Gesichter. Ihm dröhnten die Ohren vom Trällern der Pfeifen und Pipen, vom Schlagen der Trommeln. Die Hauptstraße Visbys erstrahlte wie zu besten Zeiten.

Auf dem Marktplatz hielt die Prozession vor dem Volk, das dort bereits versammelt war.

In einer bewegenden Rede, die der König vom Fischmeister halten ließ, wurde ungeheuerlicher Entdeckungen gedacht, die der Vater des Kartenzeichners, Herr Claus Tygessøn Swart, gemacht habe. Seines Sohnes unerhörter Kühnheit, der als strahlender Entdecker gerühmt wurde, verdanke das ganze Volk zukünftigen Reichtum, Segen und bessere Zeiten.

Der Schandpfahl des großen Marktes wurde niedergerissen. Mit feierlicher Musik wurde eine mächtige Steinsäule mit schweren Winden, die von Eseln gezogen wurden, geradewegs dort aufgerichtet, wo einst vor den Augen des jungen Nicolaus Swart so schreckliches Unrecht am Bildnis seines Vaters geschehen war.

Große Worte des Seneca standen auf die Säule gemeißelt:

Dereinst kommt die Zeit,
Wo Oceanos wird entfesseln die Welt;
Neue Teile der Welt entsteigen der Flut,
Nicht mehr der Länder letztes ist Thule.

Dem Gedenken des furchtlosen Entdeckers
neuer Welten, Claus Tygessøn Swart.

Herr Rikmann bedachte, was in diesem ungeheuren Augenblick im Gemüt des Kartenzeichners vorgehen mochte. Dies war der Moment, so meinte er in seinem Angesicht zu lesen, dessentwegen er alles das getan und die schrecklichen Entbehrungen auf sich genommen hatte. Der Knabe, dem so großes Unrecht geschehen war, er war ausgezogen, seine Wunden zu heilen, die Schmach, die über ihn hereingebrochen war, zu tilgen, das Gesicht des Vaters, das in Flammen stand, zu löschen und die Welt, die ihm in Scherben brach, wieder zusammenzufügen.

Langsam schritt Swart zu dem steinernen Denkmal seines Vaters und umfasste es mit seinen Händen. Beinahe war Rikmann, als halte er die Säule, damit sie nicht stürze.

Und dann sah Rikmann in der Menge Asta, die den Kartenzeichner beobachtete, und ihr Blick traf den des Schreibers für einen Moment, der ihm später in seiner Erinnerung ewig schien, als gehörten sie einer anderen Zeit an, bis sich Menschen vor sie schoben und sie seinem Auge entschwand. Sogleich drängte er sich durch die dichte Menge dorthin, wo er Asta gesehen hatte, doch wohin er auch blickte – sie war fort.

Schließlich löste sich Nicolaus Swart von der Säule, an der er gestanden hatte, als ob er betete, und stieg langsam, mit gesetzten Schritten auf das Podest, auf dem der König mit seinen Höflingen saß.

Er hob seine Hand, kaum merklich, und doch verstummte augenblicklich die gesamte Menge. Er sprach so leise, dass beinahe jedermann den Atem anhielt, damit er ihn verstehe. Rikmann meinte, das dumpfe Trommeln des vielhundertfachen Herzschlages der Menge zu hören, so still war es.

»Wer zu einem Berge spräche:«, so begann der Kartenzeichner seine Rede, »Heb dich und wirf dich ins Meer!, und zweifelte nicht in seinem Herzen, sondern glaubte, dass geschehen werde, was er sagt, so wird's ihm geschehen! Um des lauteren Herzens meines lieben Vaters willen haben sich nicht Berge ins Meer gestürzt, sondern neue Welten aus den Fluten gehoben.« Sein Vater habe stets einsam daran geglaubt, vollbringen zu können, was jedermann für ganz und gar unmöglich hielt, so sprach er. Seiner Kühnheit alleine verdanke das Volk jene neuen Ufer. Er selbst dagegen sei bloß in vorgeschriebene Spuren getreten, die ihn durch schreckliche Finsternis zwar, doch endlich dem Lichte zugeführt hätten.

Nicolaus Swart sprach vor der staunenden Menge von den Wundern, die er gesehen, von dem Volk, das er in der Ferne entdeckt hatte. Dort halte sich jedermann einen Otter, der ihm reichlich Fische fange, wenn man ihn ins Wasser werfe, und jedermann besitze einen persönlichen Biber, der ihm Holz fälle, ohne dass man sich mit der Axt mühen müsse.

Rikmann dachte wie jedermann auf dem Platz, während er des Zeichners Rede hörte: Ich hätte auch gerne einen persönlichen Biber.

Der Kartenzeichner berichtete vom Vogel Roch, den man dort zähmen und sich dienstbar machen könne, auch wenn er schwer zu behandeln sei, um Lasten zu transportieren. Jedermann halte sich dort solch einen Vogel, wie man bei uns ein Saumtier habe oder ein Pferd, um auszureiten. Vom Königspurpur, den man hier mit der hundertfachen Menge Goldes aufwiege, gebe es dort eine Wüste, die aus nichts anderem bestehe, und wenn es dort regne, dann führten die Flüsse Wasser in jener prächtigen Farbe und hätten einen köstlichen Geschmack.

Das Wichtigste aber sei, so verkündete der Kartenzeichner dem Volk, das in dieser Stunde ihm zu huldigen schien und nicht dem König: Dort sei jeder, was er um seiner selbst willen sei und nicht seiner Herkunft oder seines Besitzes wegen.

Gebannt lauschten die Menschen seinen Ausführungen. Der Kartenzeichner schrieb mit den Händen Gebirgsmassive in die Luft und saftige Auen. Er ließ in ihrem Geiste das Korn sich im milden Windhauch wiegen und sanfte Wellen sich aufs Ufer rollen. Er ließ weiße Falken majestätisch durch die Luft gleiten, Meerestiere aus ungeloteten Tiefen auftauchen und mit einer bloßen Bewegung seiner Hand spiegelnde Seen erstehen, mächtige Gestirne über den Himmel ziehen und Nebensonnen über den Horizont sich heben. Stunden stand er dort und verzauberte die Menschen mit den Berichten von der Ferne, und jedermann wollte einmal an den verheißenen Ufern ankern.

Dann wurde der Kartenzeichner in einem festlichen Akt zum Vizekönig der Mittnächtigen Länder ernannt, und der Fischmeister und der Garbrater wurden zu Räten des Königs erhoben.

Rikmann staunte, dass ein Fischmeister nun Rat war. Er selbst wollte ja nie Rat werden. Doch weshalb ließ der König nun *die* sein Reich lenken? Ihm war es egal, sagte er sich.

Als der Platz sich leerte, da die Menge für eine weitere Messe in die Katharinenkirche strömte, durchmaß Rikmann ihn viele Male nach seiner Länge und Breite und hoffte vergeblich, er werde Asta sehen. Er wollte ihr von einem neuen Buch berichten, das er ihr so gerne kopieren würde. Es hieß *Über den Bau des menschlichen Herzens* und beschrieb neun verschiedene Gewebe und Fleische und zahllose Adern und Ventile, Tuben und Klappen, die, so mochte man meinen, kaum geeignet waren, so wundersame Empfindungen in der Brust eines Menschen hervorzubringen. Und er wollte ihr die Hoffnung des Königs ausdrücken, dass sie bald einmal wieder am Hof erscheine.

Zuletzt ging auch Rikmann in die Katharinenkirche. Die Messe wurde zum Gedenken an den Vater Nicolaus Swarts gehalten, der wenige Wochen nach der Ankunft des Sohnes auf dem Eiland jenseits des Nordwindes friedlich entschlafen war, als hätten seine Kräfte ihn, der längst über der Zeit war, nur am Leben gehalten, bis er seinen Sohn ein letztes Mal in die Arme schließen konnte.

Als ein vielstimmiger Choral durch die Kirche hallte, übermannten Rikmann Tränen. Weshalb weinte er? Doch nicht wegen des Vaters des Kartenzeichners, den er nicht einmal kannte, den er niemals gesehen hatte. Er dachte, dass er selbst ja so etwas wie einen Vater nie gehabt hatte. Er war in einem Kloster groß geworden und hatte lange geglaubt, alle Menschen wüchsen so auf, ohne zu bedenken, wie sie gemacht wurden.

Er fühlte eine Leere. Alles das, was den Kartenzeichner angetrieben hatte, kannte er nicht. Vielleicht, so dachte er, war der König für ihn, Rikmann, so etwas wie ein Vater, denn anders konnte man sich ja kaum erklären, dass er die Bosheiten Erichs mit Zuneigung quittierte. Der König war ihm Vater, Mutter, Herr und Bruder in einem. Er war in den letzten Jahrzehnten der einzige Mensch gewesen, den es in seinem Leben und seinem Herzen gegeben hatte.

Als die Menschen die Kirche verließen, von dem Geist des unerschrockenen Mannes beseelt, der so Kühnes vollbracht und so wenig Dank bekommen hatte, wehte eine ungeheure Ruhe und Frieden und Freude durch die Stadt, die so böse Zeiten durchlebte. Jeder hielt die Zukunft wieder für möglich und war berauscht von den Gedanken an das verheißene Land in der Ferne. Jeder fühlte sich als Teil von etwas Großem, das dem Reich geschehen war.

Rikmann war der Einzige, dessen Gemüt verfinstert blieb.

Als er aus dem Kirchenportal trat, sah er, dass ein mächtiges Schiff im Nebel vor dem Hafen zu Visby auftauchte, vielleicht das mächtigste, das dort je gesehen worden war. Einen Moment meinte er, es sei gar schon der Reichsverweser Bonde, der kam, um den König aus der Welt zu schaffen. Doch das Schiff war von merkwürdiger Bauart, wie man sie hier nicht kannte. Es mochte beinahe eintausend Tonnen fassen, das Doppelte einer großen Hansekogge. Obwohl man die versenkten Wracks wieder aus der Fahrrinne entfernt hatte, konnte das Schiff nicht in den Hafen einfahren, so großen Tiefgang hatte es. Hoch ragte sein Bug auf, beinahe unvorstellbar, dass Menschenhand solch ein Schiff hatte bauen können. Niemand wusste, woher das Schiff kam. Es führte eine fremde Flagge. Zahllose Beiboote wurden ins Wasser gelassen, und federbesteckte Herren ließen sich an Land rudern.

Die gesamte Stadt strömte zum Hafen, lärmende Musik empfing die Reisenden – man hatte die Instrumente ja kaum abgesetzt. Natürlich lief auch Rikmann eilends zum Ufer. Er war überwältigt, als er sah, wie die Barken, auf die draußen mit großen Winden Waren hinabgelassen wurden, emsig hin und her fuhren und die Schauermänner im Hafen reiche Fracht auf Karren luden: mächtige Tuchbahnen, Säcke mit seltensten Gewürzen, Fässer mit süßem Wein. Aus Lusitanien sei das Schiff gekommen, meinten die einen, gar aus China oder von den Gewürzinseln Indiens, sagten andere. Denn selbst Seide in Purpur und Safran waren geladen, reich geknüpfte Teppiche, prächtige Harnische, große Amphoren mit Öl und zahllose Fässer mit Salz, mit denen man endlich den Fisch wieder haltbar machen konnte, da die Hansen kein Salz mehr nach Gotland geliefert hatten, seit Krieg mit den Nordischen Reichen herrschte.

Und der König gab alles an die Menschen.

Rikmann war es eine Freude, zu sehen, wie der Herrscher selbst die Verteilung sämtlicher mit dem Schiff gekommener

Speisen an die Bedürftigen überwachte, auch der kostbaren Tuche. Der Rat von Visby tobte, als die ärmsten Schlucker Seidenstoffe bekamen, denn die Kleiderordnung der Stadt erlaubte nur hohen Herren Farben, Fransen und gepuffte Ärmel.

Die Stadt blühte auf wie eine Wüste nach dem Regen. Die strahlende Sonne, die an diesem Tag leuchtete, kleidete die Bäume in Blätter und die Wiesen in Blütenpracht, und der oft so zehrende Wind war mild und freundlich.

Rikmann wollte Herrn Swart um Verzeihung bitten. Er, der Mann des Glaubens, hatte nicht geglaubt, wozu der Kartenzeichner fähig gewesen war.

Der Schreiber kniete zu Boden und bekreuzigte sich. Ihm war, als sei er Zeuge eines Wunders. Denn das Schiff, daran bestand kein Zweifel, kam aus den neuen Reichen, von denen der Kartenzeichner Swart berichtet hatte.

Staunend sah Rikmann bei Nacht vom Fenster seiner Schreibstube aus, wie im Mondlicht über den Burghof seltsame Waren und Gegenstände in den Kronsaal getragen wurden, die der Kartenzeichner dem König des Tags vorführte. Seltsame Schnäbel, übermannsgroß. Eine Feder von der Länge eines Fuhrwerks. Es gab mächtige Klauen, die jedes Bullenhorn an Größe übertrafen, und der Schreiber war gewiss, dass es die Klaue des Vogels Roch war. An einem Tag sah er gar auf einer Bahre ein Wesen, das wie ein Mensch aussah, jedoch geflügelt war. Das musste der balsamierte Leichnam eines Greifenmenschen sein, der vielleicht die Fahrt nicht überdauert hatte.

Bei den Menschen jenes Landes, so hörte er vom Koch, gelte es als große Schande, sich im Erdreich begraben zu lassen, denn Würmer sehe man dort als überaus verachtenswerte Geschöpfe an, weshalb die Vornehmsten unter ihnen ihren Leichnam an einem Baum aufhängen ließen, damit ihnen die Vögel das Fleisch von den Knochen pickten. Denn Vögel verehre man als heilige Tiere. Man spalte gar die Schädel der Toten, damit die Seele entweichen könne, und ein mächtiger Vogel komme und ergreife die Seele mit seinem Schnabel und fliege sie ins himmlische Paradies.

In Reihen gingen Männer des Kartenzeichners am König vorbei, die verschiedene Dinge bei sich führten und dem Herrscher zeigten, und Nicolaus Swart erzähle Geschichten zu jedem der Wunderwerke, berichtete der Erzschenk dem Schreiber. Es gebe Phiolen mit den Wassern eines süßen Meeres, besagte Schnäbel, ein Bruchstück einer Muschel, das drei Mann kaum hätten tragen können, die im Gesamten hoch wie ein Haus sein müsse und gut als Schuppen oder Hausdach dienen mochte oder als Bedachung eines Platzes, auf dem man Fuhrwerke schirre. Rikmann sah einmal eine vier Ellen lange Gabel, die dem Erzschenk zufolge einäugige Riesen benutzten, die man Kyklopen nenne und die aufs Meer hinausstürmten, um Schiffe fortzunehmen, die sich ihrer Insel näherten, und sich Hunde hielten, die so groß seien wie Pferde, die sie zu Lande mit einem Pfiff gegen ihre Feinde schickten. So wie in Schweden Reiter eine Schlachtreihe bildeten, so schlössen sich bei jenen Scheusalen die Hunde zu Schlachtreihen. Sie wohnten auf einem kleinen Eiland, das es zu meiden gelte und das zwischen zweien der vier großen Inseln des neuen Reiches liege, die jeweils gut eintausend Meilen mäßen. Was der Kartenzeichner entdeckt habe, sei keine neue Insel, sondern eine neue Welt.

Der ganze Hofstaat trug bald neue Kleider aus feinster Seide, teure Pelze, schimmernde Spangen und Ringe, goldene Harnische, die den Glanz jedes Fürstenhofes übertrafen, und Rikmann dachte schmunzelnd, im Land des Kartenzeichners Swart wären die einstigen Lumpen mit ihrer neuen Pracht geblieben, was sie gewesen waren.

Der König fragte Swart, so berichtete der Leibdiener dem Schreiber, weshalb keine Edelsteine mitgebracht wurden, die ja dort die Bäche mit sich führten wie bei uns Kiesel, und nichts von dem Gold, mit dem man in den neuen Ländern manchenorts bei den Ärmsten die Dächer ziegelte. Der Kartenzeichner entgegnete entrüstet, dass man nicht wie arme Lumpen habe dastehen wollen vor den Herrschaften, denn was für ein Bild hätte man dort von ihnen behalten? Um dem König die Lage vor Augen zu führen, in der sie sich befunden hätten, führte er als Veranschaulichung an, dass dieses Ansinnen so gewesen wäre, als ob der Kaiser, der an Herrn Erichs Hof weilte, ihn zum Abschied gefragt hätte, ob er den Kehricht leeren und mitnehmen und ein wenig Kot von der Straße aufsammeln dürfe.

Was gäbe er, so dachte Rikmann, um im Kronsaal dabei sein zu dürfen und von den Wundern zu hören, von denen der Kartenzeichner berichtete.

Ihm gefiel dieses Land, in dem er König gewesen wäre.

Herr Rikmann notierte – auch wenn er nicht mehr an der Seite des Königs war – Tag für Tag, was er hörte, was er sah, was geschah.

Was ihn während der folgenden Monate, in denen er in der stetigen Furcht lebte, dass die Schiffe des Bonde am Horizont auftauchen könnten, am meisten erstaunte, war, dass der König, wie ihm schien, trotz seiner Hinfälligkeit wieder zu regieren begann. Beinahe täglich fuhren Schiffe mit Eilboten ab, preschten verschwitzte Rosse in den Burghof, Brieftauben flatterten im Kober ein und aus, täglich kamen Sendboten, mit höchsten Vollmachten von Räten und Fürsten, die vom König empfangen wurden. Alle Welt schien zu wissen, wo Erich weilte, wo noch vor kurzem Suchmannschaften nach ihm ausgeschickt worden waren. Das nahm sich Herrn Rikmann merkwürdig aus, doch er schrieb es der Tatsache zu, dass die Welt ein Marktplatz war.

»Der König ordnet sein Reich«, sagte der Koch. »Selbst Sendboten der Holsteiner Herren sind empfangen und fürstlich bespeist worden. Er hat den Grafen von Holstein das Herzogtum Schleswig, um das er mit ihnen zwei Jahrzehnte unter hohem Blutzoll kämpfte, um des lieben Friedens willen zum Lehen gegeben!«

König Erich empfing im Sommer gar eine Gesandtschaft von Leibeigenen, die sein Wüten auf Fehmarn überlebt hatten, schenkte ihnen Land und verbriefte ihnen die Freiheit, die ihnen ein Leben mit allem versprach, was sie brauchten: Heim, Herd und Speisen. Selbst das Mühlrecht schenkte er den Männern und Frauen von Fehmarn und beschloss, ihnen ein Schiff mit prächtigem Vieh zu schicken und ihren versandeten Hafen auszuheben, der sie dann gar zum Seehandel befähigen und ihnen Wohlstand bescheren würde.

Aus Dank ließ sich die Gesandtschaft vor dem König auf die Knie nieder, so hieß es, und Erich forderte sie auf, vor ihm zu stehen, denn man spreche unter Gleichen. Als sie sich ganz und gar nicht erheben wollten, da sank der König selbst, ungeachtet seiner großen Gebrechlichkeit und seiner Würde, ächzend vor den Bauern auf die Knie und bat die Männer um Verzeihung, dass durch seine Raserei so großes Übel über sie gekommen war, und reichte ihnen gar sein Schwert, ihren Rachedurst an seinem Fleisch zu stillen. Doch aller Augen waren mit Tränen gefüllt. Man habe auf beiden Seiten böse gegeneinander gewütet, so sagten die Männer von Fehmarn, denn es seien ja beinahe so viele Dänen gefallen wie Inselbewohner.

Täglich musste der Koch, der noch vor wenigen Monden für Suppen nichts hatte als bereits abgekaute Darrfischskelette, prächtige Tafeln aufdecken lassen, festlicher als für einen Empfang des Kaisers. Der König bestand darauf, dass sich die Tischplatte bog.

All das machte seine Taten nicht ungeschehen, dachte Rikmann, doch immerhin tat Erich nun alles, was er noch tun konnte.

Es geschahen viele seltsame Dinge in diesen Tagen.

Im Spätsommer, eines Morgens, als der Schreiber vom Badehaus zurückkehrte, blickte er in seiner Schreibstube einem Pfau ins Angesicht, der auf dem Tisch stand und vor ihm sein mächtiges buntes Rad aufschlug. Herr Rikmann dachte bereits, er sei nun gänzlich von Sinnen, doch der Graf von Holstein, der einstige Erzfeind des Herrn Erich, hatte dem König, so erklärte der Hauptmann der Wachen, zum Zeichen der Gefolgschaft drei Pfauen geschickt, die ihr Dasein nun im Burghof und manchen Tages gar im Kronsaal fristeten. Selbst durch die Straßen der Stadt stolzierten bald prächtige Pfauen wie anderswo Straßenköter, selbst in Klinten, wo die Ärmsten der Armen wohnten und die Gassen nicht gepflastert und die Häuser nicht aus Stein waren, schlugen sie ihre Räder wie in den Ziergärten von Königen.

Erich bewundere die prächtigen Federn der Pfauen, sagte der Koch, während der Kartenzeichner ihn nach Zubereitungsmöglichkeiten befragt habe, denn Pfauen gälten als äußerst schmackhaft und der Schöpfer habe ihre Knochen mit mürbem Fleisch angezogen.

Eines Tages saßen im Burghof gar einige Dutzend schneeweiße Tauben. Karl Knutsson Bonde selbst, so erklärte der Hauptmann der Hofwachen Herrn Rikmann, habe sie dem König zum Zeichen des Friedens geschickt, mit einigen kleinen Ölbäumen, die leider in diesen kalten Graden dem Untergang preisgegeben waren.

Dem Schreiber kam all das vor wie ein Traum. Hieß das nun, dass der Reichsverweser Bonde Herrn Erich seinen Frieden lassen würde? Dass der König hier seinen Lebensabend verbringen durfte?

Das Ende der Chronik des Königs Erich, so schien Rikmann, würde eine schöne Ode an die See abgeben und einen würdigen Abschied für einen, der sich verfehlt und doch noch zum Guten gefunden hatte, von der Unerbittlichkeit zur Milde, vom Jähzorn zur Vergebung, gerade so, wie Rikmann es Erich abgefordert hatte, als der König ihm Lügen in die Feder hatte diktieren wollen.

Unweit der Burg wurde im Herbst gar ein Kuppelgebäude fertiggestellt, von dem der Schreiber während der Errichtung nicht hatte ahnen können, wozu es dienen sollte. Es wirkte wie die mächtige Kuppel einer Kirche, nur eben ohne Kirche. Als der Bau festlich eingeweiht wurde, sah Rikmann, dass es sich um eine begehbare Erdhalbkugel handelte, auf der nun, obenauf am Pol, König Erich auf seinem neuen Reich thronte wie der Herrscher der Welt. Selbst der König des Heiligen Römischen Reiches, Friedrich IV., sah aus wie ein landloser Vagant auf einem verlorenen Fleck Erde, der beinahe verschwand gegen das größte Reich des Abendlandes: das Reich des Greifenkönigs Erich XIII., das von den Ufern des Baltischen Meeres bis zum Pol reichte.

Selbst an den Ufern Cathays im fernsten Asien seien längst Schiffe des Herrn Erich angelandet, so hieß es, mit dem Auftrag, die Bewohner zu fragen, ob sie sich dem König unterwerfen wollten, und von dort ein Männchen und ein Weibchen nach Gotland zu bringen und reiche Waren.

Eines Tages kamen Gesandte an den Hof, die zu Swart vorgelassen wurden und von denen der Erzschenk einen als den Knappen des Karl Knutsson Bonde erkannte. Herr Swart sei in heftiger Aufregung gewesen, und es müsse etwas von Bedeutung besprochen worden sein. Herr Swart habe an diesem Tag nichts mehr gegessen und auch nicht am nächsten, so sagte der Koch, und das Bett sei in der Nacht unangetastet geblieben, wusste der Leibdiener.

Bei Hofe begann am nächsten Tag eine rege Betriebsamkeit. Das Schiff, das aus der Ferne gekommen war, wurde beladen, obwohl der Herbst vorüber und der Winter längst angebrochen war. Es schien Rikmann gefährlich, sich um diese Jahreszeit aufs Meer zu wagen, der heftigen Stürme und des Nebels wegen, und der Winter versprach so kalt zu werden, dass gar die Baltische See überfrieren mochte.

Und dann hieß es, der König werde selbst ausfahren. Der König werde selbst nach Nebelheim aufbrechen.

Herr Rikmann erblasste, als er davon hörte.

Der Koch erzählte, dass er angewiesen worden sei, umgehend ungeheure Mengen an Speisen zuzubereiten und in Öl zu legen. Denn der Kartenzeichner wie auch der König wünschten auf ihrer Reise besser zu speisen als Swart auf seiner widerlichen ersten Fahrt. Nicht ein einziger Darrfisch dürfe an Bord, weder gedarrt noch eingesalzen. Darrfische hätten generelles Schiffsverbot. Acht mächtige Fuhrwerke habe der einstige Garbrater für den König zu Visby bestellt, denn mit diesen Fahrzeugen wolle der König, wenn das Eis erreicht war, zum Pol hinaufdonnern. Eine Barke mit beinahe einhundert Rindern sei von Lübeck angekommen, und er, der Koch, habe den Großteil der Tiere sauer einzulegen, denn Einsalzen lehne Herr Swart ab. Der König habe einen Käfig für die Pfauen in Auftrag gegeben, denn die gefielen ihm und die wolle er mitführen, zumal sie ihm prächtig in sein neues Reich zu passen schienen.

Rikmann hatte schon vor Augen, wie baskische Fischer einige Pfauen auf Eisschollen sehen würden, die vom Schiff des Königs entfliehen mochten, und dachte: Nun ja, da werden wieder einige Fischer zu Hause für verrückt erklärt. Rad schlagende Pfauen auf Eisschollen, dachte er und schmunzelte. Die Narrentürme der Welt werden voller Fischer sein.

Alles fügte sich, wie der König es sich erträumt hatte. Erich hätte seinem Schreiber die Füße geküsst, wenn er ihm für seine Lebenschronik dieses wunderbare Ende geschenkt hätte. Er hätte ihn zum mächtigsten Mann des Reiches erhoben, ihn aus dem Schattenwurf hervortreten lassen und *ihn* zu seiner Rechten gesetzt.

Rikmann sah in den folgenden Tagen, ungläubig am Hafen stehend, wie nach und nach selbst der gesamte Hausrat des Königs in das mächtige Schiff geladen wurde, die gesamte Einrichtung des Turmes Blackn.

Aber weshalb hatte er ein so merkwürdiges Gefühl?, fragte er sich. Wieso konnte er sich nicht von ganzem Herzen für den König freuen?

Er gehörte nicht mehr dazu. Das war die eine Sache. Doch wenn er seine Einsamkeit und seine Wut und Trauer fortdachte und nur den König sah, der nun Gutes tat, zweifellos, auch dann wollte keine Freude in ihm aufkommen.

Bin ich einer, der missgönnt?, so dachte er. Bin ich so einer?

Freute er sich nur, wenn der Herr zerstörte, was der Mensch an Großem geschaffen? Wenn wer gestürzt wurde? Von möglichst hoch oben fiel? Vielleicht missgönnte er dem Zeichner die Nähe zum König, doch auch das beschrieb nicht, wenn er's recht bedachte, was ihn so traurig bewegte.

Nachdem er endlich geglaubt hatte, dass der Kartenzeichner die Wahrheit sagte, da hatte er sich für den verlassenen Knaben, dessen Jahrzehnte schwärende Wunden nun als Mann gesalbt wurden, ehrlichen Herzens gefreut. Es war eine ihn zu Tränen rührende Freude, was der Herr diesem Manne hatte werden lassen für den lauteren Glauben an die Wunder, die der unbegreifliche Schöpfer verrichten konnte. Manchmal dachte Rikmann, der Herr habe vielleicht gar dieses Land, das es zuvor nicht gab, sich aus den Fluten heben lassen, da ihn das Schicksal, das er dem Knaben aufgebürdet hatte, reute. Der Schöpfer hatte mit seinem Gewissen aufräumen wollen wie der König.

Doch etwas nagte in dem Schreiber. Und eines Nachts, da wurde ihm klar, was es war. Er war glücklich gewesen, wenn er den König glücklich gewusst hatte, war traurig gewesen, wenn der König traurig gewesen war, hatte Tränen vergossen, wenn der König geweint hatte. Und er war allzeit sicher gewesen, dass er dem, was der König wirklich dachte und fühlte, sehr nahegekommen war.

In diesem Augenblick aber war Rikmann nicht traurig, weil er in Gedanken nachvollzog, was der König gerade dachte und fühlte, und weil der König traurig war. Der Schreiber wurde gewahr, dass, wenn Erich ihn in dieser Stunde gefragt hätte, wie es ihm gehe – was er nun niemals mehr tun würde, da er ihn vergessen hatte –, seine Antwort nunmehr wäre: Es geht mir schlecht.

Der König war in diesem Augenblick glückselig. Und er selbst war todtraurig. Denn er fühlte sich verlassen von dem einzigen Menschen, der ihm je wirklich etwas bedeutet hatte.

Was so wehtat, das war sein eigenes Leben, das in diesen Tagen begann.

Bei Nacht blickte Rikmann aus der Finsternis des Hofes hinüber zum Haupthaus der Burg, in das Fenster des Kronsaales. An der Wand des Kronsaales meinte er den durch die Flammen zuckenden Schattenriss des Kartenzeichners zu sehen, der beim König sein durfte. Dort wurden Pläne ausgeheckt, dort wurde erzählt und gelacht.

Was sollte er tun, wenn nun Herr Erich in wenigen Tagen schon mit dem Schiff davonfuhr? Er würde sich gerade so fühlen, wie der arme Herr Swart sich gefühlt haben musste, als sein Vater ausgefahren war auf die Reise ohne Wiederkehr.

Wenn er nur geglaubt hätte! Wenn er nur dem lieben Herrn Swart geglaubt hätte! Wie der ungläubige Thomas hatte er nicht geglaubt!

Er war ein Bruder im Geiste jenes heiligen irischen Abtes, so schien ihm in dieser Stunde, dessen Geschichte er als Knabe so sehr geliebt hatte.

Brandain hatte vor beinahe einem Jahrtausend in einem Kloster gelebt, in dem ein Meeresreisender um Obdach bat und ihm ein Buch gab, in dem von großen Wundern geschrieben stand, die Gott geschaffen hatte im Himmel und auf Erden. Er fand in dem Buch, dass es drei Himmel gebe und zwei Paradiese und neun Fegefeuer und auch manch wildes Land. Und dass eine Welt sei unter der Erde. Und wenn es bei uns Nacht sei, so sei es unter der Erde Tag. Er fand auch von vielen Wundern geschrieben, die es in dem Meer gebe. Besonders, dass Fische darin seien, so mächtig, dass große Wälder auf ihren Rücken und Schwarten wüchsen, gerade so, wie es Swart erzählt hatte.

Alles das wollte Brandain nicht glauben, und er nahm das Buch und verbrannte es.

Und während er bei dem Feuer stand, da kam ein Engel

vom Himmel herab und sprach: »Brandain, warum hast du die Wahrheit verbrannt? Weißt du nicht, dass Gott größere Dinge tun könnte, als du in dem Buch gelesen hast? Und ich gebiete dir deshalb bei dem lebendigen Gott, dass du dich bereit machst, denn du musst all die Wunder selbst sehen, die du in dem Buche gelesen und verbrannt hast. Du musst sieben ganze Jahre auf dem Meere fahren, damit du erkennst, dass du die Wahrheit verbrannt hast.«

Über diese Worte erschrak Brandain sehr. Er fürchtete den Zorn Gottes und musste ihm gehorsam sein. Brandain aber bat den Herrn, ihn in seine Obhut zu nehmen, damit er sein Gebot vollbringen könne. Und Brandain ließ sich ein großes Schiff bereiten und fertigstellen. Er ließ es mit starken eisernen Bändern gut beschlagen und nach dem Vorbild der Arche Noah bauen. Und er befahl, so viel an Verpflegung, Kleidern und allem hineinzutragen, wie zur Erhaltung des Leibes für ihn, seine zwölf Brüder und all ihr Gesinde in wohl sieben Jahren notwendig sein würde. Und er richtete in dem Schiff eine Kapelle ein und weihte sie und nahm viele Reliquien mit und auch die allerheiligsten Mönche, die er in Irland finden konnte, diejenigen, die am vollkommensten lebten.

Und als Brandains Schiff bereitet war mit allen Dingen, da nahmen sie Abschied von ihren Freunden und setzten sich in Gottes Namen in das Schiff. Und Brandain sah mit eigenen Augen alle Wunder der Welt, er sah den Fisch namens Jasconius, jenen mächtigen Fisch, den man mit einer Insel verwechselte, und er fand die *terra repromissionis,* ein verheißenes Land des fortwährenden Glückes, die Inseln der Seligen, wo es weder Tod noch Krankheit, weder Leid noch Schmerz gab, gerade so, wie es in dem Buch geschrieben stand.

Er, Rikmann, hatte kein Buch verbrannt, doch auch er hatte nicht geglaubt, was der Kartenzeichner von den Wundern berichtet hatte, die der Herr geschaffen. Er war – letztlich – einer derer, die Swarts Welt in Brand gesteckt hatten, weil sie nicht hatten glauben mögen.

Doch ihm – nicht wie einst Brandain, dem von einem Engel geboten wurde, auszufahren, um mit eigenen Augen die Wunder zu sehen, die er verbrannt hatte –, ihm war nun nicht vergönnt, das Gebot zu erfüllen, das sein Herz ihm auferlegte: auszufahren und die Wunder der Welt mit eigenen Augen zu sehen, die er nicht geglaubt hatte. Sich in die tosenden Wellen zu stürzen wie der Kartenzeichner, durch die Finsternis ans Licht. Die Feder aus der Hand zu legen, aus seiner Stube zu treten, sich von rauen Winden umtoben zu lassen.

Er beneidete den Kartenzeichner, der sich Gefahren entgegengestürzt hatte, aus dem puren Glauben an seinen Vater. Für ihn gab es niemanden, in dessen Namen er sich in Fährnisse werfen konnte. Der König brauchte ihn ja nicht mehr, geschweige denn, dass er Rikmann sein Leben für ihn geben ließ.

Der Schreiber erwog in diesen Tagen gar, sich wie der königliche Falkner aus der Welt zu schaffen, und stand schon auf den Zinnen des Pulverturmes. Aber die waren ihm zu hoch, und er stieg wieder herunter. Er versuchte auch, durch festen, eindringlichen Vorsatz zu sterben. Doch es war nicht an ihm, Leben zu nehmen, und sei es das eigene.

Also blieb er stattdessen auf seinem Strohlager liegen und studierte die Paradiese, welche die eindringende Feuchtigkeit an die Decke der Schreibkammer gezeichnet hatte.

Was würde er geben, seine Schuld zu sühnen, dachte Rikmann, und koste es sein Leben.

Es geht mir schlecht, dachte er.

Stunden später erschien ein Diener im Gemach des Schreibers. »Der König wünscht Euch zu sprechen. Sogleich.« Herr Rikmann verspürte im ersten Augenblick nicht einmal Freude. Wieso wollte der König ihn nun sprechen? Das konnte nichts Gutes bedeuten. Würde er nun ganz vom Hof gejagt? Wollte Erich sich von ihm verabschieden, nach allem, was sie verbunden hatte über die Jahre?

Als Rikmann in den Thronsaal kam, war er überwältigt. Der Raum glich mehr einem Lager als königlichen Hallen. Er war inzwischen so vollgestellt mit den seltsamsten Gegenständen aus den neuen Reichen, dass der Schreiber das Bett des Herrschers zunächst nicht einmal mehr fand. Er lief staunend durch die ausgestellten Wunder. Glasgefäße mit Erden aus den neuen Ländern in den prächtigsten Farben. Phiolen mit den süßen Wassern ferner Ozeane, Zeichnungen mit den merkwürdigsten Geschöpfen. Prächtige Karten, die Herr Swart gezeichnet hatte, mit Ungeheuern und wunderbaren Inseln. Dieser Raum wirkte wie ein Museum der Phantasien, die er selbst als Knabe von der Ferne gehabt hatte. Prachtvolle, bunte Federn, mächtige Kämme, welche die Köpfe von seltenen Vögeln geziert haben mochten, vielleicht von jenen, die ebenso gut sprachen wie die Menschen.

Inmitten dieses Chaos fand er, in einer Ecke stehend, die sich nun winzig ausnehmende Wühlstatt des Herrschers, wo der König schwach, aber glücklich lächelnd lag.

Erich hörte, dass sich Schritte näherten, und tastete nach dem Arm des Schreibers. »Kommt her, Rikmann, lasst Euch angreifen, damit ich sehe, dass es Euch wirklich noch gibt.«

Alt und fahl und blass sah der König aus, nachdem es ihm wieder so gut gegangen war.

»Es ist mir noch immer wie ein Wunder, lieber Rikmann. Das gibt doch eine schöne Chronik ab, das muss Euch doch freuen. Es wird Euch ja nicht gleichgültig sein, ob Ihr vom Scheitern schreiben müsst oder vom Glück.«

Rikmann wusste nicht, was er sagen sollte.

»Oder habt Ihr gar auf ein Scheitern gehofft? Gut, dass Ihr gekommen seid. Ich hätte verstanden, wenn Ihr meinen Hof geflohen hättet. Setzt Euch her.«

Der Schreiber setzte sich auf den Rand des königlichen Lagers. »Ich habe gehört, Ihr wollt reisen.«

»Wenn ich die Augen schließe«, sagte der König, »und höre, wie die Wellen gegen die Klippen schlagen, dann meine ich beinahe, ich läge in einem Schiff. Und wünschte, ich wäre schon auf See.«

Rikmann schloss die Augen. Es stimmte, was der König sagte. Draußen tobte ein Sturm, der das Meer aufgewühlt hatte.

»Was für ein ungeheures Gefühl wird es sein, zur See zu fahren«, sagte der König. »Zeitlebens hatte ich ja Angst vor der See, Ihr wisst das. Ihr selbst musstet mich ja im Waschzuber bewachen, um mich vor dem Ertrinken zu bewahren, falls ich unversehens die Besinnung verlöre. Doch nun, wo ich im Sterben liege, nun fürchte ich nichts.«

So lauschten sie gemeinsam dem Schlagen der Wellen.

»Wie gerne würde ich noch die Ufer meines neuen Reiches sehen, Rikmann. Und je mehr ich das möchte, desto mehr fürchte ich, noch hier zu sterben.«

Der König sah wirklich so aus, als stürbe er bald, dachte Rikmann.

»Wenn ich vorher hinsinke, dann könntet Ihr, wenn Ihr wollt, dem Schnitter ein Schnippchen schlagen und mich zumindest noch die Ufer meines neuen Reiches erreicht haben lassen, Rikmann«, sagte der König und lächelte. »Vielleicht hat der Schöpfer ja mehr Humor, als wir Sterblichen in unserem Elend ahnen. Und Ihr kommt gerade darum in den Himmel, weil Ihr ihn amüsiert! Bedenkt, wie betrüblich seine Geschäfte sind! Der hat ganz gewiss Humor, bei allem, was er uns geschehen lässt, wenn auch einen reichlich staubigen, der hauptsächlich lustig ist, wenn man nicht dabei ist.«

Und dann wurde der König ernst und sah seinen Schreiber an. »Weshalb ich Euch zu mir rief, Rikmann: Es ist ein schweres Amt, um das ich Euch bitten muss als letzten Dienst.«

Der Schreiber nickte. »Ich bin bereit.«

»Ihr kennt den Brauch, dass des Königs treuester Vasall, wenn der König stirbt, die letzten Dinge für ihn richtet.«

Rikmann kannte den Brauch. »Ich werde den Kartenzeichner für Euch instruieren.«

»Ach, lieber Rikmann«, sagte der König und griff nach seinem Arm, »seid nicht töricht. Ihr wisst es doch! Wer soll es denn sein?«

Der Schreiber hob ratlos die Schultern.

»Jahrzehnte sind wir nun fern der Heimat gemeinsam in einem fremden Land umhergeirrt, im finsteren Norden. Ich mit der Krone auf dem Kopf, Ihr mit der Feder in der Hand. Ich habe verheert, Ihr geschrieben. So hat eben jeder seine Stärken. Wer anders als Ihr soll es sein, Rikmann?«

Nun füllten sich die Augen des Schreibers mit Tränen.

»Ihr seid mein treuester Vasall, Rikmann. Ihr seid es. Ihr seid mein Getreuester, den ich mit einem schweren Amt bedrücken muss.«

»Gleich, welches Amt es ist, ich werde es mit Freuden auf meine Schultern laden.«

»Ihr wisst, wie Richard, genannt Löwenherz, sich begraben ließ?«, fragte der König.

Rikmann schüttelte das Haupt. »Nein, ich weiß es nicht«.

»Zieht die Vorhänge auf, seid so gut, es ist so finster hier«, sagte der König.

Doch die Vorhänge waren geöffnet. Rikmann zog dennoch ein wenig an den schweren Tuchen, ohne etwas zu ändern.

»Jetzt ist es besser, scheint mir«, sagte der König. »Nachdem Richard Löwenherz durch den irrgegangenen Armbrustbolzen eines Vasallen, der ihn liebte, zu Chinon an Wundbrand starb – ja, der Herr spricht zu uns durch seine Werke, er hat einen wahrhaft staubigen Witz –, wo überdies sein Vater genau ein Jahrzehnt zuvor verstorben war – merkwürdig, nicht wahr, Rikmann? Was will der Herr uns durch diese Geschicke sagen? –, da ließ er seinen Leib in der finsteren Königsgruft zu Fontevrault bestatten, Seit' an Seit' mit seinen Ahnen. Alles andere hätte sich nicht geschickt, selbst für einen Toten. Sein Herz aber ließ er seinen treuesten Vasallen in die prächtige Kathedrale nach Rouen verbringen, dem Ort seines Herzens, und in diesem lichten Bau, den er so sehr liebte, zu Grabe legen.«

»Und was ist es, das Ihr mir auftragt?«, fragte Rikmann.

Nun richtete der König sich auf und sah ihn eindringlich an. »Ich weiß, es ist ein schweres Geschäft, das ich verlange, aber es ist das Letzte, worum ich Euch bitte: Ihr, lieber Rikmann, mein Treuester, wenn ich während der Reise abberufen werde: Euch bitte ich, den Leib dessen zu öffnen, den Ihr liebtet, und mein Herz dorthin zu bringen, wonach ich mich sehne: zu meinem neuen Reich, das mir lieber geworden ist als mein altes.«

»Wie soll ich Euren Leib öffnen, wenn Ihr fort seid?«, fragte Rikmann.

Der König schwieg, denn sein Schreiber hatte sich die Antwort selbst gegeben. »Ich bitte Euch, mit auf die Reise zu gehen«, sagte der König dann.

Er sah, wie elend der Schreiber vor ihm saß. »Was ist mit Euch, Rikmann? Ihr wart Jahr und Tag an meiner Seite, und nun wollt Ihr kneifen?«

Rikmann schüttelte den Kopf. Er war unfähig, zu sprechen.

»Ihr glaubt noch immer nicht?«

Der Schreiber wurde von Tränen überwältigt, von Tränen der Freude und Tränen der Trauer, die er in der letzten Zeit nicht hatte loswerden können.

»Weint Ihr, Rikmann?«, fragte der König.

Herr Rikmann war in seinem tiefsten Innern bewegt, dass er der Gewählte war, dieses letzte Amt, das der treueste Vasall für einen König verrichtete, für seinen Herrn erfüllen zu dürfen.

Er sah den König an, nickte und sprach: »Ich werde fahren. Natürlich werde ich fahren. Ich bringe Euer Herz dorthin, wohin Ihr wünscht.«

Der König schlief in Seelenruhe und großer Freude ein, da er die Sorge um seinen Leichnam los war.

Herr Rikmann ging nun staunend durch den Kronsaal und besah sich die Wunderdinge, die prächtigen Zeichnungen des Herrn Swart von dem Land, zu dem er nun fahren würde, stets darauf bedacht, nichts von den Kostbarkeiten versehentlich zu berühren oder gar umzustoßen. Eine mächtige Karte hatte Swart für den König gezeichnet, auf der die Wunder seiner Fahrt und die wunderbaren Inseln verzeichnet waren, die wie ein neuer, viergegliederter Kontinent den Pol umsäumten.

Er strich behutsam über ein Ei von der Größe eines Hauptes, sah Amphoren mit dem Wasser süßer, farbenreicher Meere. Und er entdeckte die Phiole des Kartenzeichners, die mit der Luft des fernen Landes gefüllt war. Wie ungeheuer schön musste es dort sein. Bald würde auch er den herrlichen Duft der Winde atmen, die über jene Ufer strichen, den Duft des Paradieses riechen.

Er sah von der Gischt der See gegerbte Bücher mit Aufzeichnungen des Herrn Swart. Der Kartenzeichner hatte für den König mächtige, zwei Ellen spannende Folianten gefüllt, und Rikmann blätterte in diesen kostbaren Seiten mit wundervollen Zeichnungen der Tiere und Pflanzen, die seine fremde, neue Welt belebten. Er war von der Pracht der Bücher und der Pracht des neuen Reiches überwältigt. Es gab einen eigenen Band, der die Beschaffenheit der Länder beschrieb, einen zweiten, der die bunten, sonderbaren Tiere zeigte, Vögel mit ungeheuren Schöpfen und Schnäbeln, einen dritten über die Schönheit der Pflanzen, die seltsame Früchte trugen, und gar einen über die Geschichte der dort lebenden Völker und ihre Sitten.

Und der Schreiber fand einige Bände mit täglichen Aufzeichnungen des Herrn Swart. Auch wenn er empfand, etwas Verbotenes zu tun, las er in den ersten Zeilen, die der Kartenzeichner offenbar geschrieben hatte, noch bevor er zu Schiff gegangen war, Zeilen, die seine Empfindungen vor dem Aufbruch zu der ungewissen Fahrt beschrieben. Was Herrn Swart so sehr bewegt hatte vor seiner Abreise, das stand nun auch ihm bevor, und Rikmann hätte es kaum für möglich gehalten, dass die Sehnsucht des Kartenzeichners nach der Ferne so wild in seinem eigenen Herzen weiterschlagen würde.

Mein lieber Vater, so schrieb der Kartenzeichner in seinem Buch, das er seit der Planung der großen Reise auf den Meeren geführt hatte, *nun, wo ich mich auf deine Spuren begebe, bekomme ich große Angst, dass du mir entgleitest. Bilder, die durch meinen Kopf geistern: deine großen Hände, in die früher meine ganze Faust gepasst hat, mit denen du meine Beine festhieltest, mit sicherem, beruhigendem Griff um die Fesseln, wenn du mich auf deinen breiten Schultern von*

Wanderungen auf Gebirgsgraten zu Tal getragen hast wie ein Elefant, unverwundbar und groß.

Wie du mit ausgebreiteten Armen vom Schiff stiegst, wenn ich dich bei deiner Rückkehr aus der Ferne am Hafen erwartete, und mich fest umfingst. Und jetzt entgleitet mir dein Bild.

Der Geruch deiner Reisen, den ich seit meiner Geburt kenne, dessen Herkunft sich mir erst jetzt erschließt. Der Geruch der Gewürze aus der Levante, der Nelkenblüten aus den Laderäumen, der Geruch der eingepfefferten Teppiche, das Salz der See, das sich in jeder Pore festgesetzt hatte, wohlriechendes Ambra, das du an fernen Stränden auflasest.

Und nun setze ich meine Schritte in deine verwehte Spur, folge deinen verschleierten Wegen.

Ich packe für die Reise. Das Ziel ist die Leere.

Die Leere erschreckt mich nicht. Es ist noch alles möglich.

Meine Schuhe. Sie haben bisher nur den Staub meiner Stube berührt.

Meinen Stock. Er wird mir Halt geben auf deinen Pfaden.

Meinen Hut. Er wird mich daran erinnern, woher ich kam.

Meinen Biberpelz.

Meinen Zirkel.

Mein Maß.

Meine Winkel.

Mein Senkblei, meine Astrolabien.

Meinen Kreuzstab, mein Knotenscheit.

Karten, auf denen ich die bekannte Welt verzeichnet habe.

Und Leere. Viel Leere.

Leere, über der ich meine Netze auswerfen werde, meine Netze aus Latituden und Meridianen.

Ich bin nie gereist. Und doch an allen Orten gewesen in Gedanken. Ich kenne die Welt nur vom Hörensagen. Von Skizzen. Von aus der Erinnerung Reisender hingeworfenen Linien. Und nun, wo ich mit meinen Reisekisten den Fuß über die Schwelle meiner Stube setze, scheint alles draußen mir so fremd.

Ich breche auf, verlasse meine Kartenwerkstatt, verabschiede mich vom Geruch meiner Farben, verlasse den Ort, an dem ich der Welt zu ihrer Existenz verhalf. Meinen Ort der Bezeichnung der Dinge. Des Entwurfes der Wirklichkeit. Meinen Ort der Zuflucht. Verabschiede mich vom dumpfen, vielstimmigen Hämmern der nahegelegenen Goldschlägerei, das mir zum zweiten, unsteten Herzschlag wurde. Ich verabschiede mich vom Geruch des Färberwaids, vom Geschrei der Messerschleifer, vom fernen Geklapper der Stelzschuhe der Reisenden und werde mich unter sie mischen, werde wie sie mich von Ferne den Karavellen nähern mit ihren wuchtigen Kastellen, werde wie sie die Beiboote besteigen, mein Gepäck an Deck bringen lassen. Das Reisefieber soll mich wie sie übermannen, und mit gehissten Segeln werde ich mein Werk vollenden. Imago Mundi. *Das Bild der Welt. Mein Bild der Welt.*

Ich entstaube meine Dinge. Ich verhänge Staffelei und Gerät mit Tuch. Ich ordne und öle meine Zirkel. Ich schließe die Fenster. Ich schließe die Türen. Ich lösche die Glut.

Fremde Gestirne werden meine Führer, unbetretene Ufer mein Boden, einsame Winde mein Atem, die Gischt der Ozeane meine Tränen.

Ich breche auf. Endlich nach Hause. Nach Haus in die Fremde.

Der Schreiber Rikmann war am Anfang eines Weges, den der Kartenzeichner längst gegangen war.

Nun sah er mit unendlicher Freude, wie das mächtige Schiff beladen wurde. Er ließ sich gar von einer Barke mit hinausfahren. Von dort sah das Schiff noch um ein Vielfaches mächtiger aus. Er erklomm die Strickleitern, die zum Schiff hinaufführten, wie ein Seemann. Er fühlte sich ungeheuer behände und geschmeidig, sprang mit einem Satz an Deck und durchmaß das Schiff, um sich einen Überblick zu verschaffen. Er war sehr zufrieden. Ein hervorragendes Fahrzeug, wie er fand, überwältigend groß. Rikmann bewunderte das mächtige

Kartenhaus, das der König dem Kartenzeichner hatte einrichten lassen.

Die königliche Koje war ausgestattet mit den liebsten Dingen des Königs. Viele seiner Bücher und Karten hatte der König hier hereinschaffen lassen. Das alles sah nicht aus, als wollte einer der Herren jemals zurückkehren. Und dann sah der Schreiber, dass der König auch für ihn eine Koje hatte einrichten lassen. Ein leeres Strohlager, ein Schemel, ein Krug für Wasser und, säuberlich zusammengefaltet, ein nagelneuer Knöpfrock aus samtweichem Stoff. Rikmann lächelte, zog sogleich sein Wams aus kratzender Wolle aus und kleidete sich in das neue, seidenweiche Tuch, das sich herrlich trug.

Er fühlte sich schon jetzt wie neugeboren und ging zur Spitze des Bugs, stieg auf das Vorderkastell, das hoch über die Wellen aufragte, und blickte auf die See hinaus. Die wunderbare Meerfahrt würde gewaltig werden. Einzigartig. Die Ozeane, von widerwärtigen Ungeheuern aufgerührt, sie würden ihm nichts anhaben können. Er würde, wenn die Wellen über seinem Haupt zusammenstürzten, mit grimmiger Entschlossenheit auflachen wie Swart und den Winden entgegenrufen, ob das schon alles sei.

Und dann sah Rikmann einen Mast am Horizont und fürchtete, es sei der Bonde, der doch noch käme, Herrn Erich zu erschlagen. Er fürchtete, der Herr habe ihm geflüstert: Dort ist zu viel Glück, seid so gütig, Verweser Bonde, und schlagt da einmal für mich hinein.

Doch es war nur der Mast des Schiffes, das aus Greifswald kam, mit den Fichtenschösslingen, die Herr Rikmann für den König bestellt und die er schon beinahe vergessen hatte. Als das Schiff in den Hafen eingelaufen war, ließ Rikmann die Bäume eilends auf die große Wiese neben der Burg verladen.

Dort waren inzwischen zahllose Menschen versammelt. Denn viele, die in der Heimat nichts hielt, viele, die alles verloren hatten in den zwei Jahrzehnten fortwährenden Krieges und durch den ständigen Fraß der Pest, wollten ein neues Leben beginnen an jenen milden Ufern, von denen der Kartenzeichner gesprochen hatte. Viele hatten ihre Habe mitgebracht, auf Handkarren, andere standen nur mit dem da, was sie am Leibe trugen, weil sie nichts besaßen.

Der König bestand darauf, die Fichtenschösslinge selbst zu pflanzen, das Holz für die Schiffe des Herrn der Meere, für die er sein Szepter gegeben hatte, und ließ sich hinaustragen auf die Wiese neben der Burg, wo die Menschen, die gerne mitfahren wollten, halfen, die Schösslinge zu setzen, um sich für die Reise zu empfehlen.

Als der König die vielen Untertanen sah, die mit ihm in sein neues Reich zu fahren wünschten, war er beglückt. Ein Volk, das aus eigenem Willen ihn zum König wollte, nicht weil ein übelwollender Gott sie dort, wo Erich nun einmal herrschte, aus einem Schoß hatte kriechen lassen.

Der Kartenzeichner stand stolz mit seinem Hut auf den Klippen und beobachtete aus der Ferne die Vorbereitungen.

Rikmann dachte: Auch ich muss packen. Denn er vermeinte, es fehle sonst etwas für eine richtige Reise, zu der es eben gehörte, etwas zu packen. Er ging mit einem Träger in sein Gemach und sah sich um, was er mitnehmen würde. Und da erinnerte er sich, dass er ja nur hatte, was er am Leibe trug – und das Leben des Königs, auf Tausenden Rollen Pergament.

Sollte er die wirklich mit sich führen? Waren diese Zahlen, die er notiert hatte, Aufenthaltsorte, Reisewege, waren sie das, was das Leben des Königs beschrieb? Nein. In seinem Herzen war alles festgehalten, was in der Chronik stehen sollte.

Sein aus grobem Holz behauener Tisch? Sollte er wirklich seinen Nachttopf mitführen?

Rikmann sah, dass es nichts zu packen gab.

Er würde also gerade so, wie er nun in seiner Stube stand, auf das Schiff marschieren, das am morgigen Tage endlich abfahren würde. Das war Freiheit.

Im Kronsaal fand am Abend eine Anprobe statt, zu welcher der König alle Fernfahrer durch seinen Lautsprecher herbeirief. Erich hatte einen Kürschner zu Visby beauftragt, Hasenfellmützen und Hasenfellhandschuhe für alle Meeresreisenden anzufertigen. Für Herrn Swart hatte er sogar Schnabelschuhe aus Fell nähen lassen. Rikmann war erstaunt, auch den Koch unter denen zu finden, die zur Anprobe gekommen waren, und den königlichen Leibdiener.

Der Koch erklärte dem Schreiber flüsternd, dass die Herrschaften schließlich auch zur See bespeist sein wollten. Und wem sollte er zu Visborg nach der Abfahrt des Schiffes etwas zubereiten? »Zweihundert Fässer hat der Böttcher gefertigt!«, so brüstete er sich. »Alle für meine Speisen!«

»Ihr braucht ein Paar Schuhe ohne Löcher, Rikmann«, rief der König. Und so bekam der Schreiber ein Paar Schuhe verordnet, die Erich einen Wächter ausziehen hieß und mit einem Ring von seiner Hand vergalt, von dem man sich ein ganzes Rind kaufen konnte. Der König hatte große Freude, trotz seiner Schwäche sämtliche Vorbereitungen, und seien es auch nur die geringsten, selbst zu überwachen. Auch er hatte Reisefieber, und das gab ihm Kraft.

»Ich habe acht Dutzend Hühner«, flüsterte der Koch weiter, »die ich aus Pommern hereinbekommen habe, in eine Flüssigkeit, bestehend aus Essig, etwas Salz, Wacholder, Kümmel und Lorbeer, eingelegt. Meine Speisen ergeben über ein Dutzend Lastwagenfuhren! Selbst drei Fässer in Wein eingelegte Pflaumen habe ich an den Steg schaffen lassen, und einige Kisten mit in Asche gelegten Birnen habe ich und – für alle Notfälle – gar einige eingegipste Birnen! Ich habe auch in Oxymel eingelegte Beeren. Von mir aus kann man die Erde umrunden. Von mir aus ist für alles gesorgt. Meine Fässer sind verladefertig. Man speist an den meisten Fürstenhöfen schlechter als an Bord unseres Fernfahrzeuges! Ich habe natürlich auch Essiggurken. Und fünf Dutzend frische und zwei Dutzend eingesäuerte Kürbisse«, sagte der Koch, »denn die haben dem Herrn Swart als Eintopf mit Huhn, gebratenem Speck, Zwiebeln, Senfgurken und Preiselbeeren ganz ausgezeichnet geschmeckt. Ich habe natürlich für Euch alle widerwärtigen Zutaten für Eure Grütze dabei, denn Ihr wollt ja sicher nichts von den Köstlichkeiten!«

»Einmal probieren könnte nicht schaden«, sagte der Schreiber. »Aus Achtung vor Euren Mühen.«

Herr Rikmann fand in der Nacht keinen Schlaf. Weit nach Mitternacht erhob er sich von seinem Lager und probierte noch einmal seine Hasenfellmütze und die Handschuhe. Sie standen ihm ganz ausgezeichnet, wie er im Spiegel des Wassers seiner Waschschüssel sah. Aber beides würde er vorerst noch schonen und erst im Eise anziehen.

Sonderbar wehmütig war ihm zumute, und er fragte sich, weshalb, denn er ließ ja nichts zurück, und er durfte ja nun wieder beim König sein. Um sich zu beruhigen, fasste er seinen Federkiel und kopierte ein wenig. Doch das Kopieren machte ihn noch trauriger.

Dann las er in der Heiligen Schrift, um Trost zu finden. Und so, wie der Herr ihn allzeit die Seiten aufschlagen ließ, die zu ihm sprechen sollten, stieß der Schlaflose auf das Hohelied Salomons, das Lied der Lieder, und da wusste er plötzlich, was ihn grämte.

Siehe, meine Freundin, du bist schön! Deine Augen leuchten wie Tauben hinter deinem Schleier«, so las Rikmann. *Dein Haar ist wie eine Herde Ziegen, die vom Gebirge Gilead hüpfen. Deine Zähne sind wie eine Herde frisch geschorener Schafe, die aus der Schwemme heraufkommen. Wie eine scharlachrote Schnur sind deine Lippen, und dein Mund ist lieblich. Wie eine Granatapfelscheibe schimmert deine Schläfe hinter deinem Schleier. Deine beiden Brüste sind wie zwei Kitze, Zwillinge der Gazelle, die in den Lilien weiden.*

Nun wusste Rikmann, was ihn so wehmütig machte. Diese

Worte des Liedes der Lieder, sie waren für ihn allzeit stumm gewesen, und nun, nun war er seltsam bewegt und gedachte der fremden Frau, die keine Schriften mehr von ihm kopiert zu bekommen wünschte und die er nun zurücklassen würde.

Wenn der Tag verhaucht und die Schatten fliehen, will ich zum Myrrhenberg hingehen und zum Weihrauchhügel. Mit mir, meine Braut, mit mir sollst du kommen, sollst herabsteigen vom Gipfel des Amana, weg von den Lagerstätten der Löwen, von den Bergen der Leoparden.

Nun wusste Rikmann, dass ihm hier zu Visby noch ein letztes Geschäft blieb, bevor er auf große Fahrt gehen würde. Er wollte Abschied nehmen von der Frau, mit der man so herrlich über die Kalenderverschiebung sprechen konnte und über das, woraus die Schatten und das Nichts gemacht sind.

Er ging zum Kloster Sonnenberg, in dem alle Fenster dunkel waren, und schlug so laut mit dem schweren Türklopfer an, dass er meinte, in ganz Visby würden sich nun die Haustüren öffnen. Wieder und wieder klopfte er, bis die Priorin mit vom Schlaf aufgequollenem Gesicht die Türe öffnete.

»Wisst Ihr, welche Stunde wir haben?«, bellte sie.

»Ja«, sagte Rikmann, »und seid umso gewisser, dass ich nicht gewagt hätte, Eure Ruhe zu stören, wenn meine Gründe nicht die unpassende Zeit rechtfertigen würden.«

Die Priorin wollte schon die Türe schließen, da stellte er kurzerhand seinen Fuß in die Pforte. »Schon morgen fährt ein Schiff des Königs zu jenem neuen Reich, Ihr habt vielleicht davon gehört. Ich möchte mich von Frau Asta verabschieden, ich werde auf immer fortfahren.«

Die Priorin sah ihn ausdruckslos an.

»Ich bitte Euch«, sagte Rikmann.

»Seit Tagen ist die Arme ruhelos, als treibe sie eine schlimme Seelenpein um. Ich hoffe, Ihr seid nicht der Grund.«

Der Schreiber schüttelte den Kopf. »Nein, ganz gewiss bin ich nicht der Grund.«

»Sie ist in ihrer Kammer«, sagte die Priorin, führte ihn durch die stillen Klostergänge dorthin und entfernte sich dann.

Herr Rikmann klopfte mit schlagendem Herzen an.

Asta öffnete nach einer Weile. Sie schien nicht zu zürnen, dass er sie in ihrer Ruhe aufstörte, in die sie ja wieder hatte zurückkehren wollen. Sie freute sich, ihn zu sehen, und bat ihn herein.

Sie stand mit offenem Haar, vom Mondlicht umflort, vor dem hohen Spitzfenster ihrer Stube. Wie vielfältig ist doch die Schöpfung, dachte Herr Rikmann und ging näher, mit jedem Schritt nach den passenden Worten suchend, mit jedem Schritt von seltsamen Gefühlen bewegt, bis er vor ihr stand und in ihre Augen blickte.

»Ich gehe morgen auf eine weite Reise«, sagte er so leise, wie Liebende zueinander flüstern.

Asta nickte.

»Der König wünschte, Ihr würdet mitfahren«, sagte er.

Sie lächelte.

»Morgen früh nach Sonnenaufgang fährt das Schiff. Ihr könnt bis dahin zum Königssteg kommen.«

Asta schüttelte das Haupt.

Dann sah sie, dass er eine Pergamentrolle bei sich hatte. »Ihr habt mir zum Abschied etwas kopiert?«, fragte sie und streckte Rikmann ihre geöffnete Hand entgegen.

»Ja«, sagte er und verlor nun allen Mut. »Nein«, sagte er dann. »Nein, ich habe es … nicht …«

»Was ist das für ein Text? Darf ich ihn dennoch lesen? Es muss doch einen Grund geben, dass Ihr ihn mitgebracht habt.«

»Aber Ihr wünschtet ja ausdrücklich, keine Schriften mehr kopiert zu bekommen …«

»Also ist er doch für mich geschrieben!«, stellte sie fest. »Ich habe soeben beschlossen, wieder Texte von Euch entgegenzunehmen.«

Rikmann machte keine Anstalten, ihr das Pergament zu überreichen.

»Was ist?«, fragte Asta. »Ist es über die Trümmer Roms?«

Wieder schüttelte Rikmann den Kopf.

Du hast mir das Herz geraubt, so gedachte er der Worte des Hoheliedes, das auf dem Pergament geschrieben stand, das in seiner Hand zitterte, während er Astas Angesicht betrachtete, um alles festzuhalten, für die vielen Jahre seines Lebens, die er sie nicht mehr sehen würde, die feinen Züge, von dunklem Haar gefasst, die schönen Augen. Kaum eine Armlänge stand sie von ihm entfernt und war doch so unerreichbar. *Du hast mir das Herz geraubt mit einem einzigen Blick aus deinen Augen. Ein verschlossener Garten bist du, meine Schwester, eine versiegelte Quelle. Du bist gewachsen wie ein Lustgarten von Granatäpfeln, Zyperblumen, Narde und Safran, Kalmus und Zimt. Steh auf, Nordwind, und komm, Südwind, und wehe durch meinen Garten, dass der Duft seiner Gewürze ströme!*

»Weshalb«, fragte Asta, »gebt Ihr mir ein Pergament mit Worten, die ihr mir sagen wollt, wo ihr doch vor mir steht und zu mir sprechen könnt?«

Rikmann schwieg und fragte sich, wie es möglich war, dass der Blick in zwei Menschenaugen die vielen Tuben, Klappen, Adern und Gewebe in seiner Brust so seltsame Empfindungen hervorbringen lassen konnte. »Versprecht mir, dass Ihr es nicht lest«, sagte er dann mit einer Stimme wie nach langem Schlaf, »bevor ich in See gestochen bin. Fragt nicht, warum, ich bitte Euch. Ich ertrage es nicht.«

Er gab ihr das Pergament in die Hand. »Lebt wohl.«

»Lebt wohl, Rikmann«, sagte Asta.

Der Schreiber kehrte zur Visborg zurück, von einem Schmerz gequält, den er nicht kannte. Er stieg auf den Wehrgang der Burgmauer, um aufs Meer hinauszusehen, auf den Horizont. Erst hier, nach tiefen Atemzügen und durch das Rauschen der Wellen, umweht von einem strammen Wind, wurde er ruhiger. Nun wusste er, was Abschied ist. Und nun lockte eine neue Welt, ein neues Leben. Er würde nicht nur eine Chronik der Welt schreiben, sondern ein ungleich umfassenderes Werk: das Buch von der Kenntnis aller Länder, das alles beschrieb, was es auf der Welt gab. Er würde den neunundvierzig Würmern des Albertus Magnus im schlechtesten Fall noch einmal die gleiche Menge an neuartigen Würmern hinzufügen. Er würde Listen mit den Kreaturen anfertigen, die der Kartenzeichner schon aufgeschrieben hatte, und um neue ergänzen, denn er hatte ja gewiss noch nicht alle Kreaturen aufgeschrieben und alle Pflanzen und alles, was es gab. Er würde vielleicht gar neue Berge und Meere benennen dürfen.

Dass der König nun auch zur See fahren würde, war von unschätzbarem Wert für das Ende seiner Chronik. Und, ja, vielleicht hatte seine Weigerung, ihm einen Tod zur See zu erdichten, dazu geführt, dass Erich nun wirklich ausfuhr. Er sah auf die langen Reihen gesetzter Fichtenschösslinge, die nun neben der Burg einen Wald mit Schiffsmasten entstehen lassen würden für die Seefahrten kommender Generationen. Vielleicht, so dachte Rikmann lächelnd, lebt der König ja nun gewissermaßen nach, was ich für das Ende seiner Chronik erdacht habe. Vielleicht bin ja gar nicht mehr ich jener, der das Leben des Königs mitlebt wie eine Zecke. Vielleicht lebt nun der König nach, was ich für ihn ersonnen habe.

Aber das war nur ein Gedanke, und der entsprach ja nicht der Wirklichkeit.

Und dann sah er im Morgengrauen Masten.

Rikmann erschrak zutiefst, und große Angst ergriff von ihm Besitz. Er versuchte, ruhig zu atmen.

Schiffe gehören auf das Meer, sagte er sich. Der Krieg ist zu Ende, sagte er sich. Es ist Frieden. Der Bonde hat dem König weiße Tauben und Ölbäume geschickt. Der will den König ja nicht mehr erschlagen, so redete er sich zu.

Die Schiffe kamen näher. Heute wollen wir doch fahren!, dachte Rikmann. Wir wollen doch heute fahren! Vielleicht sind es Schiffe, die dem König Zehnte bringen, sagte er sich. Ich muss mich freuen, denn das Kronsäckel wird noch voller!

Und dann sah er, dass es keine Handelsschiffe waren. Waffenträger drängten sich an Bord, auf den Krähennestern standen Spießwerfer und Armbrustschützen, und auf den Vorderkastellen befanden sich Bombarden. Die Schiffe fuhren unter schwedischer Flagge und trugen das Wappen des Bonde.

»Der Bonde!«, schrie Rikmann. »Der Bonde!« Er stürzte zur Schlosskapelle und hängte sich mit seinem ganzen Gewicht an das Glockenseil. Er läutete Sturm, bis er nicht mehr konnte. Dann lief er zum Kronsaal. Dort waren keine Wächter mehr. Wo waren sie hinverschwunden? Waren sie schon feige geflohen? »Der Bonde kommt!«, schrie er. »Der Bonde!«

Die Türe zum Kronsaal stand offen. Das Bett des Königs war leer. Er war offenbar in seinen Schlafgemächern im Turm Blackn. Der Kartenzeichner stand am Fenster, blass wie eine Leiche.

»Mehr als einhundert Masten!«, sagte Rikmann außer sich. »Was wollen diese Schiffe?«

Nicolaus Swart sah nach draußen. Er musste es längst gesehen haben.

»Wieso tut Ihr denn nichts?«, schrie Rikmann. »Wir wollen doch heute fahren!«

»Die Segel sind gesetzt«, sagte der Kartenzeichner leise. »Es ist Zeit für mich, Rikmann. Ich breche auf.«

»Wo wollt Ihr denn hin?«

»Auf eine weite Reise.«

»Aber wir alle brechen auf!«, rief Rikmann. »Wir alle brechen doch heute auf!«

Der Kartenzeichner führte einen kristallenen Becher an seine Lippen, weihevoll, wie der Priester den zu Blut gewandelten Wein, und trank aus dem Gefäß, das im Mondlicht strahlte, in bedächtigen Schlucken.

»Swart!«, sagte der Schreiber unter Tränen. »Was geht hier vor sich?«

Der Kartenzeichner antwortete nicht. Seine Augen waren leer. Er hatte keine Tränen.

»Die Tauben! Der Bonde hat dem König weiße Tauben geschickt! Ein Dutzend weiße Tauben!«, rief Rikmann verzweifelt.

»Wenn der König fragt, wo ich bin, so sagt ihm, meine Obliegenheiten hätten mich vorzeitig abberufen.«

Der Schreiber griff nach dem Gefäß, aus dem Swart getrunken hatte, und roch. Die Flüssigkeit hatte den beißenden Gestank von Mäusen. »Was habt Ihr getan, Swart?«, fragte Rikmann, stimmlos vor Entsetzen. »Was habt Ihr um des Himmels willen getan?«

Der Kartenzeichner griff mit den Händen um sich, als sei es finster. Rikmann verstand, von schmerzlicher Trauer bewegt, dass der verzweifelte, arme Herr Swart sich Schreckliches zugefügt hatte. Der Kartenzeichner hatte den Schierlingsbecher genommen!

»Was habt Ihr getan?«, fragte Rikmann wieder und wieder und führte den unwiderruflich dem Tode Geweihten zu einem Stuhl.

Swart atmete schwer.

»Was ist geschehen? Was geht hier vor sich, Swart?«

»Der König«, sagte der Kartograph, schwer um Atem ringend, »ist nicht mehr König. Die Reiche haben ihm längst aufgekündigt.«

»Wie kann das sein? Die Sendboten des Bonde haben für ihren Herrn das Knie vor dem König gebeugt! Es herrscht Frieden!«

»Der Bonde ist längst zum König Schwedens gewählt und verlangt nun Gotland heraus. Er will den alten König töten, damit er Ruhe hat in seinem Reich, denn manche sind noch immer dem Herrn Erich zugeneigt.«

»Ölbäume hat er dem König geschickt!«, schrie Rikmann. »Man schickt doch einem, den man erschlagen will, nicht ein Dutzend schneeweiße Tauben und Ölbäume!«

Swart rang um seine Stimme und sah Rikmann in die Augen. »*Ich* habe die Tauben liefern lassen, Rikmann. *Ich* habe ihm die Ölbäume schicken lassen. Die Sendboten waren gedungen. In Putz geworfene Spielleute. Die Armenhäuser sind voll in diesen Zeiten. Diese Menschen hätten alles getan für ein neues Leben.«

»Das Schiff? Das Schiff?«

»Es war ein reich beladenes genuesisches Handelsschiff, mit Waren von Alexandria, das einige Freibeuter aus dem Kerker für mich vor Lübeck fortgenommen haben.«

»Vielleicht können wir im Schutz der Dunkelheit entkommen!«, sagte Rikmann, ohne genau zu verstehen, wie die Dinge wirklich standen. »Wir werden noch in diesem Augenblick fliehen!«

»Wohin wir zu fahren wünschten, Rikmann, dieses Land kann man weder zu Wasser noch zu Land erreichen.«

»Über das Eis!«, sagte Rikmann. »Über das Eis! Wir haben ja die Fuhrwerke, Swart! Und bekufte Barken! Der Koch hat acht Dutzend Hühner für Euch eingelegt! Und Kirschen in Wein! Wir könnten die Erde umrunden, hat er gesagt! Das reiche bis Cathay oder Indien!«

Nun sah Rikmann den Feuerschein, der von draußen, vom Meer hereinleuchtete.

Das Schiff, ihr mächtiges Schiff, das sie zu dem neuen Reich bringen sollte, es stand in Flammen. Hoch wie ein Berg schlugen mächtige Feuerzungen in den Himmel, selbst die Wolken über dem Hafen leuchteten vom Widerschein der Lohe. Hühner, die für den Verzehr durch Herrn Swart bereits geladen worden waren, flogen, magisch von den Flammen gebannt, geradewegs ins Feuer und flatterten, die sengende Hitze wieder fliehend, brennend durch den Nachthimmel, bis sie ins Meer stürzten. Ein weißer Stier, der sich losgerissen hatte und angstschnaubend an Deck umherstob, stürzte über die Reling ins Meer.

»Was geht hier vor sich?«, fragte Rikmann wieder.

»Es musste ein Ende haben«, antwortete Swart.

Ich träume, so meinte Rikmann zu gewahren. Ich muss bloß erwachen. Es ist nur ein böser Traum.

»Ich versuche seit Jahrzehnten, zu erwachen, Rikmann«, sagte Swart, ohne dass der Schreiber ausgesprochen hätte, was er dachte.

»Was geschieht hier?«

Rikmann sah, wie nun draußen auf dem Meer aus dem Kartenhaus durch die Gewalt der Flammen zahllose brennende Pergamente in die Luft gerissen und vom Wind irrlichternd über das Meer geweht wurden, und der Anblick erinnerte ihn an das, was der Kartenzeichner vom brennenden Haus seines Vaters berichtet hatte. Nun verbrannte auch ihm eine Welt.

»Eure prächtigen Karten!«, rief er entsetzt. Alles, worauf er gehofft hatte, stand nun in Flammen.

Swarts Blick war matt, sein Gesicht aschen. Der Kartenzeichner sank kraftlos hin, und Rikmann bettete ihn auf ein Vlies.

»Was ist geschehen, Swart?«

»Ausgelöscht sei der Tag, an dem ich geboren bin«, flüsterte der Kartenzeichner, »und die Nacht, da man sprach: ›Ein Knabe kam zur Welt!‹ Finsternis und Dunkel sollen ihn überwältigen und düstere Wolken über ihm bleiben. Seine Sterne sollen finster sein in ihrer Dämmerung. Die Nacht hoffe aufs Licht, doch es komme nicht, und sie sehe nicht die Wimpern der Morgenröte, weil sie nicht verschlossen hat den Leib meiner Mutter und nicht verborgen das Unglück vor meinen Augen.«

Swart atmete schwer, langsamer und langsamer. »Ich sehe einem schrecklichen Gericht entgegen.«

Rikmann meinte, seine Augen brächen schon.

»Erleichtert Eure Seele, Swart.«

Von Ferne hörte er das Donnern der Bombarden.

Noch ein Atemzug. Noch ein Schritt.
Der Nordweiser kreiste.
Über ihm irrten Sterne über den Himmel, deren Los die ewige Finsternis war.
Noch ein Atemzug. Noch ein Schritt.

Er musste innehalten, verweilen, um sich des Zieles und des Anfangs zu entsinnen. Wohin, Sterblicher? Was war sein Hoffen und Sehnen gewesen?

Er schloss die Augen, denn es war so kalt, dass er fürchtete, sie würden frieren, wie man es von den Wölfen erzählte, die in jenen Gegenden wohnten und deren Augen gebrochen waren, gefroren wie mattes Eis.

Noch ein Atemzug. Noch ein Schritt.

Er war sich nicht gewiss, ob er noch unter den Lebenden weilte, denn sein Leib spürte weder Kälte noch Schmerz. Hatte Schellendorp recht gehabt? War Nebelheim das Reich der Toten? War er längst gestorben? Die Zeit stand still, so schien ihm.

Er kreuzte Spuren im Schnee und hielt dies für ein großes Wunder, dünkte ihn doch, er sei der einzige Mensch in dieser verlorenen Öde.

Er folgte den Spuren. Nach Tagen gewahrte er, dass es seine eigenen Spuren waren. Er war im Kreis gewandert, war sich selbst gefolgt, sich selbst vorangegangen.

Und dann sah er im Nebel weiße Gestalten kauern. Wie konnte man in dieser Öde überleben? Ohne Schutz vor Wind und Eis? Was konnte einen Menschen hierher locken? Dort saßen Männer, ohne Zweifel, seltsam bewegungslos. Er ging näher und sah, um eine der Gestalten herumgehend, dass sie zu Eis gefroren waren. In einer Lebenssekunde erstarrt. Einer hatte noch seinen Löffel mit Speise zum Mund geführt, ein anderer schien noch ein Lachen auf den Lippen zu haben und seine Zunge noch einen Witz zu formen. Ihn überkam große Furcht. Weilte er noch auf Erden?

Und dann hob sich aus dem dichten Nebel ein mächtiges Schiff. Schräg über die Männer ragte ein Mast. Umgestürzt lag das Fahrzeug auf die Flanke gekippt, wie von launischen Riesen, des Spieles überdrüssig, zerschmettert. Geradewegs so wie die Luciferus, die er vor Tagen oder Wochen verlassen hatte.

War dies gar sein Schiff? Waren das seine toten Männer? War er nach Tagen des Marsches dort angekommen, wo er losgelaufen war, da der Nordweiser kreiste?

Auch hier hatte man große Teile des Schiffes bis auf das Skelett, das noch seine prächtige Form und Größe zeigte, verbrannt oder zu Hütten gezimmert. Er schleppte sich zu den Resten des Schiffes, trat in einen Teil des Rumpfes, der noch erhalten war.

Die Wände waren bemalt mit Karten, überwuchert mit Wundertieren, mit zahllosen Inseln.

Dort, im Schiffsrumpf, blass, weiß, dort lag er selbst, nackt, als sei er eben erst eingeschlafen, als genüge ein bloßes Berühren seiner Schulter, ihn zu wecken. Neben ihm standen seine Schuhe, lehnte sein Wanderstab, lag sein Hut, sein Beinkleid, sein Wams, sein Umhang, alles sorgsam gefaltet, als habe er sich nur zum Schlaf gelegt. Selbst ein Stundenglas stand neben ihm, das nur zur Hälfte leer geronnen war, doch kein Sand rieselte hindurch. Die Zeit stand still.

Er war tot.

Wie man es von Erfrierenden wusste, musste er – verloren im Eise, der Letzte, der noch lebte – eine ungeheure Hitze verspürt haben, den unstillbaren Drang, sich abzukühlen, die Kleider abzulegen, bevor er starb.

Nicolaus Swart sank vor seinem Leichnam nieder, vom Drang bewegt, ihn warm zu betten, und doch wissend, dass ihm das in seiner Finsternis, im Frost des Todes nicht helfen konnte.

Sein eigenes Angesicht blickte ihm aus dem Eise trüb entgegen, sein Ebenbild. Die Züge waren entspannt, die Augen geschlossen wie zu sanftem Schlaf.

Nein, der Tote war nicht er selbst. Aber er war ein Mensch von seiner Gestalt: nackt, bloß, verletzlich. Ein Angesicht mit seinen Zügen.

»Mein Vater«, flüsterte Swart. »Mein Vater. Mein Vater«.

Der Tote war sein Vater im Alter von dreiunddreißig Jahren, von dem gleichen vergeblichen Traum in eine kalte Hölle gerissen wie sein Sohn, den sein Sehnen wie einen Mondsüchtigen dorthin zog, wo der Vater den Tod gefunden hatte: in den Trümmern seines Schiffes, in den Trümmern seines Werkes, in den Trümmern seiner Welt.

Swart berührte seine Hand, seine mächtige Hand, die dem Knaben Schutz geboten hatte wie keine zweite, die jenseits des Horizonts zu weisen pflegte, die dem Blick des Sohnes den Weg gewiesen hatte zu den Wundern der Welt und den großen Kleinigkeiten, mit der er hinter seinem Rücken ein neues Land hervorzauberte, das er ihm aus der Ferne gebracht hatte, oder ein neues Volk aus seinem Hut zog wie ein Gaukler Tauben oder mit der er in seine Wamstaschen griff, die allzeit vollgestopft waren mit Inseln und neuen Kontinenten.

»Mein Vater.«

So, gerade so, wie er vor ihm lag, war er von ihm gegangen, als er ein Knabe von elf Jahren war. So war er, stolz, unverwundbar, groß und doch sterblich, von der Reede an Bord des Schiffes gestiegen, war hinter dem Horizont verschwunden, auf seine Reise ohne Wiederkehr.

Die Hände, die einst glühend die kalten Füße des Knaben wärmten – nun floss Finsternis in ihren Adern, Nacht herrschte in Herz und Haupt. Sein Vater, auf ewig mit dem Mantel des Frostes und der Stille gekleidet.

Für einen Wimpernschlag meinte der Kartenzeichner wieder, er selbst sei der Erfrorene im Eis, und vor dem Leichnam des Sohnes kniete der Vater und weinte um den, der seines Fleisches war. Der Erfrorene schien ihm jünger als er selbst zu sein. Ihm war, als sei *er* der auferstandene Vater, der durch das Auftauchen seines Sohnes, durch seine Liebe, vom Reich der Toten ausgelöst und wieder zum Leben erweckt worden war, erwacht aus einem Fiebertraum, der ihn zu einem mehr als fünfzehnjährigen eisigen Schlaf gebettet hatte, und der nur ein wenig Besinnung brauchte, um sich zu erinnern, wer er war.

Sein Vater war wirklich aufgebrochen.

Er war aufgebrochen, das Paradies zu suchen, und hatte die Hölle gefunden.

Der Kartenzeichner entfaltete seine Karte, in der die Teile der unbekannten Welt, die er neu vermessen hatte, eingezeichnet waren. Wo er die Inseln der Seligen gedacht hatte, das irdische Paradies, dort schrieb er nun: *Hic paradisus est. Totaliter demolitus per diluvium.* Hier ist das Paradies. Von der Sintflut gänzlich zerstört.

Er war doch schon am Ende der Dinge gewesen, und nun schien ihm die letzte Leere, die er verlassen hatte, die Öde, wie eine lebendige Welt. Ihm schien, als sei auf einen milden Sommer, der doch selbst kälter als Eis gewesen war, Frost gefolgt, der ihn nun mit kalter Hand umgriff und ihm den Atem nahm, als sei er aus der Finsternis in eine neue Nacht geraten, für deren zweifache Dunkelheit es keinen Namen gab.

Der Verlassene schrie aus der Tiefe, in der Hölle des Eises stehend, hinauf zu seinem Gott, den vorzuladen, der ihn geschaffen, der gefügt hatte, was ihm geschah, den vor Gericht zu stellen und selbst in die Waagschale zu werfen, die er stets über den Köpfen der Sterblichen schwang.

»Du greifst nach mir im Wettersturm und schlägst mir Wunden ohne Grund«, schrie Swart in die Finsternis. »Deine Geißel tötet ohne Grund, du spottest über die Verzweiflung der Unschuldigen. Du lässest mich nicht Atem schöpfen, sondern sättigst mich mit Bitternis. Denn meine Zuversicht vergeht, und meine Hoffnung ist ein Spinnweb. Deine Pfeile stecken in mir, mein Geist muss ihr Gift trinken. Du erhebst die Bösen und stürzt die Guten. Dass es doch zwischen uns einen Schiedsmann gäbe, der seine Hand auf uns beide legte!

Du hast mir Haut und Fleisch angezogen; mit Knochen und Sehnen hast du mich zusammengefügt; wäre ich schuldig, dann wehe mir, wäre ich schuldlos, so dürfte ich doch mein Haupt nicht erheben, gesättigt mit Schmach, getränkt mit Elend. Hab ich denn keine Hilfe mehr, und gibt es keinen Rat mehr für mich?

Eine Wolke vergeht und fährt dahin: So kommt nicht wieder herauf, wer zu den Toten hinabfährt; er kommt nicht zurück, und seine Stätte kennt ihn nicht mehr. Wenn ich dachte, mein Bett soll mich trösten, mein Lager soll mir meinen Jammer erleichtern, so erschrecktest du mich mit Träumen und machtest mir Grauen durch Gesichte, dass ich mir wünschte, erwürgt zu sein, und den Tod lieber gehabt hätte als meine Schmerzen. Lass ab von mir, denn meine Tage sind nur noch ein Hauch. Bin ich denn das Meer oder der Drache, dass du eine Wache gegen mich aufstellst? Wenn du wegraffst, wer will dir wehren? Wenn du zerbrichst, so hilft kein Bauen; wenn du jemanden einschließt, kann niemand aufmachen. Wenn du das Wasser zurückhältst, so wird alles dürr, und wenn du's loslässt, so wühlt es das Land um. Was mühe ich mich denn so vergeblich? Wenn ich mich auch mit Schneewasser wüsche und reinigte meine Hände mit Lauge, so wirst du mich doch eintauchen in die Grube, dass sich meine Kleider vor mir ekeln! Wer bist du, Herr und Gott, dass du dein Geschöpf so quälst?«

Da draußen war niemand.

Nun, da er seinen Vater vor sich hatte, erinnerte sich Nicolaus Swart der Stunde, in der jener ihm, dem Knaben, die Kunst der Kartographie geschenkt hatte und eine Welt voller Wunder.

Und erst da spürte er schmerzensreich, was mit ihm geschehen war in den Jahren, nachdem sein Vater den Tod gefunden hatte.

Nachdem man das Bildnis seines Vaters verbrannt hatte, war er in seinem Schmerz auf der Suche nach dem Vater zu einsamen Fahrten ins Unbekannte aufgebrochen, hatte die Meere durchforscht und ferne Länder, indem er die Himmelsleiter in das Gewölbe der Bibliothek hinaufstieg, in die Finsternis und Menschenferne. Doch die Geschichten von den Wundern der Welt, die ihn als Knaben dort hatten sein lassen, wo sein Vater neue Ufer entdeckte, wenn auch nur in Gedanken, sie führten ihm nun schmerzvoll vor Augen, dass sein Vater fort und tot war. Die Karten spendeten ihm keinen Trost mehr, sondern vergrößerten nur seinen Schmerz. Er ertrug die Erzählungen von den fernsten Ländern der Welt nicht mehr, denn sie waren ihm die Stimme des Vaters gewesen, und nun – nun gemahnten sie ihn an seinen Tod, er sah seinen Vater nicht mehr erzählen und erklären. Wenn er den Blick in die Finsternis richtete, sah er ein Gesicht in Flammen.

Und außerhalb der Bibliothek konnte er auch nicht mehr sein. Wenn er aus seinem zerstörten Haus ging, liefen die Menschen auseinander. Wenn er jemanden ansprach, sah der weg und ging fort, Kinder warfen mit Pferdedreck nach ihm. Immer wildere Gerüchte gingen um. Der Vater, so sagte man, habe nichts entdeckt. Der Vater habe verheert, gebrandschatzt, gestohlen, gehehlt, betrogen.

Der Kartenzeichner war gebrochen, er fühlte sich, als hätte man sein Leben aus ihm herausgerissen, so wie man einem Fisch das Gekröse herausreißt.

Er irrte herum, fühlte sich überall am falschen Ort. Die Stille wurde ihm zum Feind. Ungeachtet seines Schmerzes blühte es, ging die Sonne wieder auf und unter, hallten Geburtsschreie durch die Gassen, erfreuten sich böse Menschen in hohem Alter bester Gesundheit, und er fragte sich: Wieso nicht der? Wieso mein guter Vater?

Der Zustand von Swart war so schlecht, dass der Bibliothekar des Katharinenklosters, dessen Räume der Kartenzeichner kaum mehr verließ, fürchtete, dass der arme junge Herr ihm stürbe, wenn er nichts unternähme. Er machte ihm begreiflich, dass es besser wäre, er verließe die Stadt, bis die Dinge sich beruhigt hätten.

Und so nahm Nicolaus Swart wenige Wochen nach jener schrecklichen Brandnacht Abschied von seiner Braut, die zurückblieb, da sie spürte, dass sie ihn verloren hatte, an den Schmerz, an eine andere Welt, an der sie nicht teilhatte. Sie hoffte, er möge bald wiederkehren und wieder der sein, der er gewesen war, der, den sie liebte.

Mit dem Tross des päpstlichen Rezeptors Bueri, der mit den Medici Abrechnungen zu machen hatte und einen Schreiber gebrauchen konnte, zog er nach Florenz; schweigend meist, abwesend, als gehörte er nicht zu alledem, was da vor sich ging. Die Welt zog an seinen Augen vorbei wie ein blasses Schattenspiel, das von der Schönheit der Dinge nur einen schwarzen, verzerrten Widerschein gab.

Der Rezeptor Bueri machte ihn mit dem ehrwürdigen, beinahe schon erblindeten Kardinal Guillaume Fillastre bekannt. Der gebeugte alte Mann besaß eine Abschrift eines vergessenen Werkes des Ptolemaios, des Namens *Geographia universalis*, das von Kreuzfahrern aus Konstantinopel nach Europa gebracht und aus seinem mehr als tausendjährigen Schlaf geweckt worden war. Ptolemaios' Werk beschrieb in acht Büchern griechischer Zunge eine Kartographie, deren Klarheit Swarts Karten nicht kannten und die ihm unendlich schön erschien.

Die *Geographia universalis* besaß mit mehr als achttausend Orten die unveränderliche, ewige Lage von Orten, sie konnte mit ihren endlosen Kolonnen von Zahlen, ihren zehn Karten Europas, vier Karten Afrikas und zwölf Karten Asiens die ganze Welt aus dem Nichts entstehen lassen. Und so ließ Swart für den alten Mann, der nur den Zahlenteil der *Geographia* als Abschrift besaß, aus jenen Zahlen die Welt entstehen, indem er ein Netz über einem Pergament aufspannte und die Orte nach Länge und Breite verzeichnete. Die Quelle des heiligen Ganges lag bei Longitudo 136 00 und Latitudo 37 00. Die arabische Wüste, die er nur als einen unbestimmten Ort im Osten kannte, war nun aufgegliedert in vierzig Städte. Selbst die sagenhafte Insel Taprobana, von der die Karten des Nicolaus Swart nur wussten, dass die Frauen dort ganz mit Haaren bedeckt seien und es dort Reis, Honig, Ingwer, Beryl, Amethyste, Gold, Silber und Metalle gebe, war auf der zwölften Mappa Asiens verzeichnet und wurde dem Dunkel der Vermutung entrissen und Teil der betretbaren Wirklichkeit. Die Zahlenreihen der *Geographia* kannten mehr als vier Dutzend Städte und Orte dieser Insel in exakter Breite und Länge. Die gesamte bewohnbare Welt lag ihm in nie gekannter Genauigkeit vor. Bei Ptolemaios war die Karte nicht mehr das Wichtigste. Die Welt des Ptolemaios bestand aus Kolonnen mit Tausenden Namen von Orten. Und Zahlen. Zahlen.

Swarts saftige, pralle, reich geschmückte Karten, welche die Geschichte der Menschheit seit der Erschaffung der Erde erzählt hatten, seine Weltschau der Phantasien und biblischen Geschichten, der Wunder und Seltsamkeiten, veränderten sich in wenigen Monaten gewaltig. Aus dem Ort des Brunnens in der arabischen Wüste, von dem ihm sein Vater die Datteln gebracht hatte, wurde nichts als 72 00 | 38 00. Für den Ort, den seine Karten mit den Geschichten des bösen Turms zu Babel geschmückt hatten, wo die Menschen Gott versucht hatten und mit den Sprachen verwirrt worden waren, stand 79 00 | 35 00. Das Land der Kyklopen verschwand, der Ort, an dem sein Vater den Vogel Phoenix gesehen hatte, wurde getilgt.

Er löschte die Geschichten seines Vaters, die ihm nicht mehr Freude, sondern Schmerz waren, von den Karten, und die Welt veränderte ihre Gestalt. Er zog sich zurück in die Welt seiner Zahlen, die keine Schicksale kannten, keine Geschichte, kein Leid. Menschen und ihre Geschichte fanden keinen Platz mehr auf seinen Karten wie auch in seinem Leben.

Er entfernte sich Schritt für Schritt von der Erde, es zog ihn in die Leere des Universums auf der Suche nach dem Blicke Gottes auf seine Schöpfung aus der Ferne, welche die menschliche Tragödie zur Komödie werden lässt; aus der sicheren Distanz die Schicksale von Ameisen betrachtend. Er war geflohen in ferne Umlaufbahnen, um nicht der Welt erinnert zu werden, die ihm genommen worden war.

In manchen Zeiten wähnte Nicolaus Swart sich an seinem dunklen Ort kaum mehr dem Kreis der Lebenden zugehörig. Manchmal, nachts, beschlich ihn große Einsamkeit, und er musste einen Stein aufheben, um sich zu versichern, wo er hingehörte. Erde hielt ihn bei Erde.

Doch Jahre später, ohne die schwärmerische Jugend, in seinem einunddreißigsten Jahr, als plötzlich, in einem Moment, während er in seiner Zeichenstube saß, die Sonne durch die Wolken brach und die Welt in grelles Licht tauchte, als sei nichts gewesen, keine Finsternis, als sei alles gut, als draußen die Knospen in Minuten zu bersten schienen, alles aus dem Erdreich brach und sich entfaltete, die Natur nach langem Winter erwachte, fiel die Erinnerung an den Tod schwer auf den Kartenzeichner herab. In dieser Stunde gewahrte er, dass er das Gesicht seines Vaters verloren hatte, unwiederbringlich, so schien ihm. Die gütigen Züge waren vor seinem geistigen Auge verblasst, er hatte keine Erinnerung mehr an seine Stimme und an sein Lachen.

Nicolaus Swart stürzte in größter Verzweiflung zu seinen Karten. Denn sie waren es, die ihn hatten dort sein lassen, wo sein Vater war; dafür hatte sein Vater ihn diese Kunst gelehrt. Wenn er sich in der Welt seiner Karten aufgehalten hatte, war sein Vater einst für ihn nicht tot gewesen.

Doch seine Karten waren nicht mehr die Welt, sie waren nur noch Papier, waren nur noch Zahlen. Sie waren keine Kartographie des Geistes mehr, des Glaubens, der Erinnerung, der Phantasien und der Hoffnung; sie waren nur noch die Kartographie einer Welt, die ein kalter Gott mit einem Zirkel in der Hand entworfen hatte.

Aus Nicolaus Swart, den in seiner Kindheit die Phantasien seines Vaters beflügelt hatten, der glaubte, ihm gehörte die ganze Welt, er würde wie sein Vater als Seefahrer die Grenzen der Erde sprengen, war über die Jahre ein Zeichner geworden, ein Verwalter von Zahlen, ein Vermesser von Orten ohne Geschichte, ein kalter Mathematikos.

Die Riphäischen Berge, hinter denen die Sonne im Winter verschwand, die von seltsamen Greifen umschwebt wurden, jenseits derer das fürchterliche Eismeer und tiefe Finsternis begannen, sie waren nur mehr eine Zahl. Wo Wundervölker gehaust hatten, waren Zahlen, Zahlen. Wo Vater und Sohn die Leere durch Phantasien in Licht getaucht und Paradiese in die Finsternis hineingedacht und hineingelacht hatten, war nun nichts als Leere.

Seine Karten waren die Karten einer toten Welt.

Nicolaus Swart nahm einen Folianten mit den wunderbaren Reisen des Pytheas in die Hand und las in den Berichten aus der Ferne, zitternd. Einst hatte die Stimme seines Vaters den Geschichten Leben eingehaucht. Doch die Worte aus den Büchern, die ihn als Kind beseelt hatten, waren jetzt stimmlos geworden, sie waren ihm nun nichts mehr als Lettern. Die phantasiegetränkte Finsternis, die ihn in Bibliotheken stets umgeben hatte, sie war über die Jahre ausgedörrt, sie war nicht länger der Geburtsort neuer Welten. Er vergoss heiße Tränen im Andenken seines Vaters, der nun fort war, aus der Welt und seiner Erinnerung, unwiederbringlich, so schien ihm zu dieser Zeit. Die Stimme seines Vaters war verstummt, sein Bild verblasst, er war einen zweiten Tod gestorben im Geiste seines Sohnes.

Und nun, im Eis, hatte er den Vater wiedergefunden und eine längst verlorene Welt.

Die Flammen waren gelöscht.

Und er hörte seine Stimme, die zu ihm sprach.

Der Kartenzeichner kniete vor seinem Vater in unendlicher Trauer nieder, weinte gefrorene Tränen, von Gott verlassen, und bettete den Toten mit dem Segel, das ihn hierher geführt hatte zu so unheilvollem Los.

So stand er nun ohnmächtig am Ort des Scheiterns und des Untergangs.

Er hatte mit der Erde gerungen und ihren Küstenlinien. Mit den Läufen der Flüsse, mit den Fluten unbekannter Meere. Er hatte Seefahrer den Gebrauch des Astrolabiums gelehrt, die Längen und Breiten zahlloser Orte zusammengetragen. Er hatte ein exakteres Abbild der Welt erschaffen als vielleicht jemals ein Mensch zuvor. Dank seiner Karten waren die Häfen der Ferne zu vertrauten Orten geworden. Seine Karten führten Kauffahrer sicher zu fernen Ufern. Aber die wahre Macht seiner Kunst lag brach in diesen Werken.

In diesem Augenblick gewahrte der Kartenzeichner Nicolaus Claussøn Swart, dass seine Kunst der Vermessung nur die dünntönige Ouvertüre zu einem größeren Werk mit Pauken und Trompeten war. Sie war nur das raue Stimmen der Saiten vor dem Erstrahlen der vollkommenen Melodie. In diesem Moment erkannte der Kartenzeichner Swart, dass sein bisheriges Werk nur ein schwacher Widerschein dessen war, was seine Kunst auszurichten vermochte. Er hatte mit dem Abbild des gesamten Erdkreises dem Schöpfer Lobpreis singen wollen, einem Schöpfer, den er im tiefsten Innern zu verachten begonnen hatte.

Er war nun dort, am Ende der Welt, vor der Kluft der Klüfte, jenem Abgrund, angefüllt mit einer Finsternis, für deren Bezeichnung ein neuer Name erfunden werden musste, in dem nach dem Ende der Götterdämmerung alles versunken und nach der Zeitlosigkeit wiedererstanden war.

Dorthin hatten vor Urzeiten die Göttersöhne ihren Vater hinabgeschleudert und aus seinem Leib die Welt der Menschensöhne gebaut. Sie hatten seinen Schädel gespalten, mit furchtbarer Kraft, sie hatten sein Fleisch in Stücke geschnitten. Aus dem Leib des Göttervaters ward die Erde geschaffen, aus dem Blut das Brandungsmeer, das Gebirge aus den Knochen, aus dem Haar die Bäume, aus des Riesen Gehirn wurden die rau gesinnten Wolken gewirkt und aus der Hirnschale der Himmel. Aus den Wimpern aber die bewohnbare Welt der Menschensöhne.

Und so begann auch Swart, nicht aus dem Leibe seines Vaters zwar, nicht aus den Wimpern, doch aus dem Geiste dessen, der nun vor ihm lag, in der Finsternis, am Grund des Abgrunds, auf dessen Boden ein Amboss erst nach sieben Tagen aufschlug, eine neue Welt zu schaffen; die Welt, die Jahrzehnte zuvor in Flammen aufgegangen war.

Er hatte den Blick Gottes erlernt. Und nun nahm er sich die Macht des Schöpfers und schickte sich an, seinen Herrn zu meistern.

Der Gott der Manichäer konnte nicht selbst schaffen. Der Gott der Manichäer hatte nur einen schaffen können, der für ihn schaffte, einen Handwerkergott: den Demiurgos.

Swart war ein Geschöpf Gottes. Geschaffen, um zu schaffen. Der verlängerte Arm des Schöpfers, der gelähmt in den Fernen des Universums schlief und kaum die Kraft hatte, ihn zu lenken. Führte ihn ein Gott? War da wer? Dort draußen? Warum schwiegen die Götter, deren ruhigen Sitz er störte?

Gott selbst hatte nach der Schöpfung gereut, dass er die Welt und die Menschen gemacht hatte, und er hatte nach der Schrift gesprochen: »Siehe, ich mache alles neu«, und ging hin und machte alles neu.

Und so reute nun ihn, den Kartenzeichner Swart, die Welt, die der Herr geschaffen, und er sprach: »Siehe, ich mache die Erde neu.«

Und so ging er hin und machte sie neu.

Die Erde war wüst und leer, und es war finster auf der Tiefe; und sein Geist schwebte über dem Wasser. Und er, ein Mensch, sandte aus seinen Odem. »Es werde Licht«, sprach er in die Finsternis hinein. Und es ward Licht. Er schied die Finsternis vom Licht.

Die Flamme am Ende seines Spanes zitterte. Zerbrechlich. Ein kurzes Flackern, ein kurzer Glanz in dieser Finsternis und Öde. Man musste die Flamme seines letzten Spanes Tausende von Meilen sehen, unwiderstehlich für die Lichthungrigen. Vielleicht würde sie Dämonen hervorlocken aus ihren Verliesen, aus den Grotten, in denen sie sich seit Jahrtausenden krümmten. Man könnte mit dieser einzigen Flamme, dieser letzten Flamme in dieser Finsternis, ganze Völker dazu verleiten, sich in Schluchten zu stürzen, sich in Ozeanen zu ersaufen, nur um für einen Wimpernschlag das Auge mit diesem letzten Licht zu benetzen.

Die Flamme zuckte über die finsteren Meere, da, wo nichts war.

Schwarz lief das Blut des Kartenzeichners in eine Schale, in die er seinen Federkiel tauchte wie einst am Schreibtisch seines Vaters. Der Lebenssaft für eine neue Welt.

IMAGO MUNDI, so überschrieb er sein Pergament. *Das ist das Bild der Welt.*

Ihn ergriff die Angst vor seinem Schöpfungswerk, jetzt, da er seinen Herrn und Gott zu meistern suchte.

Wo das Wasser scheiden? Wo Land? Was für Geschöpfe? Wo Vulkane und brennende Flüsse, in denen Bären Lachse fangen würden, wo saftige Wiesen, von Bächen durchästelt? War das Schöne nicht nur schön im Gegensatz? Wo das Schreckliche schaffen? Ist in einer schrecklichen Welt ein schönes Ding nicht tausendmal schöner als ein schönes Ding in einer Welt voller schöner Dinge? Also eine Hölle schaffen, mit einer Oase des Glücks? Eine Insel der Gerechten in einem Meer aus dem Blut Unschuldiger? Eine Insel der Seligen, umtost von den Schreien Verdammter? Ein einziges Lied im trostlosen Rauschen des Nichts? Das Himmelszelt aus den Schwingen der Dämonen, die Erde aus dem Gebein des Teufels. Und eine einzige kurzlebige Blüte? Wo beginnen?

Der Kartograph beugte sich über seine Karten. Er tauchte den Kiel in sein Blut und schied das Land vom Wasser.

Und das Wort des Vaters ward Fleisch. Das Wort, mit dem er dem Knaben eine Welt hatte erstehen lassen.

Der Kartenzeichner Nicolaus Claussøn Swart gebot vier großen Felsen, sich unter dem Polarstern aus der Tiefe zu heben. Und siehe, es hoben sich vier gewaltige Felsen aus den Fluten, vier Inseln um einen Berg in der Mitte in vollendeter Symmetrie.

Seine Feder furchte Schluchten in das Land, Ströme brachen aus dem Boden. Das Meer tobte, Küstenlinien reckten sich aus den gähnenden Tiefen. Gewaltige Massive hoben sich aus den Fluten. Die Erde barst, spie Flammen.

Und er befahl den Felsen, sich aufzutun für gewaltige, süße Ströme, und siehe, die Felsen taten sich auf für gewaltige, süße Ströme. In neunzehn Kanälen strömten die Weltmeere durch sein neues Land, und er gebot ihnen, sich in den Abgrund zu stürzen und die Flüsse des Paradieses zu speisen. Und siehe, sie stürzten sich in die Tiefe und speisten die Flüsse des Paradieses, Euphrat, Tigris, Nil und Ganges.

Hic Hyperborei habitant, schrieb seine Feder auf ein Land: Hier wohnt das Volk der Hyperboreer. Und siehe, er schuf das Land der Hyperboreer, die ewig lebten, weder Kummer noch Schmerz kannten, weder Alter noch Krankheit. Er sprach: Stehet auf und sehet um euch und freut euch eures Lebens. Und sie standen auf und blickten um sich und freuten sich ihres Lebens.

Er gebot den Wolken, sich zu ballen für lebenspendenden Regen, und siehe, sie ballten sich; Regen gab er aufs Land und ließ Wasser kommen auf die Gefilde.

Er ließ Rohr und Schilf wachsen. Er öffnete seine Hand und ließ Samen aufs Erdreich fallen, damit Pflanzen wüchsen.

Er setzte Vögel in den Himmel und steckte Würmer in den Boden.

Er gebot Lachsen, tosende Fälle hinaufzuspringen, und Ottern und Bibern, den Strömen zu entsteigen. Er legte Eier auf das Erdreich und machte, dass der Vogel Roch aus ihnen schlüpfte.

Er ließ aus dem Ackerboden allerlei Bäume sprießen, verlockend anzusehen und mit köstlichen Früchten.

Er schuf seltsame Tiere in die Öde, er griff in den Lehm, formte das Volk der Lichttrinker. Und er gebot in der Finsternis der Sonne, ihren Lauf zu ändern und das Eis zu schmelzen, das seine Länder mit kaltem Griff umfasste. Und siehe, Aurora, die

Schöngelockte, Rosenarmige in ihrem Kleid aus Safran, schirrte ihre Rosse Glanz und Schimmer und fuhr über das Firmament, dem neuen Volk zu leuchten, auf dass es gesättigt werde, und das Meer der Finsternis wich milden Wassern. Und ihre Söhne, die vier Winde, hieß er sanft wehen und die Gräser bewegen. Und er ließ die Menschen ihr Land überschauen und nichts vermissen.

Er erhöhte die Niedrigen und half den Betrübten empor. Er machte den reich, der nichts besaß, und schlug mit Armut den, der im Gefunkel prunkte. Er ließ jeden das sein, was er um seiner selbst willen war. Er hieß die Bosheit ihre Lippen verschließen in seinen Reichen und ließ die wilden Tiere sanft sein wie schnurrende Katzen und die Nähe des Menschen suchen.

Und dann besah er sich, was er gemacht hatte. Und siehe: Es war sehr gut.

Der Verlassene, in der Öde des Eises vor dem Leichnam seines toten Vaters sitzend, schuf die Welt aufs Neue, die ihm einst verbrannt war: eine Welt voller Wunder.

Als er sein Werk vollendet hatte, legte der Kartenzeichner Swart sich im Eis zum Sterben und hoffte, endlich durch einen gnädigen Gott von der Last seines Lebens entbunden zu werden, doch der Betagte hatte andere Pläne.

Einige Männer vom Volk der Schmächtigen, das im Eise lebte, fanden seinen Leib mehr tot als lebend und schafften ihn nach Grönland. Von dort kehrte Swart mit einem schiffbrüchigen Fischer auf einem Nachen zurück nach Island und von dort über Kopenhagen nach Gotland an den Hof des Königs.

Und dort ließ er für jene, die seine Karten sahen, seine neue Schöpfung Wirklichkeit werden, so wahrhaftig wie jedes andere Land auf Erden, dessen Ufer sie niemals selbst betreten würden, eine Schöpfung durch das Wort, so, wie Gott die Welt durch das Wort geschaffen hatte.

Rikmann stand am Fenster und sah, wie die letzten Flammen des brennenden Schiffes erloschen. Bis zuletzt hatte der Mast gestanden, und nun stürzte er mit einem Ächzen um und schlug ins Meer. Auf den Hafenstegen starrten die Menschen, die mit ihrer Habe hierhergekommen waren, um zu neuen Ufern und einem besseren Leben aufzubrechen, in hundertfachem Jammer auf das untergehende Schiff.

Rikmanns Entsetzen war grenzenlos wie seine Trauer, denn auch er selbst hatte das Reich geliebt, das der Kartenzeichner Swart dem König zu Füßen gelegt hatte. Ein Phantasma.

»Vielleicht muss man nur das Eis umfahren?«, flehte Rikmann zum sterbenden Kartenzeichner, versuchte sich selbst Hoffnung zuzusprechen. »Wer verschließt denn eine Truhe mit sieben ehernen Schlössern, wenn nichts darin verborgen ist, was glänzt?«

In der Ferne sah der Schreiber, wie Hunderte von Barken mit Waffenträgern vor Visby an Land gingen und sich sammelten. Belagerungstürme richteten sich drohend auf. Schleudern wurden mit kochendem Pech befüllt. Hütten und Höfe auf Gotland brannten und zeigten den Weg der Truppen. Ein Bild aus der Hölle.

Bald würden sie kommen.

Blass lag der Kartenzeichner im Kronsaal. Seine Glieder konnte er schon nicht mehr bewegen, und nun ergriff die Lähmung seinen Atem und seinen Geist. Langsamer und langsamer sprach und dachte er.

»Wie sehr wollen die Menschen doch betrogen werden«, sagte er schwach. »Es war so leicht.«

Und Rikmann sah, wie eine Träne aus seinem Auge rann.

»Habt Ihr nicht brennende Flüsse gesehen, wo Ihr gewesen seid?«, sprach er zum Sterbenden, in der Hoffnung, er möge die Welt, die er schuf, nicht untergehen lassen.

Der Kartenzeichner nickte. »Ja, ich habe brennende Flüsse gesehen.«

»Habt Ihr nicht das Ende der Welt gesehen, wo Meer und Luft und Wasser eins werden?«

Swart nickte. »Ja, ich habe das Ende der Welt gesehen.«

»Wart nicht Ihr und die Euren selbst in der Öde des Eises das Volk der Lichttrinker, das allein vom Lichte lebt?«

Der Kartenzeichner nickte. »Ja, ein Lichtstrahl hätte viele gesättigt, die vor meinen Augen elend starben in der Finsternis.«

»Jede Karte, auf der dieses Reich fehlt«, sagte Rikmann, »sie würde nicht die Welt zeigen, in der ich lebe, seit Ihr zurückkamt. Und Ihr sagt mir nun, es gebe sie nicht? Die Karte, die Ihr zeichnetet, sie sei nicht die wahre Welt? Es ist alles auf dieser Karte zu finden, was ich an ihr liebte, sie zeigt meine Welt, genau, unfehlbar. Mein Bild der Welt. Genauer als je ein anderes Kartenwerk sie wiederzugeben vermögen wird. Ich kann sagen: Das ist die Welt, in der ich lebte. Und keine andere.«

Rikmann nahm die Phiole, in der Nicolaus Swart die Luft der neuen Welt eingefangen hatte. Er zog den Kork und ließ vor der Nase des Kartenzeichners die Luft entweichen. »Riecht Ihr das?«

Der Zeichner schloss die Augen, atmete die Luft ein und nickte.

»Es ist das Reich, das Ihr entdeckt habt, das Reich Eures Vaters; es ist mir der liebste Teil der Kronländer geworden, wie auch dem König.«

Swart meinte, die Ufer des Reiches vor sich zu sehen und die Prise des milden Windes auf der Haut zu spüren. »Aus Euch, Rikmann«, sagte er langsam, schwach, fast unhörbar, mit seinem letzten Atem, »ist zuletzt ja ein Phantast geworden!«

Zum ersten Mal sah Rikmann den Kartenzeichner, der allzeit ein unbewegtes, ernstes Gesicht wie aus Porzellan hatte, selig lächeln.

Die ersten Strahlen der Morgensonne schienen hell auf das blasse Gesicht des Nicolaus Swart, während die restliche Welt noch finster war, und es schien, als halte die Sonne inne in ihrem Lauf, für Minuten. Die Natur hielt ihren Atem an, die Winde hörten auf zu wehen, die Vögel zu zwitschern, selbst die Bäche schienen im Rauschen innezuhalten, und die Wellen der See schwiegen.

In der offenen Türe des Kronsaales erschien Asta mit ihren gepackten Dingen. An ihrer Hand führte sie jenen Knaben von zwölf Jahren, den Rikmann in der Klosterbibliothek gesehen hatte. Der Junge blickte gebannt auf die Schönheit der brennenden Stadt und auf den Fremden, der dort im Sterben lag, angezogen und abgestoßen zugleich.

Asta kam näher, kniete vor dem Kartenzeichner nieder und strich mit ihrer Hand über seine Brust.

Swart sah mit seinen letzten Blicken den Knaben an, der in der Ferne stand, wie einen Menschen, den er zu kennen glaubte, sich aber nicht entsinnen konnte, woher.

Asta strich dem Sterbenden tränenlos über die Wangen und küsste seine Lippen.

Die Augen des Herrn Swart brachen.

Er war endlich angekommen.

Dann, mit einem Male, kam die Sonne gleißend hell über den Horizont, und die *machina mundi* drehte sich weiter.

Durch das Fenster des Kronsaales sah Rikmann, dass Visby nun ganz und gar umstellt war. Die Tore, die von allzu wenigen Waffenträgern verteidigt wurden, bebten unter dem wütenden Anrennen der Rammen, und die Heerscharen des Bonde würden bald in die Stadt einfallen. Der Leibdiener und die letzten Höflinge irrten über den Burghof.

»Ihr müsst Euch mit dem Knaben sogleich in Sicherheit bringen«, sagte Rikmann mit gebrochener Stimme zu Asta. »Vom Salzspeicher führt ein Gang zum Hafen hinunter. Dort sind keine Schiffe angelandet, sie fürchteten die Bombarden der Hafentürme.«

Asta nickte, stand auf und nahm den Knaben an der Hand. Rikmann geleitete die beiden auf den Hof hinaus. Sie erreichten, von brennenden Pfeilen umschwirrt, die vom Himmel stürzten, unverletzt den Salzspeicher, dessen Dach schon Feuer gefangen hatte. Gleichwohl öffnete Rikmann die Türe, ging Asta und dem Knaben voraus in den Speicher und hob eine mit gestampfter Erde bedeckte Luke, die in einen Fluchtstollen führte.

Asta sah, als sie mit dem Knaben hinunterstieg, dass Rikmann nicht mit ihnen kommen würde.

»Viel Glück«, sagte er.

»Was ist mit Euch?«, fragte Asta.

»Der König ist alleine in seinen Gemächern. Geht sofort, sonst ist es zu spät.«

Rikmann schloss, den Abschied besiegelnd, die Luke, floh aus dem brennenden Speicher, der sich rasch mit Rauch füllte, und stieg den Turm Blackn hinauf zu den königlichen Gemächern. Auf der Treppe blieb er stehen.

Ich kann nicht vor den König treten, sagte er sich.

Der Schreiber sank zusammen und betete zu Gott, er möge Erich abberufen, noch in dieser Stunde, in diesem Augenblick, bevor Rikmann ihm sagen musste, dass er der Getäuschte eines großen Truges war, dass nichts von dem existierte, was er liebte. Dass seine ehrliche Sühne die Welt nicht erreicht hatte. Dass der Frieden, den er geschlossen hatte, mit Spielleuten geschlossen war. Dass der Bonde ihm keine weißen Tauben und Ölbäume geschickt hatte. Dass die Wunderdinge Fälschereien waren, dass sich in den Säcken mit Gewürzen nichts als Sand befand. Dann betete er zu Gott, er möge ihm verzeihen, dass er um den Tod seines geliebten Herrn gebetet hatte. Rikmann schien, er sei am Ende der Dinge, ohne irgendwohin gefahren zu sein. Er war am *ultimus terrae terminus*, inmitten des königlichen Turmes. Er musste zum König. Reißende Strömungen zerrten an seinem Leib, trugen ihn in finstere Meere. Ein mächtiger Mahlstrom drohte ihn in die Tiefe zu ziehen, zu Monstren und Kröten und grausamen Egeln.

Dann lief er in den Kronsaal zurück, um zu sehen, ob dort wirklich der tote Kartenzeichner lag. Ich muss erwachen! Ich muss nur erwachen!, dachte er wie einst Swart. Er flehte zu Gott, der Kartenzeichner möge zu den Lebenden zurückkehren wie Lazarus, der ja bereits begraben und bei weit schlechterem Befinden an Leib und Gliedern gewesen war. Er flehte, Gott möge mit sich selbst hadern und umkehren in dem, was er getan.

Der Kartenzeichner blieb tot.

Rikmann dachte gar, er könne selbst die letzten Tropfen aus dem Schierlingsbecher trinken. Ihn durchströmte für wenige Augenblicke ein unbeschreibliches Glück, denn es schien ihm alles einfach. Er würde sich fortschaffen. Für einen Augenblick dachte er gar, er könnte vorher den König zu seiner letzten Ruhe betten, ihm den Atem nehmen, den ihm der Schöpfer eingehaucht hatte und ihm nun in einer gnädigen Stunde zu nehmen sich weigerte. Der Herr wollte ihn noch alles zusammenbrechen sehen lassen. Der Betagte wollte auskosten.

Zeitlos saß der Schreiber, gelähmt von verwirkten Hoffnungen, vor dem Kartenzeichner, gelähmt von der Vorstellung, dass Nicolaus Swart, einer wie Rikmann selbst, ein Verwalter der Zahlen, ein Stubenwesen, wirklich in das Eis hinausgefahren war und sich in die Finsternis gestürzt hatte.

Näher und näher kam das Donnern der Bombarden. Der Geruch von Brand mischte sich in die Luft.

Rikmann fühlte mit der aufgelegten Hand, wie die Brust dieses armen Mannes einsank, die ein geschundenes, wund geschlagenes, einsames Herz beherbergt hatte, das Herz eines Mannes, der aus Sehnsucht Größeres vollbracht hatte, als der Schreiber es sich je hätte vorstellen können.

Er hatte sich aufgemacht, um seinen Schmerz zu stillen, um seine Wunden zu heilen, um zu sterben oder zu gesunden.

Und der Herr hatte geschwiegen, als Swart um Erbarmen flehte.

In dieser Stunde schien Herrn Rikmann, eine Chronik der Wünsche und Hoffnungen, eine Chronik dessen, was Swart zu erreichen gehofft hatte, werde der Wahrheit gerechter als eine Chronik seines Scheiterns. Der König hatte recht gehabt: Der Chronist ist nicht genauer als der Dichter. Gott hatte gefehlt. Er hätte dieses Geschick nicht so fügen dürfen.

Er, der Dichter, musste Gottes Verfehlungen zum Guten wandeln.

Und nun lag Swart vor ihm, gestorben. Der sich gegen den Herrn erhoben hatte, war gestürzt.

Wie bist du vom Himmel gefallen, Luciferus, du schöner Morgenstern!, so sagte die Schrift. *Wie wurdest du zu Boden geschlagen! Du aber gedachtest in deinem Herzen: »Ich will in den Himmel steigen und meinen Thron über die Sterne Gottes erhöhen, ich will mich setzen auf den Berg der Versammlung im fernsten Norden. Ich will auffahren über die hohen Wolken und gleich sein dem Allerhöchsten.«*

Der Name, den der Kartenzeichner Swart seinem Schiff gegeben hatte, Luciferus, der Morgenstern, der Lichtbringer, er fasste am besten das Schicksal des Toten, das so eng mit dem seines Schiffes verknüpft gewesen war: So, wie das Schiff im Eis von Gottes Faust zerschmettert wurde, ebenso lag nun Nicolaus Claussøn Swart auf dem Boden des Kronsaales in den Trümmern seiner Welt, von Gott vernichtet.

Du Menschenkind, weil sich dein Herz überhebt und du sprichst: «Ich bin ein Gott, ich wandelte im Garten Eden, ich sitze auf einem Göttersitz mitten im Meer«, während du doch ein Mensch bist und nicht Gott, weil sich dein Herz überhebt, als wäre es eines Gottes Herz, darum siehe, ich will Fremde über dich schicken, die Gewalttätigsten unter den Völkern; die sollen ihr Schwert zücken gegen deine schöne Weisheit und sollen deinen Glanz entweihen.

Gegen Visby rannten die Heerscharen des Bonde, die der Herr geschickt hatte, niederzureißen und zu verderben. Der Herr selbst, so schien Rikmann, hatte dem Bonde geflüstert: *Verheere den, der solche Pracht geschaffen hat, sich zu erheben über den Höchsten, zu nehmen, was ich nicht gab, zu schaffen, was ich nicht schuf.*

Und so brachen die Tore der Stadt unter der Gewalt der Rammen aus den Angeln, und mit Streithämmern und Spießen fielen die Heerhaufen des Bonde über Visby her.

Die Mauern werden erbeben von dem Getümmel der Rosse, Wagen und Reiter, wenn sie in die Tore eindringen.

Eine Bombardenkugel donnerte durch das Fenster des Kronsaales. Scherben flogen durch die Luft. Die Kugel riss eine fürchterliche Schneise in die schönen Dinge, die der Herr Swart geschaffen hatte. Die prächtigen Amphoren mit der bunten Erde ferner Welten brachen in Scherben.

Ich werde mit den Hufen ihrer Rosse alle deine Gassen zerstampfen lassen. Dein Volk wird mit dem Schwert erschlagen und deine stolzen Steinmale zu Boden gerissen.

Mächtige Streitrosse der Feinde galoppierten durch die Gassen.

Donnernd stürzte, von einer Kugel getroffen, das Steinmal für Herrn Swarts Vater auf dem Marktplatz zu Boden und barst in Stücke.

Sie werden mit Sturmböcken die Mauern umstoßen und deine Türme mit ihren Werkzeugen einreißen.

Eine Bombardenkugel schlug in den Windenturm ein und ließ seine Spitze herabstürzen.

Brennende Pfeile sirrten über den Himmel.

Ein Feuerpfeil traf durch die zerstörte Wand die große, prächtige Karte, die der Kartenzeichner für den König angefertigt hatte, mit seinen neuen Reichen. Die Welt fing Flammen.

Der Herr hat's so beschlossen, auf dass er erniedrige die Pracht und verächtlich mache den herrlichsten Ort auf Erden.

Und so führte der Herr ein schreckliches Feuer gegen das Reich des Kartenzeichners.

Die Flammen fraßen sich über seine Karte, über die Wiesen und Felder, über Städte und Gebirge.

Und dem Schreiber Rikmann war, als zerstöre der Herr in dieser Stunde das Land, das der Kartenzeichner Swart geschaffen hatte, wirklich und wahrhaftig, als führe er seine Heerscharen nicht nur gegen Visby, sondern auch gegen die wundervollen Städte und Auen Hyperboreas.

Deine Mauern werden sie abbrechen und deine schönen Häuser einreißen und werden deine Steine und die Balken und den Schutt ins Meer werfen. Und ich will dem Getön deiner Lieder ein Ende machen.

Die Flammen erfassten Eiland um Eiland der Inseln der Glücklichen; Stadt um Stadt, Volk um Volk.

Ja, spricht der Herr, ich will sogar seine Erde von ihm wegfegen und will einen nackten Fels aus ihm machen, einen Platz im Meer, an dem man Fischnetze aufspannt.

Die reichen Ähren des irdischen Paradieses, die Unschuldige gespeist hatten, verbrannten. Biber und Ottern starben im Inferno brodelnder Seen.

Der Herr wird brüllen aus der Höhe und seinen Donner hören lassen aus seiner heiligen Wohnung. Er wird brüllen wie einer, der die Kelter tritt, er wird seinen Ruf erschallen lassen über alle Bewohner der Erde hin, und sein Schall wird dringen bis an die Enden der Erde und wird mit allem Fleisch Gericht halten.

Völker wurden von den Flammen, die sich über die Kontinente fraßen, vernichtet, das Volk der Taugenichtse, wo jeder war, was er um seiner selbst willen war.

Das Getier brüllte. Der Vogel Roch stürzte mit brennenden Schwingen vom Himmel.

Zu der Zeit werden die vom Herrn Erschlagenen liegen von einem Ende der Erde bis ans andere Ende; sie werden nicht beklagt noch aufgehoben, noch begraben werden, sondern müssen auf dem Felde liegen und zu Dung werden.

Der Herr ließ Fluten aufsteigen und das Land verschlingen, das wider die Ordnung sich gehoben hatte.

Der Kronsaal brannte lichterloh. Die Gefäße mit den süßen Meeren zersprangen, mit der Luft von fernen Winden, dem Wasser von verletzten Ozeanen. Die zahllosen Gemälde und Skizzen von Wundertieren und Geheimnissen, die Herr Swart hatte fertigen lassen, die Reiche, die er ersonnen hatte, die dem König wirklicher als die Welt geworden waren, in der er lebte, die prächtigen Folianten, sie brannten wie lichte Lohe.

Und nun, was sollte Rikmann tun? Zum König hinübergehen, ihm die Scherben der Welt vor die Füße werfen? Eine Fackel in das Haus werfen, wie man es bei Swart getan hatte, und die Welten verbrennen?

Die mächtige Feder des Vogels Roch, die im Kronsaal brannte, war aus zahllosen Möwenfedern kunstvoll gefertigt. Die schwelenden Klauen des Vogels waren aus Holz geschnitzt und kunstvoll bearbeitet und bemalt.

Swart hatte die erhobenen Insassen der Armenhäuser zahllose kunstvolle Gegenstände erschaffen lassen, die er dem König vorführte, Gegenstände des Truges.

Rikmann fand Briefe mit bitteren Klagen der genuesischen Kaufleute, dass Männer des Königs jenes mächtige Handelsschiff mit wertvollen Waren aus Alexandria vor Lübeck fortgenommen hatten. Er fand Absagebriefe der Boten aus Schweden und Dänemark, die Swart vom König abgehalten und durch neue ersetzt hatte, die er ihm vorlas. Swart hatte den Bonde, der längst König war und Gotland vom König forderte, mit zahllosen Versprechungen über Monate hingehalten, hatte sein zwingendes Ende weiter und weiter hinausgeschoben. Längst hatte auch Dänemark einen neuen König, Christian von Oldenburg. Die Union war zerbrochen. Selbst Norwegen hatte dem König aufgekündigt.

Swart hatte alles Übel vom König ferngehalten und ihn von der Welt, die man die wirkliche nennt, gänzlich abgeriegelt, um für ihn nicht nur eine neue Insel zu schaffen, sondern die ganze Welt umzuformen, um mit gedungenen und von ihm als Boten verkleideten Spielleuten, mit zahllosen Schreiben, die er fälschte, für den König zum Schein alles zum Guten zu wenden, was in Wirklichkeit so trostlos war, und die Geschicke neu gefügt.

Er hatte ihn aus einem befriedeten Reich hinscheiden lassen wollen.

Daher hatte er niemanden mehr zum König gelassen. Auch Rikmann nicht. Denn Swart wusste, dass der Schreiber dieses Täuschungswerk zerstört hätte.

Swart hatte dem König, der in der Welt keine Macht mehr hatte und keine Kraft, eine Welt vorgespiegelt, in der er seine Sünden büßen konnte, in der er gut sein konnte, ein wahrer König. Gütig, weise, von Milde bewegt und ohne falschen Stolz. Der König hatte nicht gewusst, dass seine Taten, seine Segenszeichen die Welt nicht mehr erreichten. Der König hatte verzichtet, er hatte gesühnt, hatte denen Brot gegeben, denen er die Felder versengt hatte, er hatte Gestürzte zu Herzögen erhoben.

War es bedeutsam für das Seelengerät des Königs, dass seine Taten die Menschen, denen er Leid zugefügt, nicht erreichten, wo er doch vermeinte, es gereiche ihnen zum Guten? Dass er nur von Swart beschworenen Geistern der Geschändeten die Wunden gesalbt, Possenreißern, Geistern seiner Feinde die Hand zum Frieden gereicht hatte?

Für jene, die seine Sühnetaten hätten erreichen sollen, machte es einen Unterschied, daran bestand kein Zweifel. Hatte der König nicht dennoch gut gehandelt? War nicht wichtig, was des Königs Absicht bei alledem war? Gehörte das nicht in die Chronik seiner Taten?

Rikmann würde es nicht über sich bringen, seinem Herrn alles zu nehmen, was Swart ihm geschenkt hatte.

Die Mauern der Burg erzitterten. Niemand verteidigte Schloss Visborg. Das Tor bebte unter dem wütenden Anrennen der Rammen. Wurfkatzen schleuderten mächtige Brocken gegen die Mauern der Feste. Für die Ewigkeit geschaffene Wände fielen.

Rikmann salbte die Stirn des Kartenzeichners mit dem

Chrisam von Königen, denn ein König war er gewesen. König eines Reiches, dessen Größe und Schönheit er mit seinem Geist bestimmte, mit der Kraft seiner Phantasie.

Ein mächtiger Fürst lag dort hingestreckt.

Er hatte Worte in die Leere gesprochen, und sein Wort war Fleisch geworden.

Und der Kartenzeichner hatte einen, der um ihn weinte, von ganzem Herzen: den Schreiber Rikmann, der ihm erst nicht hatte glauben wollen und der nun des schmerzlichen Verlustes innewurde, den der Tod dieses Menschen bedeutete.

Luciferus war nicht der Teufel. Er war ein Engel, ein Sohn Gottes, der an der Macht des Vaters und seines Sohnes Christus hatte teilhaben wollen und der auf die Erde hinabgestürzt worden war von dem, der keinen Starken neben sich wünschte.

Gott hatte Angst vor seinem Handwerkergott, seinem Demiurgos, bekommen, zu dem Swart sich aufgeschwungen hatte. Der Mensch sollte vergessen, dass er selbst Abkömmling des Luciferus war, des auf die Erde hinabgestürzten verstoßenen Gottessohnes, der einen müden Schöpfer getadelt hatte. Der Mensch sollte sich nicht erheben, er sollte im Staube liegen. Er sollte in Demut ausführen, was ihm befohlen. Für Leute wie ihn, Rikmann, war all das gedacht, damit sie zeitlebens ihre Fäuste gegen ihre Brust schlügen und *mea culpa* riefen.

Der Kartenzeichner Swart hatte nicht hingenommen, was ihm widerfuhr, er war aufgestanden und hatte aus der Tiefe hinaufgeschrien zum Betagten, ihn vorzuladen und vor Gericht zu stellen. Ich tadle die Geschicke, die du, Herr, mir geschickt. Und ich, Mensch, ändere sie, nicht in der Welt des Fleisches, in der ich nicht mächtig bin, sondern in der Welt des Geistes, aus der ich dich stoße und in der ich durch die Macht meiner Karten und meines Wortes eine neue Welt, eine neue Schöpfung werden lasse.

Rikmann hatte von Ferne gesehen, wie der Kartenzeichner

dem König Geschichten erzählte, mit Händen Gebirgsgrate in die Luft formte wie auf dem Marktplatz vor dem Volk, wie er Sonnen in den Kronsaal sprach, Monde herbeirief, Stürme entfachte. Wie viel Mühe hatte er darauf verwendet, den König und ihn, den Chronisten, seine Welt glauben zu lassen. Swart hatte am Bett des Königs gesessen und sich dort nicht mehr verlassen gefühlt, denn dort war jemand, der ihn hörte, der ihm glaubte. Und durch diesen Glauben, durch den Glauben des Königs, den Glauben des Zweiflers Rikmann, durch den Glauben des Volkes von Visby, war ihm selbst seine Welt Wirklichkeit geworden.

Swart hatte vergeben, als der König ihn um Verzeihung bat, und ihm seine Welt geschenkt.

Er dagegen, Rikmann, hatte nur missgönnen können.

Doch das begriff er in dieser Stunde: Er musste geben, mit vollen Armen.

Es war Zeit für Herrn Rikmann, genannt *umbratilis,* der den Schatten Liebende, zu handeln.

Rikmann *umbratilis* trat ans Licht.

Der König stand in vollem Ornat in seinem Gemach. Ehrwürdig sah er aus, beinahe schon fortgegangen von dieser Welt.

Sollte er, Rikmann, nun seinem Herrn sagen: Das Reich brennt, der Kartenzeichner ist tot, der Bonde wird Euch binnen weniger Stunden erschlagen?

Was musste der König über das Donnern der Bombarden denken? Wusste er von dem Trug? Wollte er nicht verstehen, nicht seine süße Illusion verlieren? Oder hatte er gar, um dem Kartenzeichner durch seinen Glauben, wenn auch nur für wenige Monate, die Illusion seiner geänderten Geschicke zu schenken, nur zu glauben vorgegeben? Um seine Schuld zu sühnen, weil er geschwiegen hatte, als man das Bild des Vaters in Flammen steckte?

»Der Tag der Reise ist gekommen«, sagte der Schreiber. »Wir müssen fort. Es ist Zeit.«

Der König lächelte. »Wo ist Swart?«

»Swart«, sagte Rikmann mit unter Mühen gefasster Stimme, »haben seine Obliegenheiten vorzeitig abberufen, lässt er ausrichten. Er ist uns vorausgegangen.«

Der König sah Rikmann an, lange, als brauche er Zeit, zu begreifen, und dem Schreiber war, als verstehe sein Herr, wie die Dinge standen.

»Ja«, sagte der König nur, scheinbar ohne Regung, ohne Überraschung, sah kurz beiseite, dann wieder zu seinem Schreiber, als wolle er, der König, von seinem Knecht wissen, was nun zu tun sei.

»Das Schiff wartet am Hafen«, sagte Rikmann. »Ich habe dem Leibdiener Weisung gegeben, am Königssteg alles zur Abfahrt zu bereiten.«

»Endlich nach Hause«, sagte der König.

Er legte seinen Reichsapfel auf ein Kissen. Er nahm sich die Krone vom Haupt. Er legte seinen prächtigen, hermelinbesetzten Krönungsmantel aus dem Purpur der Könige ab. Er streifte seine Ringe von den Fingern. Er legte seine goldbesetzte Brosche ab, nahm seine Ketten vom Hals und zog seine steinbesetzten Schuhe aus, bis er, nur noch in ein schlichtes Unterwams gekleidet, vor seinem Schreiber stand, der nicht wusste, was das alles zu bedeuten hatte.

Er griff nach dem Kleid des Bettelmönches, jenem Kleid, mit dem er von Nyköping geflohen war.

»Was soll man von mir denken?«, erklärte der König seinem Schreiber. »Ich will mich in meinem neuen Reich nicht als Bettler einführen, Rikmann. Man wird sonst noch meinen, Ihr seid König und ich Euer Knecht!« Er griff nach der dicksten der goldenen königlichen Ketten und legte sie seinem Schreiber um.

Rikmann führte den König die Stufen des Turmes Blackn hinab auf den Burghof. Eine Bombardenkugel schlug in den Königinnenflügel ein.

Der Schreiber führte den König unversehrt zu dem abgebrannten Salzspeicher und öffnete die Luke, die zum Hafen führte. Der König stieg langsam, zitternd, Stufe für Stufe die steile Steintreppe hinab, und Rikmann sah verzweifelt, wie das Burgtor barst, Stück um Stück. Das Leuchten zahlloser Fackeln zuckte durch die Nacht. Todesschreie gellten. Die Männer des Bonde würden den König zerreißen wie tollwütige Hunde.

Nach kaum zwei Dutzend Stufen schon fühlte der König sich am Ende seiner Kräfte.

»Weiter! Ihr müsst weiter!«, rief Rikmann.

»Es geht nicht weiter«, sagte der König, sank schwer atmend zu Boden und setzte sich auf die Stufen nieder wie ein verirrter Wanderer, der sich aufgegeben hatte. »Lasst mich zurück, mein Lieber, Treuer! Ich kann Euch ja nun alleine lassen, wie mir scheint.«

»Steht auf!«, schrie Rikmann nun, und der König fuhr zusammen. Verdutzt gehorchte der Herrscher seinem Diener. Rikmann packte den König mit aller Kraft und lud ihn sich auf den Rücken. Mühsam, taumelnd, ging der Schreiber weiter, stieg hinab, Stufe um Stufe. Weiter, immer weiter. Rikmann schien der Gang endlos zu sein. Schreie hallten fern aus der Tiefe in ihrem Rücken. Immer wieder musste er innehalten, den König absetzen. Und dann wurde hinter den Fliehenden der sich in der Finsternis verlierende Gang von Fackelschein erhellt. Nun würde es nicht mehr lange dauern, bis die Verfolger sie eingeholt hätten.

Gott, gib mir Kraft, flehte Rikmann.

Sie gelangten zu der Pforte, die hinaus auf den Steg führte. Er ließ den König auf seine Beine hinab. Möge Gott geben, murmelte er in den Himmel, dass die Männer des Bonde dort draußen nicht sind, und stieß die Türe auf.

Am Ende des königlichen Steges lag das Schiff, das die Fichtenschösslinge für den königlichen Wald von Greifswald nach Gotland gebracht hatte.

Dort herrschte hektisches Treiben der Siedler. Vom Leibdiener dirigiert, schleppten die Kräftigsten die letzten auf dem Steg stehenden Fässer des Kochs mit Ochsenzungen, Ochsenmaulsalat, mit in Wein eingelegten Pflaumen, Beeren in Oxymel und die acht Dutzend eingesäuerten Hühner und Rinder und Kürbisse an Bord. Das Schiff war bereit zur Abfahrt.

Die Freude der bevorstehenden Reise schien den König mit neuen Kräften zu beleben, und er konnte selbst den Steg entlang zum Schiff schreiten. Unerkannt ging er mit seinem Schreiber an Bord. Ein Gleicher unter Gleichen.

Die letzten Siedler trugen ihre spärliche Habe an Bord, das wenige, was sie hatten, oder gingen an Deck mit dem, was sie am Leibe trugen.

Rikmann ließ seinen Blick über die an Bord Gekommenen schweifen. Der Fischmeister und der Garbrater standen wichtig am Bug. Doch er sah nicht, wen er suchte. Asta war nicht an Bord gegangen.

Bevor die Leinen gelöst wurden, bat Rikmann den Bootsmann, noch einen Augenblick zu warten. Mit pfeifendem Atem stolperte der Koch, der noch das eine oder andere Gewürz in der Burg vergessen hatte, mit zwei Fackelträgern aus dem Fluchtgang auf die Reede. Das also waren Rikmanns gefürchtete Verfolger gewesen.

»Wartet! So wartet!«, schrie der Koch und stürzte schwitzend an Bord.

»Noch einen Augenblick, ich bitte Euch!«, sagte Rikmann zum Bootsmann. Und dann erst, als er sah, wie der Herr von Natt och Dag mit Waffenträgern auf Schlachtrossen aus der Hafenpforte sprengte und seinen Schützen ihre Armbruste abzufeuern gebot, nickte er dem Bootsmann schweren Herzens zu. »Werft die Leinen.«

Die Anker wurden gelichtet. Die Segel fielen und blähten sich. Majestätisch neigte sich das Schiff im Wind, der sie einem ungewissen Los entgegenführte.

Der König, der unter Deck war, meinte für eine Minute, er läge noch im Thronsaal. Das stetige Schlagen der Wellen gegen den Bug machte ihn schläfrig.

Von Deck hörte er Rikmann singen:

Es wohnt ein Mann in einer Grönlands Au
König Spielmann tät' er heißen
Mehr hat er von dem lausigen Fell
Als er hat Speck den fetten.

Der Schreiber stand an der Reling und blickte Stunden aufs Meer hinaus. Rikmann war, als entfernte sich die Heimat in seinem Rücken und nicht er, bis sie zu Dunst am Horizont wurde und der Wind sie verwehte.

Die Wellen beruhigten ihn.

Der Wind wehte ihm kalt und stark ins Gesicht.

Zerstobene Gischt benetzte ihn von Zeit zu Zeit.

Ihm war, als sei er das erste Mal in seinem Leben bei sich.

Und dann erblickte er Asta unter den Siedlern, hoch oben auf dem Vorderkastell, mit dem Knaben, der mit weit ausgreifenden Bewegungen erklärend hinter den Horizont wies, der in der Morgensonne dieses kalten Wintertages erglühte. Erst jetzt bemerkte Rikmann, dass sie nicht mehr das Habit einer Konversin trug, sondern ein schlichtes Kleid, das Haar gewunden und mit einem Tuch gefasst.

Sie wandte sich um, schirmte ihre Augen mit der Hand und sah zu Rikmann. Als sie ihn erkannte, schritt sie durch die vielen Reisenden an Deck zu ihm und lehnte sich neben ihm an die Reling.

Dann zog sie das Pergament hervor, das Rikmann ihr geschrieben hatte.

»Ihr habt es noch nicht gelesen?«, fragte er.

»Ihr habt es mir verboten!«, sagte Asta. »Nun aber seid Ihr ja in See gestochen, Rikmann; jetzt darf ich Eure Zeilen lesen, nicht wahr?«

Dem Schreiber wurde ganz vielerlei, und er fürchtete, was nun bevorstand.

»Was ist?«, fragte Asta. »Darf ich?«

Er sah sie an. »Das vierte Hohelied«, sagte er. »Ich habe Euch das vierte Hohelied kopiert.«

Asta entfaltete das Pergament, das in prächtiger Schrift Rikmanns innerstes Empfinden trug, und las die Zeilen, ihn stets ins Auge fassend. Der Schreiber blickte indes abwechselnd in die Wolken, dann ins Meer, dann wieder zu Asta und wusste nicht, wohin mit sich. Dann hatte sie das Pergament gelesen und wurde ernst, und Rikmann ließ alles Hoffen fahren.

»Ich wüsste eines gerne«, sagte sie nach einer Weile. »Weshalb habt Ihr den letzten Satz des vierten Hoheliedes weggelassen?«

»Es hätte sich nicht geschickt …«, antwortete Rikmann.

»Alles andere hat sich auch nicht geschickt«, sagte sie. »Vollständig ist das Hohelied nur mit dem letzten Satz: *Mein Freund, komme in meinen Garten und esse von seinen edlen Früchten.*«

Der König war unter Deck trunken vom Schaukeln und den Träumen von fernen Ufern. Nach Stunden mischte sich in das Tosen der Wellen ein Dröhnen und Schlagen.

Und dann wurde es still.

Hatte er die Einfahrt ins äußere Meer verschlafen?, so fragte er sich. Er hatte zu reichlich von den Köstlichkeiten gespeist, die der Koch ihm persönlich aus den Fässern geschöpft und serviert hatte, und war schläfrig geworden. War das so, wie Helden ihre Taten vollbrachten? Hatte er alle Gefahren verschlafen? Er rief nach Rikmann. Sie mussten nun im Eise sein, dessen Gürtel sie würden passieren müssen, um zu dem Reich zu kommen, zu dem Rikmann seinen König zu bringen wünschte.

Als man ihn an Deck trug, sah der König, dass sie von Eis umgeben waren, so weit der Blick reichte.

»Die Eispressungen werden unser Schiff bald zerstören«, sagte Rikmann zum König. »Wir müssen das Schiff aufgeben.«

Nur einige wenige einfache Fuhrwerke vom Hafen hatten sie mitführen können. Viele würden zu Fuß gehen müssen. Das machte Rikmann Sorge. Er ließ die vielen Felle verteilen, die auf das Schiff geladen worden waren, Mützen, Schuhe, Wämser, und trug Sorge, dass Asta seine eigenen, besonders guten Stücke trug, seine Hasenfellmütze und seine Handschuhe, die ihr noch besser standen als ihm.

Die Männer hoben mit Winden die bekuften Barken und die Fuhrwerke aufs Eis hinaus und legten den Herrn Erich und einige der anderen Seefahrer, die krank oder lahm waren, hinein. Jene, die noch bei Kräften waren, spannten sich davor, wie man Ochsen vor ein Fuhrwerk spannt.

Und so machten sie sich auf einen langen Weg ins Eis, in der Hoffnung auf eine neue Welt. Rikmann schritt dem langen Zug voran, und der Knabe sprang hinter ihm von Spur zu Spur, die der Schreiber in den unberührten Schnee einschrieb, gerade so, wie es Swart als Kind bei seinem Vater getan hatte.

Sie rasteten, fürstlich bespeist vom Koch, der darauf bestanden hatte, in einer Kutsche den Ochsenmaulsalat und als Nachspeise die in Wein eingelegten Pflaumen mitzuführen wie auch ein wenig Holz, um die Speisen zu entfrosten. Manche der Reisenden hatten noch niemals in ihrem Leben so köstlich gespeist, selbst wenn man in Betracht zog, dass der Hunger ein guter Koch war.

Auch die Nacht hindurch mussten sie marschieren, denn sonst wären sie erfroren.

Am nächsten Morgen verloren mit der aufgehenden Sonne viele ihre Hoffnung, und auch Rikmann selbst war am Ende seiner Kräfte.

Dann löste sich der Morgennebel in den Sonnenstrahlen, und sie sahen in der Ferne Land.

Sprachlos vor Freude blieben die Eisgänger stehen.

Die Augen des Königs füllten sich mit Tränen.

»Das ist Euer Reich«, sagte Rikmann.

»Es sieht schön aus«, sagte der König.

»Ja, es ist schön.«

Das Eis reichte bis zum Ufer. Sie würden bequem und sicher an Land gehen können.

Herr Erich bat die Männer, die seine Kutsche zogen, anzuhalten, denn er wollte aus eigenen Kräften seinen Fuß auf das neue Land setzen.

Zitternd stand er auf.

Und er betrat seines neuen Reiches Boden, das ihm so unerreichbar erschienen war, als man ihn an Bord getragen hatte.

Er sank auf die Knie und küsste das Ufer.

»Mir ist, als käme ich nach Hause«, sagte der König.

Er stand auf, blickte um sich, lächelte und atmete die Luft ein. »Diese Luft ist besser als irgendwo sonst auf dieser Erde«, sagte er und schöpfte einen neuen, vollen Zug. »Noch nie in meinem Leben habe ich solche Luft geatmet.«

Der König ließ seinen Blick schweifen. »Auch hier gibt es Winter, wie ich sehe, aber die Wiesen müssen im Sommer saftig sein, die Bäume kräftig. Beerensträucher stehen an den Wegesrändern.«

Gefolgt von den Siedlern, gingen sie auf einem verschneiten Pfad in das Land hinein, bis ein alter Herrschaftssitz auftauchte und am vagen Horizont eine Stadt.

»Dieses Licht ...«, sagte der König, der sah, wie die Sonne alles in goldenen Schein tauchte.

Rikmann wies auf das Haus, das vor ihnen lag. »Hier ist Eure Residenz«, sagte er.

Das Herrschaftshaus war nicht zu groß, nicht zu klein. Bescheiden. Schön. Wilder Wein hatte das ganze Gebäude überrankt. Es schien seit Jahren unbewohnt, die Türen waren herausgebrochen. Wilde Schafe und Katzen nutzten das Haus als Obdach.

Sogleich nahmen die Siedler das neue Reich in Besitz, die verlassenen, verfallenen Wirtschaftshöfe, die das Herrschaftshaus umstanden.

Dem König war, als kennte er dieses Land aus einem fernen Traum, den er selbst einmal geträumt hatte, der nicht aus den Erzählungen des Kartenzeichners stammte.

Er ließ seinen Blick über die Länder schweifen, über das Haus, über die Wiesen und Wälder, und wandte sich sprachlos, beglückt zu seinem Schreiber um.

Nun verstand er, wo er war.

Der Schreiber Rikmann sprach zum König: »Dort, wo Ihr geboren seid, verehrter Herr, lebte für die Griechen das Volk der Hyperboreer: am südlichen Ufer des Baltischen Meeres, in Eurer Heimat. Wo Ihr geboren seid und zu Hause wart, war für sie der Rand der Welt, ihre *terra incognita*. Unsere Heimat war ihre Ferne, in die sie ihre Phantasien hineinlegten, so wie wir die unseren in eine noch fernere Fremde hineindachten. Hier war ihre bessere Welt. *Wir* waren für die Griechen das glückliche Volk, das keinen Kummer kennt. Ihr seid in Hyperborea.«

Der König wusste, wo er war.

Ihm war, als sei die Zeit stehen geblieben seit seinen Kindertagen, als man ihn weggeholt hatte in ein fremdes Reich. Dem König war, als sei nur ein Wimpernschlag vergangen, als habe er als Knabe seinen Schritt kurz vor die Türe gesetzt, um etwas zu holen, um für das Abendmahl einen Rettich aus dem Beet im Hof zu ziehen, und sei einen Augenblick später zurückgekehrt als alter Mann.

»Ich danke Euch«, sagte er zu seinem treuen Schreiber, »dass Ihr mich hierher gebracht habt.«

Der König schritt auf das Haus seiner Väter zu. Das Haus, in dem er geboren war. Der Garten, in dem er gelernt hatte zu gehen.

Hier, zu Stolp, hatte er die einzige Zeit seines Lebens verbracht, in der er glücklich gewesen war. Bevor man ihn in die Fremde verschleppt hatte, hinauf in den finsteren Norden, weg von seinen Eltern. Er hatte geschrien, hatte nicht gehen wollen. Man zwang ihn in einen Wagen wie einen Gefangenen, den man zum Schandpfahl bringt, ein Kind von sieben Jahren, fort in ein Land, das er nicht kannte, zu einem fremden Volk, das ihm eine Krone auf das Haupt drückte. Man nahm ihm seinen Namen – Bogislaus war er getauft – und rief ihn fortan Erich. Menschen knieten sich vor ihm zu Boden.

Die große Eiche vor dem Eingang stand wie eh und je, seit Generationen. Er fasste nach den Seilen, die von einem starken Ast herabhingen. Hier war niemand gehenkt worden, hier hatte eine Schaukel gehangen, auf der er als Knabe gesessen hatte und zeitlos durch die Luft geglitten war. Er schritt feierlich durch den Eingang seines Sitzes, der nun mehr Stall als Residenz war. Es war alles unverändert. Ein Bildnis seines Vaters Wartislaus hing noch immer an der Wand.

Der König wischte mit der Hand Staub von den Fensterbänken und hob Scherben vom Boden auf. Die Wände waren stockig, die Stofftapeten aus Venedig längst verfault, doch dem König schien es wohnlicher als je eine Residenz zuvor.

Asta fachte in dem alten Ofen, aus dem ein Siebenschläfer floh, ein Feuer an.

»Ihr seid zu Hause«, sagte Rikmann. »Das Reisen hat ein Ende.«

Der König nickte. »Ja. Das Reisen hat ein Ende.«

XVI. Kapitel

der wundersamen Meerfahrt,

in dem geschrieben steht, wie alles endet.

Am zweiten Tag des Monats wurde Eva erschaffen, und dieser Tag ist gut, eine Ehe zu schließen, Wein zu ernten und Öl zu machen, Arbeiter zu dingen, über Meer und Land zu reisen. Der Kranke wird genesen, das Kind, das an diesem Tage gezeugt wird, wird leben und erfahren sein in wunderbaren Dingen. Ein Traum an diesem Tag geht am dritten Tag in Erfüllung.

König Erich XIII., der König der Meere, pflanzte den Seinen eintausend Schiffe, die sie dereinst zu fernen Ufern bringen würden, und ging am zweiten Tag des Januar zu Schiff mit seinem treuen Schreiber Rikmann, genannt *lucipetus* – der das Licht Suchende. Durch milde Fügung des Schöpfers erreichte er die fernen Gestade Hyperboreas, des Landes des Glücks, das ihm der Kartenzeichner Nicolaus Claussøn Swart geschenkt, und lebte fortan mit seinem Volk der Glücklichen – als König unter Königen.